河出文庫

日本怪談集　奇妙な場所

種村季弘 編

日本怪談集　奇妙な場所／目次

日本怪談集　奇妙な場所

ひこばえ

日影丈吉

一

　東京の街を車で通りながら、ときおり、はっと息をとめるものがある。家だ。ふしぎな家を見るのだ。何がふしぎかはちょっと説明できない。そういう家は、その環境に合って美しい。いいながめになっている。そのくせ一方に何か周囲に拮抗（きっこう）するような顔を持っていて、はっとさせるのだ。

　いま顔といったが、たしかに家には顔がある。ゆったりとからだをひらいて顔を見せているのもあれば、眼を閉じ口を結び見られるのを嫌がって、しかめ面をしているのもある。渋谷の並木橋にちかいところにその、からだをひらいている方の家があった。はじめて通る裏通の道の屈曲と共にその家は展開していた。かなり大きな赤い洋館だった。

　つかの間のことだから何をする家か見きわめるところまでは行かなかったが、いいなと思った。ところが通りすぎてから気になりだした。どこかおかしい。家のあけっぴろげの顔が薄笑いをうかべていたように思えたのだった。この家の前はふしぎに二度と通らなかった。並木橋を渡っても、家の前には出ない。いつも表通を通るのか赤い家にはお目にかからない。従っていまだに何をする家だったのかもわからないのだが、私はたぶんもうなくなっていると思う。

火事で焼けてしまうとか取毀しにあうとか。もしまだあるとすれば家の持主が破産して空家になっているとか、とかくいい想像はできない。私に写真がうまくうつせたら、こういう家を撮っておいて写真集でも出したら、おもしろいかと思ったこともあるが、そんな本を買う酔狂な人間がいるかどうか。だいいちそういう家が、ほかの人にはふしぎに見えるかどうかも疑問だった。

これはしかし何でもないことが私にだけ、へんに見えるのではない。並木橋の家はほんの一例だが、ほかの家で私が何度も見、自分でしらべたこともあるのだから、このふしぎさは錯覚や何かではない。ほんものだ。

目黒に住んでいたころ、G坂の方からM通に出て芝公園を抜け都心に出る道を、私はよく車で通った。だらだら坂をおりてM通にむかう正面に、いつもあらわれるのがその家だった。もし、ほかの方角からM通に出ていたら、私はこの家に気がつかなかったろう。坂の真正面に古めかしい二階建て洋館の肩を張って立っていたから、見逃すはずもなかったが、私はやはりこの家をおもしろいと思い、ちかづくのを車の中から見まもった。同時に何かおかしいと思って見ていた。

車はその家の前で左に曲る。だから、その家を近くで見る時間は、あまり長くない。そして、その家に興味を持つのも車が坂の途中にいる時だけだ。家の前を通りぬけてしまうと、私はきまってもう家のことは忘れていた。だから私がある日、その家のちかくで車から降りたのは、まったく偶然の気まぐれだったのだ。そこで車を棄てずに乗りついで行ったとしたら、行先で多少時間の余裕があっただけで、その家のことは忘れていたろう。その後もそこを通るときしか思いだすことはなかったに違いない。

だが、そこで降りてしまった以上、事情は違って来た。私ははじめて自分で思うままに、その家を見ることができた。家は車の中から見ていたときよりも大きく見えた。総体にくすんだ灰色で、ところどころ左官仕事の彫刻がほどこしてあるのが、古めかしく見える。壁はそのまま二階の大屋根まで伸びていて、中のようすは外からでは、まるでわからない。おかしいのは、この家が何をする家かを示すようなものが何もないのだ。一階の入口は古いドア一枚で、そこにも何も書いてなかった。

表はかなり賑(にぎ)やかな通りである。近くに大学もあるので学生も通る。だが、こんな古い町並には、こんな何の表示もないような家が一軒や二軒あっても、ふしぎではないのかも知れなかった。すべての人が必ずしも自己表示に熱心とはいえないかも知れない。私は入口の戸に手をかけてみた。あかない。中から錠がおりていた。

二三軒先に自動車の部品を作っているらしい家があって、そこにだけ人影が動いていた。実は私には何を作っているのかわからなかったけれども、そこへ行って聞いてみた。

「あの家ですがね。あれは何をする家ですか」

「たしか瓦斯(ガス)会社の出張所でしたよ」と若い男がこたえた。

「いまは空家ですか」

「そんなことありません。ちゃんと留守番の人が住んでますよ」

「一人で……」

「いいえ。おくさんも子供もいますよ」

すこし意外だった。表示のない家だから空家だと思ったのも無理はないだろう。だが、そうでない場合もあった。しかも留守番がいた。留守番というのは何をしているのか知らないけれども、とにかく瓦斯会社に関係のある者だろう。私はなんとなく、ほっとしていたのでもある。

それからしばらくその家のことは忘れていた。だが荒木君が訪ねて来ると、また思いだした。荒木君はたしか芝の探偵局につとめていた。あの家からはそれほど遠くないところだった。私立探偵という、ちょっと変った職業をやっていた。私は彼に例の家のことを話した。その家がなんとなくおかしいとか、そんなことはいわなかった。ただ、すこししらべてみてくれないか、とたのんだ。

いってしまってから後悔した。その家の人は私とはなんの関係もない。どんな人だかも知らない。それをしらべて、どうしようというのか。ただ家がおかしいというだけで。それもどうおかしいと、はっきりしているわけでもないのに。だが、いってしまったことは、しようがなかった。荒木君は私が突然その家のことを持出したのを別に何とも思わないようだった。その程度のことなら会社に通す必要もないから、ついでにしらべてあげます、といった。

こうして私はその家と、まるで無関係でもない状態だった。私はほとんどその家のことを忘れていた。私は荒木君に調査をたのんだ。だが私と荒木はそれきり、しばらくやって来なかった。私は荒木君に調査をたのんだ。

その家のあいだは何となく、つながっているという状態だった。

荒木君がまた姿を見せたのは一月いや二月もたってからだろうか。私が部品屋を訪ねたときは、あの通りの高いところにある春日神社に、まだ八重桜が咲いていたのに、もう表を歩くと暑くて帽子がいるようになっていたからだ。

「あの家はかなりひどい状況ですよ。どういうお知合いですか」と荒木はきいた。

「知合いってわけじゃない。ちょっと気になったんでね」と私は口を濁した。

「ひどいというのは、どういうこと」

「あそこはもう瓦斯会社じゃ使ってません。ただ、あの家をどう処理するっていうんじゃなしに、菱田って男を残務整理においといた。それがそのままになっているんですな。会社側の話ですと、中はもう相当いたんでて、羽目板の抜けてるところもあるし、屋根裏の見えるところもあるそうです。到底あのままじゃもう使いものにならない、といってます」

「ひどい状態というのは、そのことかね」

「いや、わたしのいうのは菱田の方ですよ」と荒木君は顔をしかめた。

「菱田の細君はもう長いこと寝こんでいるそうです」

「病気は何だね」

「結核らしいですな」

「結核ならなおるだろう」

「それが相当ひどいようですな。済生会の病院に入っていたのが何かの理由で家に帰されたそうです」

「すると細君は家で寝ているわけか」

「それだけじゃないんですよ。中学二年の息子がいるんですが、学校で怪我をして、これも家で寝てるんです」

「それはたいへんだね。怪我っていうと」

「鉄棒にぶらさがってたら、友だちがうしろから飛びついたんですね。もつれあって落ちた。そのとき息子は肩をどうかしちゃったんですな。相当な重症らしいですよ」

　菱田というのはどういう男か知らないが、家族二人に寝こまれてしまい、さぞこまっているだろうと思った。

「まあ菱田が一人でなんとかやってるんで、会社の方も大目に見てるってわけですかね」と荒木君はいっていた。

「いや、細君はどこか病院に入れなきゃいけないぞ。息子もそうだ」と私は不意にいった。「それに菱田もあの家を出て、ちゃんとした勤め口を持った方がいい」

「でも、それは無理でしょう」と荒木君は首を振った。「病院に入れるたって、そう簡単にはいかないし、そうなると二人寝かしといてくれるなんてところは、そうありゃしない。菱田としては当分、瓦斯会社の温情にすがっているほかはないでしょうな」

　そういわれると私は黙ってしまった。私が突然、菱田のやり方に干渉するようなことをいいだした理由が、自分にもよくわからなかった。私は荒木がしてくれた調査の礼をいって、そのうち埋めあわせするからといった。

　荒木君が帰ってから二三日、その家のことが気になっていたが、そのうち忘れてしまった。仕事の都合で、その家の前を車で通ることもなかったからだ。久しぶりにそこを通ったのは二月ぐらいたってからだったろうか、暑いさかりだった。あのがっしりした家が見えて来ると私は緊張した。見かけはがっしりしているが荒木の話だと、中はぼろぼろだという。だが、その家の前には鯨幕（くじらまく）が張ってあった。私は思わず運転手に声をかけて車を停めさせ、そこで車から降りた。

鯨幕のかげになって入口の前まで行った。入口の戸はあいていた。誰か死んだのだ。とすれば、おそらく菱田の細君だろう。私は入口の前まで行った。近所の人らしい黒っぽい服の男が二人、中から出て来た。二人とも嫌なものを見たような渋い顔をしていた。私はその男たちの立ち話を、ちょっと聞いた。

「棺の中のホトケを見たかい」

「うん……」

「菱田さんのおくさんて、あんなに小さかったかねえ」

「長いことわずらってたからね」

「それにしても、ひどく痩（や）せほそっちゃったもんだ。痩せたっていうより、半分なくなっちゃったって感じだね」

その話を聞いて私は、ぞっとした。死んだのは、やはり菱田の細君だった。だが細君は死んだとき屍衣の中で半分ぐらいに減っていたという。はじめ私は菱田という男が出て来ないかと期待していたのだが、その話を聞くと急に恐ろしくなって空車を捜（さが）した。

その日はちょうど、あるテレビ局へ行く途中だったが、車をひろってむこうへ行っても何となく仕事が手につかない感じだった。菱田は細君をなくして、どんな心境だろうかなど、そんなことばかり頭にうかんだ。菱田は楽になったのかも知れなかった。早く子供を連れて、あの家を出なければと私は思った。

しかし、そう思っているのは私だけで、菱田にはそんな気はないかも知れなかった。何故その家を出なければならないか、菱田にそんなことがわかるはずはないかも知れない。妻の死も息子の災難も、彼をストレートに襲ったのは彼の不幸であって、その家とは何の関係もないと、たぶん考えているだろう。

もし私が彼の耳に口をよせて、「おい早くこの家を出ろ。でないと飛んでもないことになるぞ」と囁(ささや)いたとしたら、彼はびっくりして私を気違いあつかいにしかねなかった。私にもそんなことをいう権利はなかった。どんな飛んでもないことが起るのか、予感めいたものはあるが、実際に何が起るか私は何も知らなかったのだから。

その家にしても陰気な表側の壁を見ているだけで、中に入ったこともなければ、中に住んでいる人を見たこともない。菱田という名前だけはわかったが、どんな男かも知らなかった。だが私にはわかるような気もした。一度も入ったことのない家の中を見たことがあるような気がした。いつか、どうかしてそこへ入って、あるものははっきりし、あるものはぼけてしまった、ごく普通の記憶だけは残っているという気がした。

まず表から入ったところは事務室だった。そのうしろに階段があって二階へあがれるようになっていた。二階には事務用機械のおいてある部屋が二つあった。しかし、この家は完成してはいなかった。二階は全部なくて、うしろの方はいわゆる吹抜けだった。それもつくりかけで屋根裏が見えているところもあった。そのうしろの方が、たぶん菱田の住居だったろう。そういう家の中のありさまを、この眼で見たようにおぼえていた。たぶん強烈な夢でも見たのかも知れない。

私は菱田の息子が寝ているさまを想像した。中学生の息子は、へんなかたちで鉄棒から落ちたのだ。うしろから飛びついた子供は、なんともなかったのに、息子の方はひどい打撃を受けた。菱田の息子はもう病院にも通っていなかった。風通しのわるい階下の部屋に寝ていた。その部屋にはいきれがただよっていた。息子の体臭だろうけれども、どこか遠くの駅でしている鉱物的なにおいに似ていた。菱田にはどうすることもできないのだ。息子はやがて、からだが半分になって死んでしまうに違いなかった。

しかし私にも、どうにもならなかった。菱田に忠告しても彼はおそらく耳をかさないだろうし、身動きのできない息子を連れ出すことに同意するとも思えなかった。だいいち彼には私のいうことが理解できるかどうか。ある意志が菱田をだんだん圧（おさ）えこんで行くのを感じながら、私にはどうしようもなかった。

荒木がやって来たのは、それから少したってからだった。

「ご存じですか。菱田はまた葬式を出しましたよ」と荒木はいきなり、いった。

「いや、知らなかった。息子はやっぱりだめだったのか」

「骨が腐って、からだが半分になって死んだそうです」

私は顔をしかめた。

「それで菱田はどうしているかね」

「やはり、あそこにいますよ。あれはもともと瓦斯会社の人間なのです。瓦斯会社はあの家を直して使うことを考えているようですな。だから菱田のような男がやはり必要なんでしょう」

「いけないね。菱田は余所へ行くべきだよ。細君と息子までなくしたんだからね」

「でも、これまでのこともあるから、そうも行かないでしょう。菱田には瓦斯会社をやめる気持なんか、まるでないでしょうね」

　結局、荒木にもわからないのだ。荒木を説得することは、おそらく不可能だった。彼は私のいうことを信じないだろう。せめて菱田だけは助けてやりたいと思ったが、方法がなかった。どうにもしようがなかった。

　しかし菱田がこれからどうなるか予想が立っていたわけでもない。どうせ、ろくなことにはならないとは思っても、どうなるかはまるでわからなかった。菱田は病人ではなかったし、息子の葬儀も細君の場合と同じく、立派に出したろう。細君のときとおなじ人が集まって、おなじことが行われたろう。菱田はおなじ挨拶をして、おなじように頭を下げたに違いなかった。そういうことは見ないでもわかっていた。

　私の気になったのは、菱田の息子もからだが半分になって死んだ、と荒木がいったことだった。荒木は半分という言葉を無意識に使っていた。だが、私は聞いたとき、はっとして、やはりそうだったのかと思った。菱田の細君も息子も半分になって死んでいた。そこにはやはり、ある意志がはたらいていると私は考えた。菱田だけが、その意志から逃れることができるのだろうか。

　私にはどうすることもできないが、菱田から眼をはなしてはいけないと思い、荒木にもたのんでおいた。そのうち私にはだんだん苦痛になって来た。前にはほかのことにまぎれて忘れていられたのに、それができなくなって、菱田のことが私自身の責任のように思われて来た。菱田の細君や息子のことも、もし私にその気があったら、助けてやれたかも知れないと思うようになった。要するに、あの家から出してやればよかったのだ。

せめて菱田だけは何とかならないかと私は何度も考えてみた。あの家と切りはなしてしまえばいいのである。そのうち私は、うまい話を聞いた。私の知合いが八ヶ岳にクラブをつくって、冬でもそこにいついてくれる人を捜していたのだ。私はその知合いに、その人を是非、私に世話させてくれとたのんだ。

問題は菱田の方である。私は菱田とは一面識もないのだから、そういう私が突然あらわれて彼の身のふり方をきめる話をするのも、おかしなものだ。おなじことなら荒木君の方が職業柄、菱田のことを誰かに聞いた体にして訪ねて行っても、おかしくないかも知れない。それに荒木君には説得力もあった。

荒木君に会って話すと、彼も乗気になった。よろしい、できるだけくどいてみます、といってくれた。それでも私は結果をあやぶんでいたが、荒木君は案外うまく話を進めてくれたらしい。菱田は心を動かしたのだ。細君と息子の死は彼にも相当な痛手だったらしい。いままでと違う、まったく新しい生活は、彼にも魅力だったようだ。私はほっとした。八ヶ岳へ行けば菱田は救われると思った。

それで荒木が私のところに菱田を連れて来、私が彼を連れて行って私の知合いに紹介する、ということに段どりをきめた。

二

私は菱田にどんな新しい生活を保証してやれるかと思って、その点もしらべておいた。八ヶ岳のクラブは東京などから客をとるホテルで、冬はほとんど休みみたいなものだが、そのあいだも休暇をとらずに山にいてもらいたいのが、クラブ側の要求だった。名目は副支配人だが経営にはタッチしない。まあ何でもやってくれる小父さんみたいなもので、そういう人も実際に必要だし、菱田には打ってつけだった。給料もまあまあ、医療その他の手当もついている。安心して勤めていられると考えていい。

私自身がすっかり安心していたのだが、荒木はなかなか菱田を連れて来なかった。

「ええ、菱田はもうすっかり行く気になってるんですよ。しかし葬式も二つも出してもらったし、いままでの義理があるもんだから、なかなかやめたいといいだせないんでしょう。瓦斯会社の方は内部改造をやることにきめて、菱田にはいてもらうつもりでいるんですよ」と荒木はいっていた。

「だが、なあに大丈夫ですよ。なんとか引っぱりだしますから……」

私は荒木君にまかせておくほかなかった。二三日すると荒木はまたやって来ていった。

「菱田はきょう故郷(くに)へ帰りました。群馬県の板鼻ってところです。細君と息子の骨を持って行ったんですよ。明日の午後、東京に帰って来て、お会いしたいといってますが……」

「そうか、それはよかった。八ヶ岳の方も、あんまり待たせとくわけには行かんからね」と私はよろこんで、いった。

翌(あく)る日の三時ごろ、荒木が連れて来た男を見ると、はじめて会う男だったけれども、私には会ったことのある顔だった。いつかどこかで見た顔だった。菱田も親しそうに頭を下げて、「よろしくお願いします」といった。私はそのまま菱田を家に帰さずに、私のところから、じかに八ヶ岳へやりたかったが、そうも行かなかった。

「家の改造がそろそろはじまっていますが、今度ははっきりお暇をいただくつもりですから」と菱田は帰る前に、はっきりいった。

それで、この話はもう決定したものとして私は安心した。だが菱田からは、それきり何もいって来なかった。そのころ、よく私の家へ来るようになった荒木をつかまえて、どうなってるのかと私はきいた。

「それがですね」と荒木はこまった顔でいった。

「ご存じじゃなかったかな。あの家には菱田ひとりしかいないんです。瓦斯会社の人は、たまにやって来るだけでね。家の改造に手をつけたといってるが、会社がたのんだ業者が、たまに来るだけで、その監督も菱田がやらされてるわけなんですよ」

「菱田は、はっきりお暇をいただくって、いってたじゃないか」

「それが、いざとなるとそうも行かないんじゃないかな。会社とはかなり長い関係らしいから……」

「とにかく、はっきりしないとこまる。八ヶ岳のクラブの方へは、菱田が必ず行くって返事をしちゃったんだからね」

「いや、行きたいんですよ。菱田もあそこを出たがってるんです。それはほんとうですよ。だが気の弱い男だから、なかなか思いきって、いいだせないんでしょうね」

「しかし、それじゃこまるんだな。いったい、どうするつもりなんだ。結局、行くことになるのかね」

「それは大丈夫でしょう。わたしから会社に話してやろうかって、いったんだが、いや自分で話すと菱田はいうんです。そういう点は頑固なところのある男ですよ」

「そうかね。大丈夫かな」といったが、そこまで本人がいってるなら大丈夫だろうと、私も思った。

だが二三日すると、荒木がまた腐った顔でやって来た。

「弱りましたよ。菱田が足場から落ちたんです」

「足場って……」

「大工が家の中へ足場を組んで行ったんです。そこから落ちたんですよ」

「怪我をしたかい」

「打ちどころが悪くて寝てますがね。会社が飯炊きの婆さんを一人、雇ってくれて……」

「え、身動きもできないのか」

「いや、便所ぐらい一人で行ってますよ」

私はすこし眉をひらきながら、人の面倒を見るのも楽じゃないと思った。

「だが、そうなると八ヶ岳の方も、すぐってわけには行かないな。事情を話して、すこし待ってもらうか」

「それがいいですね」

私はクラブの持主に電話をかけた。自分で見たわけではないが、荒木の話から、それほどのことはないと思って、菱田のことは軽くいっておいた。むこうも、それほど急がないから、といってくれた。

荒木はときどき菱田を訪ねていた。その帰りによく私のところへ寄ってくれた。はじめは先方が待ってくれるといっていたことを話してやると、菱田はよろこんで、くれぐれも私によろしくと荒木にいっていたそうだが、そのうち荒木の顔色から事態があまりよくないのを私は感じた。

「足場から落ちてどういう打ち方をしたのか、はじめは元気だったんですが、菱田はだんだん動けなくなりましてね」と荒木はつらそうにほんとうの話をしだした。

「医者にも、ほんとうの状態はわからないんじゃないですかな。いまじゃ、ぐったりあおのけに寝たきりで、わたしの顔を見ると、すまないすまないっていうきりなんです。実際わたしも彼に会うのが、つらくなりましたよ」

「残念だが、やられたな」と私もいった。

「早く八ヶ岳へやってしまえばよかったんだ。すきを突かれたよ。ぼくの努力も足りなかったな」

「いや、わたしたちはやるだけのことはやりましたよ。菱田が足場から落ちるなんて、誰にも予想もできなかったことですよ。しかもそれが思いがけないような結果になるなんて……」

いや、あの家に寝かしておけば、そうなるんだ、と私は思った。だが黙っていた。

「八ヶ岳はだめかねえ」と私は思いきれずに溜息をついた。

「だめでしたね。菱田も残念だろうが」

荒木は菱田に会うのはつらくなったといっていたが、それでもよく彼を見舞った。菱田はもう起きあがる力もなくなって、食事から下の世話まで、飯炊きの婆さんにしてもらっていたらしい。

私は知合いに電話して、菱田が相当な怪我をし、そのため八ヶ岳行きは無理になったことを話し、約束をはたせなくなった詫びをいった。だが菱田は八ヶ岳行きをあきらめていなかったらしく、荒木をつかまえて八ヶ岳はどんなところか、きいたりしたという。病気がなおったら、そこへ行くつもりでいたらしい。

菱田は死んだ。ある日、荒木がそれを知らせに来た。足場から落ちてから二月ぐらいたっていたろう。菱田は痩せさらばえ、彼の細君や息子とおなじく半分ぐらいになって死んだという。

葬式は瓦斯会社が出してくれた。遺骨を群馬県の板鼻へ持って行ったのは、菱田の最後の友人だった荒木である。埋葬に関することは、すべて彼が引きうけてやったのだった。菱田の葬式がすみ、遺骨の埋葬がすんだことで、すべてが終ってしまった。私は葬式にも顔を出さなかった。

菱田の就職に一所懸命になったことなどが、とてもほんとうとは思われなかった。

人間のかかわりあいなんて、ふしぎなものである。いいかげんなものだといってもいい。なんということもなく知合って、かなり親しくなり、ふとしたことからうとましくなって、そのままつきあわなくなる。そういう人たちを私もいくたりか持っていた。何故その人たちとつきあい、何故つきあわなくなったか。何故というほどのこともないのである。菱田のこともそうだった。一時、私は彼のために一心に肩入れした。それがまた不意にもとの何も知らなかった頃の彼に戻ってしまったのだ。

　荒木君が来て菱田のことを話しても、何か知らない人の話をされているようで、私は生返事をしていた。思えば荒木君は私のたのみで菱田と知合いになったのだ。そして、いつの間にか彼の遺骨の埋葬を引きうけるまでに親しくなった。荒木は別に俠気のある男でもなんでもない。人間のつきあいというのが、そんなものなのだろう。

　何故、荒木がそれほどにまでなったのか、私自身の一時の熱心さと同様、私にはわからない。しかし、すくなくともその点、私から荒木に挨拶があってもいいところだが、私はそれも忘れていた。一時、私を恐怖させ熱中させたある兇悪な意志が、妻と子と主人という素朴な一組を消滅させてしまったことで、もうあらわれなくなったということが、ふいに私から重圧をとりのぞいたのかも知れなかった。

　菱田が死んでしまうと、荒木と会う用事もなくなり、彼もあまり私のところへあらわれなくなった。私は荒木のことも菱田のことも、もう思いださなくなった。

　そのころのある日、私はＧ坂を通ってＭ通に出る道を車でたどっていた。そして仕事のことに気をとられていて、どこを通っているか、ほとんど意識していなかった。Ｍの通りが眼の前に迫って来ると、あの肩をいからしたような灰色の家が、急に姿をあらわした。

私は不意に声をかけて車をとめさせた。そして車から降りると、その家の方へ歩いて行った。菱田の家族が死に絶えたあと、その家がどうなっているか興味があった。菱田が死んでから瓦斯会社がそこを管理しているかどうか、私はあまり気にしていなかった。もし、そうであっても私は中を見せてもらうつもりだった。

入口のドアに手をかけた。それは無抵抗に中にあいた。誰もいないな、と私は思った。人のいる家といない家はなんとなくわかる。瓦斯会社は菱田が病気になってから家の改造をやめてしまい、いまだにそのままにしてあるらしかった。

入って来る前、家の中は薄暗く陰気で何か迫るような空気がみなぎっているかと思ったが、入ってみると、どこから外光がさしているのか中は薄明るく、のびのびとしていた。私が考えていた内部とは、すこし違う。壁も廊下も階段も、すべて大ぶりにゆったりとできていた。立ちどまって、においを嗅いでみた。古い家の埃りっぽいにおいがするかと思ったが、何のにおいもしなかった。

瓦斯会社はこの家をどうするつもりか知らないが、いまのところ、うっちゃらかしにしていた。そして誰もいない家自体が自足しているという感じだった。菱田の持物だけは、誰がやったか知らないが、そっくり処分してしまったらしく、彼を思わせるものはどこにもなかった。菱田の細君や息子や、いや菱田自身が、どこに病み伏していたかを想像することさえ、いまではできなかった。

家はいま邪魔物がまったくなく、自分一人でゆっくり息をしていた。この家は自存の意志のために、人が住んだり何かに使うには、まるで向かない感じだった。だまってこのままにしておいてやれば、このまま、未完成ですこし毀れたまま、永遠に存在するだろうと思えた。

家は私を通りすがりの無害な生きものだと思ったのか、私の思うとおりにさせてくれた。私に家の中を自由に歩かせた。私は二階に行ってみた。そこには事務用の機械をおいた大きな部屋が二つ。階下よりも薄暗いので、私はすぐ下に降りた。裏の方に厨房（ちゅうぼう）があったが、そこもきれいに片づいていて、菱田が病んでいたあいだ、飯炊きの婆さんが何かやっていた痕跡（こんせき）はどこにもなかった。

家はまったく解放され、人間とは交渉がなくなって、いきいきとしていた。気持がわるいくらい、のびのびして、狂暴だが無邪気な生きもののようだった。そして、いまは昼寝でもしているように静かだった。その静けさの中で私は考えた。私はいったい何をしに、ここへ入って来たのかと。

私は菱田の痕跡を捜しに来たのではなかった。それがひとつもないことは、むしろ救いだった。家は満ちたりたように、のんびりとして暗い思い出はどこにもなかった。私はそうした家を見に来たのかも知れなかった。三人の人が死んだ。家はその脂をたっぷり吸ったのだ。それだけ元気になっていても、ふしぎはないはずだった。

こういう家があっていいだろうか、と私は思った。あってはいけないにきまっていた。だが街中にひしめいている屋並の中に、ふと一軒ぐらい、ひっそりとひそんでいる。そして、こういう家に負けてしまう者がいる。誰も気がつかないうちに家に喰われてしまうのだ。そして、この静けさはどうだろう、と私は思った。みしりともいわない。家は胸をくつろげて、ゆったりしていた。

私はもう一度、家の中を歩いてみた。この家が建てられてから、もう三十年や四十年はたっているはずだった。古い通りにある古い家の一軒だった。そのくせ裏側の方は未完成だった。屋根裏の見えるところがあった。天井板が、いつか脱落したのではなくて、どう見ても、はじめからないのだった。そういうことも何となく、へんだった。三十年も四十年も天井板がはずれたままなんて、やはり普通ではなかった。

私はその下に立って、しばらく上を見上げていた。天井板のないところから棰の一部と束柱が見えていた。そこに何か妙なものが見えた。青いものだ。だが、そんなところに青いものがあるはずはなかった。

私はそこをはなれて、ひとまわりしてから、またその下へ来て立った。やはり青いものが見えた。だが屋根裏に青いものがあるはずはなかった。しかし私は見たのだ。おそらく、この家に人がいるあいだには、こういうものはまだなかったかも知れない。だが家はいま、のんびりして貝があしを出すように足を出したのだ。

棰からひこばえが芽ぶいていたのである。

母子像

筒井康隆

なんの変哲もない、サルの玩具だった。

ねじを巻くと、両手に持ったシンバルをヒステリックにじゃんじゃん打ち鳴らす、あのサルの玩具である。生れてまだ七カ月にしかならない男の子のために、ひとつ買い、家に持って帰ってきた。

私はそれほど子煩悩な方ではない。サルを買ったのは、その、やけくそじみた単調なはげしい動きに前から興味を持っていたのと、玩具店の店頭に並んでいた濃褐色のサルの群れの中に、それ一匹だけが、何のまちがいか白い布地で作られていたからである。

サルの白子(アルビノ)だな、そう思いながら、私はその白いサルを買って帰ってきた。

「おかしなサルね」あまり気にせぬ様子で、妻はそういった。

赤ん坊は、最初サルの動作のはげしさに少しおびえたようだったが、すぐに馴(な)れてしまい、やがて数種類の彼のペットの動物たちに仲間入りさせ、その動物たちの中でも一番のお気に入りにしてしまった。眠る時もはなさず、無理にとりあげると泣くようになった。

生れた時から、よく泣く赤ん坊だった。赤ん坊の泣き声は、都内には珍しく静かな住宅地の、その中でもいちばん静かな一画にある、私の古い大きな家の中に響きわたった。赤ん坊の鋭い、冴えた泣き声は、私をいらいらさせた。特に、仕事中の私をいらいらさせた。

私は歴史学者で、仕事のほとんどは自宅の書斎でするようにしている。父の跡をついで歴史学者になったため、たいていの史料は、ドア一枚で書斎に接している大きな書庫に揃っているのだ。一年前までは大学で助教授をしていたのだが、学生運動とやらのため、学内の紛争が次第に激化してきたので、すぐ大学をやめ、著述に専念することにしたのである。ああいった種類の騒動は、私の最も忌み嫌うところのものなのだ。

今から考えると、私が大学にいたのは、史料編纂所の史料を見たいからという、ただそれだけの理由だったとしか思えない。事実、自宅で仕事をはじめてからは、出版社からの依頼を次つぎとこなすことができ、収入もずっとふえたからである。

もちろん、大学をやめたからといって、史料編纂所を利用させて貰えないというわけでもない。私は、週に一度か二度は必ず大学へ出かけ、自宅の書庫に欠けている史料を借りてきては著述の参考資料にしていた。サルの玩具を買ったのも、大学からの帰り道だった。

赤ん坊にサルを買ってきてやってから数週間後、私はまた大学に出かけた。帰途、サルを買った玩具店の前を通りかかり、店先のウインドウをのぞきこむと、なぜかあの濃褐色のサルの大群が、いっせいに姿を消していた。だが、さほど不思議とも思わなかった。きっと流行おくれになったのだろう、と、私は思った。

山の手の高級住宅地の坂道を、私は自宅へいそいだ。いそぐ必要は何もないのだが、私は登り坂になるとしぜんに足が早くなるのである。

ほんの数年前まで、このあたりの大きな邸宅はいずれも、私の家同様に古びていて、暗く、庭にはたいてい大きな木が何本も生えていて、その鬱蒼と深く繁った葉に屋根や窓を覆われてさらに暗く、いかにも近寄り難い気品と威厳をたたえていた。だが今では、それらの邸宅はすべて明るいポーチと、コンクリート造りの広いテラスと、ビーチ・テントを張ったベランダと、美しく手入れされた芝生の前庭を持つ現代的な明るい家に建て直されてしまっていた。このあたりでは私の家だけが、父の代からの古風で陰気な雰囲気を守り通していたのである。

三年前に結婚した時、私は三十一歳、妻は二十六歳だった。

「いやだわ、こんな古い大きな家にふたりだけで住むの。気味が悪いわ」

妻がそういったのも、もっともに思えた。

「今に建て直してあげるよ」

その時、私はそう約束した。その約束はいまだに果されずにいるし、妻もそれ以後、そのことで私を責めたことはない。ただときどき、思い出したように古い家の不便さをこぼすことはあった。しかしそれも、赤ん坊を生んでからはまったく口にしなくなってしまっていた。

門から玄関まで、私の家の庭は石だたみの道が数メートル続き、両側には檜、楠、欅、榎、槇などの古木が茂っている。赤ん坊が生れてからはあまり掃除もしないため、石だたみは落葉にかくれてしまっている。その落葉は風にとばされてきてポーチまで覆い、それが大時代な造りの玄関のドアを、いかにもそれらしいものに見せている。

三和土へ入り、妻に声をかけたが返事はなかった。廊下のつきあたりが茶の間で、台所はさらにその奥にあるから、ちっとやそっとの声では聞えないのだ。

廊下の右手の応接間へ鞄を置いてから、昼間でさえうす暗い奥の間を覗いてみた。だが妻も赤ん坊もいなかった。買物にでも行ったのだろうと思い、わたしはそのまま二階の書斎へあがって仕事にとりかかった。

夕方になり、やがて夜になった。

妻は戻ってこなかった。私は少し不安になり、心あたりの数軒の家に電話してみたが、妻はいなかった。妻の実家は九州だから、おいそれと帰れるわけがない。私の不安は、ますますふくれあがってきた。

茶の間にひとり、ぼんやりと腰をおろして妻の帰ってくるのを待ちながら、私は考えた。

赤ん坊を連れて家出するような理由は、何もない筈だった。今流行の蒸発であるとしても、赤ん坊がいっしょではたちまち食うに困るだろうし、今まで私にかくれて浮気していて、あの赤ん坊をつれて急に駆落ちしたなどということも、あり得ない。また妻が、どんな悲しいことがあろうと自殺するような女でないことは、私がいちばんよく知っている。書き置きらしいものは、どこにも見あたらない。いずれにせよ、妻が家出などする筈は、ぜったいにないといっていいほど、ないのである。

それでも、何か手がかりらしいものはないかと、私はすわったまま、茶の間を眺めまわした。

この部屋にある家具は、茶簞笥とテレビと卓袱台だけである。その他には、部屋の隅に赤ん坊の小さな布団が敷いてあり、ピンクとグリーンの花模様の可愛い掛布団はまくれあがっていた。その上には、妻が外出する際いつも赤ん坊に着せているライト・ブルーの小さなハーフ・コートが投げ出されている。枕もとにはおしゃぶりと、白いクマ人形がころがっていた。

　六十ワットの電燈がついていてもまだうす暗い感じのする部屋の中が、次第に冷えてきたので、わたしは台所へ行き、湯を沸かした。買物籠が冷蔵庫の上にあった。買物に出たのではない。

　その時、赤ん坊の泣き声が玄関の方で聞えた。

「帰ってきたな」

　まだその時は、帰ってくるのが当然という気持があった。だから、一瞬ほっとしたものの、安心感が消えてしまうと、勝手なもので、さほど嬉しくなくなった。

「美和。どこへ行ってたんだ」

　ほんの少し怒気を含ませ、私は廊下に出た。だが、暗がりの中に玄関のドアは閉っていた。陰気さに耐えかね、私はあわてて廊下と玄関の明りをつけた。玄関のドアをあけ、ポーチに出てみた。夜の庭は、ひっそりと静まりかえっていた。少し、風が出はじめていて、欅の木の葉がざわざわとかすかに鳴っていた。

　そら耳だったのか、と、思いながらドアを閉め、念のために応接間を覗いてみた。古い革張りのソファと肱掛椅子が、窓から斜めにさし込む月あかりの中にうずくまっているだけだった。

　ふたたび茶の間に戻り、私は茶を飲んだ。ぼんやりと赤ん坊の布団のあたりを見まわしているうちに、私はあのサルの玩具が消えてしまっていることに気がついた。気がつくと同時に、数日前の、事件といえるほどのことでもない、ちょっとした出来ごとを思い出した。しかしそのために、私は今度こそ、はげしい不安に陥った。

その日、仕事に行き詰り、私は、赤ん坊の顔でも見て気分を変えようと、階下に降り、茶の間を覗いた。妻は台所にいて、赤ん坊は布団の上にすわり、ひとりで遊んでいた。

赤ん坊を見て、私は一瞬、自分の眼を疑った。赤ん坊の右腕がなかったのだ。ないというよりも、肩の少し下あたりから先が次第にぼうとかすんで、肱のあたりで完全にかき消え、空中へとけこんだように見えなくなってしまっているのである。

私は無言で赤ん坊に駆け寄り、抱きあげようとした。

赤ん坊は重かった。それはまるで、見えなくなっている赤ん坊の腕の先を、やはり眼に見えない何ものかが引っぱっているかのような重さだった。しかし赤ん坊は、特に痛さは感じないようだった。きょとんとしたまん丸い眼で、私の顔を、なぜそんな恐ろしい顔つきをしているのかと問いたそうに眺めているだけだった。私は、赤ん坊が痛くないらしいので思いきり力をこめ、ひっぱりあげた。

赤ん坊が、急に軽くなった。私は危うく、赤ん坊を抱いたまま背後へ転倒するところだった。ちょうどそれは、赤ん坊を消える空間へ引っぱりこもうとしていた見えぬ誰かが、逆の方向に力が加わったのを知り、あわてて手をはなしたとでもいうような感じだった。

赤ん坊の右腕は、ちゃんとあった。その腕の先には、あの白いサルの玩具が握られていた。

気のせいだろう——気が静まると、すぐに私はそう思った。私の眼が疲れていたのと、部屋が暗かったのとで、赤ん坊が右腕を背後へまわしていたのを変な具合に見違えたにちがいない——そう思った。もちろんこのことは、妻にも話さなかった。

だが今、大きな不安をともなって、その不吉な出来ごとの記憶が蘇り、私はいても立ってもいられなくなってしまった。といって、どうしたらいいのかわからなかった。また、どうすることもできなかった。あの白いサルが、赤ん坊を消える空間へひっぱりこもうとし、おどろいた妻が、自分までひきずりこまれそうになりながら、けんめいに赤ん坊を助けようとしている――そんな光景が、ちらと浮んだ。この部屋の中で、それが起ったのか――私はふたたび、あたりを見まわした。

いや、違う――私はゆっくりと、かぶりを振った――それは妄想だ。そのような馬鹿げたことが、現実に起る筈がない。この静かで陰気な家と、暗い部屋がいけないのだ。それが私に、そのような、あり得る筈のない馬鹿げた妄想を抱かせるのだ。

私は立ちあがった。

妻は帰ってくる筈だ。必ず帰ってくる筈だ。今にも、あのさわがしい赤ん坊の泣き声といっしょに、遅い帰宅の弁解とともに、玄関のドアをあけ、すまなそうな顔つきで私の前にあらわれる筈だ。何も心配することはないのだ、何ひとつ、心配することはないのだ。

私は自分の気持をなだめ、ふたたび仕事にとりかかろうと、二階の書斎に戻った。原稿を出版社がとりにくるのは数日後である。たとえ全部完成させておくのは無理であるとしても、ある程度はまとまったものを見せなければならない。すでに、だいぶ遅れているのだから――。

仕事は、手につかなかった。

机の上に積みあげた史料の、どこに何が書かれているか、自分の求めている史料の記載されているのがどの本なのか、なかなか思い出せなかった。同じ本を何度も拡げ、問題点を捜した。たいへんな無駄をしている——そう思いながらも、仕事をやめるわけにはいかなかった。やめればそこには、孤独感と、不安と、そして、行方不明の妻と赤ん坊に対し、自分には何もしてやることができないのだという深い絶望と焦燥があったからである。

何度も考えた問題点が、また浮びあがってきて、私のペンの動きを止めてしまった。解決策をいくつか考えてあった筈なのだが、それさえ忘れてしまっていた。

一からやりなおしだな——そう思いながら立ちあがり、私は書庫に入った。

書庫は埃(ほこり)と古い紙の匂いがし、湿気で冷えていた。ここには高さ二メートル以上の書棚が縦に五列並んでいて、本は書棚の両側に納まっている。もちろん部屋の四周の壁ぎわにも、片面の書棚がずっと並んでいる。私は壁ぎわの書棚の史料を数冊抜き、立ったまま頁を繰った。どこに何が記載されているかはだいたい知っているのだが、今は自分の記憶力に自信が持てなかったのである。

赤ん坊の泣き声がした。

今度は、はっきり聞えた。すぐにやんだものの、今度こそは、そら耳である筈はなかった。雑音の入ってこないこの静かな書庫の中で、赤ん坊の泣き声を何か他の声と聞き違える筈もなかったし、私には今まで幻聴の起った経験もない。

「美和」

私は本を持ったまま、書棚と書棚の間のせまい通路を、いそいで端から順に覗きこんでいった。

いちばん端の通路まできた時、今度は背後で、金属的な断続音が数回響いた。あの白いサルの打ち鳴らすシンバルの音にちがいなかった。

「かしゃん。かしゃん。かしゃん」

私はあわてて引き返しながら、たまりかねて大声をあげた。「美和。どこにいるんだ。返事しろ」

ふたたび中央の通路を覗きこんだ時、私は、その通路の中ほど、床上二メートルほどの宙に浮び、ぼんやりとかすんだ赤ん坊のうしろ姿を見た。はっと息をのんで立ちすくんだ瞬間、赤ん坊のからだはかげろうのようにゆらめき、まるで一枚の紙のように平面的な感じになって、何かにひっぱられるように、書棚の中へ吸いこまれて消えた。ぎっしり隙間なく詰っている筈の、本と本の間へ、煙のように、ゆらめきながら消えていったのである。それはちょうど、タバコを喫っている人間を撮った映画のフィルムを逆回転させた時に、その人間の口へ吸い込まれて行く煙の動きそっくりだった。

一瞬のことだった。私は赤ん坊の消えたあたりへ、すぐに駆け寄った。無駄とは知りながら、そのあたりの本を数冊抜きとった。その本を床へ投げ捨て、赤ん坊の姿を求めて、その横の本を、さらにその横の本を、次つぎと床へ投げ捨てた。私はとり乱していた。

やはり、無駄だった。何も発見することはできず、そこにはただ、書棚の裏側から並べてある本の、小口の列があるだけだった。

うずくまり、私は顔を両手で覆った。かしゃん、かしゃんと、白いサルの打ち鳴らすあのシンバルの音だけが、いつまでも私の耳をはなれようとしなかった。

「気がくるいそうだ」

私はそう呟いた。何かを声に出していわぬことには、改めて私を重苦しく包みはじめた密室の静寂に、それ以上耐えることができなかったのである。

はじめて妻の失踪を警察へ届ける気になり、私は電話をした。警察へ届けたって、なんにもならないんだ、そんなことは無駄だ——一方ではそうささやき続ける自分の心から気をそらし、これが今の自分にできる唯一のことだといい聞かせながら、私は係官に事情を説明した。もちろん、私の妄想と受けとられるに相違ないようなことは喋らなかった。

さしあたっては自殺の心配もないと知り、また、故意に自分を落ちつかせようと努めていた私の口調から、係官は、さほどいそぐこともないと判断したらしく、明日きてくれということだった。受話器を置き、私はふたたび机に向った。夕食を食べていないのに、空腹感はなかった。もちろん、眠ることもできなかった。

なぜ、赤ん坊の姿が書庫などにあらわれたのだろう。妻と赤ん坊は、茶の間ではなく、書庫にいる時に消えたのだろうか。なぜ書庫などへ入ったのだろう。それとも、さっき玄関で聞えた赤ん坊の泣き声も、やはりそら耳ではなかったのだろうか。妻と赤ん坊は、どこにいるのだろう。もしや、家の中のどこかで死んでいるのではないか。

そこまで考え、私は机に俯伏せた。死んでいるのか——だから亡霊になって家の中のどこにでもあらわれるのか。

そんなことを考えるな――私は顔をあげた。正気を失ってはいけない。そんなことを考えてはいけない。

私は暗い庭の木立を、窓ガラス越しに睨みつけた。ガラスに映る私の顔は蒼かったが、それは窓の外の檜の葉のせいだと思いこもうとした。檜の葉は風で揺れていた。風は、ますます強くなってきていた。

揺れる檜の葉の間から、にじみ出たかのように、窓ガラスの彼方の暗やみに、赤ん坊を抱いた妻の姿があらわれた。

彼女は、時には透明に近くなったかと思うと、すぐ不透明になり、また半透明に戻った。さっき、書棚へ吸い込まれた時の赤ん坊のように、紙のように薄くなり、平面的になったかと思うと、急になまなましい立体感を持ったりした。

「美和」

私はとびあがるように立ち、傍らのガラスドアを開いてバルコニーへ駆け出た。バルコニーの手摺を握りしめ、私は宙に浮んでいる妻と赤ん坊の方へ身をのり出した。

手をさし出せばすぐ届きそうな距離に思えたのだが、手は届かなかった。はっきりした距離感がないまま、妻と赤ん坊は、私と、ちょうど二階の高さにある庭の檜の梢との間の宙に浮いていた。ふたりの姿は、揺れ動くスクリーンに映写されているかのように、常にゆらめいていて、少しの間も空間に固定されていることがなかった。

赤ん坊は泣き続けているようだった。だがその声は聞えなかった。赤ん坊は、あの白いサルを片手で摑(つか)んでいた。妻は、赤ん坊を自分の肩の高さに抱きしめたまま、恐怖に眼を見ひらいているようだった。彼女からは私の姿が見えないらしく、不安げに、いら立ちながら、しきりに周囲を見まわした。

「美和」私は大声で叫んだ。「美和。わたしだ。こっちだ。ここにいるんだ」

さっ、と、妻が蒼ざめた顔をこちらに向けた。彼女の長い髪が、その蒼じろい頰にまつわりついていた。

一瞬、彼女は私の声を聞いたようだった。私の姿を見たようだった。声こそ聞えなかったが、彼女の唇の恰好(かっこう)から、あなた——と、叫んだにちがいなかった。

彼女は右手で赤ん坊を抱いたまま、左手を私の方へさしのべた。その時、彼女たちの姿は透明ではなくなり、しかも立体的になってくっきりと浮き出た。私がつき出した手に届きそうなほどさしのべられた妻の腕と、その白い指さきには、はっきりと現実感があった。

さっ、と、何かが私の指さきに触れた。それは、妻の指さきかもしれなかったが、あるいは風に舞い落ちる檜の枯葉だったのかもしれなかった。また、単に風が吹き過ぎていっただけなのかもしれなかった。

さらに手をのばそうと身をのり出した時、赤ん坊の手をはなれたかのように、あの白いサルだけが、はっきりした形をとって、宙を私の方へ近づきながら、シンバルを打ち鳴らしはじめた。

「かしゃん、かしゃん、かしゃん」

その音が夜の庭に響きはじめると同時に、妻と赤ん坊の姿は透明に近づき、はげしくゆらめいた。妻には、また私の姿が見えなくなったようだった。彼女の悲しげな、絶望の表情をちらと見た。そして、妻と赤ん坊の姿は消えた。

「かしゃん。かしゃん。かしゃん」

ただ白いサルだけが宙に浮び、まるで私を嘲笑しているかのように、ヒステリックにシンバルを打ち鳴らし続けていた。私は茫然とバルコニーに立ちすくみ、その姿を見つめていた。白いサルは、風の吹き過ぎて行く夜空、私からほんの数メートルはなれた空間に浮び、いつまでもシンバルを叩き続けた。しかもそれは、次第に私の方へ近づき続けていた。

白いサルが私から数十センチの距離に近づいた時、私はさっと手をのばし、見えぬ手からひったくるように、赤い烏帽子(えぼし)をかぶったサルの頭を摑もうとした。

摑むことができた。

サルは動きをとめた。私の胸の中に、動作を停止した白いサルが、両肱をはり、シンバルを拡げていた。静寂の中に、ときどき風の音と葉の揺れる音だけが、潮騒(しおさい)のように響いた。

「戻ってきた」私は、サルを睨みつけながらつぶやいた。「サルだけが戻ってきた」

ふたたび孤独感が襲ってきた。サルは私の手の中で、いかにもいわくありげな表情をし、まがまがしげな様子で前方を睨んでいた。私は、妻と赤ん坊をあの消える空間へひきずり込み、追いやったのは、このサルにちがいないと確信した。

ゆっくりとあたりを見まわし、ふたたび妻と赤ん坊の姿があらわれるのを待ちながら、私は考えた。その消える空間の中にいる妻と赤ん坊が、今、どんな状態でいるのかを考えた。そこは暗黒なのか。それとも、私が見た妻や赤ん坊の姿と同じように、すべてのものが歪み、距離感がなく、時にはふくれあがり時には平面的になって見える世界なのだろうか。

世界――そう、そこはあきらかに、この私のいる現実の世界ではない筈だ。ではいったい、どんな世界なのだ。そして、その世界とこの世界の境界は、出入口は、もしくはふたつの世界をつなぐ空間は、どこにあるのだ。また、どうすればその世界へ入れるのだ。どうすればこの世界へ、また戻ってくることができるのだ。

私はまた、サルを眺めた。

このサルだ。このサルが、今、この現実の世界にある、ただひとつの、あの消える空間へ私をつれて行ける可能性を持った物体なのだ。私はサルを握りしめた。

「さあ。つれて行け。私を、妻と赤ん坊のいる世界へつれて行け」

以前、私が目撃した時の赤ん坊と同様、私のからだが、サルを握った腕の先から徐々に消えて行くのを期待し、サルに向ってそうつぶやいたものの、いったんその世界へ入ってから、またこちらの世界へ戻ってくるためにはどうすればいいのか、それがわからなかった。

おそらく、戻ってはこれないのではないだろうか――そう思い、私はあわててその考えを打ち消した。サルが戻ってきたではないか。

妻が、私の姿を求め、そして私に助けを求めていることは確かなように思えた。さっきの妻の様子からも、また、妻と赤ん坊が、私の行く先ざきにあらわれることからもそう判断できる。してみるとその世界は、こちらの世界のどの空間にもつながっているといえる。たとえ、書庫のような密室であってもだ。ではその世界は、距離のない世界なのか、点、線、面、立体といった、幾何学的な観念のない世界なのか。

いや、そんなことはどうでもいい。どうやって妻と赤ん坊を助け出すかが問題なのだ。私はまた、サルを眺めた。サルも、私の腕も、まだそこにあった。この現実の世界に、消えることなく存在していた。

バルコニーにいつまで立っていても、妻と赤ん坊の姿が、ふたたびあらわれることはなかった。私はサルを握ったまま部屋に戻った。風に吹かれたため、からだが冷えきっていたし、精神的な疲労もあって、いささかぐったりしていた。

書斎を出て正面、階段の右側が寝室である。入ってみると、ふたつ並んだ私と妻のベッドは、どちらもきちんと整えられていた。私は、白いサルを握ったまま、自分のベッドにもぐりこんだ。眠っている間にも、白いサルが消えて行きそうな気がしたからである。握ってさえいれば、いつかは私を、妻と赤ん坊のところへつれていってくれるだろう。

眠ろうとすれば、悪夢の片鱗がちろちろと顔を出した。眠りこんでしまえば、もっと恐ろしい夢を見せてやると脅かされているような気がして、熟睡はできなかった。少しうとうとして眼を醒ますと、いつのまにかサルから手をはなして眠っていた。

もう眠れるまいと思い、暗やみの中でじっと眼を凝らし、私は静寂の中に、いつかまた赤ん坊の泣き声が聞えてくるのではないかと耳をすました。だが静寂が、気のくるいそうな静寂が、ベッドに横たわった私を包んだまま、時間が、ながいながい時間が過ぎていった。

朝になった。

私は陰鬱さに耐え兼ねて家を出た。

街のたたずまいはいつもと変らず、車道の車、歩道の人、商店やビルの姿も、昨日までと何ら異なるところはなかった。だが、私の眼には、それらすべてが歪み、ねじれ、ゆらめき続ける、ひどく奥行きのない風景として映った。騒音さえもが、私の耳にはどこかしらじらしく、現実的でないもののように響き続けていた。

まだ開店したばかりでがらんとしている喫茶店に入り、掃除したあとの埃が朝の陽光の中に乱れとんでいる窓ぎわで濃いコーヒーを飲んでいる間も、私は上着のポケットに入れたサルから手をはなさなかった。どのように非現実的に見えようと、私のいるこの世界はやはり現実の世界であり、サルを握りしめている限り、妻と赤ん坊のいる、あの非現実的な世界との鎖が断ち切られることはない筈だった。

喫茶店から大通りへ出た時、耳もとで赤ん坊の泣き声がした。

私は立ち止まった。耳をすませた。

騒音の中に、またはっきりと赤ん坊の泣き声がした。それは、歩道に立ちすくんでいる私の周囲を、勤め先へといそぐ人びとの話し声でもなければ、車のクラクションでもなかった。

泣き声は、さらに続いた。

その時、ポケットの中でサルを握りしめている私の右手が、ぐい、と、何かに引っぱられるような気がした。あわてて、サルをポケットから出した。出す時に、ほんの少し抵抗があった。だが、出してしまうと、サルにも、私の右手首にも、何の変化も見られなかった。変化といえば、ポケットから手を出すと同時に赤ん坊の泣き声がやんだことだけであった。

サルが消えかけたのだ、と、私は思った。

サルが、私を右手首から消える空間へ引っぱりこもうとしたのだ、と、私は思った。そしてサルが消えない限り、サルがこの世界にいる限り、妻と赤ん坊のいるもうひとつの世界とは、連絡することができないのだ。消えかけたサルをこの世界へ引っぱりこんだものだから、赤ん坊の泣き声も聞えなくなったのだ。

妻が私を追っていることには確信を持つことができた。私の行く先ざきへついてきていることも、はっきりした。そしてずっと、私に助けを求め続けているのである。私は、またはげしい焦燥に駆られた。何かをせずにはいられない気持だった。

無駄とは知りながら私は警察へ行き、妻と赤ん坊の失踪届を出した。係官と簡単な問答を交わし、警察を出てからも、さらにしばらく私は街をさまよい続けた。

あまりあちこち歩きまわっていては、妻が私の姿を見つけにくいのではないか——やがて私はそんなことを思い、正午を少し過ぎた頃、家に戻ってきた。

昼さがりの住宅地はひっそりと静まりかえり、ときどき大通りから車のクラクションと急ブレーキの軋轢音が聞えてくるだけである。だがそれも、家の門を入り、庭木に覆われてうす暗い玄関までの石だたみを少し歩くと、まったく聞えなくなってしまった。陽光は欅、楠などの葉の茂みの隙間から垂直に射し込み、黄楊や山梔子などの下生えの上に点々と散っていた。

私はふと、立ち止まった。ふたたび赤ん坊の泣き声を聞いたからである。

その泣き声は石だたみの左、大きな榎のある方向から断続的に聞え続けていた。泣き声と同時に、ポケットの中の私の右手を、何ものかが軽く引いた。私は右手をポケットの中に入れたまま、つつじの茂みの間を抜けてゆっくりと泣き声に近づいた。榎の根かたにくるまで、私はポケットの中でずっと、あの白いサルを握りしめたままだった。

泣き声は、榎の根もとから約三メートルと思える、私の頭上の空間で、まだ続いている。しかし、そのあたりには、赤ん坊の姿も、妻の姿も見ることができなかった。

私はポケットに入れたままの自分の手を、そっと見おろした。サルを握っているという感触は、たしかにあった。しかし手をポケットに入れているという感触はなくなっていた。事実、私の右手首から先はなくなっていた。右手首だけではない。私の右腕は、肱から先が消えていたのである。

サルを握ったまま、そっと右手を動かしてみると、ポケットに深く突っこんだ筈の右手首を、まっすぐ前方に突き出すことができた上、眼の前にある榎の幹にも触れなかった。私の右肱から先は、あきらかに、あの非現実的な空間に入って消えていた。なぜなら、私の突き出した腕の先は、もしそれがこの現実の世界にあるものならば、当然榎の幹に深く突き刺さっている筈だったからである。

「あなた」

頭上で、妻の声がした。私は、はっと上を見あげた。妻の姿は、やはり見えなかった。

「あなた。あなた。そこにいるの。そこにいるのね」

妻がせきこんだ声でそう叫んでいた。その声は、遠ざかったり、近づいたりはするものの、やはり私の頭上から聞えていることにまちがいはなかった。妻は、私がここにいることを気配で感じとったのだろうか。それとも妻には、この世界から消えた私の右腕が見えるのだろうか。

「ここにいる」と、私は叫んだ。「美和。お前はどこにいるんだ」

「わからないわ」悲しげに、呻くように、妻はいった。「何もかも、歪んで見えるわ、時間がないみたいよ。どういっていいかわからないの。助けて、あなた」妻は泣いていた。「早く助けて」

私は、肱まで消えた腕を頭上に高くさしあげた。サルを握ったままの私の腕の先が、見えない空間の中で何かに触れた。妻だ、と、私は思った。指さきが、妻のからだに触れているのだ。

私は握りしめているサルをはなし、恐らく彼女の足首だろうと思える妻のからだの一部を摑もうとした。だが——私はためらった。ここでサルをはなしてしまえば、もとも子もなくなってしまうのではないだろうか。サルも消え、妻も赤ん坊も戻ってはこられず、それどころか、私の右腕の肱から先も永久に消えたままになってしまうのではないだろうか。

私は右手でサルを握ったまま、左手も頭上にさしあげた。だが、左手は消えなかった。さしあげた左手で右手をつかもうとした。だが、右手首がある筈の空間には何もなく、左手は空をきった。

今度は左手で、消えかけている右の肱を摑んだ。摑むことができた。右手は、次第に肩の方へ消え続けていた。右手が二の腕の中ほどまで消えた時、私の左手首も消えた。

消えた左手首が、見えない空間で妻の足に触れた。私は左手で、妻の足首を握りしめ、ぐい、と、引っぱった。

靴をはいていない妻の足首が、いったん消えた私の左手とともに、頭上にあらわれた。私は力をこめ、さらに引っぱった。左手だけなので力が入らなかったが、けんめいに引っぱった。私の頭上に、妻の脛が、そして膝が、続いてスカートをまとった太腿が、次つぎにあらわれた。

私は左手で妻の足首を握ったまま、さらに伸びあがり、見えぬサルを持った見えぬ右手で、妻の胸あたりと思える部分を抱き、左手で妻の膝を摑み、またも、ぐい、と、引っぱった。妻の腰の部分があらわれ、次に腹が、そして同時に、妻が抱いている赤ん坊の、小さな両足があらわれた。

私はそのまま、妻のからだを地上へ引きずりおろそうとした。足をふんばり、腰を低くして力んだ。力が入らなかった。私はあせった。すでに妻も赤ん坊も、肩のあたりまで戻っていた。あと、消える空間に残されているのは、ふたりの首だけだった。

私は矢も楯もたまらず、握りしめていたサルを手からはなし、両手で妻の服を摑み、いっ気に引きずりおろした。

どさっ、と、ふたりが私のからだの上へ落ちてきた。と、いっても、妻はすでに地上からほんの十数センチしかはなれていないところにあったから、ひどく転倒したわけではない。私が草の上に尻もちをつき、仰向いて横たわると、その胸の上に、赤ん坊を抱いた妻の小柄なからだが俯伏せに倒れてきたのである。

妻と赤ん坊の姿を見て、私は気も狂わんばかりに絶叫した。

「早すぎたんだ。サルをはなすのが早すぎた。全身が出てくるまで、サルをはなしてはいけなかったんだ」

だが、もう遅かった。妻には、首がなかった。妻が肩のあたりで抱きしめている赤ん坊にも首がなかった。どちらも、肩のあたりから次第にぼうとかすみ、頸から上、頭部全体が消えていた。

妻の首は、そして赤ん坊の首は、ついに戻ってくることはなかった。首のない妻は、首のない赤ん坊を抱いたまま、一日中あの薄暗い茶の間で、今もひっそりとすわっている。もちろん、外へ出ることもない。

私は妻のからだに触れることもできるし、赤ん坊を抱くこともできる。だが、妻と会話することはできないし、赤ん坊の泣き声を聞くこともできないのだ。私が、妻の腕の中から赤ん坊を抱きとろうとすると、私の姿が見えない妻は、一瞬、けんめいに赤ん坊をとり戻そうとする。だが、私が軽く彼女の腕をたたいてやると安心し、私に首のない赤ん坊を渡すのだ。私には、そんな妻が哀れだった。だが、どうしてやることもできなかったのである。

あの白いサルの玩具は、それ以後あらわれなかった。妻と赤ん坊の首とともに、永久にもうひとつの世界にとどまるのだろう。だが、あの断続的なシンバルの音だけは、忘れた頃に、とき折耳にした。しかし、あのまがまがしげな顔を私に見せることだけは、二度となかった。

また、ほんのとき折、ちらと赤ん坊の泣き声を聞いたことも数回あった。妻や赤ん坊といっしょにいる時に聞いたこともあったし、書斎にひとりでいる時のこともあったし、時には大通りや、また大学の、史料編纂所にいる時に耳にしたことさえあった。

ただ一度だけ、宙に浮ぶ妻と赤ん坊の首を見たことがある。

夜、ひとりきりで書斎に籠っている時、仕事に疲れた眼を休めようと、ふと暗い庭を窓ガラス越しに眺めた時、以前あらわれたのと同じ檜の手前あたり、暗い空間にぼんやりと並んで、妻と赤ん坊の顔が白く浮んでいた。妻は蒼ざめた顔で眼を閉じていた。そして、おそらく抱きしめているのだろう、赤ん坊の頬に頬を押しあてていた。赤ん坊は眠っていた。その寝顔は可愛かった。まるで名画の中の母子像のように、それは美しかった。私ははげしく胸を打たれた。あるいは、それが美しかったのは当然かもしれない。それは、この世のものではなかったのだから。

時間がないみたいだと妻が洩らしていた、あの世界——非現実的な空間の影響を受けているのだろうか、妻はいつまでも歳をとらず、赤ん坊は少しも大きくならなかった。成長することのない赤ん坊を抱きしめ、いつまでも若わかしい妻は、いつもひっそりと、静かな茶の間にすわっていた。

妻にしてみれば、あれでしあわせなのかもしれない、と、ときどき私は思った。赤ん坊を産んでからは、この古風で陰気な、そして静かで大きな家のことをまったく苦にしなくなった妻、外出もしなくなり、庭の手入れさえしなくなった妻、その妻の心が私にはよくわかっていただけに、むしろ外出することができなくなってしまった現在の方が、妻にとっては希望通りの状態なのではないか、と、私は思うのである。

赤ん坊にしても、白子（アルビノ）という宿命を背負って成長し、ただでさえ住み難い世間へ出ていくよりは、この方が幸福だったのではないだろうか。

だが、たったひとつだけ、私には気になることがあるのだ。もし私が死んだら——いや、たとえ歳をとり、寿命がきて死んだとしても、歳をとらぬ妻と赤ん坊は、その後もずっと生き続けることになるのである。私がいなくなっても、飲まず食わずで生きて行くことのできるふたりは、いつまでもいつまでも、この大きな家の、あの奥まった茶の間で、じっと抱きあったまま、ひっそりと生き続けるのだ。この家がある限り。そして、誰かがふたりを発見するまで——。

化物屋敷

佐藤春夫

借屋生活約二十年間の今までに化物屋敷と呼ばれるものに尠くも六七度は住んだ事がある。別に好んで住んだわけではない。いつも偶然の結果である。さうして多少気味の悪い夢をつづけて見る程度の事はあつても自分の神経衰弱のせゐと思つてゐた。それ以上に物すさまじい気分に襲はれた事もない。尤も、化物屋敷の噂が思ひ当るやうなところはみなそれぞれにあつた。なかに悪家主に迷惑をかけてやらうと店子(たなこ)が代々言ひ残して行つたらうと思へるのもあつた。家は別に不気味な事もなかつたが家主が人間とは思はれない奴なのだから、これも一種の化物屋敷と称(とな)へていいかも知れない。それで家鳴震動(やなりしんどう)の代りに平かならぬ店子の不平が近隣まで鳴りひびいたのであらう。それ等六七軒の化物屋敷の記録を作つてみるのも必ずしも無意味ではあるまい。時にとつては一興とも思はぬではないが、よくよく退屈な時の筆まかせでもない限りは少々馬鹿げた気がするから、今はそのなかで、多少異色があつたものだけを記して見よう。

もう殆んど二十年の昔になる。記憶もすべて色褪せたが、その頃失敗つづきの結婚生活を一時打切つて独身生活にかへつてゐた自分は弟の家に厄介になつてゐた。それまでにもう二度もその経験のある自分は弟の家庭に離縁ばなしが持ち上つたのを逃避して旅行に出てしまつた。弟の離婚はその後たうとう実現されて彼等は家を畳む勢になつた。その報告と相談とに対しては自分は好意ある冷淡以上のものを示す方法を知らないから、唯勝手にするがいいと捨て置いた。しかしさうばかり打捨てて置けないのは、自分の預けて置いてある荷物であつた。ガラクタが相当カサ張つてゐるのを持ち扱つてゐるといふから、近所の貸間なり下宿なりの一二室を借りるともそれで間に合はなければ小さな家を一軒でもいい適当にやつて置けと命じたけれど、到底一二室位で納まりきらない。家を一軒となると荷物だけでは不用心だから留守番が必要だといふ。それでは当時沢山ゐた出入の青年のうち石垣にでも頼んで住はせたらと言つてやると、あんなズボラな連中に留守番はさせられないといふ。それでは何もかもたたき売つて仕舞へといふと弟は自分のも売つたが二束三文で惜しかつたからやめた方がよからうといふ。面倒だどうなりといいやうにして置いてくれと言つてやると、最後に電報でともかく一度帰つて来いと来た。こんなクソ面白くもない手紙の往復を重ねてゐるうちに旅行予定の日子もすぎてはゐるが、それを逃げた目的も達せずに帰るのはいやだし、自分が帰京してみたところで更に名案もないのだからカタヅカヌウチハカヘラヌとすまし返つて知らん顔をしてゐた。ガラクタの困ることは予めわかつてゐるから旅に出る時にも払つてしまふことを力説したのに、弟の家庭問題で田舎から出て来てゐた姉が勿体ないを連発するのでツイ実現せずに来てしまつたのだから、この方の荷物は当然姉に整理して貰へる筈であつた。あとの机のまはりのものは旅行前にも頼んで石垣がやつてくれる事になつてゐたのだから、弟に電報を出すと同時に石垣にもハガキを出して且つは督励し且つは改めて懇願して置いた。

石垣からは四五日後に返事が来て「もういつ御帰京されてもよろしい。お気に召すかどうかは存じませぬが御荷物は御姉上様の御差図によつてさる家へ預け込みました。お机もともかく同じ家の静かな一室に据ゑて明窓浄机は既に先生の御帰京を御待ち致し居ります。左記へ電報を頂けば池田や東なども誘ひ合せて駅へお迎へに出ます」といふ文句であつた。

石垣はお祭騒ぎの好きな奴だが、さうどや／＼と出迎へられるのは迷惑ながら、誰かに来て貰はないでは自分の新居が判らないのだから困る。由来番地によつて家を捜すのは容易に成功せぬ自分だ。幾人でも来たいだけつれて来るがいい。ひとりなら待たせては気の毒だが大ぜいなら一時間や半時待たせて置くのも構はぬし、代り番に旅鞄を運んで貰ふといふ便宜もある。石垣もそのつもりであらう。

電報で頼んで置いたとほり二時半に品川に着いてみると、石垣は同勢を四人も引きつれて出迎へてゐた。池田、東、浜野、それに彼等の仲間で一二度は顔を見たがまだ名前をおぼえてゐない男まで加はつてゐた。景気づけに同勢を残らず狩り出して来たものと思へた。けれども石垣の説明を聞いてゐるうちに、彼等は石垣の勧誘を待つまでもなく皆自発的に散歩を兼ねて出迎へたものと知れて来た。石垣に宛てた一本の電報はやがて彼等一同に宛てたものと同様の効果があつたのである。といふのは、彼等はみな石垣と同宿、つまりは自分のがらくたと同宿であつた。といふよりも自分と自分の荷物とは石垣の仲間が大部分を占領してゐるさる素人下宿の二室に引取られたもので、二室に納め切れないもののためには、それぞれこの人々がその押入の一部分を提供してゐることまで追々とわかつて来た。弟の家の食客をやめた自分は、かうして自分の弟子と自称する一団の青年たちの同宿人になつてゐたわけである。姉はと聞いてみると、荷物の整理のため一両日は止宿してゐたが、それも片づくにつれて退屈になつたらしく、自分の帰京を待ちくたびれてゐたのがいつ帰るやら当にはならないといふので一昨晩自分の電報がとどくほんの少し前に帰郷してしまつたといふ事であつた。

自分は青年たちに促されて渋谷の駅に下車した。その素人下宿といふのはこの場末の三業地の一隅にあるのだといふ事であつた。絃歌湧くが如きなかに、北に筑波を西に富士を見晴す宏壮な三層楼だといふ石垣の説明は口調に少々道化があつたけれども行つて見るに及んで大して誇張のないものに思へた。一間の硝子戸を二枚入れた入口からそれにつゞく二坪の土間、式台にまがふ上り框につづく廊下の広さなど、一目見るなり場所柄当然料理屋として建てた家とわかつた。自分の部屋は二階だといふから先づ自分の部屋を見ようと二階へ急いだ。入口の左手の壁に沿うて見える階段を上らうとして自分は何故か先づこの階段が面白くないと思つた。それは地階から二階へ二階から三階へ登る二つの階段が一直線につづいてゐたためであらうか、別だん勾配が急といふわけでもないのに眩暈を誘ふやうな感じを伴ふのが不愉快であつた。その階段を二階まで昇つてみると間取の都合か何かで躍り場が頗る狭い。やつと三尺あるかどうかが疑はしい程である。最もそのわきへ一歩ふみ出すと四尺幅の廊下へ出る。自分の部屋といふのはその廊下づたひに三階へ昇る階段の裏手にある六畳の一室であつた。雨戸を〆切つたうす暗いなかに雑然と荷物を投げ込んであるせゐか陰気ないやな部屋である。もう一間といふのは廊下をへだてた向ひ側で姉はそこにゐたとかいふが、二つとも似たりよつたりで明窓と浄几とを何れにか求めんと叫びたくなるやうな情けない気がした。

「あきまへんか。」

と石垣は素早く自分の顔色を見てわざとトボケタロ調である。何れは仮りの宿のつもりではあり註文も文句も一切言はないといふ条件で探させたのだから自分は不満を抑へてゐる外はなかつたが先刻この家の表へ立つた時から起つてゐた腹立しいとも情けないとも訝しいとも言へない強ひてこれを言へばそれ等の諸感情を打つて一丸としてその表面をさびしさで塗りこめたやうな心持が刻々に迫るのを感じた。さうして日頃はそんな気持もあまり起らないのに、姉や弟などに会ひたいやうな切ない気がするのであつた。やはり旅の疲労でもあらう。

「ちと陰気だね。」

と自分がひとりごとに呟いたのを石垣はすぐ耳に入れて、

「三階ならばお気に召すかも知れませんね。まあ御覧になつてください。どこの部屋でも御気に召したところがあつたらお取り代へします。はじめから皆そのつもりですから。」

自分は大した期待をも抱かなかつたが、とにかく石垣の後につづいて三階へ上つて見た。ここは今までの陰気なへんな心持を一掃するに足る明るさであつた。わけても池田と浜野との二人が占領してゐるといふ表の八畳は高台の上にある三階だけに石垣の言葉のとほり北に向つた一間の縁側がすばらしい見晴しであつた。雲烟につつまれた地平線上に筑波かと思はれる山が見えてその間の平地に起伏する丘や山林などが折からの夕日に浮き上つて見えるのであつた。夜になるとその地平のところどころに灯影も星のやうに見えるといふのであつた。その風景の上を吹き過ぎて渡つて来る風もこれから盛夏に入らうとする今貴重なものであつた。この縁側に籐の寝椅子を置いて昼寝を貪つたらよからうと大へん気に入つたけれど、池田も浜野も気に入つてゐると聞くと彼等の先取権を無視してここを占有しようといふ気もなくなつた。その代り時々ここへ遊びに来て自分の部屋同様に使ふことにしよう。そのうしろの八畳といふのは自分の部屋のすぐ上に当るところであるが、これも表ほどではないが、梧桐（あをぎり）の梢を南の窓に見る悪くない部屋であつた。これは冬になつたら好もしいに違ひない。夏は池田の部屋をさうして冬は東のこの部屋をわが物顔に使ふ特権を自分は身勝手に決めた。石垣はわが身に迷惑のかからぬ事だけにすぐ賛成の意を表したばかりか、彼等には石垣から然るべく申込んで置くとさへいふのであつた。最後に行つてみたのは階段の上り口に近い石垣の部屋であつた。北と西とに窓を持つた六畳であつた。彼が机を据ゑた窓の外には富士山が小さく見えてゐた。石垣は俗つぽいシヨオもない山だと吐き出すやうに言つた。自分は石垣の机の側に座を占めて、彼を相手に旅の話などをして聞かせて、皆がそれぞれ自分よりいい部屋を決めてしまつてゐる不平などをなるべく言はないでゐた。人のいい姉が石垣にでも言ひくるめられて悪い部屋を押しつけられ、どうせ荷物を入れるのだからどこでもいいことにしたのであらうと思つた。それにしても自分の部屋の陰気さが今だに頭にしみ込んでゐて消えないのは不思議であつた。

「君この家はどうもちとへんな家のやうな気がするけれど別にかはつた事もあるまいね。」

と自分は石垣に聞いてみた。

「イヤデツセ、センセ。おどかしちやいけませんよ」と石垣は例によつて道化た口調であつたがそれを改めて「どうしてそんな気がしましたやろ——明るい気分の家やありまへんか」と関西訛をまる出しだけれども口調だけは真面目であつた。

「どうしてだか理由は自分にもわからない。しかし第一印象がどうもよくない。玄関から高い長い階段を見上げた時はいやな気がしたよ。それから二階の部屋へ行つてみるとあまり陰気でね。——三階はさうでもないが。三階はいい部屋ばかりだね。それが一層をかしい。みな相当な部屋だし家全体だつてさう古びても居ないではないか。」

「二階の陰気なのは〆切つて誰も住んで居らなかつたからではありませんか。それにこの家では二階が一番人口が少いのですからね。——三階が四人、下が三人、二階が今までは二人、いや一人半にも足りませんか。」

螢籠のやうに四角な家が同じ坪数を三重に積み上げた建物だけに各階の人口を論ずるのは石垣特有のをかしみがあつた。それにしても、

「ひとり半にも足りないといふのは？」

「小さな子供とお母さんとがゐますが、親子とも不具者です——そやな、あの母子はちと陰気やな（と石垣はしきりに自問自答して）先生のお隣りの部屋ですが、五つになつてもまだ口を利かないといふ子供を育ててゐるびつこの後家さんです。後家さんやともいふし、亭主がほかに女子をこしらへたんで別居してゐるらしいともいふ。どつちやがほんまやわからへん。」

「年は。」

「まあ見たところ三十五六か知ら。」

「顔立は。」

「アキマヘン。テンとアキマヘン。」

と石垣はアッサリ無慈悲な一句で評し去つてバットに火をつけてゐる。

「皆ここに来て十日位にはなるのだね。誰も今までに僕のやうな感じを持つたものはなかつたかい。」

「別にそんな話出た事はありません。」

「それなら別に気にすることもないね。」

「ただ僕一ぺんをかしな事ありました。越してきて二日目か三日目か知らの晩でした。かうしてここへ坐つて原稿書きで徹夜してゐますと、何やあそこのふすまがそつと開いたやうな気がしたのでふりかへつて見たら誰も居らしまへん。でも誰やら僕のところのぞいてから梯子段を下りて行つたものがあるやうな気がしてならんので、気をつけてゐましたけれどそれ切り誰も上つては来ません。をかしいなおもうて、池田の奴でもフラフラしをつて、下の後家さんのとこでも忍んで行くのに様子伺つて置いて行きやがつたのかいな思うたりして、朝になつてからゆうべ誰ぞ僕の部屋のぞいてから便所へ下りたものないか尋ねて見ましたけど、誰もそんな者ありやしまへん。さうか。そやつたらついそんな気したのや言うてすましましたけど、ちとへんでした。へえ、その晩きりです。」

石垣とそんな話をした翌日だか翌々日だつたか忘れたが、やはり夕方まで雑談をしてゐてから急に皆を誘うて散歩に出ようといふ気になつた。この間迎へに来てもらつたお礼をせずにゐたのを思ひ出して一緒にビール位飲まうかと思ひ立つたのである。浴衣でも着かへ直さうと思つて自分の部屋へ行つた。夏の夕方、外はまだ明るくて部屋の内は暗くなつてゐる時刻である。つかつかと自分の部屋へ突進して行つた自分は、南側の障子の外に何やら黒い影がさしてゐるに気がついて、その方へ進んで行つて障子を明けて窓の外を確めてみた。出窓のやうになつてゐる外枠の上にぶらさがつてゐるものがある。正体を見きはめるひまもなく自分は部屋を飛び出してしまつた。浴衣を着かへるどころか明けた障子を閉めるだけの余裕もなかつた。三階へ駆け上つて行くと青年達は自分の様子を見て驚いたらしく、どうしたか、どうしたかと詰め寄るのであつた。自分の顔色が蒼白だといふのである。自分は自分の部屋の窓に正体の知れないものがぶらさがつてゐるのを見たからだとありのままを話して石垣や池田や東を連れてもう一度部屋のなかへ入つて見た。部屋の電燈をともしてもう一度皆揃つて見直すと何の事はない。そこにぶらさがつてゐたものは足駄の爪皮がゴムのところを釘にひつかけてあるのが夕風にゆれてゐるだけの事であつた。人々の笑ふのはもとより自分も自分の臆病がわれながらをかしくもきまりが悪いので困つた。しかし自分の見たものは最初障子に映つてゐた物影は勿論、障子を明けて見直した時にも、もつと大きなものに思へたのである。その晩自分は石垣にさんざ冷かされながらも彼の部屋へ寝させて貰つて一夜を過した。この事があつてから後は自分は全く怯えてしまつてどうしても自分の部屋でひとりゐる気がしなくなつてしまつた。ぢつとそこに落着いてゐる間はまだそれほどでもないが、室の外にゐて自分の部屋へ帰らなければならないと考へる事のさびしさが我慢の出来ないものであつた。いよいよ自分の部屋へ入る段になるとどうしてもひとりでは入れなかつた。人々を同伴して入る時でさへもそれは自分の居室へ入るといふよりは何か他人の密室へ侵し入るやうな緊張した不気味なやましさに似た気持がしてならないのであつた。自分の今迄の経験によると化物屋敷に共通な怖ろしさは帰つて行く時のこの気持の一つにあるやうな気がする。さうして人恋しく同伴の人をいつまでも引きとめて置きたい。自分の部屋以外のところで人々と一緒にゐたくてならないといふ妙なさびしさだけである。自分は終に二階の自分の部屋で生活することをやめて三階の石垣の部屋に同室することになつた。さうして半月ばかり居る間に三階の連中に異変が生じて来た。先づ池田の部屋の同居人の浜野が精神に異常を来たしはじめた。武蔵野一帯はどこを掘つても人骨だらけである。考古学上の大発見をしたと言つて牛の骨か何か拾つて来たのがはじめであつた。犬のくはへてゐたものか何かであつたらうそれが今度は猫の頭の骨を捜し出して来て、人間の髑髏だと主張して聞かないばかりか、その髑髏を抱いて東の部屋へ侵入してそこの窓から梧桐の葉越しにその髑髏を裏の家へ投げつけようとするのであつた。それをなだめすかしてやめさせると、髑髏がいけないといふならばといふので路傍から石臼のかけを拾つて来た。並大抵の力では両手でも持ち上げられないのを彼は細腕の片手で持ち上げて礫のやうに窓外へ投げようと身構へするのであつた。我々は持てあまして電報で父兄の上京を促した。医師の診断の結果は当分病院に収容する必要があると認められた。次には平生病弱な東が朝夕微熱を発してゐたのがまだしもせぬうちに喀血したとひとりで騒ぎはじめて人毎に衰弱を訴へ早晩生命はあるまいその証拠には毎晩就眠前に自分が映してみる鏡には自分ではない見も知らぬ蒼白な顔が映ると主張するのであつた。これもどうやら精神状態が異常と思へた。

これ等の騒ぎが引きつづいて起りはじめた頃、或る晩石垣が下の主人の伝言だといふので自分を茶の間へ呼びに来た。主人と主婦とが自分に相談があるといふのださうである。この時、石垣からはじめて聞いたが、本来この素人下宿の主婦といふのはこの土地の芸者であるが、亭主持ちの中婆だから月に一度か二度ぐらゐしか座敷がかからないので内職に素人下宿をはじめた者だといふ。はじめは東の知人から紹介されて、自分のガラクタが二室なり三室なりを占領するならその荷物の預り代だけでも借りられる適当な家の心当りがあるから、序に若い元気のいい連中を四五人も好意的に世話したいといふ話と主婦が中婆にしろ何にしろ芸者といふのに好奇心を動かした青年たちの同志が四人出来たのでこの素人下宿ははじまつたわけであつたといふ。つまり自分のガラクタ保管料だけで家賃が出るといふのだから曰く附の家に相違なかつたのである。この婆芸者は界隈で名うての家に目星をつけてそれの利用方法を案出したわけであつたと見える。おやぢの奴はもう恐縮し切つて閉口してゐますよ。さうして第一印象で怪しい家と見て取つたと話したものだから、先生の御眼力には全くおそれ入りましたよ。かみさんもこのごろは毎晩恐ろしがつて泣いてゐるといふのです。どんな話ですかとにかく一度行つて見てやつて下さい。おやぢの奴畳に頭をすりつけて拝まんばかりにしてゐますよ――といふのが石垣の話であつた。

階下の階段下の茶の間へ行つてみると四十五六と見えるおやぢが晩酌を一本やつたとかで赤銅(しやくどう)色(いろ)になつてゐるのが自分を見るなり平身低頭して、

「御免下さいまし、こんな色をして居ります。あまり陰気くさいので気散じに一杯やりました。それに素面では何分申上げにくうございましてな。先づ第一にお詫び申上げなくちやなりませんが、さすがは先生の御眼鏡は違ひますな――どうしてこの家を怪しいとおにらみなさいましたか。」

「外ではないよ。場所柄ではあり建物の造りから言つても立派に待合なり料理屋なりに使ひ道のある家を素人下宿などにつぶして使ふといふところにどうも曰くがあらうかと思つただけの事でね。」

「成程、なるほど。おそれ入りました。全くお言葉のとほり。まるで使ひ道のない曰く附の家でございまして一月でも二月でも住んでさへ貰へばいい永ければ永いほどいい住んでゐる間はいつまででも唯で貸せるといふ話を聞き込んで来て嬶が家主さんに確めるとそれに相違ないといふのでその気になつたものです。尤も外に方法もありませんでしたし、泥棒や詐欺をするよりは増しだと思ひましたからね。わたしはこれでも陸軍の軍曹でしてな、三十七八年の戦役にも第二軍に従軍してゐます。化物屋敷などは糞とも思ひません。それにおいでになつて下さる方が皆さん教育のある若い元気な方ばかりが揃つてゐらつしやるから神経に病む方もあるまい。賑やかで気が強いと嬶なども実ははじめ喜んで居りました。ただ女中がゐつかないのに困りましたな。どこからでもすぐ聞かされて来ますからね。今までにもう四五人も変りました。どれも三日とは落ちつきません。三日居た奴はきつと三日目に近所で聞き込んだので聞き込むと直ぐ逃げたのでせう。それで嬶は女中も置けないで皆さんの御用やこの広い家の拭き掃除まで一切自分の手でやるのはかなはない。もう早くやめさせてくれとせがみますが、勿論おまんまを頂くにはそれ位の苦労は何でもあるまい、お前もおさんになつたと思へば何でもあるまいと叱りつけて居ましたが、仕事が苦しいところへ気を病むせゐか体がだんだん悪くなつて来ましてな。尤も嬶やわたしに祟る分には致し方もございませんが、浜野さんや東さんのやうな事がひきつづいて起るやうでは何とも申しわけがございません。何を迷信がと考へてゐましたがから験が見えて来てしまつてはかなひませんから、実は今日、易者のところへ行つて相談しましたが、こちらが何も言ひ出さないうちにお前さん住ゐの心配で相談にきなすつたなと来たのにはすつかり参りましたよ。その次の言葉は、いけねえ早く越しておしまひなさいですとさ。お前さんはよつぽど強い星に生れついて来てゐるからいいやうなもののお神さんなぞはもうそろそろいけなくなりかかつてゐる。一時も早く越してしまはなければ住まつてゐる者全部、弱い星の者から順々に皆駄目ですぞ。お前さん知るまいがお前さんのゐる家には死霊が二つも三つもついてゐるから到底かなはないのですとさ——お前さん知るまいがだけはさすがの易者先生図星とはいきませんでしたね。こちらが万事呑込んでかかつてゐるとは見抜けなかつたのですね。それはともかくも言ふ事が一々思い当るので、わたしももうこの家は切り上げる気になりましてね、すぐその足で二三軒さがして置いて来ました。実はそれに就て先生にお願ひ申したいのは外でもありませんが、今度こそはレッキとした家をさがしますから、こんなインチキおやぢでも愛想をつかさないでおつき合ひ下さいませ。今までどほりお荷物をお預りしたり先生やお弟子さんたちのお世話をさせて頂ければ地道に致しまして夫婦だけの口すぎには足りるからと嗅が厚かましいが打明けて先生にお願ひ申してみようと申しますので、皆さんさへ御承知下されば一日も早い方がいいから今日見て置いたうちのどちらか、皆さんにきめて頂いてお気に召した方を明日にでも取り決めて引越しさせて頂きます。それはもう何もかもすつかりわたしどもでいたしますとも、皆さんにはお体だけ先にお運び願つて向うで待つて居ていただくだけの事といふので自分も大たい賛成したところへ、隣室で鏡に向つて髪をなでつけてゐたらしい主婦が顔を出した。婦人病のうへに腎臓でも病んでゐるかと思へるやうな蒼白な顔が冬瓜のやうに腫れぼつたくむくんだ四十女である。主よりお聞きのとほりまことに申わけのない次第と手をついて詫びるのをいいかげんにやめさせようと、それでこの家の因縁といふのはと問はうとすると、その話はここでは口外するのも怖ろしいから、新らしい家へ越してからゆるゆる申し上げることにいたしませう。たとひ一晩でもここにおいでになる間にお聞きなすつてはお気持がよくございますまいからといふのであつた。

翌日我々はこの高台の三層楼を逃げ出した。口の利けない子供を持つたびつこの女だけはいづれは空いている部屋があつたのだから一人でも人数の多い方が賑やかでいいと罪ほろぼしに金を取らずに置いてゐたのだけれど、今度はもうそれも出来ないといふのでこの母子の世話は断り、病人の東の代りは石垣が誰か別につれて来た。主婦の顔色は急には直らなかつたけれども女中を置いて気楽さうに養生してゐた。家賃を払はない家に五人の下宿人を置いて自分の荷物の二室も二十円やそこらは払つてゐたのだから、今度の家の敷金の外に多少の貯金も出来た道理であらう。

化物屋敷の由来といふのを聞くと、あの三層楼はもとあの土地の眺望に見込みをつけた人が、料理屋として設計したのが身の程に過ぎたものになつて工費の手詰りから工事中の建物を抵当に地主（家のうら手にある）から工面をしたのがもつれのもとになつて、工事落成とともに景気よく開業したところを押へられてしまつたとやらでそんな紛糾から普請主は逆上して家にけちをつけてやらうと三階の筑波を見晴らす縁側で割腹して死に切れないで階段を四つん這ひになつて下りたとか、その細君と割腹した主人の弟とがどうとかいふ噂があつたのが、そのうちのひとりは

まもなく病死し、後のひとりは縊死したとかいふのであつたが、詳しいところはもうおぼえては
ゐない。

化けもの屋敷

吉田健一

　まだ空襲の焼け跡が目に付く時代、或は寧ろそれがどこにでもあつた頃に木山が兎に角住める場所を探してゐると小石川山伏町の高台に一軒の家が空き家になつてゐるのが木山の前に突然現れたやうにあつた。それは板塀が壊れてゐて長い間手入れしてなくて荒れた庭であつても庭もあつて家も修理が利かなくなつてゐる程のことはなかつた。それが売りに出てゐるのでも貸し家でもその辺に家の恰好をした家がまだ残つてゐるのが珍しくて木山はその持主を探したがそれがその近所に住んでゐて相談に応じるといふやうな簡単なことでなかつた。何でも区役所の話ではその持主といふのがどこにゐるのか解らなくて税も払はずそれでも督促状、催告状と根気よくその家の番地宛てに送つてゐるとこれはどうにか持主に届くのか差し押へも間近になつて区役所に金が幾らか送られて来るので差し押へが延期になるといふ状態が続いてゐるといふことだつた。

　それでは仕方がないと諦めてゐると今度は持主にどのやうなことが起つたのか督促状も催告状も利き目がなくて遂にそこの家と土地が競売されることになり、それが木山のものになることをその持主だか誰だかが望んでゐたのかどうか木山にそこが落札した。それまで木山が住んでゐた掘つ立て小屋が建つてゐる地所は木山のものだつたからそれを売つて金を工面することが出来たのである。その次に大工が入つて家の修理をして植木屋が庭を庭らしい形に戻し、その廻りの板塀も継ぎ接ぎではあつても壊れてはゐなくなつた。そこに引つ越して来るのも一人暮しの隠居では簡単なことだつた。木山は兎に角暮して行けるだけのものはあつて無職だつたから差し当り隠居といふことになる。併し住居といふのはかなり人間の暮しに影響するもののやうでそれまでの急拵への小屋と違つてその昔住んでゐた家のやうに廊下が続いてゐたり壁に漆喰が塗つてあつたりするのが初めのうちは木山に珍しかつた。又縁側のガラス戸越しに見える庭が直ぐには自分の家のものとは思へなかつた。

廊下の途中に開き戸があつて廊下の向うとこつちを仕切つてゐるのがどうかすると自然に開いたり締つたりするのはそこを通り掛つた時の締め方が足りなかつた為といふことですんだ。少しでも家らしい家、間数が必要であるだけなのを越えてゐる家に住んでゐれば、殊にそこに一人でゐれば家といふものは必ずしも予期してゐないこと、又説明も付かないことが起つても驚くことはない。それで障子も開いて又締ること、少くともその音がすることがあり、その家に自分の他に誰もゐない筈なのに人の話し声が聞えて来るやうに思へることもある。木山は前から二間か三間に限られたのでない家に一人でゐて家といふのを一種の生きものに考へてゐた。そこに住んでゐるものから生命を得るやうでその証拠に余り長い間空き家になつたままでゐたのは死んでゐる感じがした。併しその間も生き続ける位に何代も人が住み続けるか或は活気に溢れるものがそこにゐたといふことになればどうだらうか。例へば人がゐなくなつてから暫くたつて又人が住み込んで家が息を吹き返すとともにそれまでの記憶も取り戻すといふことも考へられた。

木山は一人暮しに馴れてゐたから掃除をしたりするのが苦にならないのみならず汚れてゐるのが気になつたから掃除には念を入れた。それで庭に沿つた廊下で雑巾掛けをしてゐるやうな時に開き戸から向うに進む頃に話し声が聞えて来ることがあつて木山は又やつてゐると思つた。それは何人かのものが一軒の家に住んでゐれば当然聞えて来るのと少しも違はない調子のもので又それ以上に耳障りのものでもなかつた。今は木山一人しかその家にゐないことからすればそれは前にそこにゐた人達の声でその響には劇も緊張もなくて無事に日々を送つてゐる人達が一緒にゐるからする話と取れたから木山もその人達と暮してゐる気分になつた。或は少くともその話し声が聞えてゐる間はさうでそれが止めば誰かが立つて行つたかして話が途絶えたのだつた。或は台所に食事のものを下げてそれを洗ふ積りで又台所に行くとそれが既に洗はれて流しの脇に重ねてあることがあつた。これは最初にそこに行つた時と二度目に行つた時の間に記憶がどうかしたのでない限り気のせゐではすまされないことで木山はそこの家にまだゐるものがただゐるだけでは満足出来なくて家事にも手が出したくなることがあるのかとも考へた。何れにしてもそれで木山は助かつて文句が言へる筋合ひでなかつた。

木山は庭の手入れは植木屋を頼むことにしてゐた。それをその家にゐる気配がするもの、或は人達が心得てなのか植木屋が来た後の他は庭がいぢくられた様子はなかつたが庭下駄が沓脱ぎから縁側に木山が上つた時と別な具合になつてゐることがあつて木山はその人達が庭の木を見たりして歩き廻ることもあるのかと思つた。それが実際に下駄を履いてならば下駄だけが庭の中を動いて行く所が想像される。併し庭を歩き廻るといふことをするのがその気配で庭下駄の位置だけを変へるといふことも考へられて前にそこにゐたものが今でもそれまでに馴染んだ庭に惹かれることにも木山は少しも反対する考へはなかつた。前に庭に雪が積つたことがあるならば今も庭に積つた雪は懐しい筈である。或は梅が咲いてその匂ひがその辺に漂ふのは前にあつたことだから改めてそれを確める必要がないといふことはない。木山は前にその家にゐた人達がその家を大事にしてゐたのだといふ気がして来た。又それが前にそこにゐたのだといふことも怪めば怪めた。

或る一定の場所に何人の人間がゐるかといふことは眼に見えるだけで決められることでない。或は人間といふのでは必ずしも当を得てゐないならば人間の恰好をしてゐなくても人間の働きをする精神、魂といふやうなものとその他にも或は人間がどの位ゐるかといふのは眼で見て数へられるものに限られてゐなくて関ヶ原の古戦場には今でも亡霊が出てそれが大概は手が一本ないといふ風な不具ださうである。それならば激戦が行はれたりしたのでなくても一軒の家に住みついた人間がそこを去つて跡形もなくその家を離れるとは決つてゐなくてもし何か残つてゐるのならばそれは声しかしないものかも知れない。併し声だけしか聞えなくて人間の恰好をしてゐなくてもそれを人間と見ることはないと言ひ切れなくてその何かは人間が口を利くのと同じ気持で言葉を発してゐるものと思はれる。さうすると一軒の家に一人でゐてその他に誰もゐないと考へるのが聊か軽率になるので部屋にゐて空気が重く感じられるのも天候のせゐだけとは決められないのである。

併しそれを嫌ふことはなくて重く感じるといふのも本当に自分一人でゐる時とは違ふといふことに止つて誰か別な人間が一人来てゐても部屋の空気が違ふ。寧ろ自分がゐる家がその家に見えるのは前にそこにゐた人達にその家がそのやうに見えたからで今もそれをさう見てゐないとは限らないと考へた方が早い。木山はその家にゐるに従つてそこに他の人達、前にそこにゐた人達と住んでゐる気がして来てそれがその家にゐることに温みを与へた。或はそのこととその家は一つで自分が一人でゐるのに他に誰かがそれも一人でなしにゐるのみならずその感じもすればその音も聞えるのがその家だつた。これは木山がその人達に敵意でなくて親みを覚えたといふことにもなるだらうか。もしそれが気に入らなくて眼に見えないものが家の中をうろうろしてゐるか或はその感じがしたならばいい気持がする訳がない。又さうなれば化けもの退治といふことになるか。或は又家を探さなければならなかつた。

日が暮れると木山がゐる所にだけ電気を付けてさうすると電気が付いてない座敷の方で人の話し声が殊の外に賑かになるやうだつた。或は確かに賑かになつてそこまで行つて見れば電気も付いてゐるのではないかといふ感じがした。併しそれで木山はその家にゐる何かとの最初の問題にぶつかつてそれは木山はその家にゐるのが自分だけではないことを知つてゐてもその何かの方は木山がそこに移つて来たことに気が付いてゐるのだらうかといふことだつた。もし気が付いてゐなければ他人でそれが集つてゐる中に挨拶もしないで入つて行くのは遠慮しなければならないことだつた。又挨拶をするとしてその時に何と言つたらばいいのか。木山はそれまでただ簡単に人間か人間と見ていいものと考へてゐたのだつたがまだ木山はさういふものと付き合つたことがなかつた。その話し声からすれば日本語で話してゐるやうであつてもそれさへも確かでなくて要するに木山にはその家にゐる何かに親みを覚えながらそれがどういふものなのか解らないでゐるのだつた。

併し不思議なもので空き家だつた家に人が入つて来れば家も生き返るやうに木山がその家にゐる

て日がたつて行つてその家のどういふ部分にも馴染んで来るとその家に前からゐたと思はれるその何かも活気を帯びることになつたらしくて話し声もしつかりしたものになつた。又それは日本語だつた。或る日廊下の端まで行つてそこを曲るとその先の廊下に向つてゐる座敷の襖の一つが開いてそこに立つた一人の老人が木山の方を見た。そして木山の邪魔をしない積りなのか襖が又締つてそれだけのことで終つたがそれが木山がその家に自分とゐる人達に就て考へてゐたことを裏切らない品がよくてどこかおどけた感じがする和服のさういふ老人だつたことで自分が初めからそこの人達に親みを覚えてゐたのも間違つてゐなかつたと木山は思つた。その襖の向うで老人が消えたのかまだそこに立つてゐるのかは問題でなかつた。そこの家の人達は先づ眼に見えないでゐるのが普通のやうでその一人が木山の前に姿を現したのは好意からのこととしか思へなかつた。

それから暫くして或る晩のこと電気を消して床に入ると暗闇の中で何かが木山の顔に触るのを感じた。ラフカヂオ・ハーンによると幽霊や化けものに就て一番恐いのはそれに触られることだといふことであるが木山が感じたのは明かに犬の鼻面で犬の鼻や口の廻りに生えてゐる柔かな毛には犬を飼つたことがあるものならば間違へやうがない肌触りを伝へるものがある。この家に前は犬もゐたと木山は思つてそれが何故か過去形を取つた。併しその犬が今は木山の枕許にゐてその顔に近づきの印に鼻面を持つて来てゐた。尤もその程度のことでいきなり手を出して頭を撫でたりしては犬を怒らせる危険があるので暫く待つてからそつと頭を撫でてやると犬は逆はなかつた。又それは人間の手で素直に育てられた犬を示すものであつた。木山は前に犬を飼つた経験からそのまま犬を床の中に引き入れてやれば悪い癖を付けることになることが解つてゐるので掛け蒲団の上に寝かせようとしてゐるうちに自分の方が先に眠つてしまつた。

さうするといつか現れた老人にも触れたことになる。ラフカヂオ・ハーンの説にも拘らず木山の考へでは人間と兎に角人間とは言へなくなつたものの違ひは人間でなくなつてゐるものは触らうとしてもそれが空を摑む結果になることにあつて犬の鼻面が冷たかつたのは健康な犬ならば当り前のことであり、その辺に生えてゐる毛は確かに毛の感じがした。併しさうするとその家に自分の他にゐるものは触ることが出来るから人間であるといふことになりさうで人間にそのやうに偶に話し声を聞かせるだけのゐるのかゐないのか解らない暮し方が続けられるものでなかつた。それならば現れたり消えたりして木山の前に現れる時は触れたと感じさせることまでするといふことも考へられた。そして一つだけ確かなのはどういふ具合にそのもの達がそこの家にゐるのでも木山がその一群のものに親みを覚えてゐることに変りはないことだつた。それはその犬の飼ひ方からも感じられて同じ動物でも犬は人間よりも遙かに純粋な存在、或は純粋な精神の持主であるからそれが人間にどんな風に飼はれてゐるかをその通りに反映する。もし虐待されてゐるのならば犬が夜中に木山の枕許に寄つて来はしなかつた筈である。

その家に南に庭に向つて洋風の応接間が一間あつてそこの家具もそのまま残つてゐた。そして家を修理してその部屋も引つ越して来てから念入りに掃除をした後でも木山はそこにゐてその部屋は人間が住んで使つたことがあるものだと思つた。普通は日本の家に応接間が付いてゐる時はそれが主に見栄の為のもの、かういふものもこの家にはあると人に自慢するのが目的のものでそのことはそこに通されれば直ぐに解る。併しそこの応接間は客を通すだけの為のものでなくて家族も椅子に腰掛けたい時にはそこに来たことを感じさせた。そこにピアノがあつたのを木山は調律させた。又炉には火を焚いて見て薪の燃え具合からそれが飾りに取り付けられたものでないことは明かだつた。それにその中には煤が残つてゐた。殊にその部屋に日が差すと窓越しに庭の今は枯れ枝が芽を吹いてゐるだけの木が見えてそれがカーテンに映つてゐるのがその部屋に人がゐることを思はせた。誰でも部屋にゐればそこから外を見る。

又その家に幾つかある座敷も床の間に何も掛つてゐないのが寂しげなので木山は自分が持つてゐて焼け残つたものの中から適当に思はれるのを選んで掛けたがそれもどういふ具合にかそこの家にゐる人達の好みに従つてゐる感じがした。或は前からそこの座敷の床の間には木山が自分で選んだ積りでゐる絵のやうなものしか掛つてゐなかつたのだらうか。それは山水ばかりで人物画も静物画もなかつた。又木山の所に残された掛け軸が山水だけになつてゐたのもその為にそれだけ残されたのではないかとさへ考へられた。さういふ絵がそこの床の間によく合ふのである。一体に日本画といふものにこの性質があるが床の間に掛けられた絵は枠の観念を忘れさせてその眺めを四方に拡げたから家の中に絵があるのでなくて絵が拡げる世界の中に家も庭もその外も取り入れられてゐる感じがした。関雪も栖鳳も玉堂もその点は同じで木山が座敷の床の間に絵を一つ掛ける時にそれを見てゐるのが自分一人でないこともどういふ具合にか木山に伝はつて来た。

既に老人も犬も木山の前に現れて他にもどういふものがその家に住んでゐるのかは解らなくてもその話し声も聞えれば木山が台所に下げた食器がいつの間にか洗つてあることもあつた。それで木山が感じたのは自分がその人達に親みを覚えるといふことがその人達をもつとよく知つて近づきになるのを望むことでなくてその家にさういふものがゐてそれが気分の上で親める老人であり犬であることなのだといふことだつた。又さうだつたから実際にはその名前を聞くこともその姿を見る必要さへもなくて今は住み心地も申し分がない家でただそこにゐるといふことが解つてゐるのが少しも邪魔にならず寧ろゐて貰ひたくてそれが心に弾みを与へるもの達と暮してゐるだけで木山には充分だつた。それが具体的に形を備へた人間や犬だつたならばこれと口を利かなければならないこともあり、それがそこにゐるといふことで気兼ねする場合も生じる筈だつたが木山には普通は眼に見えないその何かを身近に感じるのが友達のことを思ふのに似てゐた。

その何かに供へものをする必要もなかつた。それをしなくても向うは向うでその家に気楽に住んでゐてそこに他所から入つて来た木山に敵意を持つてゐないことも明かだつた。さういふ普通はものの怪とか化けものとか幽霊とか呼ばれるものが人間にその何かがゐることをどういふ方法でか感じさせる時はその人間に求めることがあること、その人間をその場所から追ひ払ふ為にでもその人間に行動を取らせるのが目的であることがやがて解るものであるが木山が移つて来た家に前からゐるものはさういふ気配を全く示さなかつた。その証拠に威すといふことをしなかつた。或はそれはその化けものだか何だかと木山が初めから気が合つてゐたといふことかも知れなくて木山は気が合ふも合はないもその家にさういふものがゐることを考へてもゐなかつたのであるからこれは先方で新たに入つて来た木山を人並に扱へるものと認めたことになる。又それで木山に何がして貰ひたいのでもなかつた。かういふ関係は友達付き合ひをするのに適してゐる。

木山はその家にゐるものを化けものとも思つてゐなかつた。それには気味が悪いとか少くとも何かの意味で異常であるとかいふ感じが伴はなければならなくて夜電気を付けて食事をしてゐて廊下を誰かが通る足音がしてもそれがそこにゐるものの足音であることが直ぐに解つてそれならばそれは木山がゐない所から聞える話し声や襖が開いて現れるそれまで会つたことがない人間の姿と同じでその家にゐることを毎日の経験で知つてゐるものがその家にゐても驚くことはなかつた。それはその家の大きさから言つて木山の他にゐても可笑しくない数の人間と一緒に暮してゐるのに似てゐた。又それが普通の人間と違つて主に音や気配でしかそこにゐることが解らないものであることは寧ろそれが木山にとつての魅力でもあつた。もし音楽が好きならば音楽を聞くのはいいものであるがその聞き馴れた曲の響が頭のどこかに漂ふのもいいものでやがてそれが何かの拍子にその曲そのものになることもある。

その家に人間や犬、或はさうとしか考へられないものがゐるその主に気配に浸つてゐることで木山にそのもの達がただの気配や音、或は錯覚とも取れる束の間の出現よりももつと着実な形で木山の意識に跡を残すものになつて行つた。それは今は家のどこに行つてもそこにゐるものがそこにゐるのが見えたといふやうなことでない。現に見える所に誰かがゐてもそのことに気付かないといふことも日常の世界で始終起つてゐる。さういふあやふやなことでなくて話し声が聞えるのが幾つかの違つた声に分けられるといふやうなことになつて来たのでそこにゐるもの達を今では知つてゐるといふのに近くなつた。前に一度襖を開けて出て来た老人は時々庭を歩き廻つてゐるのを見ることがあつて木山は庭下駄が一足しかないので老人が木山に気兼ねしてゐるのではないかと思つてもう一足買つて来てそれまでのと並べて置くとその新しい方を老人がいつも履くのは木山が履き馴れた方を木山にといふ配慮からかも知れなかつた。

犬は縁側を兼ねてゐる廊下で木山が或る時日向ぼつこをしてゐると廊下の向うの角を曲つて木山の方に寄つて来た。それはセッター位の大きさはある黒い雑種で何と何が混じつてゐるかは判じものだつたがその眼は人間に敵意を持たない犬のものだつた。その両方の前足を木山の肩に掛けた重みもセッターに劣らなくてその犬がそれ程人懐こくしながら木山の顔を舐めないのは不思議だと思つてゐるうちに犬はどこかに消えた。そこの家の人達が犬が人を舐め廻すのを嫌つたのかも知れなかつた。その後から犬を探すやうに女が一人こつちに向つて廊下を歩いて来た。これも和服でその灰色掛つた紬が目を惹いたがこの女はまだ見たことがなかつた。併し話し声が聞えて来る時にそのどの声が女のか木山には解る気がしてその女は低いながら笑ふ一歩手前にある屈託がない声の持主だつた。それまでそこにゐた犬と違つてその女は木山の方を見ただけで通り過ぎたがその眼に浮んだのはこの人間がここで何をしてゐるといふやうな表情でなかつた。

犬がゐてそれを恐らくは一家のものが犬らしく飼つてゐてこれも推測であつても女が不断紬を着てゐるそこの人達といふものが木山には改めて好ましいものに思はれた。或はそれを人達と呼ぶことが必ずしも許されないならば曾ては人間だつたもの、併し今でも人間としか感じられない時に人間だつたといふのもどこか当を得てゐなかつた。他にこれに似た場合はないだらうか。もし庭を歩いてゐてそこの木に親みを覚えるならばその親みは人間に対するもの、或は人間以外の動物に対するものと変ることはない。それは空に浮ぶ月に対するもの、或は地平線に横たはる山に対するものとも同じでその時にそれに親みを覚えるものはそれが自分に語り掛けて来るのを感じる。それをこれは犬だからとか山だからといふことで区別するものがあるだらうか。もしそれが出来るならばその人間に心がないのである。その人間に心を持たせることを考へても始らない。併し梅の蕾は膨み始めて確かに人間に語り掛ける。

ただその中で人間と受け取れるものはそれが語り掛ける人間の世界に語り掛ける数だけの人間を殖やすものでその家に移つて来るまでと比べて今は木山にとつてその家にゐる人達といふものがあつた。それがいつでも眼に見える人間であつても一軒の家に住んでゐる何人かのものを知る前と後では違ふものでそれが必ずしも眼に見えるとは限らないものであれば却つてそれがいつでも懐しく思ひ出せることになる。木山はもう家を出てどこかに行つても家を留守にするとは考へなくなつてゐた。その家の犬は他人が入つて来るのを見て吠えなくても家のどこかにはゐるので誰もその他人を咎めなくても見てゐることは見てゐた。それは自分を温かく迎へてくれる家庭に間借りしてゐるのに近くて更にこれは全体の感じからその家にゐる人達がそこにゐることを確めてゐるので実際に或る家庭にゐてそこの人達が不意に示す態度で考へを改めさせられるといふやうなことがなかつた。木山の家には木山が知つてゐる人達がゐてそれは家の上の空も同然に間違ひがないことだつた。

木山が自分の居間に選んだ座敷にゐると夜になつて応接間のピアノの音が聞えて来ることがあつた。そのピアノが長い間そのままになつてゐたのが調律されたからだらうか。それは調律師が来た時に聞いた澄んだ音で木山は何となくそれを弾いてゐるのがいつか見た紬の女だといふ気がした。併しその家にその女と老人と犬の他にまだ誰がゐるのか木山には解らなくてそこの家の話し声は老人と女だけのものではないやうだつた。併しそれは兎に角ピアノの音は幾間か隔つた所から聞えて来て耳に不意にといふことでなくてただその曲の音に響き、そこから窓の外にもといふ感じで夜に音楽が拡つて行つた。その方に注意が行くことが夜を和ませた。それは話をしてゐるやうでそれが言葉でなくて曲の音であることが木山が馴れてゐる言葉の世界の制限を解いた。その為に木山のうちに築かれて来た経験による智慧も暫くは黙して子供の頃の状態、或はそれを思ひ浮べさせるものに木山を置いた。それは祭礼のどよめきがその通りに賑かなものに聞えて日が差してゐるのをただ日が差してゐて明るいと感じる状態である。

併しそれが夜なのでこの状態が光沢を帯びて電燈の明りもその一部かと思はれた。木山が音楽の音に浮かれてゐたと考へることはない。併し木山が普通ゐる所と違つた所にゐるのは確かで長年の智慧でそれが音楽のせゐだといふことを木山は知つてゐてそれはそれで少しも構はなかつた。やはり明るい気持でゐる点では浮かれてゐたのだらうか。それならば浮かれるといふのは夜を夜と認めてこれに夜といふものが事実さうであるやうに何か拡つて又戻つて来るものを感じることである。木山はピアノの音がいつまでも続くことを望みもしなかつた。それは家にゐて夜をそれだけでいいものに思つてゐたといふことでこれにピアノが加つて自分がゐる所が一層確かになつた。そこにどれだけのものがあるか普通は意識してゐないのがその時になつて夜の闇の形を取つて影を濃くするのでそれは影でもあり何かきらめくものでもあつた。それがまだ子供の頃ならばこの状態に昼間置かれて光が眩いばかりのものになる。

そのピアノの音で木山はヨーロッパの古い屋敷に既に誰も住んでゐなくてそれでもどうかすると夜になつて方々の広間に明りが付き、そこに音楽が響いて衣擦れの音がしたり金具が光つたりするといふ話があるのが頭に浮んだ。それで車寄せには馬車が行つたり来たりして鬘に白粉を掛けた給仕が馬車の扉を開けるとやはり髪に白粉を振つた夜会服の女が中から降りて来る。これは気味悪い話といふことで人に取り沙汰されるのであるがそれをただその通りに受け取つてならない理由はないやうに木山には思はれた。それはその通りにきらびやかなことではないか。仮にヨーロッパの十七世紀、十八世紀に戻つてその舞踏会が現に眼の前で行はれてゐてもその舞踏会と認められるものは同じ音楽の響、女達の髪に映る燈架の明り、又多勢の人間が集つてゐる時のざわめきでそれが優雅ならば人が住んでゐない古い屋敷に生じる管絃楽の音や長剣の拵への光も優雅であつてそれが聞えもすれば眼にも見えてゐるならばそれがあり得ないこととは言へない。木山は応接間で誰がピアノを弾いてゐるのか覗きに行く気も起らなかつた。さうすればピアノの音が止むことも鍵が鍵だけで動いてゐることも考へられて更にその家に住んでゐる気分からすれば話し声が聞えるから誰が話してゐるのか突き留めに行くよりはそれがそこの人達の声であることが解ればいいのだつた。今は既にいつのことか知る由もない或る時期にそこにその人達が肉体を備へて暮してゐたに違ひない。それがどんな暮し方だつたかを考へることもなくてその人達は現にそこでさうして暮してゐるので木山は自分もその中に迎へ入れられてゐるのをその家の佇ひと同様に、或はその一部として懐しく思つてゐた。朝起きて雨戸を開けた時に老人が庭を歩いてゐるのが見えなくても老人は庭を歩くのでそれはその庭が気に入つてゐて一本の木の育ち具合にも関心があるからだつた。それならばピアノも前からその家で鳴つてゐたに違ひない。その音はピアノが好きなものが弾くピアノの音だつた。

又木山が老人と紬の女以外はその家に誰が住んでゐるのか知らずにゐるのが続いたのでもなかつた。或る日木山が赤坂の曾ては十軒店だつた町を歩いてゐると佃煮屋の店から老人とその女とそれからもう一人前からゐる女中と言つた感じの年増の女が出て来て木山の方に近づいて来た。その三人が木山に向つて少しばかり頭を下げてそれを返したのを木山は後になつても不思議とも思はなかつた。もう木山がその高台の家に越して来てから二年はたつてゐて同じ家にその間一緒に住んでゐるものに外で会つて挨拶するのは当り前なことだつた。さうして擦れ違つて老人達の姿が消えてなくなつたのかどうか人の行き来が烈しい町中ではそれは難しいことだつたかも知れない。併し木山が家に帰ると犬が主人達が戻つて来たのだと思つたのか玄関まで出て来てその様子で木山を待つてゐたのではないことは解つたが木山にも尾を振つて見せてその位で沢山と考へてゐる風に家の奥の方に行つてしまつた。

それならばその家には老人とその娘か嫁と前からの女中と犬がゐたのでなくてゐるのだつた。その女中が何かの用事で部屋に入つて来て主人達と話し込むといふことがあるならば話し声が聞えて来るその音量も納得出来た。その家の人達が凡そ普通の声でしか話をしないことはもう木山にも解つてゐてどうかして伝はつてくる笑ひ声を聞くのが木山は好きだつた。Nous n'avions pas de prunes cette année。ラフォルグが示したさういふ話の見本の一つで今年は梅の出来が悪かつたといふのがその正当な訳だらうか。さうして日々が流れて行つて人がその日々とともにあつてそのことを語る言葉を交しながら見据ゑてゐるもの、或は見るまでもなく知悉してゐるものは何なのか。ラフォルグにあつてはそれがヨーロッパ風の虚無だつたとも考へられる。或は破滅だつたのか。併しそれが東洋風の無であつても少しも構はなくて破滅と取つてもそれが充実であつても我々の意識の向うに常にあるものは揺ぎなくそこにある。

木山は庭に沿つてゐる縁側で日向ぼつこをしながらその家が生きてゐるのを感じた。それが自分がそこに移つて来たからであるには二年の年月は短過ぎて人が住み着いてゐるといふその印象はその家に前からゐたものが今でもゐる為でなければならなかつた。又それにはその家にゐるものにその家での暮しがあることも必要でそれがあることが木山には自分がその家で暮してゐることで解つた。さうして人間が住んでゐる家は庭に差す日の差し方も違ふ。或はそれは庭がいつも人が見てゐる庭だからでそれが日光の温みに人間の温みを加へてその光を和げる。併しそれならば自分の他にその家にゐるものも人間なのではないかと木山は思つた。或は人間と変らないものと考へることが許されてそれは初めに自分の他に誰もゐない筈の家で人間の話し声を聞いた時から頭にあつたことなのに気が付いた。さうでなければそこが化けもの屋敷になる所だつた。その庭に日が差すだらうか。木山が見てゐる庭の静寂は人間に見付けられてゐる為のものだつた。

木山が子供の頃は人間といふのがいつもどこにでもゐるものの積りでゐた。それでその中にゐて一人でゐることが出来てそれが一人でゐることなのを疑ひもしなかつた。その自分を取り巻く人達に誰か自分が惹かれてゐるのがあればそのことを表すのは二の次で要するにその人に惹かれてそれが自分が一人でゐることに加へられるのだつた。それは今ゐる家のもの達、人達との関係と少しも変ることがなくて木山は庭を眺めながらそれで子供の頃を思ひ出したのかも知れないといふ気がした。別にその子供の頃が懐しいのでもなかつた。その子供が大人になつても一人でゐられるのはそれまでと同じで大人であるだけさうしてゐる方法も色々と心得ることになる。併し口を利く必要は生じて今この家でそれがなくて人に親んでゐられるのは子供の時代に戻つたのに似てゐた。一体に犬といふものが子供に好意を持つのは子供のさういふ無口の状態を感じるからなのだらうか。

　併し子供の時から大人である今までに得た経験からすれば子供と大人では比較にならなかつた。それは太古の時代の人間とそれからの何万年かの歴史を意識してゐる人間の違ひに近くてそこの家の庭にも太古の自然と自然をただ自分の廻りにあるものと見なくなつた人間の違ひがあることを木山も感じてゐた。併しそれだけの感覚と知識をこれもただ自分の廻りにあるものと考へる時に子供と大人の区別が付かなくなつた。何れの場合も自分がゐてその皮膚が受ける日光の温みに違ひはなかつた。そして木山は今その家にゐてそこには木山が懐しく思つてゐて口を利く必要がないもの達も住み、その中にゐて木山は一人でゐた。又それ故に老人とか女とか年増の女中とか或は犬を温く迎へることが出来た。そのそれぞれの月日といふものがあつてそれがともに過した月日がその家の歴史でもあつた。木山はそこの縁側にゐてその家が生きてゐること以上に自分がそこに住んでゐるのを感じた。

　その家が何故焼けなかつたかといふことがある。今はそれが焼け野原に残された一軒家でなくて新たに建つた家で町の恰好が出来掛けてゐても空襲の時は何かの理由で火事が家の周囲で止つたのだつた。それは風の向きが変つたのかも知れなかつた。併しその家にゐて感じるのはそれが要するに焼ける家でなかつたといふことで火の粉が盛に散つてそれまで立つてゐたものが横倒しになる空襲の中でその空襲とそこの家は違つた運命の下にあつたとしか思へなかつた。それが空襲の最中である間はその方が主で焼けてゐるのでないものはそこにあるとも見えなかつたのであつても火が消えて燻る燃え残りの木片の焼け野原がそこに出現した時に今度はその中でもとのまの形をしてゐるその家が主になつた。その庭の木が火の粉を防いだことも考へられる。併しそれならばその木も空襲とは別ものだつたので空襲の一部をなしてゐれば立ち木も根もとまで燃える。

老人とその娘か嫁と年増の女中と犬といふこの一家がいつの時代に属してゐるのかといふこともつれづれの詮索の材料にはなつた。そこの家が空襲を免れたといふことが頭にあつて戦前から戦争中までと考へたくなるのだつたがその家に客が来たり女が音楽会から戻つて犬を喜ばせたりしてゐたのは今日の和服の形が大体の所は決つた明治の頃以後のことならばいつでもいい訳だつた。今日の考へ方では明治になつてからの百年間に幾つも時代があることになつてゐてそれが五年、十年と区切られることもあるといふ慌しさであつても実際はその百年が老人の一家がその日その日を送るといふことにも見られる奇もない形で一つに繋つてゐる。もし時代とか激変とかいふことが言ひたいならば老人がそのやうなものとも受け取れる種類の動きにどれだけ深入りしてゐたことがあつたか解つたものでなかつた。併しそれで自分の所にゐる犬の顔が変りはしない。又庭の木は紬の女が恋愛をしたのでもしなかつたのでも伸びて行く。

もう日の光が春を思はせる時分になつてゐた。そのうちに梅が咲いて次には辛夷の順序である筈だつた。それが一年の始りであることが毎年同じことでありながら自分にも一つの始りでこれからゆつくり自分も年の暮れに向つて行くのであることを木山は知つてゐた。それはそこの一家も知つてゐることである筈であるよりは知つてゐると感じる必要がない程身に付けてゐることといふ感じがしてそれで木山が改めて気が付いたのがこの一家には波瀾がないといふことだつた。それは平凡なのでなくて、或はそれをどう形容するのであつても例へば廊下を通つて向うの座敷に行くといふやうな動きに満ちてゐてその為にその家も庭も充実してゐた。そこにある均衡は微妙なものでも動揺の余地がなくてその時になつて木山にもし自分がどこかで見付けた女と同棲するとか結婚するとかいふ形で新たに人間をそこに連れて来たならばその均衡が破られるだらうかといふ考へが浮んだ。併しそれは浮んだだけで直ぐに打ち消されて木山は今そこにさうしてゐるだけで充分なのを感じた。

出口

吉行淳之介

その部屋を、彼は足音をたてないようにして出た。

見張りの男がいるわけではない。しかし、見張りに似た役目の男はいる。半ば強制的に、彼はその部屋に閉じこめられたが、半ばは彼自身すすんでその部屋に閉じこもったのである。したがって、部屋を出るところを発見されても、大事に至りはしない。見張りに似た役目の男が、大きな眼をぎろりと光らせて、「おや、お出掛けで……、しかし、そんなことをしていていいものですかねえ……」

と言うだけだ。

だが、それが何より恐い。あの男の眼は、眼のかたちが裏表まるごと分るように出っ張っていて、よく光る。

長い廊下を忍び足で歩き、玄関から戸外へ出た。路上に、小型自動車が停っている。数日間、置き放しにされていたため、塵埃を白く被っている。紺色の車体なので、塵埃の白さが目立った。

車を運転して、彼は走り出した。目的地は定まっていないが、なるべくあの部屋から遠く離れようとおもう。広い道に出て、北へ向って走りつづけているうち、空気のにおいが変った。都会を離れたとみえて、道は鋪装されているが、左右のひろがりが田園風景になった。

空腹を、彼は覚えた。

あの部屋の近辺には、食べ物屋はそば屋が一軒あるだけだ。朝はもりそば昼食は抜きで夕は親子丼という献立が、長い間つづいている。

そのようにして、その部屋で何をしているかといえば、目下のところ目立ったことは何もしていない。寝たり起きたり立ったり坐ったりして、頭脳だけは絶え間なく回転させている。密閉されている部屋で、そういう状態を続けていると、全身から脂汗のようなものが滲み出してくる。皮膚の外側ばかりでなく、心臓や肝臓などの表側にも、白く蓄った脂を感じるようになる。そのことが、彼にとっても、彼を見張っている男にとっても、必要なことなのだ。

鏡張りの小部屋に、三七二十一日間、蟇を密閉することによって、蟇の油が採れるという。やがては、密閉された彼からもそれに似たものが採れ、採れたものの質が良ければ、それは貴重なものであり、また金にも換る。

車窓から流れ込む風に、秋の気配が混り、それが一層彼の空腹を刺戟した。いままで地平線に消えていた広い道の行手が凸凹になり、やがて建物の群となって立ち塞がった。

長い橋を渡ると、道は地方小都市のなかに這入り込んだ。村里ではなく、小都市であるが、戦災に無縁だった家屋は何十年も昔からそこに建っているように黒ずみ、薬屋の前を通ると仁丹と中将湯のにおいが漂ってくる錯覚が起る。

その感じが彼の緊張をほどき、彼は車を川岸の土手の上に置いて、町の中に歩み込んでいた。町角に大きな酒問屋があり、その隣にテンプラ屋がある。食べ物屋を見付けようとしてこの未知の町のなかを彼は歩いているのだが、天井ならばあの部屋の近所のそば屋にもある。

横丁に折れ込んでみた。土が剝き出しの地面で、道の片側に溝がある。溝の縁に茂った草は、黄ばんでいるが枯れてはいない。溝を流れている水は、案外きれいで、もう少し早い季節であったならば、草と水との間で宙に浮いている糸とんぼが見られただろう。

立停って溝を覗き込んでいた彼が、背を伸して歩き出そうとしたとき、傍の家の台所口が眼に入ってきた。戸が半ば開いて、薄暗い土間の光景が彼の眼を惹いた。

土間の隅に、大きな笊が積み重ねてあった。水洗いされた空の笊なのだが、その細かい網目の一つ一つに、ぬめりの気配が残っているような気がした。

そのような気がしたのは、咄嗟にその台所口を彼が鰻屋の料理場につづく土間だ、と判断していたためかもしれない。

一歩近寄って、眼を凝らすと果して土間の奥にもう一つの笊があった。その笊の中には、盛り上るほど鰻が詰め込まれ、絶え間なくぬるぬると動いているらしい。背の黒と腹の薄黄色との絡まり合い、絶えず変ってゆく色の配合……、それを薄暗い空間の奥に見た。

人影は、見えない。

水が撒かれた土間と、片隅に整然と積み重ねられた空の笊と、鰻の詰まった笊。そのたたずまいから、彼は繁昌している鰻屋と、腕の良い職人を感じた。

「うまい鰻を食べさせそうだ」

台所口を離れた彼は、その建物に沿って歩き、玄関を探した。

しかし、料理屋の玄関といえる入口は見当らない。磨ガラスの格子戸が入口なのだろうが、鍵をかけてあるとみえて、開かない。

もう一度、その家の周囲をまわって、はじめて彼は気付いた。窓は全部雨戸で閉ざされている。そして、その家が鰻屋であるという標識は、何一つ掲げられていない。

半ば戸が開かれた台所口の内側の光景が無かったならば、空家としかおもわれない。

「こんにちは」

台所口に首を差入れて、彼は声をかけてみた。時刻は夕方だが、戸外はまだ昼の光である。土間は薄明るく、その奥は暗い。雨戸が光を遮っている。

「こんにちは」

応答は無い。しかし、奥の暗がりに、人の気配を感じたようにおもった。呼声に応じて立って来ようとする気配ではなく、身を竦(すく)め暗がりに蹲(うずくま)っている気配である。彼のすぐ眼の下、土間に撒かれた水の湿りが、奇妙になまなましい。

繰り返して声をかけることをやめ、彼はその台所口を離れた。

牛肉屋の二階が食堂になっていて、彼はそこでスキヤキ鍋に向い合った。

瓦斯(がす)コンロに載せられた鍋は、一人用の小さなものである。

ビールの酌をしてくれている女に、彼は訊ねてみた。

「あの家ですか……」

女の顔に、翳が走った。

「あの家は、鰻屋じゃないのか」

「鰻屋ですよ」

「今日は、休みだったのかな」

「いいえ、そんな筈はありませんよ」

「でも、入口に鍵がかかっていた」

「鍵じゃありません。入口はいつも釘付けなんですよ」

ビールを飲みほしたコップを女の手に握らせ、彼はそのコップを満した。女は息を継がずに飲み、仰向いた咽喉が上下に動いた。無骨な田舎女なのだが、その咽喉のあたりの皮膚だけ、肌理こまかくて白い。

「あの家の鰻はおいしいのですよ。有名なんです」

と、飲み終った直後の湿った声で、女が言った。

「おいしいといったって、入口が釘付けじゃ食べようがない」

「出前です。出前なら、食べられるのですよ」

「出前専門か。しかし、なにも入口を釘付けにしなくてもよさそうなものだが」

「それがねえ……」

女は言い淀んだが、舌の先が素早く上唇を舐めたのを彼は見落さなかった。この女は、喋りたいのだ。鰻屋には、なにか秘密が匿されている。

鍋の肉が煮詰まり加減になったので、彼は箸で引上げ、ビールのおかわりを註文した。腰を据えて、女から話を引出そうという姿勢になった。

「あの家は、兄さんと妹とで、夫婦で住んでいます」

と、女が小声で言った。

「都合、四人暮しか」

「二人ですよ」

「二人？」

「二人です。だから、雨戸を閉めて、入口を釘付けにしているのですよ」

「それで、自分の家には、客を入れないんだな」

「そうでしょうね。だけど、ご主人の方は平気な顔で、出前を運んできますよ」

「平気な顔って、どんな顔だ」

「どんな顔……、普通の人と同じような顔ですよ」

「笑うかい」

「そういえば、笑い顔は見たことがないし、あまり口をききませんね」

「おかみさんは、どんな人なんだ」

「おかみさんの方は、外へ出たことがないので、顔をみたことがないわ」

「もう長いことか」

「さあ、もう二十年くらいになる、という話だけど」

「二十年……」

牛肉屋の女の話によると、鰻屋の兄妹の関係は、なかなか世間に知れなかった、という。ところが、兄妹それぞれに持ちよる縁談がつぎつぎと毀(こわ)れてゆく。それも、兄の場合には妹が、妹の場合には兄が、その縁談に邪魔を入れ、毀れるように仕向けてゆく。

そのことが度重なるうちに、噂が立った。やがて、そのことを裏書きするように、雨戸が立てられ入口が釘付けにされた。二人が自分たちを密閉してから、二十年が経つ。兄は、五十に届く年齢になっている筈だ、という。

川の畔(ほと)りの町から戻ってきて、ふたたび部屋に閉じこもったとき、得体の知れぬにおいが微かに漂っているのに気付いた。

脂くさいような、饐(す)えたような、厭なにおいである。

間もなく馴れて感じなくなったにおいが、時折不意に鼻腔に突き刺さる。

部屋を抜け出た日とその翌日、彼は落着かず苛立ち易くなった。部屋の中央に坐って、出口を探すように、周囲を見まわす。

部屋の出口は、眼の前にある。障子を開いて廊下へ出れば、それは戸外へ通じている。

しかし、彼にとって、それは出口ではない。むしろ、部屋に密閉され、脂汗を滲ませつづけることが、出口に通じる道である。自分の手で、出口の障子を釘付けにしてしまう気持が、分る。

鰻屋の主人は、最初はそういう気持で格子戸を釘付けにしたわけではあるまい。最初は、入口を釘付けにして、世間の眼と声を遮断しようとしたにちがいあるまい。だが、長い間には、出口を釘付けにした気持に移り変ってきているかもしれない。出口を塞いだ暗闇の中で、精いっぱい軀をふくらませ、妹を腕の中にかかえ込んで転がりまわる。

しかし、そのことによって、出口が開けてくることは、結局起りはしないだろう。地上にアダムとイヴの二人きりしかいなかったとしたら、人間が現在の数にまで殖えるためには、親子相姦兄妹相姦の一時期があった筈だ。その時期には、そういう男女関係において、人々は罪を感じることなく、細胞はふくらみ漿液は燦めいた。だが、そのことが、男女関係の正常な形と見做される時期は、二度と戻ってはこないだろう。

見張り役の男が、部屋に這入ってきた。空気が揺れて、あの得体の知れぬにおいが、彼の鼻腔を刺した。

「これ、なんのにおいだろう」

「なんだ、いままで気が付かなかったのか」

「二日前に、気が付いた」

「もうずうっと前からのことさ。豚のあぶらのにおいだ。この部屋に閉じこもったある人物が、七輪を持ち込んで豚を焼いた。そのにおいが、畳か壁に染みこんでしまって、どうしても抜けない」

そういうと、男はめずらしく優しい顔つきになって、

「ま、それも仕方がない。毎日、そば屋の献立ばかりじゃあね。どうです、ちょっと一緒に出掛

けてみようか」

「それ、本気かね」

閉じこもることによって出口を見付けようとする彼の決心は忽ち崩れ、尻が畳から持上った。

「本気だとも。ぼくだって、血も涙もある人間だからね」

二人は、厚く塵埃を被った小型自動車に乗って、走り出した。

「何を食べようか、魚か肉か。洋食にしようかな、日本料理にしようか」

彼が訊ねると、見張り役の男は、

「喰い気もいいが、水が見たくなった。どこか川の流れているところへ行ってみよう」

彼は戸惑った表情になったが、すぐに車を北へ向けた。

都会を離れ、田園風景の中を走り、長い橋を渡ると、土手の上に車を乗り入れて停った。

二人は車から降り、川に向って立った。眼の前に、河原のひろがりと水の流れがある。男は、高く頭上に持ち上げた両腕を、がくんと下に振りおろし、

「芒(すすき)が穂を出している。ぐふん、秋だなあ」

と、鼻の奥を鳴らして言った。

「はらがすいた」

警戒して、彼は話題を捩じ曲げた。

「空気がいいからね、しかし、こんな町になにか食うものがあるかな」

「うまい鰻があるそうだ」

「鰻？　それはまた、へんなことに精しいんだな」

男の顔に、怪しむ表情は浮ばず、二人は車内に戻った。しかし、走り出そうとすると、片方の車輪が空まわりして、エンジンの音が矢鱈に大きくひびくばかりである。

男が、調べるために車から降りた。

「柔かい砂地に、車輪が落ちている」

「さて……」

彼がハンドルを握ったまま処置を考えていると、男が言った。

「おれが押してみる」

「押したぐらいじゃ……」

「アクセルを踏んでくれ」

その声が聞えたときには、すでに男は車のうしろに立って、車の尻に両方の掌を当てがい、軀が斜めに向いた一本の棒となった。

遮二無二、挑みかかる姿勢で、「これは車を押す恰好ではない」と彼がおもった瞬間、車体が左右に振れながら砂地を脱け出した。

町の中を車を走らせ、眼に留った宿屋の門口に車を停めた。

「宿屋の鰻か」

「ここに一まず上って、鰻屋に註文しようという寸法だ。出前しかしない鰻屋なんでね」

「出前しかしない？　変った店だな」

　宿屋の玄関に入ろうとして、駐めてある車の傍を通ったとき、車体の後部が彼の眼に映った。おもわず、彼は歩を止めた。

　白く塵埃を被った車体の上に、二つの手形が残って、紺色に塗られた金属の地肌が鮮かに覗いているのだ。その手形は、掌にこめられた力の烈しさを現わして、十本の指の跡が総ての関節のふくらみまで露わにして、くっきりと残っていた。

　その手形は、砂地に落ち込んだ自動車を押し上げた痕として、彼の眼には映ってこない。眼の前に立ち塞がっている厚い壁を、押し退け押し開こうと踠いている痕なのだ。その力の烈しさは、男の心に蟠まり結ぼれているものの大きさを示していた。

　部屋の中に彼は閉じこもり、その外側で男は見張りに似た役を果しているため、彼は男も自分と同じ平面に立っていることに考えを向ける余裕が無かった。迂闊と言わなくてはならぬ……、と彼は心に呟いて、掌のかたちに露わになっている紺色の金属板の一部に、じわりと指先を押し当てた。

　宿屋の部屋は、畳が黄色く陽焼けしていた。

「へんな頼みなんだが……」

　と前置きした彼の註文を、女中は不審な顔もせずに聞き、

「ときたま、そういうお客さんもお見えになりますよ」

「出前しかしないというのは、不便だね」

「なんせ、偏屈ものの店ですから……」

女中の顔にも、先日の牛肉屋の女と同じように翳が走った。しかし、その翳は目立つ程のものではない、と彼は確かめる気持で女中の顔を眺めていた。

川が見たい、と言った男の心に、それ以上余分のものを這入りこませたくなかった。戸口を釘付けにし、雨戸を閉め切った家の像を、這入り込ませたくなかった。

「中串を焼いてもらいたいんだが、そうだな、偏屈もののことだから、余計な註文はしないで委せておいた方がいいか。ただ、キモスイは忘れずに……、肝も二、三本焼いてきてもらおうか」

「それがお客さん……」

女中の顔に、ふたたび翳が走った。

「キモスイも肝の焼いたのも、つくってくれないんですよ」

「おどろいたね、キモスイをつくってくれないとは。なぜだい」

男が、訝しそうに女中に訊ねた。

「さあ、なぜか知りませんが、ずっと以前からそうなんですよ」

「仕方がない、なにか適当な吸物をつくってくれないか」

と会話を打切るように彼は口を挿み、女中はうなずいて姿を消した。

毎日、たくさんの肝が鰻屋の夫婦の口に這入ってゆく。おそらくは、生肝のまま這入ってゆく。暗い家屋の中の血塗れになった二つの唇が、彼の脳裏に浮び上ってくる。その二つの唇は、向い合い触れあい、執拗に吸い付き探り合う。

細胞は暗い血でふくらみ、漿液は緑青色に燦めく。

宿屋の部屋で、二人の男は長い時間、待たされた。彼らは黙りがちに坐りつづけ、ニス塗りの机の上を明るくしていた陽が陰った。男が立上って電燈を点そうとしたとき、自転車の停る軋んだ音がした。

「きたのかな」

男は部屋を出て行った。

やがて、女中が重箱を運んできて、机の上に置いた。

「つれは、どうした」

「お手洗のようです」

ハンカチで手を拭きながら、男が戻ってきた。

「いま、なぜキモスイをつくらないのか、訊ねてみた」

「それで、返事したか」

「天然うなぎなので、肝から釣針が出てくると危いから、というんだが……。針を嚙み当てると、縁起がいいということになっているんだがね」

「自転車に、乗ってきたのか」

「いいや、あれは違っていた。間違ったために、偶然会えたわけだ。重箱を二つ風呂敷に包んで、かかえるようにして持ってきた」

「どんな男だった」

「五十年配の、背の低い……」

見張り役の男は、そこでしばらく考えて、結局言葉を見付け損った口ぶりで言った。

「陰気な男だ」

百物語

森鷗外

何か事情があつて、川開きが暑中を過ぎた後に延びた年の当日であつたかと思ふ。余程年も立つてゐるので、記憶が稍おぼろげになつてはいるが又却てそれが為めに、或る廉々がアクサンチユエせられて、翳んだ、濁つた、しかも強い色に彩られて、古びた想像のしまつてある、僕の脳髄の物置の隅に転がつてゐる。

勿論生れて始めての事であつたが、これから後も先づそんな事は無さそうだから、生涯に只一度の出来事に出くはしたのだと云つて好からう。それは僕が百物語の催しに行つた事である。小説に説明をしてはならないのださうだが、自惚は誰にもあるもので、此話でも万一ヨオロッパのどの国かの語に翻訳せられて、世界の文学の仲間入をするやうな事があつた時、余所の読者に分からないだらうかと、作者は途方もない考を出して、行きなり説明を以て此小説を書きはじめる。百物語とは多勢の人が集まつて、蠟燭を百本立てて置いて、一人が一つ宛化物の話をして、一本宛蠟燭を消してゆくのださうだ。さうすると百本目の蠟燭が消された時、真の化物が出ると云ふことである。事によつたら例のフアキイルと云ふ奴がアルラア・アルラアを唱へて、頭を掉つてゐるうちに、覿面に神を見るやうに、神経に刺戟を加へて行つて、一時幻視幻聴を起すに至るのではあるまいか。

僕を此催しに誘ひ出したのは、写真を道楽にしてゐる蔀君と云ふ人であつた。いつも身綺麗にしてゐて、衣類や持物に、その時々の流行を趁つてゐる。或時僕が脚本の試みをしてゐるのを見てこんな事を言つた。「どうもあなたのお書きになるものは少し勝手が違つてゐます。ちよいちよい芝居を御覧になつたら好いでせう。」これは親切に言つてくれたのであるが、こつちが却てその勝手を破壊しようと思つてゐるのだとは、全く気が附いてゐなかつたらしい。僕の試みは試みで終つてしまつて、何等の成功をも見なかつたが、後継者は段々勝手の違つた物を出し出して、芝居の面目が今では大ぶ改まりさうになつて来てゐる。詰まり捩れた、時代を超絶したやうな考は持つてもゐず、解せようともしなかつたのが、蔀君の特色であつたらしい。さ程深くもなかつた交が絶えてから、もう久しくなつてゐるが、僕はあの人の飽くまで穏健な、目前に提供せられる受用を、程好く享受してゐると云ふ風の生活を、今でも羨ましく思つてゐる。蔀君は下町の若旦那の中で、最も聡明な一人であつたと云つて好からう。

この蔀君が僕の内へ来たのは、川開きの前日の午過ぎであつた。あすの川開きに、両国を跡に見て、川上へ上つて、寺島で百物語の催しをしようと云ふのだが、行つて見ぬかと云ふ。主人は誰だ。案内もないに、行つても好いのかと、僕は問うた。「なに。例の飾磨屋さんが催すのです。大ぶ大勢の積りだし、不参の人もありさうだから、飛入りをしても構はないのですが、それでは徳義上行かれぬなんぞと、あなたの事だから云ふかも知れない。併し二三日前に逢つた時、あなたにはわたくしから話をして見て、来られるやうなら、お連申すかも知れないと、勝兵衛さんにことわつてあります。わたくしが一しよに行くと好いが、外へ廻つて行かなくてはならないから、一足先きへ御免を蒙ります」との事であつた。

時刻と集合の場所とを聞いて置いた僕は、丁度外に用事もないので、まあ、どんな事をするか行つて見ようと云ふ位の好奇心を出して、約束の三時半頃に、柳橋の船宿へ行つて見た。天気はまだ少し蒸暑いが、余り強くない南風が吹いてゐて、凌ぎ好かつた。船宿は今は取り払はれた河岸で、丁度亀清の向側になつてゐた。多分増田屋であつたかと思ふ。

かう云ふ日に目貫の位置にある船宿一軒を借切りにしたものと見えて、しかもその家は近所の雑沓よりも雑沓してゐる。階上階下とも、どの部屋にも客が一ぱい詰め掛けてゐる。僕は人の案内する儘に二階へ升つて、一間を見渡したが、どれもどれも知らぬ顔の男ばかりの中に、鬚の白い依田学海さんが、紺絣の銘撰の着流しに、薄羽織を引つ掛けて据わつてゐた。依田さんの前には、大層身綺麗にしてゐる、少し太つた青年が恭しげに据わつて、話をしてゐる。僕は依田さんに挨拶をして、少し隔たつた所に割り込んだ。簾越しに川風が吹き込んで、人の込み合つてゐる割に暑くはなかつた。

僕は暫く依田さんと青年との対話を聞いてゐるうちに、その青年が壮士俳優だと云ふことを知つた。俳優は依田さんの意を迎へて、「なんでもこれからの俳優は書見をいたさなくてはなりません」などと云つてゐる。そしてさう云つてゐる態度と、読書と云ふものとが、此上もない不調和に思はれるので、僕はおせつかいながら、傍で聞いてゐて微笑せざることを得なかつた。同時に僕には書見と云ふ詞が、極めて滑稽な記憶を呼び醒した。それは昔どこやらで旧俳優のした世話物を見た中に、色若衆のやうな役をしてゐる役者が、「どれ、書見をいたさうか」と云つて、見台を引き寄せた事であつた。なんでもそこへなまめいた娘が薄茶か何か持つて出ることになつてゐた。その若衆のしらじらしい、どうしても本の読めさうにない態度が、書見と云ふ和製の漢語にひどく好く適合してゐたが、此滑稽を舞台の外で、今繰り返して見せられたやうに、僕は思つたのである。

そのうち僕はかう云ふ事に気が附いた。しらじらしいのは依田さんに対する壮士俳優の話ばかりではない。此二階に集まつた大勢の人は、一体に詞少なで、それがたまたま何か言ふと、皆しらじらしい。同一の人が同一の場所へ請待した客でありながら、乗合馬車や渡船の中で落ち合つた人と同じで、一人一人の間になんの共通点もない。ここかしこで互に何か言ふのは、時候の挨拶位に過ぎない。ぜんまいの戻つた時計を振ると、セコンドがちよつと動き出して、すぐにまた止まるやうに、こんな会話は長くは持たない。忽ち元の沈黙に返つてしまふのである。

僕は依田さんに何か言はうかと思つたが、どうも矢張しらじらしい事しきや思ひ附かないので、言ひ出さずにしまつた。そしてそこ等の人の顔を眺めてゐた。どの客もてんでに勝手なことを考へてゐるらしい。百物語と云ふものに呼ばれては来たものの、その百物語は過ぎ去つた世の遺物である。遺物だと云つても、物はもう亡くなつて、只空き名が残つてゐるに過ぎない。客観的には元から幽霊は幽霊であつたのだが、昔それに無い内容を嘘き入れて、有りさうにした主観までが、今は消え失せてしまつてゐる。怪談だの百物語だのと云ふものの全体が、イブセンの所謂幽霊になつてしまつてゐる。それだから人を引き附ける力がない。客がてんでに勝手な事を考へるのを妨げる力がない。

人も我もぼんやりしている処へ、世話人らしい男が来て、舟へ案内した。此船宿の桟橋ばかりに屋根船が五六艘着いてゐる。それへ階上階下から人が出て乗り込む。中には友禅の赤い袖がちら附いて、「一しよに乗りたいわよ、こつちへおいでよ」と友を誘ふお酌の甲走つた声がする。併し客は大抵男ばかりで、女は余り交つてゐないらしい。皆乗り込んでしまふまで、僕は主人の飾磨屋がどこにゐるか知らずにしまつた。又蔀君にも逢はなかつた。

船宿の二階は、戸は開け放してあつても、一ぱいに押し込んだ客の人いきれがしてゐたが、舟を漕ぎ出すと、すぐ極好い心持に涼しくなつた。まだ花火を見る舟は出ないので、川面は存外込み合つてゐない。僕の乗つた舟を漕いでゐる四十恰好の船頭は、手垢によごれた根附の牙彫のやうな顔に、極めて真面目な表情を見せて、器械的に手足を動かして艣を操つてゐる。飾磨屋の事だから、定めて祝儀もはずむのだらうに、嬉しさうには見えない。「勝手な馬鹿をするが好い。己は舟さへ漕いでゐれば済むのだ」とでも云ひたさうである。

僕は薄縁の上に胡坐を掻いて、麦藁帽子を脱いで、ハンケチを出して額の汗を拭きながら、舟の中の人の顔を見渡した。船宿を出て舟に乗るまでに、外の座敷の客が交つたと見えて、さつき見なかつた顔が大ぶある。依田さんは別の舟に乗つたと見えて、とうとう知つた顔が一人もなくなつた。そしてその知らない、幾つかの顔が、矢張二階で見た時のやうに、ぼんやりして、てんでに勝手な事を考へてゐるらしい。

舟には酒肴が出してあつたが、一々どの舟へも、主人側のものを配ると云ふやうな、細かい計画はしてなかつたのか、世話を焼いて杯を侑めるものもない。かふ云ふ時の習として、最初は一同遠慮をして酒肴に手を出さずに、只睨み合つてゐた。そのうち結城紬の単物に、縞絽の羽織を着た、五十恰好の赤ら顔の男が、「どうです、皆さん、切角出してあるものですから」と云つて、杯を手に取ると、方方から手が出て、杯を取る。割箸を取る。盛んに飲食が始まつた。併し話は矢張時候の挨拶位のものである。「どうです。から天気続きでは、米が出来ますでせうなあ。」「さやうさ。又米が安過ぎて不景気と云ふやうな事になるでせう。」「そいつあ愜(かな)ひませんぜ。鶴亀鶴亀。」こんな対話である。

　僕のゐる所からは、すぐ前を漕いで行く舟の艫(とも)の方が見える。そこにはお酌が二人乗つてゐる。傍に頭を五分刈にして、織地の儘の繭紬(けんちゆう)の陰紋附に袴を穿いて、羽織を着ないでゐる、能役者のやうな男がゐて、何やら言つてお酌を揶揄(からか)ふらしく、きやつきやと云はせてゐる。

　舟は西河岸の方に倚つて上つて行くので、厩橋手前までは、お蔵の水門の外を通る度に、さして来る潮に淀む水の面(おもて)に、藁やら、鉋屑(かんなくず)やら、傘の骨やら、お丸のこはれたのやらが浮いてゐて、その間に何事にも頓着せぬと云ふ風をして、鷗が波に揺られてゐた。諏訪町河岸のあたりから、舟が少し中流に出た。吾妻橋の上には、人が大ぶ立ち止まつて川を見卸(みおろ)してゐたが、その中に書生がゐて、丁度僕の乗つてゐる舟の通る時、大声に「馬鹿」とどなつた。

　舟の着いたのは、木母寺(もくぼじ)辺であつたかと思ふ。生憎風がぱつたり歇(や)んでゐて、岸に生えてゐる葦の葉が少しも動かない。向河岸の方を見ると、水蒸気に飽いた、灰色の空気が、橋場の人家の輪廓をぼかしてゐた。土手下から水際まで、狭い一本道の附いてゐる処へ、かはるがはる舟を寄せて、先づ履物を陸へ揚げた。どの舟もどの舟も、載せられる丈大勢の人を載せて来たので、お酌の小さい雪踏(せつた)なぞは見附かつても、客の多数の穿いて来た、世間並の駒下駄は、鑑定が容易に附かない。真面目な人が跣足(はだし)で下りて、あれかこれかと捜してゐるうちに、無頓着な人は好い加減なのを穿いて行く。中には横着で新しさうなのを選(よ)つて穿く人もある。僕はしかたがないからなるべく跡まで待つてゐて、残つた下駄を穿いたところが、歯の斜めに踏み耗(へ)らされた、随分歩きにくい下駄であつた。後に聞けば、飾磨屋が履物の間違つた話を聞いて、客一同に新しい駒下駄を贈つたが、僕なんぞには不躾だと云ふ遠慮から、此贈物をしなかつたさうである。

定めて最初に着いた舟に世話人がゐて案内をしたのだらう。一艘の舟が附くと、その一艘の人が、下駄を捜したりなんかして、まだ行つてしまはないうちに、もう次の舟の人が上陸する。そして狭い道を土手へ上がつて、土手の内の田圃を、寺島村の誰やらの別荘をさして行く。その客の群は切れたり続いたりはするが、切れた時でも前の人の後影を後の人が見失ふやうなことはない。僕も歯の歪んだ下駄を引き摩(ず)りながら、田の畔(くろ)や生垣の間の道を歩いて、とうとう目的地に到着した。

ここまで来る道で、幾らも見たやうな、小さい屋敷である。高い生垣を繞(めぐ)らして、冠木門(かぶきもん)が立ててある。それを這入ると、向うに煤けたやうな古家(ふるいへ)の玄関が見えてゐるが、そこまで行く間が、左右を外囲(そとがこい)よりずつと低いかなめ垣で為切(しき)つた道になつてゐて、長方形の花崗石(みかげいし)が飛び飛びに敷いてある。僕に背中を見せて歩いてゐた、偶然の先導者はもう無事に玄関近くまで行つてゐる頃、門と、玄関との中程で、左側のかなめ垣がとぎれてゐる間から、お酌が二人手を引き合つて、「こはかつたわねえ」と、首を縮めて呵き合ひながら出て来た。僕は「何があるのだい」と云つたが、二人は同時に僕の顔を不遠慮に見て、なんだ、知りもしない奴の癖にとでも云ひたさうな、極く愛相のない表情をして、玄関の方へ行つてしまつた。僕はふいと馬鹿げた事を考へた。昔の名君は一顰一笑を惜んださうだが、こいつ等はもう只で笑はない丈の修行をしてゐるなと思つたのである。そんな事を考へながら、格別今女の子のこはがつた物の正体を確めたいと云ふ熱心もなく、垣のとぎれた所から、ちよつと横に這入つて見た。

そこには少し引つ込んだ所に、不断は植木鉢や箒でも入れてありさうな、小さい物置があつた。もう物蔭は少し薄暗くなつてゐて、物置の奥がはつきり見えないのを、覗き込むやうにして見ると、髪を長く垂れた、等身大の幽霊の首に白い着物を着せたのが、萱か何かを束ねて立てた上に覗かせてあつた。その頃まで寄席に出る怪談師が、明りを消してから、客の間を持ち廻つて見せることになつてゐた、出来合の幽霊である。百物語のアワン・グウはこんな物かと、稍馬鹿にせられたやうな気がして、僕は引き返した。

玄関にあがる時に見ると、上がつてすぐ突き当る三畳には、男が二人立つて何か忙がしさうに呟き合つてゐた。「どうしやがつたのだなあ。」「それだからおいらが蠟燭は舟で来る人なんぞに持せて来ては行けないと云つたのだ。差当り燭台に立ててあるのしきやないのだから」と云ふやうな事を言つてゐる。楽屋の方の世話も焼いてゐる人達であらう。二人は僕の立つてゐるのには構はずに、奥に這入つてしまふ。入り替つて、一人の男が覗いて見て、黙つて又引つ込んでしまふ。

僕はどうしようかと思つて、暫く立ち疎んでゐたが、右の方の唐紙が明いてゐる、その先きに人声がするので、その方へ行つて見た。そこは十四畳ばかりの座敷で、南側は古風に刈り込んだ松の木があつたり、雪見燈籠があつたり、泉水があつたりする庭を見晴してゐる。此座敷にもう二十人以上の客が詰め掛けてゐる。矢張船宿や舟の中と同じ様に、余り話ははずんでゐない。どの顔を見ても、物を期待してゐるとか、好奇心を持つてゐるとか云ふやうな、緊張した表情をしてゐるものはない。

丁度僕が這入つた時、入口に近い所にゐる、髯の長い、紗の道行触を着た中爺いさんが、「ひどい蚊ですなあ」と云ふと、隣の若い男が、「なに藪蚊ですから、明りを附ける頃にはゐなくなつてしまひます」と云ふその声が耳馴れてゐるので、顔を見れば、蔀君であつた。蔀君も同時に僕を見附けた。

「やあ。お出なさいましたか。まだ飾磨屋さんを御存じないのでしたね。一寸御紹介をしませう。」

かう云つて蔀君は先きに立つて、「御免なさい、御免なさい」を繰り返しながら、平手で人を分けるやうにして、入口と反対の側の、格子窓のある方へ行く。僕は黙つて跡に附いて行つた。

蔀君のさして行く格子窓の下の所には、外の客と様子の変つた男がゐる。しかも随分込み合つてゐる座敷なのに、その人の周囲は空席になつてゐるので、僕は入口に立つてゐた時、もうそれが目に附いたのであつた。年は三十位ででもあらうか。色の蒼い、長い顔で、髪は刈つてから大ぶ日が立つてゐるらしい。地味な縞の、鈍い、薄青い色の勝つた何やらの単物に袴を着けて、少し前屈みになつて据わつてゐる。徹夜をした人の目のやうに、軽い充血の痕の見えてゐる目は、余り周囲の物を見ようともせずに、大抵直前の方向を凝視してゐる。此男の傍には、少し背後へ下がつて、一人の女が附き添つてゐる。これも支度が極地味な好みで、その頃流行つた紋織お召の単物も、帯も、帯止も、只管目立たないやうにと心掛けてゐるらしく、薄い鼠が根調をなしてゐて、二十になるかならぬ女の装飾としては、殆ど異様に思はれる程である。中肉中背で、可哀らしい円顔をしてゐる。銀杏返しに結つて、体中で外にない赤い色をしてゐる六分珠の金釵を挿した、たつぷりある髪の、鬢のおくれ毛が、俯向いてゐる片頬にかかつてゐる。好い女ではあるが、どこと云つて鋭い、際立つた線もなく、凄いやうな処もない。僕は一寸見た時から、此男の傍に此女のゐるのを、只何となく病人に看護婦が附いてゐるやうに感じたのである。

蔀君が僕を此男の前に連れて行つて、僕の名を言ふと、此男は僕を一寸見て、黙つて丁寧に辞儀をした丈であつた。蔀君はそこらにゐた誰やらと話をし出したので、僕はひとり縁側の方へ出て、いつの間にか薄い雲の掛かつた、暮方の空を見ながら、今見た飾磨屋と云ふ人の事を考へた。

今紀文だと評判せられて、あらゆる豪遊をすることが、新聞の三面に出るやうになつてからもう大ぶ久しくなる。けふの百物語の催しなんぞでからが、いかにも思ひ切つて奇抜な、時代の風尚にも、社会の状態にも頓着しない、大胆な所作だと云はなくてはなるまい。

原来百物語に人を呼んで、どんな事をするだらうかと云ふ、僕の好奇心には、さう云ふ事をする男は、どんな男だらうかと云ふ好奇心も多少手伝つてゐたのである。僕は慥かに空想で飾磨屋と云ふ男を画き出してゐたには違ひないが、そんならどんな風をしてゐる男だと想像してゐたかと云ふと、僕もそれをはつきりとは言ふことが出来ない。併し不遠慮に言へば、百物語の催主が気違染みた人物であつたなら、どつちかと云へば、必ず躁狂に近い間違方だらうと丈は思つてゐた。今実際に見たやうな沈鬱な人物であらうとは、決して思つてゐなかつた。此時よりずつと後になつて、僕はゴリキイのフオマ・ゴルヂエフを読んだが、若しけふあのフオマのやうに、飾磨屋が客を攫まへて、隅田川へ投げ込んだつて、僕は今見たその風采ほど意外には思はなかつたかも知れない。

飾磨屋は一体どう云ふ男だらう。錯雑した家族的関係やなんかが、新聞に出たこともあり、友達の噂話で耳に入つたこともあつたが、僕はそんな事に興味を感じないので、格別心に留めずにしまつた。併し此人が何かの原因から煩悶した人若くは今もしてゐる人だと云ふことは疑がないらしい。大抵の人は煩悶して焼けになつて、豪遊をするとなると、きつと強烈な官能的受用を求めて、それに依つて意識をぼかしてゐようとするものである。さう云ふ人は躁狂に近い態度にならなくてはならない。飾磨屋はどうもそれとは違ふやうだ。一体あの沈鬱なやうな態度は何に根ざしてゐるだらう。あの目の血走つてゐるのも、事によつたら酒と色とに夜を更かした為めではなくて、深い物思に夜を穏に眠ることの出来なかつた為めではあるまいか。強ひて推察して見れば、この百物語の催しなんぞも、主人は馬鹿げた事だと云ふことを飽くまで知り抜いてゐて、そこへ寄つて来る客の、或は酒食を貪る念に駆られて来たり、或はまた迷信の霧に理性を鎖されてゐて、こはい物見たさの穉い好奇心に動かされて来たりするのを、あの血糸の通つてゐる、マリショオな、デモニックなやうにも見れば見られる目で、冷かに見てゐるのではあるまいか。こんな想像が一時浮んで消えた跡でも、僕は考へれば考へるほど、飾磨屋と云ふ男が面白い研究の対象になるやうに感じた。

僕はかう云ふ風に、飾磨屋と云ふ男の事を考へると同時に、どうも此男に附いてゐる女の事を考へずにはゐられなかつた。

飾磨屋の馴染は太郎だと云ふことは、もう全国に知れ渡つてゐる。併しそれよりも深く人心に銘記せられてゐるのは、太郎が東京で最も美しい芸者だと云ふ事であつた。尾崎紅葉君が頰杖を衝いた写真を写した時、あれは太郎の真似をしたのだと、みんなが云つたほど、太郎の写真は世間に広まつてゐたのである。その紅葉君で思ひ出したが、僕は此芸者をけふ始て見たのではない。

此時より二年程前かと思ふ。湖月に宴会があつて行つて見ると、紅葉君はじめ、硯友社の人達が、客の中で最多数を占めてゐた。床の間に梅と水仙の生けてある頃の寒い夜が、もう大ぶ更けてゐて、紅葉君は火鉢の傍へ、肱枕をして寐てしまつた。尤も紅葉君は折々狸寐入をする人であつたから、本当に寐てゐたかどうだか知らない。僕はふいと床の間の方を見ると、一座は大抵縞物を着てゐるのに、黒羽二重の紋付と云ふ異様な出立をした長田秋濤君が床柱に倚り掛かつて、下太りの血色の好い顔をして、自分の前に据わつてゐる若い芸者と話をしてゐた。その芸者は少し体を屈めて据わつて、沈んだ調子の静かな声で、只の娘らしい話振(はなしぶり)をしてゐたが、島田に結つた髪の毛や、頰のふつくりした顔が、いかにも可哀らしいので、僕が傍の人に名を聞いて見たら、「君まだ太郎を知らないのですか」と、その人がさも驚いたやうな返事をした。

太郎が芸者らしくないと云ふ感じは、その時から僕にはあつたのだが、けふ見れば大ぶ変つてゐる。それでも矢張芸者らしくはない。先きの無邪気な、娘らしい処はもうなくなつて、その時つつましい中にも始終見せてゐた笑顔が、今はめつたに見られさうにもなくなつてゐる。一体あんなに飽くまで身綺麗にして、巧者に着物を着こなしてゐるのに、なぜ芸者らしく見えないのだらう。そんならあの姿が意気な奥様らしいと云はうか。それも適当ではない。どうも僕には矢張さつき這入つた時の第一の印象が附き纏つてゐてならない。それはふと見て病人と看護婦のやうだと思つた、あの刹那の印象である。

僕がぼんやりして縁側に立つてゐる間に、背後の座敷には燭台が運ばれた。まだ電燈のない時代で、瓦斯も寺島村には引いてなかつたが、わざわざランプを廃(や)めて蠟燭にしたのは、今宵の特別な趣向であつたのだらう。

燭台が並んだと思ふと、跡から大きな盥(たらひ)が運ばれた。中には鮓(すし)が盛つてある。道行触のをぢさんが、「いや、これは御趣向」と云ふと、傍にゐた若い男が「湯灌の盥と云ふ心持ですね」と注釈を加へた。すぐに跡から小形の手桶に柄杓を投げ入れたのを持つて出た。手桶からは湯気が立つてゐる。先つきの若い男が「や、閼伽桶(あかをけ)」と叫んだ。所謂閼伽桶の中には、番茶が麻の嚢(ふくろ)に入れて漬けてあつたのである。

この時玄関で見掛けた、世話人らしい男の一人が、座敷の真ん中に据わつて「一寸皆様に申し上げます」と冒頭を置いて、口上めいた挨拶をした。段々準備が手おくれになつて済まないが、並の飯の方を好む人は、もう折詰の支度もしてあるから、別間の方へ来て貰ひたいと云ふ事であつた。一同鮓を食つて茶を飲んだ。僕には蔀君が半紙に取り分けて、持つて来てくれたので、僕は敷居の上にしやがんで食つた。「お茶も今上げます。盥も手桶も皆新しいのです」と蔀君は言ひわけをするやうに云つて置いて、茶を取りに立つた。併しそんな言ひわけらしい事を聞かなくても、僕は飲食物の入物の形を気にする程、細かく尖つた神経を持つてはゐないのであつた。

僕が主人夫婦、いや夫婦にはまだなつてゐなかつた、いやいや、矢張夫婦と云ひたい、主人夫婦から目を離してゐたのは、座敷に背を向けて、暮れて行く庭の方を見ながら、物を考へてゐた間だけであつた。座敷を見てゐる間は、僕はどうしても二人から目を離すことが出来なかつた。客が皆飲食をしても、二人は動かずにぢつとしてゐる。袴の襞を崩さずに、前屈みになつて据わつた儘、主人は誰に話をするでもなく、正面を向いて目を据ゑてゐる。太郎は傍に引き添つて、退屈らしい顔もせず、何があつても笑ひもせずに、をりをり主人の顔を横から覗いて、機嫌を窺ふやうにしてゐる。

僕は障子のはづしてある柱に背を倚せ掛けて、敷居の上にしやがんで、海苔巻の鮓を頬張りながら、外を見てゐる振をして、実は絶えず飾磨屋の様子を見てゐる。一体僕は稟賦と習慣との種々な関係から、どこに出ても傍観者になり勝である。その人は不治の病を持つてゐるので、西洋にゐた時、一頃大そう心易く附き合つた爺いさんの学者があつた。その人は不治の病を持つてゐるので、生涯無妻で暮した人である。その位だから舞踏なんぞをしたことはない。或る時舞踏の話が出て、傍の一人が僕に舞踏の社交上必要なわけを説明して、是非稽古をしろと云ふと、今一人が舞踏を未開時代の遺俗だとしての観察から、可笑しいアネクドオト交りに舞踏の弊害を列べ立てて攻撃をした。その時爺いさんは黙つて聞いてしまつて、さてから云つた。「わたくしは御存じの体ですから、舞踏なんぞをしたことはありません。自分の出来ない舞踏を、人のしてゐるのを見ます度に、なんだかそれをしてゐる人が人間ではないやうな、神のやうな心持がして、只目を睜（みは）つて視てゐるばかりでございますよ」と云つた。爺いさんのかう云ふ時、顔には微笑の淡い影が浮んでゐたが、それが決して冷(れい)刻(こく)な嘲(あざけり)の微笑ではなかつた。僕は生れながらの傍観者と云ふことに就いて、深く、深く考へて見た。僕には不治の病はない。僕は生れながらの傍観者である。子供に交つて遊んだ初(はじめ)から大人になつて社交上尊卑種々の集会に出て行くやうになつた後まで、どんなに感興の涌(わ)き立つた時も、僕はその渦巻に身を投じて、心から楽んだことがない。僕は人生の活劇の舞台にゐたことはあつても、役らしい役をしたことがない。高がスタチストなのである。さて舞台に上らない時は、魚が水に住むやうに、傍観者が傍観者の境に安んじてゐるのだから、僕はその時尤も其所を得てゐるのである。さう云ふ心持になつてゐて、今飾磨屋と云ふ男を見てゐるうちに、僕はなんだか他郷で故人に逢ふやうな心持がして来た。傍観者が傍観者を認めたやうな心持がして来た。

僕は飾磨屋の前生涯を知らない。あの男が少壮にして鉅万(きよまん)の富を譲り受けた時、どう云ふ志望を懐いてゐたか、どう云ふ活動を試みたか、それは僕に語る人がなかつた。併し彼が芸人附合を盛んにし出して、今紀文と云はれるやうになつてから、もう余程の年月が立つてゐる。察するに飾磨屋は僕のやうな、生れながらの傍観者ではなかつただらう。それが今は慥かに傍観者になつてゐる。併しどうしてなつたのだらうか。よもや西洋で僕の師友にしてゐた学者のやうな、オルガニックな欠陥が出来たのではあるまい。さうして見れば飾磨屋は、どうかした場合に、どうかした無形の創痍を受けてそれが癒えずにゐる為めに、傍観者になつたのではあるまいか。

若しさうだとすると、その飾磨屋がどうして今宵のやうな催しをするのだらう。世間にはもう飾磨屋の破産を云々するものもある。豪遊の名を一時に擅(ほしいまま)にしてから、もう大ぶ久しくなるのだから、内証は或はさうなつてゐるかも知れない。それでゐて、こんな催しをするのは、彼が忽ち富豪の主人になつて、人を凌ぎ世に傲つた前生活の惰力ではあるまいか。その惰力に任せて、過ぎ去つた栄華のなごりを、彼は依然こんな事をして、丁度創作家が同時に批評家の眼で自分の作品を見る様に、現在の傍観者の態度で見てゐるのではあるまいか。

僕の考は又一転して太郎の上に及んだ。あれは一体どんな女だらう。破産の噂が、殆ど別な世界に栖息してゐると云つて好い僕なんぞの耳に這入る位であるから、怜悧らしいあの女がそれに気が附かずにゐる筈はない。なぜ死期の近い病人の体を蝨が離れるやうに、あの女は離れないだらう。それに今の飾磨屋の性質はどうだ。傍観者ではないか。傍観者は女の好んで択ぶ相手ではない。なぜと云ふに、生活だの生活の喜だのと云ふものは、傍観者の傍では求められないからである。そんなら一体どうしたと云ふのだらう。僕の頭には、又病人と看護婦と云ふ印象が浮んで来た。女の生涯に取つて、報酬を予期しない看護婦になると云ふこと、しかもその看護を自己の生活の唯一の内容としてゐると云ふこと程、大いなる犠牲は又とあるまい。それも夫婦の義務の鎖に繋がれてゐてする、イブセンの謂ふ幽霊に祟られてゐてすると云ふなら、別問題であらう。この場合にそれはない。又恋愛の欲望の鞭でむちうたれてゐてすると云ふなら、それも別問題であらう。この場合に果してそれがあらうか、少くも疑を挟む余地がある。さうして見ると、財産でもなく、生活の喜でもなく、義務でもなく、恋愛でもないとして考へて、僕はあの女の捧げる犠牲のいよいよ大きくなるのに驚かずにはゐられなかつたのである。

僕はこんなことを考へて、鮓を食つてしまつた跡に、生姜のへがしたのが残つてゐる半紙を手に持つた儘、ぼんやりして矢張二人の方を見てゐた。その時一人の世話人らしい男が、飾磨屋の傍へ来て何か囁くと、これまで殆ど人形のやうに動かずにゐた飾磨屋が、つと起つて奥に這入つた。太郎もその跡に引き添つて這入つた。

暫くすると蔀君が僕のゐる所へ来て、縁側にしやがんで云つた。「今あつちの座敷で弁当をあがつてゐなすつた依田先生が、もう怪談はお預けにして置いて帰ると云はれたので、飾磨屋さんは見送りに立つたのです。もう暑くはありませんから、これから障子を立てさせて、狭くても皆さんにここへ集まつて貰つて、怪談を始めさせるのださうです」と云つた。僕はさつき飾磨屋を始て見たとき、あの沈鬱なやうな表情に気を附け、それからこの男の瞬きもせずに、ぢつとして据わつてゐるのを、稍久しく見て、始終なんだか人を馬鹿にしてゐるのではないかといふやうな感じを心の底に持つてゐた。此感じが鋭くなつて、一刹那あの目をデモニックだとさへ思つたのである。さうであるのに、この感じが、今依田さんを送りに立つたと云ふ丈の事を、蔀君の話に聞いて、なんとなく少し和げられた。僕は蔀君には、只自分もそろそろ帰らうかと思つてゐると云ふことを告げた。僕は最初に、百物語だと云つて、どんな事をするだらうかと思つた好奇心も、催主の飾磨屋がどんな人物だらうかと思つた好奇心も、今は大抵満足させられてしまつて、此上雇はれた話家(はなしか)の口から、古い怪談を聞かうと云ふ希望は少しも無くなつてゐたからである。蔀君は留めようともしなかつた。

改まつて主人に暇乞をしなくてはならないやうな席でもなし、集まつた客の中には、外に知人もなかつたのを幸に、僕は黙つて起つて、舟から出るとき取り換へられた、歯の斜に耗(へ)らされた古下駄を穿いて、ぶらりとこの怪物屋敷を出た。少し目の慣れるまで、歩き艱んだ夕闇の田圃道には、道端の草の蔭で蛼が微かに鳴き出してゐた。

*

二三日立つてから蔀君に逢つたので、「あれからどうしました」と僕が聞いたら、蔀君がかう云つた。「あなたのお帰りになつたのは、丁度好い引上時でしたよ。暫く談を聞いてゐるうちに、飾磨屋さんがゐなくなつたので聞いて見ると、太郎を連れて二階へ上がつて、蚊屋を吊らせて寐たと云ふぢやありませんか。失礼な事をしても構はないと云ふやうな人ではないのですが、無頓着なので、そんな事をもするんですね」と云つた。

傍観者と云ふものは、矢張多少人を馬鹿にしてゐるに極まつてゐはしないかと僕は思つた。

山ン本五郎左衛門只今退散仕る

稲垣足穂

七月ツイタチカラ六日迄

僕ガ比熊山ノ古塚ヲ探険シタノハ、約一ヶ月前、詳シク云ウト寛延二年夏至前後ノコトデアル。其日、夕方ニ隣家ノ権八ト約束シタノデ、十時ニナルト弟ノ勝弥ヲ寝カセ、家来権平ニ留守ヲ云イツケテ、僕ハ隣家ニ赴イタ。打続ク五月雨ハ今宵モ少シモ止マナイ。怪談ノ数ガ重ツテ夜半ヲ過ギタ頃、権八ト籤ヲ引イタ所ガ、僕ニ当ツタ。ソレデハト兼テ用意ノ焼印ヲ捺シタ木札ニ紐ヲ付ケタノヲ帯ニ結ビ付ケ、簑笠ヲ着テ出立シタノガチヨウド丑満、即チ二時頃デアル。比熊山ト云ウノハ、ソノ頂上ニ千畳敷トイウ平場ガアツテ、大樹ガ生イ茂ツテ樵夫モ行カナイ所ダガ、コノ片隅ニ「三次殿（ミヨシドノ）ノ塚」ト云ウノガアル。三次若狭ノ古塚ダト伝エラレ此石ニサワルト物怪ガ憑クトアツテ、誰モ近寄ロウトシナイ。此ノ辺リハ白茅ヤ鬼茅ガ一帯ニ茂ツテ、山続キノ奥ハ、三、四里程モ深イ杉林ニナリ、鳥獣ノ道モ絶エテイル。僕ハ西江寺堤カラ大年大明神ノ前ヲ横切リ、テツペンノ平場ヘ分ケ登ツタ。雨ハ降ツテイルシ、真暗ガリデアル。デモ真ノ闇トイウ程デナイシ、且ツ僕ハ夜目ニハ自信ヲ持ツテイル。ヤツト古塚ヲ探リ当テ、焼印ノ札ヲ結ビツケテ帰ツテクルト、山裾近クニナツテ何カ人声ガスル。立止ツテ様子ヲ窺ツテイルト、麓カラ登ツテ来テコチラヘ声ヲ掛ケタノガ、三ツ井権八デアル。オ迎エニ来タト云ウ。別ニ百物語ノ効験ハ現ワレ相ニモナイ。互イニ笑ツテ別レタガ、此処デ僕ラノ事情ヲチヨツト知ラシテ置コウ。

　僕ノ父、稲生武左衛門ハ四十過ギマデ子供ガ無カッタノデ、家中ノ中山源七ノ次男新八（コノ兄ヲ源太夫ト云ウ）ヲ養子ニ迎エタ所、三、四年経ッテ、享保十九年ニ僕ガ生レタ。ソシテ僕ガ十二歳ニナッタ時、弟ノ勝弥ガ出来タ。然シ間モナク僕ラノ両親ハ亡クナッタノデ、家督ハ新八ガ継イダ。所ガ又四、五年ノ後ニ新八ガフラ〳〵病イニ罹リ、当分実家デ養生スルトイウ始末ニナッタ。ソコデ僕ガ五歳ニナル勝弥ヲ養育シ、権平ヲ召使ウテ、稲生ノ家ニ住ミ続ケルコトニナッタ。コノ脇ニ穀物倉ガアッテ、在所カラ届ケラレル麦ナドヲ入レテイルカラ、人ハ「麦蔵屋敷」ト呼ンデイル。隣家ノ権八トイウノハ、コノ三次郡布野村ノ生レデ、丈高ク相撲好キデ、十七歳カラ諸国ヲ修行シ、後ニハ或家中ニ召抱エラレテ三津井権八ト名乗ッタガ、今ハ故郷ニ戻ッテ、平田五左衛門トイウ人ノ持家ガ空イテイルノヲ借リテ、住ンデイル。彼ノ相撲ハ有名ナモノデ、安芸広島ノ「磯ノ上」「乱獅子」ナドイウ相撲取リガ寒稽古ニ集ッタ時モ、三ツ井ハ先生株デアル。

　アノ夜ノ百物語ノ効能ハ一向ナイママニ日数ハ過ギテ、降リ続ク梅雨モイツシカ水無月ニ移リ、照リ続ク暑気ヲ忘レヨウト毎日夕方カラ川辺ニ出ル様ニナッタ。ココニ上（ノボ）リ川ト原川ノ二ツノ急流ガアル。前者ハ比熊山ノ麓ヲ回リ、五日市ト、十日市辺リデ原川ト一緒ニナッテ、落岩トイウ所ヘ来テ吉田川ト落合イ、三川一帯ノ大河ニナル。石見ノ国ノ太田川ノ水源デアリ、洪水ノ時ハ川幅ハ見渡ス限リニ拡ガルガ、平常ハ小石及ビ白イ砂原ガ広々ト伸ビテ、納涼ニハ比熊颪、蛍モ月モアッテ持ッテコイデアル。七月ツイタチノ事ダッタガ、僕ハ権八ト共ニコノ河原ニ出テ、僕ガ相撲ノ立合ノ手解キヲ受ケテイルト、晴渡ッタ空ガ比熊山ノ方カラ俄ニ墨ヲ注イダ様ニ曇ッテキテ、白雨（ユウダチ）ガヤッテ来タ。二人ハ走リ帰ッテ、僕ハ濡レタ帷子ヲ乾シ、勝弥ト共ニ蚊帳ヘハイッタ。雨ハ篠ツクヨウデ、雷ガ夥シク鳴渡ッタ。夜中過ギダッタロウカ、次ノ間ニ寝テイタ家来ノ権平ガ呻イテイルノニ気付イテ、呼起スト、イマ物凄イ大男ガ来マシタガ、夢ダッタノカ、ドウモ胸騒ギガシテ怖イカラ次ノ間ニ寝ラレナイト云ウ。ソレハ臆病ノセイダ、気ヲ鎮メテ休メト叱ッテ寝カセタガ、マタ苦シゲナ呻キヲアゲタ。呼ビ起シ、叱リツケテ休マセタ。雨ハ車軸ヲ流ス様デアッタガ、カレコレ二時ヲ廻ッタト思ウ頃、一吹キヤッテキタ風ニ灯ガ消エタ、ト出抜ケニ障子ガ火ノ様ニ明ルクナッタ。火事ダト飛ビ起キタガ、障子ハマタ真暗ニナッタ。手ヲカケテ引キ開ケヨウトシタガ、釘付サレテイル様ニ一寸モ動カナイ。柱ヘ片足ヲ掛ケ、両手ニ力ヲコメテ引クト、ソノ一枚ガ砕ケテ外レタガ、何者カガ僕ノ両肩ト帯ヘ手ヲカケタ様ニ覚エラレテ、ソノママ前ヘ引キ出サレソウニナッタ。何糞ト僕ハ足デ敷居ヲ踏ミ止メ、左手デ柱ヲシッカリ捉エ、右ノ手ヲ伸バシテ殴ロウト思ウノニ、三、四間モ向ウカラ材木ナドニ対スル様ニヒッカケテイル気ガシタカラ、右手デモ鴨居ヲツカマエ、引キ出サレヌ様ニト闘ッテイルト、明ルクナッタノデ、ヨク見ルト、丸太ノ様ナモノニ荒々シイ毛ガ生エテイテ、コチラノ両肩ト帯ヘ掛ッタノハ多分ソノ指デアロウト思ワレタガ、本体ハ何処ニアルノカト思ウウチニ又暗闇ニナッタ。暫クシテ又明ルクナッタカラ、ヨク〳〵注意スルト、コノ光ノ元ガ向ウノ練塀ノ屋根ノ上ニアルコトガ判ッタ。相手ハ大キナ一ツ目玉ダト見エタガ、ソレガ、カット開ク時ハ蟻ノ這ウノモ見エルクライ明ルクナリ、朝日ノ様デ面ガ向ケラレナイ。ソノ眼ガ閉ジルト真ノ闇トナッテ、ヒタ引キニ引キ出ソウトスル。僕ハ「権平、刀ヲ刀ヲ」ト大声デ吹鳴ッタガ、一向返事ハ無イ。コノ上ハト力ヲコメ、エイ！　トバカリ引クト、着テイル袷ノ両肩ガ裂ケ、帯モ切レテウシロ向キニヒックリ返ッタ。刀ヲ取ッテ対抗ショウトスルガ、何シロ真暗ガリデ見当ガ付カナイ。ソノウチ床ノ下ガ明ルクナッタ。サテハ下ヘ廻ッタカト討トウトシタガ、床ガ低イカラハイルコトガ出来ナイ。床越シニ刺シテヤロウト座敷ヘ上ルト、畳ガ一時ニ舞イ上ッタ。デモ勝弥ガ寝テイル一枚ハソノママデ、権平ハトックニ正気ヲ失ッテイルラシカッタガ、ソレハ彼ガ畳カラ転ビ落トサレタノデ判ッタノデアル。散乱シタ畳ハ座敷ノ隅ヘヒトリデニ積ミ上ッタ。コレハ却ッテ好都合ダト僕ハ刀ノ切先ヲ床板ノ隙間ニ刺通シ、サシ通シタガ、手応エハナイ。此時、門ノ戸ヲ頻リニ叩ク音ガシテ、其処ヲアケテハイッテ来タノガ、権八ダ。「先刻御家来ヲ呼バレ、刀ヲ持来レト仰セラレシヲ承ッタカラ、驚キ参ジョウトスルト、コノ門前デ、小坊主ガ茶碗ニ水ヲ入レテ両手ニ捧ゲテ通ルノヲ見マシタガ、擦レ違ウナリ総身ガ痺レテ声モ出マセン。平蹲ッテイルトヤット痺レガ直ッタノデ、マカリ越シタノデス」ト云ウカラ、大体話ヲ聞カセ、先ズ権平ニ冷タイ水ヲ呑マセタ。三ッ井ガ云ウノニ、コレジヤ今後モ何カ続クデアロウ、兼テ申シ約シタノハ此処デスカラ、一緒ニ化物ヲ退治シマショウ。ヤガテ暁ニナリ雨モ止ンダカラ、一寝ミシテ草臥ヲ休メヨウト畳ヲ敷キ直シタ。三ッ井ハ家ヘ帰リ、僕モ床ニハイッタ。コノ夜ハ、近クノ家々モ夜通シ襲ワレタ様子デアル。

七月二日。権平ハ宵カラノ事ヲ思イ続ケ、夜ノ明ケルノヲ待チカネテ震エテイルラシカッタ。寺々ノ鐘ガ聞エ、朝鴉ニ正気ガ付イテ、彼ハ門前ニ出テボンヤリシテイタガ、ヤガテ近所ノ門モ開イタ様子ダカラ、カシコ此処ヘ前夜ノ一件ヲ自分一人ノ話トシテ、鬼ノ首デモ取ッタヨウニ喋リ歩イタラシイ。沙汰ハ拡マッテ親戚カラモ追々顔ヲ出シ、権八モヤッテ来テ、トリドリニ評定シタ。何分幼少ノ勝弥ノコトガ心配デアル。僕ニモ屋敷ヲ明ケテ当分一族中へ一緒ニナッテハドウダロウト相談シタ。僕ハ、変化（ヘンゲ）ノ正体モ見届ケナイデ此家ヲ去ルワケニ行カナイ。デ、取リアエズ勝弥ヲ叔父ノ川田茂左衛門方へ預ケルコトニシタ。権平ハ暇ヲクレト云ウノデ、「代理ノ都合ヲツケロ」ト云イツケルト、コレハ困ッタト思ッタノカ、「昼ノ内ハオ勤メサセテ頂キマスガ、夜中ノ儀ハ平ニオ許シ下サイ」ト願ウノデ、当分ノ外泊ヲ許可シタ。

サテ昼間ハ変ッタ事モナイノデ、今夜ハドンナ事ガアルダロウト、近クノ友モ五、六人集ッテ宵ノ内ヲ伽シテイタガ、ヤガテ雑談ノ種モ尽キ、既ニ十二時近クニナリ何トナク物凄クナッテキタ。途端、行灯ノ焰ガパチパチト鳴ッテ、ダンダン伸ビテ天井ニ燃付キソウニナッタ。ソラ来タ、ト互イニ顔ヲ見合ワセテ、何トモ声ヲ出ス者ハ無イ。権八ハムズ〳〵シテイタガ、僕ガ落付イテイルノデ辛抱シテイル風ダッタ。ソノウチ畳ノ隅々ガ五寸三寸許リパタリ〳〵ト上リ出シ、皆ハ愈々逃腰ニナッタノニ、持チ上リハ次第ニ劇シクナッテ来タノデ、一人ガ用事ガアルト云イ出シタノヲキッカケニ、イズレモ同様ナコトヲ口ニ出シ、サヨナラモ告ゲズニ姿ヲ消シテシマッタ。ヤガテ畳ノ揚ルコトハ止ンダノデ、権八モ家へ引キ取ッタ。僕ハ蚊帳ノ中デ横ニナッテイタガ、ナンダカ身辺ガ生臭クナッタト思ウト、何処カラトモナク水ガ湧キ出シテ、目ヘモ鼻ヘモハイッテクル。起上ッテミルト、部屋ジュウニ水ガ満チテ浪ヲ打ツバカリニナッテイル。デモ構ワズニイタラ、潮ノ退ク様ニ消エテシマッタ。

三日ノ早朝、権平モ宿カラ出勤シ、親戚ソノ他カラ見舞ニ来タカラ、僕ハ前夜ノ模様ヲ詳シク語リ、コノ程度ダッタラ別ニ気遣ッテ下サルニ及バナイト云ッテオ客様ヲ帰ラセタ。暮合イカラ権平ハ下宿シ、近所ノ五、六人ガ伽ニ顔ヲ出シ、宵ノ口ハ何彼ト取リマゼテ大咄トナリ、ナンノ畳ガ持上ル位ニ驚クコトガアロウカ、前夜ハ臆病者揃イダッタト評判シ、酒ナド飲ンデイタガ、人々ノ刀ガミンナ見エナクナリ、尋ネテイルウチ奥ノ間ノ蚊帳ノ上ニ一緒ニマトメテ揚ゲラレテイタノデ、一同ノ顔色ガ変ッタ。今度ハ、莨盆、机ノ類ガ躍リ出シ、マタ〳〵畳ノ角々ガパタリパタリ揚リ出シタ。初ノ大言ガアッタセイカ、ミンナ気味悪サヲ圧シ殺シテイタ。十二時近クニナルト何処カラトモナクドロ〳〵ト鳴リ出シ、何事カト思ウウチニ、次第ニ家鳴ガ強クメキ〳〵ユサリ〳〵トナッテ来タカラ、コレハ大地震ダ、帰ラネバナラント云ッテ一人ガ動イタノヲキッカケニ、皆々一度ニ逃ゲ出シテシマッタ。僕ハ庭ヘ出テ隣家ニ注意シタガ、異状ハナイ。我家モ屋根ナド動イテイル様デナカッタ。只メキ〳〵ト騒ガシイバカリナノダ。此家ガ潰レル程ノコトハナカロウト内ヘハイッテ、何事ヲモ気ニセズニ休モウト、行灯ヲ提ゲテ寝間ヘ行ッタトコロ、アンドンガ忽チ石塔ニ変化シタ。オヤト見ルウチ、ソノ石塔ノ下カラ火ガ吹出シテ、拡ガリ、石塔モ燃エテシモウカト見エタガ、矢張リ元ノ行灯ダッタカラ、僕ハ思ワズ、コレハ鮮ヤカナ手品ダト独言シテ横ニナッタガ、スルト何カ天井デ動クモノガアル。蚊帳越シニ見据エルト、何カ青青シタツル〳〵ノ物デアル。ヤガテズル〳〵ト下ッテ来タノヲ見ルト、瓢箪ガ蔓ヲ引イテ幾ツモ幾ツモ下リテクルノダッタ。可笑シナコトデアルダケ此儘ニ捨テ置イテモ良イ事ダッタ。今度目ヲ覚マスト、全身汗ダラケデ、胸ノ上ニハ何者カガ載ッテイルヨウナノデ、障子明リニ透シテミルト、大キナ女ノ首ノ、色ハ青白ク、切口カラ長イ血綿ガ出テイルノガ、気味ノ悪イ眼付デ少シ笑イナガラ、僕ノ胸ノ上ニ居ルノダッタ。此時ダト思イ、撥除ケヨウトスルト、首ハ蚊帳ノ隅ニ退イテ、隙アラバ飛ビカカロウトスル様子ダ。捨置コウトスルト、又胸ノ上ヘ飛ンデクル。払イノケ、蹴リ飛バソウトスルト蚊帳ノ外ニ居ルガ、別ニ蚊帳ヲ出入シテイル風デモナイ。コンナコトヲ繰返シ、草臥レテソノママ眠リカケルト、又胸ノ上ニヤッテ来ル。鳥ノ啼ク頃ニヤット消エ失セタガ、僕モ太陽ガ昇リ出スマデ寝過シタ。

四日。コノ近辺ハ勿論、遠クマデ知レ渡リ、麦蔵屋敷ニ化物ガ出テ、夜中ノ家鳴ナド取沙汰ガアッタカラ、門前ニ見物人多ク、アルイハ生霊、アルイハ死霊、狐狸ノ所為ナドト大評判デアル。殊ニ三夜ニ亘ッテ打チ続イテ、誰某モ夜伽ニ出向イテ家鳴ナド体験シタトアッタカラ、カシコヘ寄ッテモ、此処ヘ寄ッテモ只ソノ噂バカリ。婦人子供ハ日ガ暮レルト便所ヘ行クニモ家内ジュウデ行クトノ話デアル。マシテコノ近クノ家々デハ、イズレハ我方ニモ物怪ガ来ルカモ知レント怖ワガッテイル。今日ハ又朝カラ見物ガ引キモ切ラズ、門前市ヲナス有様ダ。サテ日モ暮レテ、十時近ク迄ハ門前ニ人ノ行キキガ絶エナカッタガ、見舞客モ追々ニ帰リ、残留組モ「今宵ハ静カダ、何事モナイ様ダ」ナド云ウウチニ、コノ宅ガ大風ガ吹ク様ニ鳴リ出シタカラ、暗サハクラシ、各自ガウシロヘ〳〵ト退キ、「モウ家鳴モ止ンダヨウダ」ト一人ガ座ヲ立ッタノニ、アトヲ追ウテ次第々々ニ逃ゲ帰ッテシマッタ。此夜ハ水瓶ノ水ガ氷ニナリ、又釜ノ蓋ガドウシテモ開カヌ様ニナリ、火吹竹ヲ吹イテモ風ガ出ナカッタリシタ。後刻ニハ違イ棚ニ置イタ鼻紙ガ一枚ズツ散リ上ッテ、蝶ガ飛ブ様ニ見エタガ、コレハ、散ッタママデアッタカラ、夜ガ明ケタ時ニ人々ヲ驚カセタ。

五日ニナルト噂ハ更ニ拡ガリ、夜ニ入ルト五人七人ト申合セテ、合切袋、敷物ナドヲ運ビ、花見遊山ノ様ニ門前ニ集ツタ。然シ門内ヘ入ツテミルト云ウ程ノ者ハ無イ。只家鳴ノ音ヲ聞イタ丈デアル。所ガ六時頃ニ少シ雨ガ降ツテ、見物モ過半ハ帰ツテシマツタ。兄ノ新八ガヤツテ来タノデ、宵ノウチ話ヲシテイルト、鴨居ノ上ニ小サナ孔ガアツタノニ、其処ヲ抜ケテ新八ノ下駄ガ飛ビ込ンデ来テ、座敷中ヲ歩キ廻ル様子ガ、マルデ人ガ履イテイルカノ様ナ運動振リダ。僕ハ、「トカク人ガ来ルトコウシテ怪シイ事ガ起ル様デスカラ、先ズオ引取リ下サイ」と勧メテ、新八ヲ帰シタガ、入レ代リニ権八ガ顔ヲ出シ話シテイルト、米三斗ホドノ嵩ガアル石ガ、走ツテ来タ。長イ親指ニ似タ足ヲ周囲ニ付ケテ這イ廻ル。蟹ノ様ナ眼玉ガツイテイテ、睨ミナガラ権八ノ方ヘ迫ツテ来ルノデ、慌テテ彼ハ刀ヲ取ロウトシタガ、僕ハソレヲ押シ止メタ。夜ガ明ケテカラ、件ノ石ガ台所ニアツタノデ注意スルト、コレハ近所ノ車留ノ石ダツタ。三ツ井権八ハアレカラ直グ帰リ、今日モヤツテキタガ、夜中ハ余リ伺ワレナイ、ト断リヲ述ベタ。先夜以来微熱ガアツテ心地ガスグレナイカラ、夜間ハ外出セズニ養生シタイト云ウノダツタ。サテ今夜モ蝶々ガ沢山飛ビ出シテ、座敷一面トビ廻ツタガ、コレハ前夜ト違ツテ跡方モナク消エテシマツタ。コレ以後、家鳴震動ハ毎夜ノコトニナリ、アトハ昼夜ヲワカタズ騒々シクナル。……

六日。門前ノ見物ハ数ヲ増シ、昨夜ハ氷菓子(アイスキャンデー)ヲ売ツテイタト云ウ程ダカラ、役所デハ見物ニ出ナイ様ニト、近郷ニカケテソレゾレ村役人ニ触レサセタ相ダ。又、新八ノ方ヘモ、門前ニ立ツテハ不可ナイ由ガ申シ伝エラレタノデ、オヒル十二時頃ニソノ事ヲ知ラセニ新八ガヤツテ来タ。同道ノ者ガ一人居タ。彼ガ村方役所カラノ達シヲ告ゲテイル折、羽風ノ様ナ音ガシテ抜身ノ白刃ガ新八ノ帷子ノ右袖ヲ少シ許リ切ツテ、背後ノ唐紙ニグサト立ツタ。コレニハ身ノ毛ガ逆立ツタ。

件ノ刃物ヲ抜キ取ッテヨク見ルト、イッカ家来ニ貸シタ脇差デアル。トコロデ鞘ガ無イ。探シテミタガ見付カラナイ。「トントココニ」ト云ウ声ガシタ。ソレハ桐ノ箱ナドヲ動カシテ擦レ合ウ音ニ似テイタガ、正シク「トントココニ」ト聞エ、続イテ三声四声。ソレガ座敷ニ掛ケタ扁額ノ辺リナノデ、額ヲオロスト、ソノウシロカラバタリト鞘ガ落チタ。新八ト連レハ匆々ニ帰ッテ行ッタガ、以来、昼間モ怪シイ事ガ多クナリ出シタ。家来ノ権平モコノ三日間ハ病気ダト云ッテ昼モ顔ヲ見セナイ。マタ代理モ見付カラナイ由ヲ述べテ暇ヲ願ッタカラ、仕方ナク彼ノ自由ニ委スコトニシタ。僕ハ夕飯ヲ終リ、湯ヲ使ッテ気持ヲ恢復、一休ミト思ウ折柄、堀場権右衛門ト一緒ニ叔父川田茂左衛門ガ見エタ。此頃ノ様子ヲ彼ハ尋ネ、今夜ハ話ヲシヨウト、コウシテトヤカクスルウチ暮ガカッテ来タカラ、夜食ヲ出シ、話シテイタガ、何時モヨリ静カダッタ所、十時過ギニナッテ、台所ノ方ニ白イ色ノ、一抱エモアル、丸クテ大変柔ラカ相ナモノガフワリ〳〵ト動キ出シタ。オ客達ハ互イニ頭ヲ寄セテ二度トソノ方ヲ見ヨウトシナイ。僕ハ又何事ガ始マルノカト見テイルウチ、下駄ガ一足飛ンデ来テ襖ヲブチ抜イテ、外へ出タ。両人ガビックリシテイルウチ、白イモノハ座敷ノ方へ舞ッテ来テ、叔父トオ客ガ頭ヲ寄セテイル所へフワリト落チカカッテ、パラ〳〵ト何カ振リカカッタカラ、御両人ハワット云ッテ飛ビ退イタガ、暫クハ物モ云エズニ居タ。落チタモノハヨク見ルト、塩俵ノ古イ奴デ、パラ〳〵ト零レタノハ塩デアッタ。ヤヤアッテ両人ハ夢ガ初メテ醒メタ様ナ顔ヲシテ、コソ〳〵ト帰ッテ行ッタ。僕ハ塩俵ヲ庭へ投ゲテ、夜伽ノ衆ハ却ッテ邪魔ダナ、ト呟ヤカズニ居ラレナイ。

七夕ヨリオ盆マデ

七月七日ノ朝、棚機(タナバタ)ノ礼ヲ述ベヨウト、兄新八、叔父川田茂左衛門、其他二、三軒ヲ廻ルト、誰モガ訊ネル。未ダ見テイナイ人ニ話シテ嘘ダト受取ラレルノハ口惜シイカラ、応待ハ程良イ加減ニシテ帰宅シタガ、質問ガ五月蠅イノデ外出ハ止スコトニシタ。今日モ暑気ハ凌ギガタイマデ照リ増ル。チヨウド以前カラ出入シテ何カト小用ヲヤッテクレル女ガ、祝儀ヲ述ベニヤッテ来タガ、近頃ノ事ガアルノデ早々ニ帰ロウトシタ所、盥ガ一ツ、ゴロ〳〵ト転ゲテ来タノデ、彼女ハワット云ッテ門ロマデ逃ゲタノヲ、盥ガアトヲ追ウタノデ、コケツ転ビツ逃ゲ帰ッテシマッタ。夕方カラ掻キ曇ッテ白雨ガ来タガ、夜ニナルト晴渡リ、星合ノ波モ涼シク眺メラレタ。今宵ハ人モ来ズ、伽人ハ結局手足纏イダト思イナガラ台所へ行コウトシタラ、入ロ一杯ニ白イ大袖ガアル。始マッタナト暫ク見テイルト、袖ロカラ巨キナ手ガ出テ来タガ、ソレハ擂粉木ノ様デ指ノ所ガ握リ拳ノ様ニ丸イ、白ケタ手ダ。ヤヤアッテコノ手先カラ又同様ナ擂粉木手ガ出テ、又ソノ先カラ、今度ハ初メテ常人ノ手クライノ擂粉木手ガ沢山出テ、ソレカラ仙人掌(シャボテン)ノ様ニ、次第ニ小サイ擂粉木手ニナッテ、数モ知レズウジヤ〳〵ト動イテイル。エエイ！ト捕エヨウトスルト、形ガ無イ。少シ離レルト数限リモナク湧キ出シテイル……ソノウチ夜半ノ鐘ヲ聞イタノデ、余計ナ骨折ヲシタモノダト呟キナガラ蚊帳ニハイッタ所、出シ抜ケニ、坊主ノ首デ、眼ハ丸ク光ッテイルガ串刺シニナッテイル……ソレガイクツモ〳〵田楽ノヨウニ、串ヲ足ニシテ飛ビ出シテ来テ、殊ニ擂粉木ハ折々寝テイル顔へ冷々ト触レテ、シカモソレガイヤニ柔ラカイ。撥ネノケルト消エ、消エテハマタ湧イテクル……漸ク明方ニナリ、タトエ顔ニサワッテモ、又跳ネ歩イテモ、ソレ丈ノ話ダト思イ定メテ打ッチヤッテ置イタガ、首々モ手モ次第ニ消エテシマッタ。以後相手ニナラヌガ一等良イト云ウコトヲ、僕ハ愈々確メタ。

八日。夜前ノ怪物ニ大変クタビレテ、一日ジュウ居眠リヲ続ケタガ、時々畳ガ持チ揚ルノデ碌碌休息モ出来ナイ。正午過ギニ近所ノ人ガヤッテ来テ、「今夜ハヒトツ一同デ伽ヲシテミヨウ。ドンナ事ガアロウト大勢ナラバ格別ノ事モナイダロウ。少シデモ平太郎君ヲ寝マセネバナラン」コウ相談ヲ決メ、日ノ暮レヲ合図ニ集ル約束ヲシテ、一同ハ帰ッタ。今日モ白雨ガアッタガ夜ハ晴渡ッタ。十時過ギ迄ニ六、七人集リ、マア休ミ給エト僕ヲ寝カセタ。権八ノ顔モ見エタカラ連中ハ気強クナリ、各自好キ〳〵ノ話ヲシテ、夜半過ギル頃、月モ山ノ端ニ隠レテシマウト何トナク物淋シク、風モソヨ〳〵吹イテ涼シ過ギル夜ナノデ、秋メイテオノズカラ物哀レヲ覚エルノヲシオニ、畳ガ揚リ出シタ。人々ノ坐ッテイル畳ノ角々モ少シズツ持上リ始メタカラ、メイメイデ抑エテイタガ、段々ヒドクナッテ、ソレカラハパタ〳〵ト揚ッテハ落チ、アガッテハ落チ、折カラ灯モ消エテ、座敷中ホコリガ立チ、黒ケムリガ上ッテ眼モアケテ居ラレヌ始末、僕モ眠ルドコロノ話デナイ。家内ガ無茶苦茶ナ煤払イ場ト化シタノデ、「コリヤ叶ワン」ト一人ガ駈ケ出ス。アトニ続イテ我モ我モト逃ゲ出シ、権八ヒトリガ居残ッタ。奥ノ方デナオバタッイテ居ルノデ、行ッテミルト、畳ガミンナ紐デ以テ天井ニ括リ上ゲラレテイル。トモカク降ソウト梯子ヲ持ッテクルヨリ早ク畳ハ一度ニドサリト落チ、危ク軀ヲ躱シタモノノ、正直ナ所、二人トモ青クナッタ。漸ク畳ヲ敷キ直シ、深呼吸シテイルウチニドウヤラ静マッタ模様ナノデ、権八ハ引上ゲ、僕ハ閨ニハイッタ所、又何カ物音ガスル。大キナ錫杖ガヒトリデニ現ワレテ、居間ヲアッチコッチ飛ビ歩イテイルノダッタ。

九日ニナッタ。今朝ハ起ルト、納戸ノ中カラ棕櫚箒ガ出テ来テ、座敷々々ヲ叮寧ニ掃イテ廻ッタ。ハハン、ユウベ煤払イヲシタカラダナ、ト僕ハ独リ笑イヲシタ。今日ハ時々家鳴ガシ、シカモ何時モヨリ劇シカッタ。昨夜ニ懲リタカシテ今宵ハ一人モ来ナイ。只権八ガ宵ノ口ニ顔ヲ出シタガ、例ノ小坊主ニ出逢ッテカラ熱ノ上リ下リガアッテ、近頃ハ食事モ平日通リ食ベカネルト云ウノデ、僕ハ、「何分トモ用心専一。毎晩ココニキテ下地ノ邪気ヲ重ネテハ余計ニ悪イダロウ。珍ラシイ事ガアッタラオ知セスル。毎夜来ナクトモ良イ。然ルベキ服薬モスルヨウニ」ト云イ含メテ、帰シタ。コレカラ彼ハ毎夜来ナイ。夜ニナッテ家鳴ハ弱ク、間遠ニナッタガ、何処カラカ遙カニ尺八ノ音ガ聞エタガ、程ナク裏ノ方カラ虚無僧ガ一人ハイッテ来タト知ル程モナク、続続ト同ジ姿ノ虚無僧ガ出テ来テ、アトハソレゾレノ姿勢ヲ採ッタ居間一面ノ虚無僧ニナッタ所、ソノウチニ僕ガ臥シテイル周リニミンナ寝転ンデシマッタ。良イ伽ダ、ト構ワナイデイタラ、何事モナク、ヤガテ順々ニ消エ失セテ、一人モ居ナクナリ、夜半頃カラ近頃ニナイ快眠ヲ貪ルコトガ出来タ。

十日。前ニ述ベタ様ニ、家鳴、畳ナドノ揚ルコトハ毎日ノ話ダカラ一々書キ付ケナイガ、コレニモ大変劇シイ日ト、ソウデモナイ日トガアル。昨日ノ夜半カラ今日一日ハ至ッテ静カデアル。上田治部右衛門ト云ウ人ガ訪ネテ来タノデ、初メカラノコトヲ大体話シ聞カセタ所、上田氏ガ云ウノニ、「コレハキット狐狸カ、又ハ猫又ノ所為ダト思ウガ、ソウダトスレバ罠ヲ掛ケテミタラ正体ガ判明スル。幸イ自分ガ心得テイル罠ノ仕様ガアルカラ、明晩マデニ調エテ参上スルデアロウ」コウ約束シテ彼ハ帰ッテ行ッタ。罠ナドデ退治出来ルトハ考エラレヌガ何事モ慰ミダ、ト僕ハ思ッタ。夜ニナッテ飯ヲ済マセ、縁先デ月ヲ眺メテイルト、門口ニ人ノ音ガシタ。兼テ知合イノ貞八ト云ウ仁デアル。所ガ次ノ間デ彼ト話ヲ交ワシテイルウチニ、コノ貞八ノ頭ガ次第ニ大キクナッテ、忽チ三ツニ割レ、中カラ猿ノ様ナ赤ン坊ガ三ツ顕ワレタ。コレモ例ノ手ダッタカト其儘ニシテイルト、件ノ赤ン坊ガ僕ノ膝元ヘ這イ寄ッテキタ途端、三ツガ合ワサッテ一ツノ大童子ニ成ッテ、矢庭ニコチラニ向ッテ摑ミカカッテ来タカラ、憎ックキ奴ト捉エヨウトスルト、消失セテ跡方モ無イ。コンナ事ダロウト思ッタ。独リデ可笑シクナッテ寝床ニ入ッタガ、其後ハ何事モナク、家鳴畳ノ持上リモソンナニ強クナカッタカラ、ソノママ眠入ッタ。

十一日、上田治部右衛門ハ、ハネナワダト云ッテ、三年竹ノ性ノ良イノヲ用イ、杭ヲ丈夫ニ打チ、コレニシッカリ結ビ付ケ、鼠ノ油揚ヲ餌ニシテ、コノ跳ネ返リト段々仕掛ハ伝授デアル由ヲ吹聴シ、用意ガ調ウト、暮レルノガ間遠イトバカリ仕掛ケテ置イテ、帰ッテ行ッタ。十時ハ過ギ、十二時近クニナッタガ、今日ハ朝カラ折々家鳴ガアリ、又畳ナドガ揚ッタ許リ、夜ニハ格別ノ事モナイ。暁方、小便ノ序ニ罠ヲ見タガ、何者モカカッテイナイ。当前デショウト思イナガラ又眠ッタ。四辺ガ明ルクナリ起キテヨク見タラ、罠ノ餌ガ人間ニモ不可能ナ程ノ手際デ、罠ト一緒ニ解キ取ラレテイタ。例エドンナニ巧妙ニヤロウト餌ニ触レル限リ竹ガ跳返ラヌ道理ハ無イ仕掛ダガ、其処ヲドウヤッテノケタモノカ、釣リ緒モ見エナイ。鼠ノ油揚ガ軒場ニブラ下ッテイタノハズットアトデ見付ケタガ、罠ニカカラヌ点ハ兎モ角トシテ、紐マデ解イタノガ僕ニハ不思議デナラナイ。サテ治部右衛門ガ来テ、現場ヲ見テ呆レテイタガ、「何ニセヨ、コノ鼠ヲ取ッタ上ハ必ズ年経タ狐ノワザト見タ。今宵ハ縁側ニ糠ヲ撒キ、其他台所ノ板ノ間ニモ糠ヲ敷キ、足跡ノ有無ヲ見テ其上デ罠ノ仕様ガアル」ト云ッテ帰ッテ行ッタ。今日ハ折々ノ家鳴モ弱イママニ暮方ニナッタ。再ビ治部右衛門ガヤッテ来テ、所々ヘ糠ヲ薄々ト撒イタ。昨夜ト引換エテ、宵ノウチカラ家鳴震動スサマジク、何処トナク鯨波ノ様ニ、大勢ノ声ガ聞エタカラ、治部右衛門ハ「コレハ世人ノ云ウ天狗倒シデアロウ」怖クナッタノカ、イズレ明朝ト云ッテ、忽々ニ帰ッテ行ッタ。夜中ニ別ニ変ッタ事ハナカッタガ、鬨ノ声ハ今宵ガ初メテデアルカラ、ナルホド天狗カモ知レント思ワレタ。

十三日ノ東雲ノ頃、門ヲ叩ク音ガ聞エ、起キテミルト治部右衛門ダ。「足跡ハナイカ」ト二人デ撒イテ置イタ糠ヲ見タ所、犬カ狐カト云エル様ナ足跡ガ大ト小トアリ、ソノ中ニ、二尺許リモアル様ナ人間ノ足跡ガアル。治部右衛門ハ、「何トモ合点ガ行カヌガ、キツネト狸ダロウ。コノ様子デハ罠ナドニ懸ルトハ思エナイ。野狐除ケノ祈禱ニ限ル！　身共ガ西江寺ヘ頼ンデミヨウ」ト云ッテ帰ッタ。僕ハ、オ寺ノ祈禱クライデ何ニナルカト思ッタガ、逆ワナイデ人ノ奨メニ一任シタ。治部右衛門ハソレカラ西江寺ヘ赴キ、祈禱ヲ依頼シタ所、和尚ガ云ウノニ、「稲生家ノ件ハ聞イテイル。オ易イコトダガ二、三日オ待チ下サレ。ゴ存ジノ通リ今オ盆ナノデ、祈禱ハ勤メガタイ。ツイテハ当寺ノ薬師如来ハ到ッテアラタカデ、コノ薬師ノ前デ香ヲ焚ク卓ト香炉ガ又イワレガアッテ、奇特ハ云イ尽セナイ。コレト薬師ノ御影モオ貸シ申ソウ。デ、コレヲ平太郎殿ノ居間ニ掛ケ、香ヲ焚キ、信心清浄ニシテ拝ミナサイ。仏器ダケニモ疫神狐狸ハ甚ダ恐レルト云ウ霊験ガアルカラ、コノ仏影ノ功力デ物怪モ消滅スルデアロウ」トアッタカラ、治部右衛門ハ「ソレハ忝ナイ。デハ、晩方ニ取リニ寄コシマスカラ、何分共ニ宜シクオ願イ致シマス」ト約束シ、直ニ僕ノ許ヘヤッテ来テ、右ノ訳ヲ報告ニ及ンダノデ、僕ハ「御親切ノホド有難ウ。ソレデハ晩方取リニヤルコトニシマス」ト礼ヲ述ベルト、「ヨクヨク信心ヲ致サレヨ」ト云イ残シテ、治部右衛門ハ帰ッテ行ッタ。

ソノ晩方、治部右衛門カラ、鉄砲打ノ長倉トイウ人ヲオ伽ニ寄コシタ。「長倉氏ハ若年カラ山野ヲ家トシテ、力ハ人ヲ超エ、猿鹿ヲ取ッテ世ヲ渡ッタガ、自ラ鉄砲ニ妙ヲ得テ、前々ヨリ私方ヘ出入シ、貴殿ヘモ同様デアルガ、コレガ何卒オ伽ニ参リタイト云ウカラ差シ遣シタ」ト添文ニアル。僕ハ、「ヨク来テクレマシタ。実ハ今晩ハ西江寺ヘ薬師様ノ懸軸ヲ借リニ行カネバナラヌ所、家来ニ暇ヲヤリ、誰モ来ナイノデドウショウカト思ッテイタ所デス。大儀ナガラ西江寺ヘ出掛ケテ軸ヲ借リテ来テ下サイマセンカ」ト頼ンデミルト、「ソレハイト易イコト。デスガ先ズオ茶デモ頂イテオ話シテイルウチ、若シ怪シイ事ガアリマシタラ、其時ニ借リニ参ッテモヨロシイデハアリマセンカ。拙者ハコレマデ伽ニ参ラズ、未ダ怪シイ事ト云ウノヲ見テナイノデスカラ、今晩カラソノ仏影ノ功力デ怪シイ事ガ止ミマシタナラバ、拙者トシテハ残念至極デス。今暫ク拙者ノ為ニ待ッテヤッテ下サイ」ト云ウノデ、デハソノ様ニシマショウト、茶ヲ煎ジ、夜食ヲ済マセ、四方山噺ニナッタ。僕モ山猟ニハ関心ガアルノデ、年ヲ経タ狼ヤ手負猪ヲ仕止メタ話ナド色色聴イテイルウチ、十時過ギニナルト、例ノ家鳴震動ト共ニ畳ガバタバタ揚リ出シタノデ、長倉モ、「初メテ不思議ガ見ラレマシタ。今迄人ノ云ウ所、大方十ニ八、九ハ嘘デ、何ゾ少シ許リノ事柄ヲ仰山ニ申スノデアロウト思ッテイマシタガ、サテサテ不思議モアルモノデス。デハ西江寺サン〳〵――」ト許リ出テ行ッタ。戸外ハ七月十三夜ノ月ガ照ッテ昼ノ様デアル。所ガ途中デ俄ニ曇リ、真暗ニナッテ前後モ弁エガタイ。チョウド中村源太夫ト云ウ人ガ提灯ヲ下ゲテ向ウカラヤッテ来テ、「ドチラ〳〵」ト声ヲ掛ケタ。長倉モ日頃出入シテイル源太夫デアッタカラ、西江寺ヘ行ク旨ヲ話シ、只今急ニ曇ッタノデ一層暗サヲ覚エ難渋シテイマスト答エルト、源太夫「ソレガシハ程近イ故、提灯ヲオ貸シ申ソウ」長倉ハコレハ忝シト提灯ヲ借リテ別レタ。其処カラ少シ行クト津田市郎左衛門ト云ウ人ノ宅ガアル。角屋敷ダッタガ、ソノ傍ノ藪中カラ笠袋ノ様ナ黒イモノガ飛ビ出シタ。長倉ハ可笑シナ手モアルモノダト屋敷ノ角ヲ曲ッタガ、途端今ノモノガ稲妻ノ様ニ光ッテ、赤熱シタ石ノ様ナモノト一緒ニ長倉ノ頭上ヘ落チテ来テ、首ヘ巻付イタカラ、目モ見エズ、声モ出ズ、息ガ詰ッテ倒レテシマッタ。此時津田市郎左衛門ハ居間で涼ンデイタガ、表デワッと云ウ叫ビガシタノデ、格子カラ覗クト、人ガ倒レテイル様子ニ、家来ヲ出シテ先方ニ水ヲ呑マセ、活ヲ入レタ。長倉氏ガ気ヲ取戻スト、モハヤ雲晴レテ昼ノ様ナ月夜ダ。源太夫ニ借リタ提灯モ其処ニ見当ラナイ。スッカリ怖気付イテ、津田ノ家来ニ礼ヲ述ベテ足ヲ返シ、僕ノ門口ヘハ「今宵ハ夜ガ更ケマシタカラ、オ寺ヘハ明日参ジマス。訳ハ明朝オ話シマス」ト云イ捨テテ家ヘ帰ッテシマッタ。彼ハ翌日源太夫ヘ顔ヲ出シテ、夜前ノ御提灯、実ハカヨウ〳〵ノ次第デ失クシマシタト告ゲルト、「ソレハ妙ナオ話デスネ。夜前ハ少シモ曇ッタコトハ無ク、身共ハ何処ヘモ出マセンカラ、途中デ貴殿ニ提灯ヲオ貸シスルワケハナイ」

十四日。徒然ノ折ニ長倉ガヤッテ来テ、今ノ様ナ次第ヲ聞カセ、サテ仏影ヲ取リニ行コウト出掛ケタ。西江寺デハ昨日待ッテイタガ、コナイ。オ盆ノ忙ガシサニ取紛レテイタ所ヘ、長倉ガヤッテ来テ一部始終ヲ語ッタカラ、和尚ハ驚イタ。「何分祈禱ヲ致シ、又御札ヲ差上ゲマス。先ズ〳〵コノ仏器ト御影ヲオ預ケ申スアイダ、信心専ラニトオ伝エ下サイ。必ズ奇特ガアリマス」ト渡シテクレタ。長倉ガ和尚ノ伝言ヲ述ベテ、「今宵モオ邪魔サセテ貰ウ」ト云ウノデ、僕ハ、「伽人ガアルト色々怪シイ事ガ多イ。ソレニ今ハオ盆デ忙シイダロウカラ、ワザ〳〵来テ下サルニ及バナイ」コウ云ッテ彼ヲ返シタ。ソレカラ暮近クオ墓参リシテ、ソノ足デ新八方ヘ寄リ、暗クナッテカラ帰宅シタ。今宵ハ人モ来ナイダロウカラ早ク休モウト、例ノ仏影ヲ床ノ間ニ掛ケ、ソノ前ニ仏器ヲ置キ、香炉ヲ載セテ拝ンデカラ、縁側デ月ヲ眺メテ涼ンダ。カレコレ十時ニナッタノデ蚊帳ヘハイロウトシタ所、仏壇ノ前ノ唐紙ガサラサラト開イタ……仏壇ノ戸モ左右ニ披キ、同時ニ、畳ノ上ニ置イテアッタ卓ガ香炉ヲ載セタママ三尺許リ宙ニ浮上リ、仏壇マデ三間ホドノ距離ヲ静々ト行クノガ、マルデ人ガ運ンデイルカノ様ダ。仏具ガ仏壇ノ中ニ収マルト、開イタ戸ガ元ノ様ニ閉サレタ。「コイツハ世話イラズダ」ト僕ハ呟イテ、蚊帳ニハイッタ。仏影ハ動カナイシ、今夜ハ至ッテ静カデアル。近来ニナク熟睡ガ出来タ。

十五日。昼間コソ静カダッタガ、夕方カラ又々畳ガバタツキ始メタ。今朝方カラ小雨ガ降リ、蒸々ト暑サモ強カッタノデ、行水ヲ早ク使イ、暮行ク空ヲ眺メ、例年ナラバ今日ハ近所寄合ッテ中元ヲオ祝イシ、酒ヲ出シ、在所ノ辻踊リヲ見物シヨウト暮レルノヲ待チ兼ネテイルノニ、今年ハオ化ノセイデ外ヘモ出ズニ過ギタモノダナ、ト独リ言ヲ云ッテイル折柄、津田市郎左衛門、木金伴吾、内田源次ノ三人ガ打チ連レヤッテ来テ、「淋シイダロウト酒ヲ持参シタ」ト取出シタカラ、僕ハソレハ恭シト、昼ノ瓜揉ト鯖膾（サバナマス）ヲ出シ、十時過ギマデ話シタガ、「今宵ハ我ラ三人ニ任セテ気遣イナシニ寝マレヨ」ト勧メラレタノデ、床ノ間ノ御影ノ前ニ仏器ヲ供エ、デハ御免ト僕ハ蚊帳ヘハイッタ。

サテ三人ノ物語ノウチニ夜半ニナッタガ、伴吾ガ云ウノニ、「茶ノ煮花ヲ入レ、眠気ヲ払ッテ差上ゲルデアロウ」土瓶ノ茶ヲ入レ直シ、話題モ新ラシクナッタ所、裏ノ方デ大勢ノ声ガシテ、エイ〳〵ト懸声シテ何カ重イモノヲ運ンデクル様子デアル。ソラ始マッタト思ウウチ、其声ガ段段近クナッテ内庭ニ来テ、台所ヘ廻ル様ダッタガ、ドサリト落シタ音ノ凄マジサ、同時ニ家鳴ガメキ〳〵ト始マッタ。僕ハコノ響キニ目ガ覚メテ何事カト注意スルト、台所ノ板ノ間ニ目ニ止ルモノガアル。「ドナタカ見テ来テゴラン」ト云ッタガ、三人ハ返事モセズニ一所ニ固マッテイル。「ソレガシガ参ロウ」ト僕ハ紙燭ヲ点ケテ台所ヘ行ッテヨク見ルト、裏ノ物置小屋ニ在ッタ香ノ物桶ダ。コレハ先日茄子ノ漬物ヲ積ミ置イタガ、小屋ニハ錠ガ懸ッテ戸ガ開カレル筈ハナイ。デモオ茶ノ口取リニナサレヨトノ意ダロウト解シテ、茄子ノ漬物ヲ出シタガ、三人ハドウシテモロニ入レヨウトシナイ。僕一人ガ茄子ヲ撮ミ、オ茶ヲ飲ンデ蚊帳ヘハイッタ所、今度ハ例ノ卓ト香炉ガ独リデ浮キ上ッテ、蚊帳ノ周囲ヲ舞イ出シタカラ、三人ガ僕ノ傍ヘ潜リ込ンデ来タ。ソレカラ愈々仏器ハ舞ッタガ、何時ノ間ニカ卓ト香炉ハ別々トナリ、香炉ガ蚊帳ノ内ヘハイッテ来テ、少シ傾クト、三人ノ頭上ヘ灰ガバラ〳〵ト散リカカッタ。内田ノ首筋ヘ一層振リカカッタノデ、ワット云ッテ俯向キシナニ胸ノ中ガコミ上ゲタノカ、黄水ヲガバト二人ノ上ニ吐キカケタガ、両人ハソレニモ気付カズ、只固クナッテ顔ヲ伏セテイタ。僕ハ捨テテ置カレズ、起ッテ蚊帳ヲ外シ掃除ショウトスルウチ、卓モ香炉モ、再ビ昨日ノ様ニ開イタ仏壇ノ内部ヘ収マッテシマッタ。僕ハ三人ヲ引起シ、裏ノ釣瓶井戸へ連レテ行ッテ水ヲ飲マセテカラ帰宅サセ、序ニ畳ノ上ヲ掃イテ床ニ入ルト、東雲ノ空ニナッタ。

十六日。藪入ナノデ叔父川田茂左衛門方へ行クト、一族ガ集ッテ居テ、無事ヲ祝シ、酒飯モ済ンデ、茂左衛門ガ僕ニ云ウニハ、「先頃カラオ前ノ宅ニ怪事ガアッテ、各々夜伽ニ行カレタガ逃ゲ帰ル人モ多イ。其方ガ気丈デ一人暮シテイルノニ吾々ハ驚キ入ッテイル。然シ乍ラ万一過チガアッテハ、オ前ハ勿論、一族モ見捨置イタナド云ワレタラ甚ダ以テ立チガタイ。今日カラ親戚中ノ何処へデモ逗留シテ暫ク様子ヲ窺ウコトニシタラドウダ」他ノ者モ同様ニ、「ソノ様ニシタ方ガヨイ」ト勧メル。僕ガ答エタノニ、「成程、ソノ件ハ最初カラ仰セラレテイマシタガ、サシテノ事ハ無イデアロウト思ッテイタ所、日々ノ怪事ハ今日迄モ止ミマセン。此上ハ根競ベデスカラ、タトイ半年デモ一年デモ、コレダト云ウ事ヲ見届ケタ上デ、愈々人ガ住マエヌ様ニナリマシタナラバ、其時ハ願イ出テ屋敷ヲ引上ゲテモヨイノデス。只、今トナッテ狐トモ狸トモ知ラナイデ余所へ移ッテハ臆病ノ名ヲ取リマスシ、ダカラ最初ノ意見通リニ何処カへ避ケタラヨイノニ片意地ナ奴モアッタモノダ、ナド云ワレルノモロ惜シイ次第デス。ソレハ兎モ角、コノ屋敷ニアトデ他国人ガ昔噺ノ様ニ思イ込ンデ移リ住ンデ、何事モ無カッタ節ハ、我ラノ名ノ汚レルコトハ辛抱スルトシテモ、第一、国ノ恥デス。此処ヲ思ウト何分今回ノ儀ハ私ノ存念ニオ委セ下サリタイ」コウ述ベルト人々ハ、「ソウ思ウナラバ是非モ無イ」ト、茂左衛門ト一緒ニ、ソノ旨ニ任ジタ。僕ガ暇乞シテ帰ル時、同ジ座ニ居タ出入ノ者ノ一人ガ、今宵ハ自分ガ参リマスト同道シテ、暮合ノ頃家ニ帰ッタ。僕ハ少シ酔払ッタ様ナノデ、縁ニ出テ風ヲ入レテイルウチ眠気ヲ催シタノデ、件ノ若者ハ居間デ風炉ニ火ヲ起シ、煮花デ酔ヲ醒マソウト思ウ折柄、天井ガメキ〳〵ト鳴出シタ。仰グト何トナク低クナッテ来ル様ニ感ジラレタ。酔ノセイカモ知レヌト打捨テテ置クウチ、天井ハ愈々低クナッテ来ル。彼モ負ケズニ張合ッテイタガ、今ニモ落チカカル様ナノデ、ワット庭先ヘ飛ビ出シタ。僕ハ此声ニ目ヲ覚マシタガ、天井ガ著シク下ッテイル。然シソノ儘ニシテ寝タ。夜ガ明ケルナリ若者ガ、「自分コソ夜前、稲生ノ化物ニ逢ッタ」ト触レ廻ッタカラ、モウ家ノ門前ハ、日ガ暮レルナリ通ル人モ無イ。

十七日ノ昼頃、上田治部右衛門ガ野狐除ノ札ヲ持参。「コレハ西江寺ヘオ頼ミシテ置イタノガ今日祈禱ガ済ンデオ札ヲ差越シタノデス」ト云ッテ、ソレヲ居間ニ懸ケテ帰ッテ行ッタ。日中ハ折々ノ家鳴許リデ、格別ノ変モ無ク、暮方カラ治部右衛門ガヤッテ来テ、「宵ノウチ話シマショウ。今宵ハオ札ノ功力デ何事モナイダロウ」ト共々ニ縁ニ出テ、月待空ヲ眺メ乍ラ語ッテイタ所、漸ク山ノ端ニ出タ月影ニ白々ト朦ニ照シ出サレタ庭木ノ葉ノ中ニ、ヨク見分ケノ付カヌ樫ノ木ガアッタガ、ソノ樫ノ手前カラモ同ジ様ナ月ガ現ワレタ。ソレハ見ル〳〵増エテ、次カラ次ヘ輪違イノ様ニナッテ現ワレ、空カラ舞イ出テ来ルヨウデモアッタ。治部右衛門ガ「アレハ何ダ」ト云イウチ、輪違イノ月々ハ縁ノ前マデクル〳〵廻リ乍ラ迫ッテ来タ。本物ノ月ガ何カニ反映シテイルノデナイカト見据エルアイダニモ、愈々クル〳〵ト目マグルシク覆イ被サッテ来タカラ、治部右衛門ハソロ〳〵逃ゲ腰ニナリ、「今暫ク話シテ行ッテハ」ト勧メタガ、ソノママ帰ロウトスル所ヘ、台所ノ方カラモ輪違イガ押シ寄セ、中ニハ小型ノ盥程ノ輪モマジッテ、互イニ煙ノ様ニクル〳〵廻ッテイル。治部右衛門ハ兼テノ覚悟デ、野狐ノ仕業ダト思イ乍ラヨク見据エルト、オノオノノ輪ノ中ニ目鼻ガアッテ、何レモ人ノ顔デアル。見定メヨウトスルト、クル〳〵ト入レ替ッテ顔ノ上ニ他ノ顔ガ交ワリ、睨ムノモアリ笑ウノモアル。治部右衛門ハ対抗不可能ニナリ、台所ノ方ヘ抜ケラレナイ儘、庭先ニ出タ途端、顔々ガ一度ニ笑ッタ様ナ声ガ聞エタカラ、彼ハ門口ヘ飛ビ出シテシマッタ。ソノ有様ヲ僕モ輪違イ先生達ト共ニ吹出シ乍ラ、寝床ヘ入ッタガ、顔々ハドウナッタカ、ソレカラハ何事モナカッタ。

十八日ノ朝、治部右衛門ガヤッテ来テ、「扨々夜前ハ大変ナ物ヲ見マシタ。アノオ札ニモ恐レナイトハドウモ狐狸デハナイ様デス」ト評議シテイル所ヘ、権八モ顔ヲ出シユウベノ話ヲ耳ニシテ、「ヨクソンナニ次カラ次ヘ狂言ガ差シ替エラレルモノダ。コレニハ勝テンワイ」僕ハ、権八ホドノ者ガソンナ気後レヲ云ウ様デハ負ケルノモ道理ダ、トロニ出ソウトシタガ、彼ノ身モ気懸リナノデ、サリゲナク権八ニ向ッテ、「ドウモ顔色ガ悪イ様ダ。毎度云ウ事ダガ、徹底的に養生第一ニ置イテ、当方ヘ見舞ナドニ来ルニ及バナイ。尤モオ隣リダカラ此方ノ騒ギヲ聞キ付ケル度ニ心配ニナルノモ無理ハナイガ、自分ハ平気ダカラ、心置キナク余所ニ逗留シ、保養第一ト気ヲ引緊メ、元気ヲ恢復シテカラ来ルガヨカロウ」治部右衛門モソレガ良イト勧メタ。サテ件ノ西江寺ノオ札ヲ見ルト、薄墨デ何ヤラ文字ガ書キ添エテアル。昨日ハ確カコンナ妙ナ字ハ無カッタノデ、早速コノ由ヲオ寺ヘ知ラセルト、程ナク和尚ガヤッテ来テ、吃驚シタ。「梵字ヲ書キ入レタトハ、チョットヤソットノ妖怪トハ思ワレヌ」ト舌ヲ巻イテ帰ッテ行ッタ。何ヲ意味スルノカ僕ニハ判ラヌガ、多分オ札ニ落シ字カ書キ損ジデモアッタノデアロウ。サテ今日ハ昼間モ殊ノ外ニ荒レテ、各道具ガ舞イ上リ、或ハ茶碗類ガ台所カラ鳴リ乍ラ居間ノ方ヘ飛来シ、鴨居ニブッカッテ微塵ニ打チ砕ケル……ト見ルヨリ先ニ、ツイート鴨居ヲ潜ッテ、座敷ノ真中デ落チル。或ハ莨盆モ飛ビ上ッテ、他ノ小道具類モ動クコトナド、以来度々デアル。茶碗ハ飛ンデイル時ニ手ヲ当テルト、落チテ砕ケル。ドンナニ飛ビ廻ッテモ、捨テテ置クト音許リガ鳴渡ッテ、壊レルコトハ無イ。行灯ガ舞ッテモ其儘ニシテ置ケバ油一滴零レナイ。

十八日ヨリ廿六日マデ

扨十八日ノ宵ノ内、又々出入ノ者三人ガ話ニヤッテ来タガ、十時過ギルト、先夜ニ懲リテカ各自ニ後込ミシテ、話題モ途絶エ勝ニナッタ。折柄、三人ノ背中ヲ一度ニハタト叩ク者ガアル。台所カラ曲尺ノ様ナ手ガ、ツマリ数ヶ所モギクギク折レタ稲妻型ノ手ガ伸テ来タリ、縮マッタリシテイルノダッタ。三人ハワット云イサマ駆出シ、台所ヘハ出ラレヌノデ、奥庭ヘ飛ビ降リ、路次ロヲ引キ開ケテ逃ゲテシマッタ。僕ハ跡ヲ片付ケテ寝床ニハイッタガ、曲尺ノ様ナ手ハ相変ラズ座敷ヲギクシヤクト動イテイタガ、ソレモ構ワズニ寝入ッタ……今度目ヲ覚マスト、先刻ノ手トハ違ッテ、天井一面ニ巨キナ老婆ノ貌ガ現ワレ、ヤガテ長イ舌ヲ出シ、蚊帳ヲ貫イテ僕ノ胸カラ顔ヲ舐(ネブ)リニ来ル。気味ノ悪サッタラナイガ、コレモ相手ニナラヌコトニシテイルト、夜モ白ム頃、老婆ハ消エテ、烏ガ渡ルト夢ガ醒メタ様ニ覚エタ。夜中ノ疲レデソノママ眠リニ入ッタガ、十九日ノ午前十時頃、門ヲ叩ク音ニ目ヲ覚シ、起キ出ルト、向井治郎左衛門ト云ウ人デアル。「今日ハ外出シテ此処ヲ通ルト、日モ高イノニ門ロガ閉ッテイマシタカラ、ワザトオ起シ申シタノデ別ニ用事ハアリマセン。此頃ノ事デスカラ気懸リニナッタママオ起シ致シマシタ」「ソレハ忝シ。

実ハ夜前ハカヨウ〳〵ノ次第デ、思ワズ今マデ寝過シマシタ」オ客ハ内ヘハイッテ、此間ノ様子ヲ改メテ詳シク訊ネ、「如何サマコレハ、治部右衛門殿ノ申サル通リ狐狸ノ類イデショウ。然シ罠ノ餌ヲ取ッタ手デスカラ、狐狸トハ云イ乍ラ千年モ経タ曲者ニ相違アリマセン。十兵衛ト云ウ部落ノ人ガ殊ノ他罠ノ名人デ、度々手柄ヲシタモノデス。明日ニデモ彼ヲ呼ビ寄セ、委細聞カセテ、モウ一度罠ヲ掛ケテミマショウ。今日ハ拠無イ用事デ余所ヘ参リマスカラ、明日参上致シマス」ト云イ置イテ帰ッテ行ッタ。僕ハ夜前ノ草臥デ又眠入ッタ。漸ク一時近クニ起キテ飯ヲ食べ、夜ニ入ルト大カタ老女ノ貌カ曲リ手ガ出ルダロウガ、今宵ハ隙ヲ覗ッテ手捕リニシテヤロウト、暮レルノヲ待ッタ。日モ落チ、十時ニナッタガ変ッタ事ハナイ。人モ来ナイガ、閨ヘモ入ラズ待チ構エタ。夜中過ギテモ何事モ起ラナイカラ少シ気抜ケシタ折、天井ガ次第ニ下ッテ来タ。例ノ手カト見テイルト、段々落チカカッテ頭ノテッペンニ触レタガ、ソノママ坐ッテイルト、僕ノ頭部ハ天井ヲ抜ケ出テ、行灯モ又天井板ヲ抜イテ、天井ノ裏側ガ具サニ見エル。鼠ノ糞、蜘蛛ノ巣ナド夥シク、或ハ古イ藁屑デ真黒デアル。天井ハ僕ノ膝上マデ落チカカッタガ、放ッテ置イタラ、暫クシテ次第ニ上ッテ、元ノ様ニナッテシマッタ。僕ノ軀ガ突抜イタト思ウ箇所ニ別ニ孔モ明イテイナケレバ、行灯ノ抜ケ出タ処ニ何ノ趾モ無イ。只其処ニ、何時ノ間ニ出来タノカ、大キナ蜂ノ巣ガクッ付イテイタガ、コレガ見ルウチニ嵩ヲ拡ゲ、数箇ニ増エ、ソノ内部カラ蟹ノ様ニ泡ヲ吹キ、黄色イ水ヲ吐イタガ、知ラヌ振ヲシテイルト、蜂ノ巣モ程ナク消エテ、元ノ天井ニナッテシマッタ。実ハ今宵ハ、裏ニ米搗臼ガアッタノガ、宵ノ口カラトン〳〵ト搗ク音ガシタ。僕ハ思付イテ、黒米ヲ臼ノ中ヘ入レテカラ蚊帳ニハイッタ。別ニ草臥モナク眠入ッタガ、翌朝臼ヲ見タラ、玄米ハ精白サレズ元ノ儘デアッタ。

廿日。向井治郎左衛門ガ川田十兵衛ヲ伴ッテ来テ、罠ノ用意ヲサセタ。十兵衛ハ六十許リノ男デアル。若年カラ鉄砲ハ勿論罠モ上手デアッタガ、コノ踏落シ罠ノ事ハ、彼ガ先年大阪へ行キ、革市場デ或ル猟師ト逢ッタ所、殊ノ他ニ大キナ狸ノ皮ヲ示サレタ。十兵衛ハ元々猟好キナノデ、「コレハ見事ナモノデス。何分ニモ年ヲ経タ狸デショウネ」ト云ッタノニ、猟師ハ大イニ笑イ、「オヌシニモ似合ワヌ鑑定ダナ。コレハ若狸ダヨ。狸ニモ種類ガアッテ、コンナニ大キイノガ常体ノ生レナンダ。此類ハ稀ナモノダ。又普通ノ外ニ、ヨク人ヲ化カス狸ガアル。コレハ仲々ノ事デナイト取ラレナイ。ソノ狸ハ至ッテ聡ク、生レ立モコンナニ大キクハナイ。人ニモ山犬ニモ取ラレナイカラ、自然ト劫ヲ経テ、アトデハ色々ト自在ヲ獲得シ、人ヲ悩マスノデアル。其狸ノ皮ハ至ッテ厚ク、毛ハ粗々トシテ、毛並ハ良クナイ。コノ劫経タ狸ヲ取ルニハフミ落シト云ウ罠デナケレバ駄目ダ。我ラノ習ッタ踏落シハ多クノ人ノ知ラヌ罠デアル」ト云ッタカラ、十兵衛ハ、「ソレハ初耳デス。ドンナ遣リ方ナンデスカ、オ伝エ下サルワケニ行カンダロウカ」ト云ウト、猟師「我ラハ数年コノ罠ヲ掛ケ、自然ト骨ヲ覚エタノダ。ドンナサカシイ狐狸トテモ俺ノ踏落シヲ遁レルコトハ稀ダナ。自分ラノ若イ時、天満ノ社ガ夜中ニ、三ツノ社ニ見エルト云ウ事ガアッタ。其時俺ハ深更ニ及ンデ、コッソリ其処へ行ッテ踏落シヲ仕掛ケタノニ大猫ガ懸ッタ。尾ノ先ハ二ツニ割レテ、首カラ尾先マデ四尺余モアル猫ダッタ。直ニ打チ殺シテ翌日近所ノ者ニ見セタカラ、何レモ大イニ悦ビ、近年コノ猫ガ様々ノ怪ヲシタ。天満ノ沙汰モ此ノ所為ダロウト申シ合ッタ。総体古狸ハ狐ト馴合ッテ色々ニ化ルトモ云ウ。ソノワケカ取ルコトガ六ツカシイ。然シ乍ラコノ踏落シニハ遁レル事ハ無イ」

十兵衛ハ其時マデ鉄砲猟ダケデ、罠ノ事ハ不案内ダッタノデ、猟師ニ向ッテ云ウノニ、「ワタシノ田舎デハ鉄砲許リデ熊猪鹿ノ類ヲ取ッテ居リマス。狐狸モ多イ様デスガ、筒先ニ感付イテ姿ヲ隠シテ、手ニ入リマセン。何分ニモソノ踏落シノ仕方ヲ御伝授下サラナイデショウカ」ト達ッテ頼ンダカラ、猟師モソレナラバト云ッテ、罠ノ仕掛及ビ掛場ノ見計イノコトニ至ルマデ、詳シク教エテクレタ。十兵衛ハコレカラ罠ノ名人トナリ、ソノ上、工夫モ手ニ入ッテ、踏落シニ依ッテ数多クノ狐狸ヲ取ッテ世ヲ渡ッタガ、ソノウチデモ或時、鳳源寺ト云ウオ寺デ、大般若経ガ独リデニ舞上ル事ガ屢々デ、人ハ怖ガリ、自ズト参詣モ稀ニナッタ上、ナオ怪シイ事ガアルノヲ十兵衛ガ耳ニシテ、コレハキット狐狸ノ業デアロウト、其寺ノ裏門ノ外ニ大キナ森ガアルノヲ見立テ、其処ニ罠ヲ掛ケタガ案ニ違ワズ幾歳月経タトモ知レヌ古狸ガ掛ッタノヲ、鳳源寺ニハ知ラサズ打殺シテ帰ッタ所、其後ハ何ノ怪モナク、オ寺モ繁昌シタ。又、後ニ松尾藤助ト云ウ人ノ所ニ怪シイ事ガアッタ。藤助ガ居間デ昼寝シテイタノヲ、召使イノ者ガ用事ガアッテ行ッテミルト、二人ノ主人ガ寝テイル。怖クナッテソット次ノ間ヘ逃ゲテ、改メテ呼ビ起スト何事モナク常ノ様ニ起キテ来タ。ソレカラ後、時々、奥ニモ藤助ガ居ルト外ニモ藤助ガ居ルト云ウワケデ、藤助自身モ何カ本性ガ乱レル様ニ覚エタカラ、親戚ラガ寄ッテ祈禱オ札ナドヤッテミタガ、一向ニ験シガ無イ。意見モマチ〳〵デアル。十兵衛ガコレヲ聞イテ例ノ天満ノ話ヲ思イ出シ、罠ノ事ヲ申シ出テ掛ケテミルト、アノ猟師ノ談ニ間違イナク、背中ノ毛ナド抜ケテ粗々シテ斑ラナ、幾年経タトモ知レヌ古狸ガ懸ッタ。ソレカラ藤助ニハ何事モナク、家内ノ喜ビモ大カタデナイ。其他ニ、一般狐狸ヲ取ル事ニモ妙ヲ得テ度々手柄ヲ立テタ。向井治郎左衛門ハ此事ヲヨク知ッテイタノデ、今回彼ヲ同道シタノデアル。

ソコデ十兵衛ハ、僕カラ篤ト話ヲ聴イテ後ニ云ウノニ、「御屋敷ノ様子デハ大方古猫カ古狸デショウ。狐ハコンナ事ヲシナイモノデ、狐ハ古狸古猫ヲ遣イ、自身ハ脇デ見物シテイルノダト思ワレマス。猫モ又、狐ノ力デ色々自在ヲ得ル事ガ面白イノカ、我身ノ上ヲモ忘レテ色々怪シキ事ヲ為シテ遂ニ化ノ皮ガ顕ワレテ、身ヲ亡スト見エマス。其時ハ猫ダケガ罠ニ懸リ、狐ハ脇デ見物シテ笑ウ様ニ考エラレマス。世ニ狐ホド賢シイ奴ハアリマセン。ソレ故、罠ニ懸ッテモ大方ハ猫狸ガ懸ルノデシテ。尤モ跳罠デ狐ヲ釣リマスト野狐ハ懸リマスガ、ソイツハコノ様ナ業ヲ致ス狐デハナク、又、同ジ野狐デモ劫ヲ経タ狐ハ一向ニカカリマセン。コノ御屋敷ニモ打続キ色々ノ妖怪アリ、コレハ様々ノ者ガ集ッテ怪シキ事ヲ為スト考エラレマス。然シ、ドノ様ニ集リマシタ所デ、ソノ中ノ一匹ヲ獲リマスト、残リハチリヂリニナリ、同ジ処ニハ棲マヌト見エ、怪シキ事ハ忽チ止ムモノデス。コノ上ニ数ガ増エマスト、愈々六ツカシクナリマスカラ、只今カラ踏落シノ支度ヲ致シマス」ト云ッテ、先方ノ通路ノ見当ヲツケテ罠ヲ仕掛ケ、「声ヲ立テルノヲ合図ニ早速出テミテ下サイ」ト約束ヲ決メテ、コウシテ夜ニナルト十兵衛ハ客雪隠ヘハイッテ、待ッテイタ。治郎左衛門モ宵ノウチハ話シテイタガ、殊ノ外ニ静カナママ十時ヲ廻ッタノデ、彼ハ帰リ、僕モ寝ンダ。サテヒト眠リシテ眼ヲ覚シ、カレコレ夜半過ギカナト思ッタガ、何ヤラ呻キガ聞エルノデ、耳ヲ澄マセルト人ノ唸リ声デ、ソレガ客雪隠ノ方角ダッタカラ、早速出向イテミルト、便所ノ戸ハ散々ニ倒サレ、十兵衛ガ気絶シテイル。先ヅ彼ノ顔ニ水ヲ掛ケ、正気ヲ呼戻サセルト、夢ガ覚メタ面持デ云ウニハ、「先刻ゾットシマシタカラ、来タナト透シ見マスト、アノ踏落ノ方カラ巨キナ手ヲ出シ雪隠ノ戸諸共ニ自分ヲ摑ンデ引出サレマシタノデ、声ヲ出ソウトシマシタガ、声ガ出マセン……アトハドウナッタノカ一向ニ覚エガアリマセン。コレハ大カタ天狗カ山ノ神デコソアリマショウ。サテ〳〵恐ロシイ目ニ逢イマシタ」トテ罠ヲ其儘ニ、怖ジ震エテ帰ッテ行ッタ。僕ハ砕ケタ戸ヲ片付ケテ、寝床ヘハイッタ。

廿一日。起キテ罠ノ所ヘ行クト、チヤント片脇ニ片付ケテアル。又、夜前バラ〳〵ニ破損シタト見タ雪隠ノ戸ハドウモナッテイナイ。ヨク〳〵験ベタガ、何処モ少シモ壊レテイナイ。程ナク向井治郎左衛門ガヤッテ来テ、昨夜ノ様子ハドウダッタト訊ネルノデ、アッタ事ヲ詳シク聞カセルト、彼ハ肝ヲ潰シ左様ナラバ仲々十兵衛ノ罠ニモ叶ウモノデナイトテ、十兵衛ヲ呼ビニヤッタ所、先方ハ夜前帰ッテカラ、摑マレタ箇所ノ骨ガ痛ンデ立居出来ナイトアッテ、他ノ者ヲ寄越シテ罠ヲ片付ケテ持チ帰ッタ。十兵衛モ其後ハ病身モノニ成ッタ相ダ。サテ治郎左衛門モバッガ悪クテ帰ッタガ、此日ハ他ニ人モ来ズ夜ニハ伽人モ見エズ、随分静カデモウ寝ヨウカト思ウ折柄、居間ノ隅ニ鼠ガアケタ孔ガアッタノガ、ソノ穴デ何ヤラ動クモノガアル。ヨク〳〵見ルト、女ノ首ダケガ、シカモ逆様ニナッテ四、五寸ホド伸ビテ来ルノダッタ。到ッテ長イ髪ヲクル〳〵ト円座ノ様ニ巻イテ、ソノ上ニ首許リヲ逆サニ、切口ト思ウ所ハ柘榴ノ実ノ様ニ外方ヘ赤ク弾ケ出シ、歯並ハ黒ク染メテイルノヲ、ニコ〳〵ト笑ワセ乍ラ飛ンデ来ル……不気味サ此上ナシダガ、又珍ラシイノデ僕ハ少シ居直ッテ見テイルト、又柱ノ根カラ同様ノ首ガ数々飛ビ出シテ、アナタコナタ飛行ヲ始メタ。飛ビシナニハ長イ髪ヲ尾ノ様ニ曳イテ、毛槍ヲ揉ム様ニバラ〳〵ト音ガ聞エ、笑イ〳〵飛ンデ来ル。次第ニ膝ノ前ヘ近付クヨウニナッテ来タノデ、持ッテイタ扇子デ打トウトスルト、飛ビ退イテ、鳥ノ様デ仲々打テナイ。後カラモ前カラモ飛ビカカッテ来ルカラ、当方モ立上ッテ、追廻シ、片隅ヘ追イ詰メヨウトスルト、何処カヘ見エナクナル。又現ワレル……何時ノ間ニカ夜ガ明ケテ来タノニツレテ、首々モ柱ノ根元ヘ飛ンデ行ッテ、消エテシマッタ。宵ノウチト思ウ間ニモウ朝ダ。腹立ナガラ朝飯ヲ掻キ込ム。

廿二日ハ昼寝ニ過ギタガ、夕方、陰山正太夫ガ来タカラ前夜ノ話ヲ聞カセルト、「拙者ノ兄方ニ、先祖ヨリ名剣ナリトテ持チ伝エタ刀ガアル。コノ品ニ依ッテ度々、狐憑キ、其他、疫病、瘧ナドモ落チテ奇特ガ多イ。兄彦之助ニ御所望サレ、オ取寄セニナッテハ如何」コウ云ッテ、件ノ刀ノ効験ノ事共ヲ語リ聞セテ、帰ッテ行ッタ。

僕ハソレカラ枕ヲ引寄セテ再ビ仮睡シタガ、黄昏ニナッテ行水ナドシテイルウチ、モウ十時近クナッタカラ、追付ケ昨夜ノ首ガ出ルダロウ、誰カ来レバ珍ラシイ観物ナノニト思ッテイル所ヘ、陰山正太夫ガ顔ヲ出シ、「昼間オ噂ヲシタ兄秘蔵ノ刀ヲ持参致シタ」ト云ッタカラ、「コレハ恐レ入ル。承ワッタオン刀ハ一応デハ拝見モ出来ナイダロウト思ッテイタ所、ワザ〳〵御持参下サツタトハ……」礼ヲ述ベ、先ズソノ刀ヲ床ノ間ニ置イテ、話ヲシテイルト、前夜通リノ女ノ首ガ台所カラ現ワレタ。ソラ来タ！　ト正太夫ハ刀ヲ函ノ中カラ取出シ、膝元ニ置イタガ、首々ハ何レモ真直ニ飛ビカカッテ来ルノヲ、正太夫ハ銘刀デ薙イダ所、見事ニ切レテ真二ツニナッタ。然シソノ首ハ二ツニナリ乍ラ愈々正太夫目ガケテ飛ビカカル。正太夫ガ又振リ上ゲテ切リ付ケルト、サット火花ガ散ッテ、刀ハボツキト二ツニ折レタ。白鞘ノ事ダカラ柄木モ抜ケテ散乱シタ。コレハトヨク〳〵見ルト、首ダト見テイタノハ台所ニアッタ石臼デアル。他ノ首々ハ残ラズドット笑イ乍ラ柱ノ元ヘ行ッタト見ルト、既ニ何ノ跡モ無イ。正太夫ハ呆レ果テタ様ニ折レタ刀ヲ取上ゲ、顔色ヲ変エテ言葉モ出セナイ。僕「オ気ノ毒千万ナ事ニナッタ。大切ナ御刀ガ壊レタノハマコトニ申スベキ様モナイ」正太夫「実ハ片時モ早クオ貸シ申シタイト、兄ニハ知ラサズニ持参シタガ、コノ様ナ仕儀ニ相成リ、兄ニ対シテモ此儘ニ生キテハ居ラレナイ」取返シガ付カナイガ何トモ仕様ガナイ。デモ間違イガ重ッテハナオ大変ダト思イ、僕ハ又云ッタ。「ソレハ御了簡違イデス。ツマリハ当方ノ難気ヲ思召シテ一刻モ早ク、御舎兄ニ相談ノ間モ遅シト件ノ御刀ヲ御持参下サレタノハ、全ク拙者ヘノ御親切カラデス。最モ大切ナ御道具デスガ、粗相ハ是非モナイ事共……ソノ段ハ明日貴宅ヘ参上シテ拙者ノ身ニ替エテ御詫ビ申シマスカラ、今宵ハ先ズ〳〵オ引取下サル様」ト理ヲ分ケテ云ッタノニ、正太夫ハ自分ノ脇差ヲ抜クヨリ早ク、己レガ腹ヘグサト突込ンダカラ、僕ハ仰天、「コレハ何ト早マッタコト！　取リノボセ乱心サレタノデスカ」トウロタエタガ、一言ノ応エモナク、直ニソノママ脇差ヲ喉ヘ突立テ、ウシロニ切先ガ三寸許リ出タカラ、忽チ息絶エテシマッタ。僕ハ途方ニ暮レ、追付ケ暁モ近イカラ、夜ガ明ケテハ済マヌ事ト先ズ血ノ零レタ畳ヲ納戸ヘ入レテ、死骸ニ布団ヲ掛ケテ思案シテミタガ、正太夫ノ切腹ヲ人ハ本当ニシナイダロウ。一筆ノ書置モナク、又切腹ホドノ事柄デハナイカラダ。意趣口論デ自分ガ殺シタト疑ワレルノハ口惜シイ。又、側ニ居ナガラ切腹ヲ止メル事モシナイデ、遅レタナドト物笑イノ種ニナルノモ残念ダ。上ノ御沙汰デ召取ラレテ如何様ノ責ニ逢ウヤモ計リガタイ。ソレデハ第一、兄ニ対シテ相済マナイ事ダシ、又、上ノ御苦労ニナルノモ本意デナイ。正太夫ハ兄ヘ言訳ナシト切腹シタノニ、自分ハ当局ノ迷惑、又兄ノ世話ニナリ、恥ヲ晒シテノウ〳〵トシテ居ルナド、人ノ口ニ掛ルノハ、無念至極デアル。誠ニ是非モ無イ。我モ是迄ノ寿命デアロウ。イデ切腹ト書置ヲシタタメ、脇差ニ手ヲカケタガ、又々思イ返シ、イヤイヤ切腹ハ只今ニ限ラナイ。夜ガ明ケタナラバ新八ニ一応訳ヲ話シ、又思慮モアルダロウ。其上、此モ彼モ物怪ニ拠ル災難ナノニ、相手ノ正体ヲ見届ケナイノハ心残リデアル。何分ニモ夜ガ明ケテカラデモ遅クハナイト思ッテイルウチ、東雲ニナリ、烏ノ声ニ夜ハ明ケ渡ッタカラ、先ズ納戸へ行ッテ布団ヲ取リ除ケテミルト、何モ無イ。折レタ刀ヲ尋ネテミタガ、コレモ見付カラヌ。血ノ痕ナドハ勿論無イ。ソレナラ夢カト思ウニ、畳二枚ハ納戸ノ中へ引キ入レテアル。サテハユウベノ正太夫ハ……ト初メテ気ガ付イタ。自分モ既ニ切腹シカケタカト書置ヲ見ルト、愈々夢デハナイ。危イ目ニ逢ッタト思ウト、此迄ノ怪トハ違ッテ何トナク気味悪ク、先ズハ悪夢ガ醒メタ様デアッタガ、未ダ何事モハッキリセズ、正太夫ノ物ノ云イ方ガ耳ニ残ッテ不気味デアル。

廿三日。僕ハ余リノ不思議サニ陰山正太夫方へ出向カナイデハ居ラレナイ。正太夫ガ云ウノニ、「昨日ハオ邪魔シテ何カトオ話ノ趣キ、サテ〳〵不思議ニ思ワレマスカラ、家内ノ者へモ詳シク聞カセタ所、家内ドモハ、兼テ承ワッテイタ事ナガラ、ナオ細部ノ話ヲ聞キ、愈々恐レテ夜前ハ手水ニ行クニモ連レヲ求メルト云ウ騒ギデス」コウ云ウ所ヲ見ルト、ヤッテ来タノハ正太夫ニ相違ナイ。夜中の件モ確カニ正太夫ダト覚エラレルガ、消エ失セタノダカラ化物デアル。サテ正太夫ハ続ケテ、「此頃ハ化物騒ギデ外出サレナイト承ッテイマスノニ、今朝ノ御出ハ兄方ノ刀ノ件デスカ?」僕ハ話ソウト思ッタガ、余リニ込入ッタ顛末ダカラ疑イヲ起シテハ益ナシト、「イヤ別ニソノ儀デモアリマセン」ト挨拶シテ帰ッテ来タ。四時前ニ、平野屋市右衛門ト云ウノガ来タノデ、一緒ニ話シテイタ。尤モ此頃ハ刀脇差、其他小刀包丁ノ類ガ飛ビ荒レルカラ、小サナ空櫃ガアッタノデ、自分ノ大小其他ノ刃物ヲ入レ、蓋ノ締リヲヨクシテ置イタ上ニ、客ガアレバ大小共ニソノ櫃ヘ入レテ貰ウ事ニシタ。夜前ハ油断シテ大難気ニ及ンダカラ、今日ハ昼ノウチカラ一切刃物ハ右ノ櫃中ニ収メテ置イタ。程ナク夜ニナリ、松浦市太夫、陰山彦之助ガ来タ。又、忠六ト云ウ出入ノ者モ顔ヲ出シタ。僕ハ「ドナタモ刀ヲ櫃ヘオ入レ下サイ」ト言ッタ。市太夫ハ直ニ入レタガ、彦之助ハ承知トハ返事許リ、少シ話シテカラ次ノ間ニ置イタカラ刀ヲ櫃ニ入レヨウト見ルト、既ニ鞘バカリニナッテイル。コレハ剣呑至極ト探ネタガ、見当ラナイ。此処彼処ト求メ倦ンデ暫ク煙草ナド喫ンデイルウチ、台所デ凄マジク雷ガ落チタ様ニ響キ渡ッテ、ゴロリ〳〵転ゲテ来ル。市右衛門ハ真青ニナッテ庭ヘ飛ビ下リタ。外ノ人々モ逃ゲ出シタイ様子ダガ、互イニ恥合ッテ駆ケ出スワケニ行カズ、暫ク見合ワシテイルウチニ、台所ヲゴロリ〳〵転ビ廻リ、座敷ノ方ヘ転ガッテ来タノヲ見据エルト、大盥ダ。僕ガソレヲ湯殿ヘ運ンダ所、再ビ台所ニ物音ガシテ、今度ハ擂鉢ト擂粉木ガ独リデニ飛ビ出シテ擂リ廻リ〳〵座敷中ヲ歩キ出シタ。僕ハ吹出シテ、「コレハ珍ラシク可笑シイ所為デス。然シ今宵ハ何トナク騒ガシイ様デスカラ、又ドンナ事ガ起ルカモ知レマセン」ト云ウト、忠六ハ怖気付イタカ、市太夫ヲ勧メテ同道デ帰ッテ行ッタカラ、彦之助只一人、ソレモ刀ガ見エナイモノダカラ是非ナク後ニ残リ、刀ヲアッチコッチト探シテイタ。僕モ一緒ニナッテ尋ネタガ、更ニ見エナイ。彦之助ハ、「刀モナシニ朝方ニハ帰レマセン。夜ノ明ケヌウチニ帰リ、明朝出直シテ探スコトニシタイ」「ソレガヨイデショウ」彦之助ガ中戸ロヲアケルナリ、鴨居ノ上カラ彼ノ刀身ガ鼻ノ先ヘブラリト下ッタカラ、彼ハ其儘敷居ヘ竦ンデシマッタ。僕ハ可笑シクテ堪ラナカッタガ、飛ビ降リテ刀ノ中身ヲ取ッテ、鞘ニ収メテ渡スト、彦之助ハ立上リ、大小ヲ差シテ戸ロヲ出ヨウトシタ時、天井デ大声ノ笑イガドット起ッタ。彦之助ハ仰天シ、再ビ竦ンデシマッタノヲ引キ起シ、外ヘ出シテアトノ戸ヲ締メタカラ、彼ハ一目散ニ走リ去ッタ。其後ハ尚更小刀一本モ櫃ニ納メテ錠前ヲ掛ケル様ニシタ。入用ノッド出シ入レハ不自由ダッタガ、他ニ錠付キノ箇所カラハ様々ノモノガ飛ビ出シタガ、件ノ小櫃ニ入レテ置イタ物ダケハ出テ来ル様ナ事ハナカッタ。

廿四日ノ朝、再ビ平野屋市右衛門ガ来タカラ、「夜前ハドウシテ逃ゲ帰ラレマシタカ」ト訊ネルト、「何者カガ台所ヘ落チテドロ〳〵ト鳴出シ、此方ヘ転ンデ来ルノデ夢中ニ飛ビ出シマシタ。帰ル途中デヤット夢ガ醒メタ様ニ覚エマシタガ、アレカラドウナリマシタ。アノ転ンデ来タノハ何物デシタカ」「湯殿ヘ入レテ置イタ盥デシタ」「ワタシハ又、物凄イ大太鼓ガ転ガッテクルト見テ逃ゲ出シタノデス」笑イ合ッテイル所ヘ、三ッ井権八ガ顔ヲ出シ、芝甚左衛門モヤッテ来テ話ヲ聞イテ云ウニハ、「南部治部太夫ハ鳴弦ノ伝ヲ受ケテ、奇特アル由聞イテイマス。コノ仁ヲ同道シテ鳴弦ヲ頼ミ進ズベシ」僕「ソレハ有難イガ、西江寺ノ祈禱モ験シナク、ソンナ事デ恐レル化物トハ思エマセンネ」甚左衛門「ソウデモアリマショウガ、鳴弦ハ不思議ノ奇特ノアル由、常々承ッテイルノデス。病人ニモ様々薬ヲ替エテミレバ、合薬モアルモノデスヨ」「ソウマデ仰セデシタラ、トニカク宜シクオ頼ミ致シマス」「デハ明晩同道スル事ニシマショウ」権八モ傍カラ「ナルホド鳴弦ハ奇特アルモノト聞イテイマス」ソウ云ウ事ニ決メヨウ、ト客ハ出テ行ッタ。

此日ハ何事モ無カッタ。夕方ニナッテ中村左衛門ノ家カラ、使ダト云ッテ、美シイ女ガ顔ヲ出シ、餅菓子ヲ差シ出シタ。素晴ラシイ美女デ、此辺デハ心当リガナイ。僕ハ大イニ感ニ入ッテボンヤリ眺メテイタガ、フト心付イテ油断セズ、一ッ二ッ話ヲ交ワシテ帰ルノヲ送ッテ出ルト、門ヲ抜ケルナリドチラヘ行ッタノカ、見エナイ。アトデ聞クト、中村家デ餅菓子ヲ入レタ重箱ガ一ッ消エ失セタト云ウ。コノ品ガ僕ノ許ヘ届ケラレタワケダ。ソウコウスルウチ十時ニナッタガ、今夜ハ至ッテ静カデアル。僕ハコノ程腹工合ガ悪ク度々便所ヘ通ッタガ、近頃ノ流行デ当分ノ話ラシイカラ其儘ニシテイタ。サテ客モ来ソウデナイカラ寝タガ、宵カラ二、三度厠ヘ通イ、一ト眠リシテ目ガ覚メ、又厠ヘ行ッタ所、台所ノ方ニトロ〳〵ト火ノ燃エル音ガ聞エテ、クワット明ルクナッタカラ、火事ニナッタラ大変ダト飛ビ出シテミルト、竈ノ内カラ火ガ燃エ出シ、カマドノ前ノ板敷ノ所カラ床下マデ燃エ出シテイル。板敷ヲ引上ゲ瓶ノ水ヲザブト掛ケルヨリ早ク消エテ、暗闇ニナッタ。又例ノ手カ、ソレニシテモ周章テタモノダト灯ヲ点ケテ見ルト、板敷ハ何事モナク、カマドノ中ヘ水ヲ打チ掛ケタカラ灰ガ流レ出テ、急ニ掃除モ出来ズ、下痢デ不快ノ折柄、面倒臭ク腹モ立ッテ其儘ニシテ置イタ。

廿五日。台所ジュウハ灰ニナリ、竈ノ内ニハ水ガ溜ッテイルノデ、掃除シテイルト権八ガ来タリ、夜中ノ事ヲ話シ、「アノ火ヲ放ッテ置カナカッタノガ残念ダ」ト云ウト、「イヤ〳〵今後トモソノ様ナコトハ我慢出来ル事デアリマセン。モシ本当ノ火事ノ場合ニ捨テ置イタナラバ後悔ハ百倍デショウカラ」南部様ガ見エタラ知ラセテクレ、ト附足シテ彼ハ引キ退ッタ。程ナク入相近クナッテ、芝甚左衛門、南部治部太夫同道デ弓矢ヲ持参、夜ニナッタラ鳴弦ヲ行オウト、先ズ弓矢ヲ床ノ間ニ置キ暫シ休憩スルウチニ、権八モ顔ヲ出シ、四方山ノ話ニナリ、彼ガ云ウノニ「鳴弦デ狐憑キヲ落シタ時ハ、狐ノ形ガ顕ワレルモノデショウカ」治部太夫「形ノ現ワレル事ハアリマセン。憑イタ狐ガ落チルバカリデス。ソノ落チル時ハ当人ガ駆ケ出シテ倒レマス。狐狸ナドハソノ近所ニ居ル筈デスガ、ソノ座デ形ガ現ワレル事ハナイヨウデス」

夜ニ入ッタノデ、弓ヲ取出シ何彼ト祓イ潔メ、拵エヲシタ。甚左衛門ハ権八ニ向ッテ、「表カ裏カヘ何ゾ現ワレルカモ知レヌ。オヌシハ我ガ宅ヘ行キ、居間ニ懸置イタ枕槍ヲ取ッテ来テ、表ヘ廻ッテオレ。ソレガシハ裏ノ方ヘ心ヲツケ、モシ何者デアッテモ形ガ現ワレタナラバ目ニ物見セント思ウ。必ズ抜カッテハナランゾ」「畏リマシタ」ト権八ハ甚左衛門宅ヘ急イダ。夜モ初更ヲ過ギル頃、治部太夫ハ垢離ヲ取リ、床ノ弓ヲ手ニシタ様ダッタガ、何カハ知ラズ外ノ方カラ長イ物ガ鳴リ乍ラ飛来シテ、甚左衛門ノ鬢先ヲ掠メ、彼ノ弓弦ヲ突切ッテ其処ヘガラリト落チタ。治部太夫ハ驚イテ弓ヲ取落シタ。甚左衛門ハ逃サジト飛ビ懸リ、カノ長イ物ヲ切ロウトシタガ、ヨク〳〵見ルト槍デアル。コレハト云ウ所ヘ権八ガ駈ケ来リ、「仰セノ様ニ枕槍ヲ取ッテ来テ表ヘ廻リ、何デアッテモ目ニサエ見エル物ナラバ突イテヤロウト外ヲ巡ッテイマシタ所、屋根ノ上ニ大坊主ノ様ナモノガ立ッテイマス。心得タト立寄ッタ所、先方ハ屋根カラヒラリト飛下リマシタ。所ヲ透サズ表囲イノ壁ニ突付ケマシタ所、其形ハ見エマセン。コレハト抜キ取ロウトシタラ穂先ニ人ガ居テ引ク様デスカラ、此処ゾト思イ、力足ヲ踏ンデ力ヲ尽シテ引キマシタガ、先方ノ力ノ凄ジサ、只一ト引キニ壁ノ中ヘ引キ取ラレテシマイマシタ」ト報告シタノデ、人々モ肝ヲ消シ、コレハ人力ノ及ブ所デナイト困ジ果テタ有様デアル。僕ハ、「大方コノ様ナ事ダト思ッテイマシタ。兎モ角コノ物怪ハ捨テ置イテ先方ノ心ノママ働カスノガ良イ様デスカラ、鳴弦モ先ズ此辺デ打チ捨テ置カレナサイ」ト云ウタカラ、人々モソレヲシオニ帰ロウトシタ時、天井裏デクックッ笑ウ様ニ聞エタカラ、早々ニ追イ出サレテシマッタ。権八モ弓ト槍ヲ持ッテ送ッテ行ッタ。其後ハ静カデ、僕ガ一ト眠リシテ程ナク夜ガ明ケタ。廿六日。僕ガ思イ立ッテ早朝ニ墓参シタ帰リシナニ、権八ノ許ニ立寄ルト、先方モ起キ出テ夜前ノ話ナドシタガ、トカク熱気モ強クナッタ様ニ覚エルト云ウカラ、何分注意シテシッカリ養生サレタイト勧メテ帰ッタ。コノ権八ハ三ッ井ト名乗ッテ名高カッタオ相撲ダガ、今回ノ怪異ノ気ニ打タレタノデアロウカ。僕ノ宅ノ家鳴震動スルノガ心ニ懸リ、口惜シク思ウ度毎ニ熱ガ出テトウ〳〵大病人トナリ、次第ニ熱気ガ漲ッテ九月ノ初旬ニ亡クナッタ。未ダ四十ニ足ラヌ大男、力アクマデ強カッタガ、邪気ヲ受ケ乍ラ当分ノ事ダト押シ付ケ、其儘ニシタカラデアロウカ。何トモ気ノ毒千万ナ事デアッタ。

廿六日ヨリミソカ迄

僕ハ宿ニ帰リ、程ナク南部角之進、陰山正太夫ガ来テ、ドウデスカト尋ネタカラ、夜前ノ話ヲ語リ、「何事ガアッタトテ驚ク事ナク、張合イサエシナケレバ左程ノ事ハナイ」ト云ウト、正太夫ハ「如何ニモ只今マデ何レニモ変化退治ト云ウ気持ガアッタカラ、色々ノ事ガアッテ騒動スルト思イマス。今宵ハ伽ト思ワズ只オ話シニ御邪魔シマス。夜伽、根性ダメシナドトテ参ルカラ事件モ引出スノデス。今晩ハ今ノ心得デ参上致スデショウ」ト云ウト、角之進モ其通リダトテ立帰ッタ。格別ノ事ハナク暮時ニナッタカラ、カノ両人、真木善六ト云ウ者ヲ伴ッテ来テ話シタガ、何事モ無ク静カデアル。廿六夜デ月ノ出ヲ拝ム為ニ何方モ寝ナイ宵ダカラ、何トナク世間モ賑々シク、三人モ月ガ出ルマデ話シ続ケル事ニシタ。角之進宅ニ霜カズキト云ウ柿ガアッテ、霜月ニナルト風味ヨロシキ段階ニナル。九月十日迄モ渋ガ抜ケナイノデ、霜カズキト名付ケル。尤モ霜月ニハ霜ガ降ッタ様ニ上皮ガ白クナルカラ味ワイモ甚ダ佳イ。此頃ハ却ッテ渋ガ無ク、味ハ良イトハ云エナイガ随分ト食ベラレテイル。八月中旬後ハ又渋ニ返ル。角之進ガコノ柿ヲ持参シテ、眠気醒シニショウト宵ノウチニ取出シタカラ、コレハ珍ラシイ、後刻ノ楽シミニト器ニ入レテ片脇ニ置イタノヲ、後夜過ギテ、サア賞翫ショウト器ヲ出シテミルト、何時ノ間ニカ種子バカリニナッテイル。宵カラ差向イデ話シテイタノダカラ、何人モ食ッタ筈ハナイ。コレハオ化殿ガ召上ッタノデアロウ。為ス事モナク話シテイタ所、台所デ又雷ノ落チタ様ナ音ガシタ。兼テ聞イテイタコトダカラ、二人共、ココダト知ラヌ顔ヲシテイタ。僕ガ手燭ヲ持ッテ行ッテミルト、搗臼デアル。コノ臼ハ先年大風ノ吹イタ時、近所ノ大木ガ倒レタノヲ取ッテ造ッタ代物デ、並ノ臼ヨリ余程大キイ。コレガ物置部屋ニ入レテアッタノヲドウシテ出シタノカ、ト皆々ハ驚イタ。所デ、コノ狭イ場所ニ迷惑ナ話ダナト僕ガ洩スト、真木善六ガ立ッテ来テ裏ノ口ヲ開ケ、大臼ヲ縦ニシテ何ノ苦モナク差上ゲテ、外ヘ投ゲ出シタ。兼テ力持ダトハ聞イテイタガ、コンナ業ヲ眼前ニ見テ、先刻ノ音ヨリナオ肝ヲ消シタ。南部、陰山ノ両人モ真木ノ勇気ニ力ヲ得タカ、畳ノ揚ルコトナド見向キモセズ、ユル／＼話シテイタガ、モウ二時過ギニモナッタ頃、天井ガメキ／＼ト鳴出シ、種子許リニナッタ柿ガ、又元通リノ柿ニナッテ天井カラパラ／＼ト落チテ、四人ガ話シテイル座ヲ転ビ廻ッタノヲ、僕ガ取ッテ、刃物ハ面倒ダト其儘押シ割ッタ所、中ノ種ハ悉ク色々ナ虫ニナッテ逃ゲ去ルノヲ、当方ハ種子ニハ用無シトバカリ食ベタ。善六モ、「イカサマ拙者モ一ツ食ベテ眠気ヲ醒ソウ」ト取ッテ食ッタガ、コレニモ種子ハ蜘蛛又ハ油虫トナッテ這イ去ッタ。残ッテイタ柿ハミンナ元ノ器ノ中ヘ転リ入ッタ。ソレカラ又、落シ噺失敗談ナドデ興ヲ催スウチ、寺々ノ鐘モ鳴リ、サア時刻ダトミンナ月ノ出ヲ拝ミナドシテイルウチ、東雲近イト皆々打連レテ帰ッテ行ッタ。今迄ハミナ辟易シテ夜半ニモナラヌ先ニ逃ゲ帰ッタノニ、今宵ハ不思議ニモサシテ驚カズ暁マデ語リ明シタノハ、真木ノ力ニ気ヲ取直シタカラデアロウ。僕モ良キ伽デ面白カッタト跡ヲ片付ケ、今暫クト閨ニ入ッタ。

廿七日ノ十時頃ニ起キテ、善六ガ臼ヲ投ゲダシタ所ヲ見ルト、臼ハ無ク、其処ノ土ハ臼形ニ深ク窪ンデイタ。物置ヘ行クト臼ハ元通リニアッテ、臼ノ角ニハ土ガ着イテイル。ソレニシテモ臼ヲ元ノ場所ヘ戻シ、又柿モ返シタトハ律気ナ話ダ。「鬼神ニ横道ナシ」トハコンナ事ヲ云ウノデアロウカ？

今日ハ終日変ッタ事モナク、暮方、蔭山金左衛門ガヤッテ来テ、前夜ノ話ヲ聴キ、「善六ノ力ハ聞イテイタ以上ダ。其他ノ人々モ、真木ノ勇気ニ惹カレ乍ラモヨク終夜居ラレタコトダ。何事ガアッテモ知ラヌ顔デ居タナラ、物怪モ張合イガ抜ケ、又コチラモ少々ノ不思議ナ手品ヲ見ル心算デ居レバ、却ッテ不思議モ無イダロウ。今宵ハ拙者ガオ話相手ヲ仕ル」ト云ッテ、十時過ギマデ頑張ッタ。僕ハ眠クテ仕様ガナク、ウト／＼シテ居タノニ、金左衛門ガフト次ノ間ヲ見ルト、台所ノ方ニ何カ煙ノ様ニモヤ／＼動クモノガアル。覚悟シテイルカラ素知ラヌ顔ヲシテイルト、ハヤ敷居ニ来タノヲヨク見詰メルト、人間ノ貌ノ様ニ見エテハイルガ、数多クノ網ノ目ノ様ナ顔々デ、竪菱ニ長イノガアレバ、横菱ニ平ラベッタイノモアリ、其等ノ顔ガダン〳〵並ビ重ッテ、縦ニナリ、横ニナリ、甚ダ目紛ラワシク出テ来タカラ、金左衛門ハ狼狽シテ僕ヲ呼ビ起シタ。目ヲ醒マシテミルト、彼ハ真青ニナッテ奥ノ方ヘト這イ込ンダ。網顔ヲヨク見据エルト、何時カノ輪違イヨリモ一層無気味ナモノデ、縦ニナッタ時ハ口ヲ開キ、横ニナッタ時ハ口ヲ閉ジ、ソノ度毎ニフーット此方ヘ息ヲ吹キ掛ケル様ニ受取レタカラ、蔭山ハ堪リ兼テカ、例ノ櫃ヘ入レテ置イタ刀ヲ取出シ、抜キ放ッテ切払ウガ、手応エハ無イ。煙ヲ切ル様ナモノデ、一時ニドット笑ワレタノニ驚キ、庭ヘ飛ビ下リ、「オ暇ヲ申ス」ト云イサマ出テ行ッテシマッタ。僕ハアトノ戸ヲ締メテ、網顔ト向イ合ッタガ、子供遊ビニ朱欒（ザボン）ヲ煎ジ茶ニ入レテ吹イタ様ニ、ツマリ石鹸玉ノ様ニ、貌ノ上ニ貌ガ重ッテ竪菱横菱ニナッテ消エテハ現ワレ、部屋中残ラズ貌ダラケ……前後左右ドチラヲ向イテモ、モヤ〳〵トシテ五月蠅イコト云ウバカリデナイ。近寄ッテ捉エテヤロウトスルガ、空気ヲ摑ムノト更ニ変リハ無イ。僕ハ、「コレデハ又夜明シサセラレテシマウ」ト蚊帳ニハイリ、先方ガイツ消エタトモ知ラズ眠入ッテシマッタガ、何ヤラ物音デ目ヲ覚スト、巨キナ物ガ歩イテ来ルノガ見エタ。蝦蟇ダ。蚊帳ノ周囲ヲ飛ビ歩キ、ソノウチ中ヘハイッテ来タ。気ガ付クト、ソノ胴ニ組紐ガ結ビ付イテイル。コレハ葛籠ガ化ケタノダト気ガツイタ。ソノ紐ヲシッカリ握ッテ眠ッテシマッタガ、夜ガ明ケテミルト、仰向ケノ腹ノ上ニツヅラヲ載セテイタ。

廿八日。嘉日デアルガ、此頃ノ事ガアルノデ兄方ヘモ行カナイデ、昼寝ガチニ過シタ。コレト云ウ程ノ怪シイ事ハナク、既ニ暮ガカッタノデ行水シ、縁先ニ出テ涼ンデ居タ。日モ暮レテカラ茶ナド煎ジ、ユックリ夜食ヲ済マセ、彼此十時近クナッタガ、誰モ来ナイ。蚊帳ノ中ヘ灯ヲ入レテ、通俗本ヲ取出シ読ミカカッタ所、フト座敷ヲ見ルト、壁ニ人ノ影ガアリアリト映リ、見台ヲ前ニ高ラカニ書物ヲ読ンデ居ル。何ヲ読上ゲテイルノカトヨク〳〵耳ヲ澄マセルト、僕ガ今シ方取出シタ本ヲ講ジテ居ルノダッタ。コレハ面白イ伽ダト思ッタモノノ、トカク得心ガ行キ兼テイルウチニ、消エ失セタ。夜半ニナッタカラ眠ロウト思イ、便所へ行コウト蚊帳ヲ出テ、何時モハ居間ノ便所へ行クガ今宵ハフト奥ノ縁ニ出テ、涼ミ方々路次へ下リテミヨウ、踏石ノ上ニハ例ノ下駄ガアル筈ト、何心ナク沓脱へ降リ立ッタ所、ソノ冷タサハ氷ヲ履ム様デ、然モイヤニ柔ラカイ。縁へ上ロウトスルト、ネバリ〳〵シテ足ガ上ゲラレナイ。鳥黐(トリモチ)ヲ踏ン付ケタ様ダ。下ヲ見ルト何ダカボーット白ッポイノデ、見据エルト、人ノ腹ノ上ニアガッテイルト見エテ、軟カデ冷ンヤリシテイル。死人ノ腹ノ上ニアガッテイル様ナノデ、ナオ身ヲ屈メテ注意スルト、手足ハ至ッテ短ク、貌トオボシイ処デ何カパチ〳〵ト小サイ音ガシテイルノヲヨク覗クト、目ヲ動カシ瞬キシテイル音デアッタ。カッポ虫ガ飛ンデイル様ナ音ガ絶間無シニパチ〳〵ト聞エル。足ノ裏ハ粘付イテ泥ノ中へ踏ミ込ム様デアルカラ、縁へ手ヲ掛ケ、這ウ様ニシテヤット縁側へ上ッタガ、足裏ガ板ノ表面へニチャ〳〵クッ付イテ歩キ難イ。居間へ戻ッテ足ヲ見ルト別段ニ何モ付イテイナイ。手燭ヲ点ジテ踏石ヲ査ベテミルト、其処ニハ下駄ガ載ッテイル丈ダ。只パチ〳〵ノ音ハ依然トシテ聞エテイル。足裏ノ粘バルノモ止ンダノデ、コレモ捨置クガヨイト思イ、居間ノ厠へ行ッタガ何ノ変ッタ事モナイ。蚊帳へハイッタモノノ、夜通シパチ〳〵ト鳴ル音ガ耳ニ入ッテ仲々寝付カレナカッタガ、其後ハ変ッタ事ハ無ク鶏鳴ニ及ンデ漸ク一ト寝入リシタ。

廿九日。何事モ無ク、昼飯モ済マセタ時ニ中村平左衛門ガ来テ話シテイルウチ、昨夜ハドウダツタカト尋ネタカラ、前夜ノ話ヲ聞カセ、殊ニ踏石ノ事ニ及ビ、コレマデ不気味ナ事モ数々アッタガ、足ノ裏ガニチヤ〳〵クッ付イタノニハ大イニ困ッタ。又、目ノパチ〳〵ガ耳ニツイテ眠レナカッタト告ゲルト、平左衛門「ソレハドンナ貌デアッタカ」「闇ノ夜デ確ト分ラナイ。只目ガパチ〳〵ト動イテイル様ニ見エタ」「先ズ凡ソ誰ニ似テイタカ」途端彼ハ背中ヲ叩カレタ。振返ルト天井ノ隅ニ手ダケガブラリト下ッテ、静々ト天井へ引込ンデ行ク所ダッタノデ、平左衛門ハワット云ッタママ俯向イテ、二度ト顔ヲ上ゲナイ。僕ガ、気絶デモシタノカト引起スト、彼ハヤット起上リ、「御暇スル」ト立ッタノヲ見ルト同時ニ、元結ガバラリト解ケタ。「ソノ乱髪デハ帰レナイダロウ」ト云ウノモ聞キ容レズニ、早々ニ出テ行ッテシマッタ。今迄道具ノ飛ブナドハ度々アッタガ、昼間ニ怪シイ形ガ現ワレタノハ今日ガ初メデアル。僕ガアトデ居間ノ方ヲ見ルト、未ダ四時頃ナノニ真暗ニナッテ恰モ真ノ闇夜ノ様ダ。コレハドンナ事ヲスルノダロウト見ルウチニ、又次第ニ明ルクナリ、又暗クナリ、後ニハコノ反復ガ度ヲ増シテ目ガ眩メク程ニナッタガ、段々ト止マッテ元ニ戻ッタ。コノ調子ナラバ昼夜ノ分チナク色々ノ事ガアルダロウ、イカサマ天井ニ何者カガ棲ンデ居ルノカト思ワレル。随分捨テ置イタガ愈々正体ヲ現ワシ相ニナッタ。ヨシ、油断スルノヲ待ッテ本意ヲ達ショウ。僕モ少シ楽シミニナッテ来タ。

其日モ程ナク暮レテ最早十時ニナッタカラ、焜炉ノ中へ火ヲ保ッテ置イテ寝モウト炭取ヲ見ルト、炭ガ無カッタ。裏ノ物置小屋カラ出ソウト炭取ヲ下ゲテ裏へ行ッテミルト、物置ノ戸ロ一杯ニ老婆ノ貌ガ出テ、入リ様ガナイ。又品ヲ替エタナ、構ワズニ進ンダラ例ノ通リ消エ失セルダロウト近寄ッタガ、ソノ貌ハジッットシテ居ル。目鼻ヲギヨロ〳〵サセテ今ニモ物ヲ云ウカト見エル。

炭取ノ火箸ヲ取ッテ貌ニ突キ立テテミルト、柔ラカデ、ブッリト刺ッタ。首ハ然シ一向ニ退カナイ。何ヤラ粘々シテ来タ様ダカラ、前夜ノ死人ニ懲リテ、コレモ捨テ置イタガヨシト火箸ヲ両眼ノ間ニ突立テ、縁側ニ上ッテミルト、座敷中何処モマルデ糊ヲ塗ッタ様ニ真白ニナッテイル。云イ様ノナイ青臭サデ、虚無僧ガヤッテ来タ晩モチョットコンナ匂イガ漲ッテイタガ、同ジオ化デモコレハ幽霊臭サダ。ネバ〳〵粘リ付クノデ、前夜ニ懲リテ寝床ノ設ケ様モナク、居間ノ柱ニ倚リ懸ッテウト〳〵シテイタガ、トカク今夜ハ家鳴モ強ク、天井裏デハ婦人ノ泣声ナド聞エ、シカモ大勢デ訳ハ判ラヌガ口々ニ物云ウ様ナ声ガ聞エタカラ、夜通シ眠ラレズ、殊更暑ク、折々風ハ吹イテ来タガイヤニ暖カイ風デ、マドロムコトモ出来ナイ。ウト〳〵トスルト畳ト一緒ニ持上ッテ落サレルト云ウ始末デ、暁マデ騒ガシカッタガ、漸ク明方ニ静カニナッタカラヤット寝入ッテ、十一時頃マデ寝過シタ。

漸ク目ガ覚メ、昨夜ノ婆ノ首ハドウナッタカト物置ヘ行ッテミルト、アノ貌ノ目鼻ノ間ヘ刺シテ置イタ火箸ガソノママ戸口ノ真中ニ、宙ニ糸デ吊シタ様ニ見エタ。近付イテミルト、何物ニ向ッテ立テテアルワケデナク、只宙ニ引ッカカッテイル。コイツハト手ヲ伸バスト、落チタ。拾イ上ゲタガ火箸ニ何ノ変リモ無イ。炭ヲ出シテ茶ヲ入レ、今日ハ何カ起ルダロウ。タトエドンナ事ガアッテモ、性根サエ見現ワシタナラバ対策モアルト思ッテイルト、何ダカ気持ノ悪イ風ガ渡ッテ来テ、星ノ光ノ様ナモノガ数々燦メキ出シ、ソノ跡ハ螢ノ乱レ飛ブ様ニ見エテ、何トナク哀レニ物寂シク心細ク覚エタガ、何ノ是式ノ事！

扨ツクヅク数エルノニ、オ化ハ今月ツイタチノ晩ニ初メテ出タガ、モウ一ト月ニナッテ、今日ハミソカデアル。何時マデ続ケル心算デアロウ。気ノ永イ化物ダナ。此方モ気長クシテ、先方ノ油断ヲ見テ仕止メテヤロウト心ノ中デ計画ヲ組ンダ。折カラ急ニ曇ッテ来テ酷イ白雨、風モ劇シクナッテ、裏ノ縁側ヘ横雨ガ吹キ付ケ障子ガ濡レタカラ、押入ノ戸ヲ外シテ立テカケテ雨ヲ防イダガ、雨風ニツレテ家鳴モ強ク起ッテ来タノデ、僕ハ又思ッタ。何時マデオ化ノ守ヲサセラレルノダロウ。デモコノ二、三日ノ様子ヲ見ルト、昼モ色々ノ形ガ出ルノハ先方モ最早油断ノ体ダカラ、正体サエ見届ケタナラバ此方モ行動ヲ開始シタイガ、刃物ガナクテハ叶ウマイ。何分ニモ脇差ハ腰カラ放スマイト例ノ箱カラ取出シ、腰ニ差シ、食事ノ時モ片手ハ脇差ヲ離サヌ様ニシタ。終日人モ来ズ、日ノ暮カラ雨モ止ミ、殊ニ晴渡ッタ空ニナリ星々ガハッキリ出テイタカラ、縁側ニ戸ナドヲ取リ入レ、片付ケテイルウチ早十時ト覚エラレタノデ、板縁ハ乾イタデアロウカト障子ヲ開ケテミルト、未ダジメ〳〵シテイル。又障子ヲ閉メテハイッタガ、坐ラナイウチニ背後ノ障子ガ再ビガラリト明イタ。大キナ手ガ伸ビテ来テ僕ヲ摑エヨウトスル。此処ダ！ト抜打ニ切リ付ケタ所、手ハ引ッ込ンデ障子ヲハタト締メタ。アトヲ追オウトスルト、「待タレヨ。ソレヘ参ラン」ト云ウ声ガシタ。語尾ヲ跳ネル様ナ大声デアル。コレハ面白イゾ、出テ来タ所ヲ一ト打ト緊張シテ控エテイルト、暫クシテ障子ガサラリト明イタ。背ノ高サハ鴨居ヲ一尺モ越ス程デアル。肩幅広ク四角四面ノ様ダガ、又至極太ッテイルノデ軀ノ何処ニモ角張ッタ所ガナイトモ云エル様ナ大男ガ、悠々ト出テ来タ。ツクヅク見ルト年ノ頃ハ四十許リ、甚ダ人品良ク、花色ノ帷子ニ浅葱ノ裃ヲ着ケ、腰ニ両刀ヲ差シテ、静カニ歩イテ向ウ側ニ坐ッタノデ、僕ハ立上リザマ脇差引キ抜イテ切払オウトシタラ、先方ハ坐ッタ儘、綱ヲ付ケテウシロカラ引ク様ニ壁ノ中ヘハイッタ。影ノ様ニ見エテイルノガ笑イ乍ラ云ウノニ、「御身如キノ手ニ合ウ余ニハ非ズ。云イ聴カスベキ事ノアリテ来レルナリ。刃物ヲ納メ、心ヲ静メラレヨ」

コノ具合ジャ仕止メ難イ。隙ヲ狙ウコトニショウト僕ハ考エ直シ、先ズ何ヲ云ウカ聞イテミヨウト、脇差ヲ鞘ニ収メテ坐リ直スト、先方ハ又壁ノ内部カラ坐ッタ儘デ、ウシロカラ押シ出ス様ニ出テ来タ。

「扨々御身、若年乍ラ殊勝至極」ト云ウノデ、「其方ハ何者ゾ」ト口ニ出スト、「余ハ山ン本五郎左衛門ト名乗ル。ヤマモトニ非ズ。サンモトト発音致ス」僕「ソハ人間ノ名ニアラズヤ。ソチハ人間ニテハヨモ有ラジ。狐ナルカ、狸ナルカ？」重ネテ問イ詰メルト、山ン本ハ笑ヲ含ンデ、「余ハ狐狸ノ如キ卑シキ類ニ非ズ」「狐狸ニアラズバ天狗ナルカ。何レニシテモ正体ヲ現ワシ云エ！」「余ハ日本ニテハ山ン本五郎左衛門ト名乗ルゾ。如何ニモ御身ノ云ウ如ク人間ニハ非ズ。サリトテ天狗ニモ非ズ。然ラバ何者ナルカ？　コハ御身ノ推量ニ委ネン。余ノ日本ヘ初メテ渡リシハ源平合戦ノ砌ナリキ。余ガ類イ、日本ニテハ神野悪五郎ト云ウ者ヨリ外ニハ無シ。神野ハシンノト発音致ス」答エ乍ラ、先方ガ何処カ皮肉ナ笑ヲ湛エテ此方ヲジット見テイルウチ、僕ノ四尺許リ左手ニ切炬燵ガアッテ蓋ヲシタ儘ニナッテイタガ、コノ蓋ガ独リデニ舞イ上ッテ、次ノ間ヘ行ッタ。次ニ炭櫃ノ炭ガ続々ト舞イ立ッテ、其処ニ茶釜ヲ懸ケタ様ニ丸クナッタノガ、ヤガテ人ノ頭ノ様ニナリ、両方ニ角ノ様ナモノガ出テ来テ、ソノアイダ閉ジツ開キツ煙ヲ吹出シ、ソノ角ノ様ナ、又、鐶付ケトモ受取レル箇所ハ小サク丸クナリ、恰モ唐子ノ髪ノ様デアル。コノ二箇ノ丸イ物カラ湯気ガ立ッテグツ〱煮上リ、煮エ零レテ畳ノ上ヘ流レ出タガ、ソノ零レ湯ガウジウジ動クノデ、ヨク見ルト蚯蚓ダ。件ノ釜様ノ物モ実ハミミズノ固リデ、滾リ零レテハウジ〳〵ト畳ヘ這イ上ツテ来ル。僕ハ、別ニ嫌イダト云ウ何物モナイガ、ドウシタ訳カ、蚯蚓ダケハ気モ消エルホド気味悪ク覚エ、草道ナドデモミミズガ這ツテイルト、其処ヲ通リ抜ケラレナイ程ダ。所デ、今煮零レタ蚯蚓ガ続々ト此方ヘ這ツテ来ルノダカラ、コレニハ辟易、胸騒ギガ起ツテ息ガ詰リ相ニナツタガ、ヨク考エテミルノニ、此処ニ蚯蚓ノ居ル道理ハ無イ。大丈夫ダト気ヲ取直シタモノノ、何分大嫌イノモノデアルカラ大イニ困ツタ。次第々々ニ這ツテ来テ膝ノ上、肩ノ周リマデ上ツテ来ルガ、払イ除ケルノモ不気味デ、只気ヲ失ワヌノヲ取得ニ頑張ツテイタ所、ヤガテ切炬燵ノ蓋ガ舞イ戻ツテ元ノ場所ニ納マルト、ミミズモ這イ帰ツタノカ見エナイ。途端カラ〳〵ト笑声ガ起ツタ。扇子ヲ使イ乍ラ山ン本ガ云ウ様、「サテモ御身ハ気丈ナルヨ。ナレドソノ気丈ユエニ今マデ難気ヲセシゾカシ。御身当年、難ニ逢ウ時期ヲ迎エタリ。コハ十六歳ニ限ラズ、大千世界総テノ人々ノ上ニ有ル事ナリ。ソノ人ヲ驚カシ恐レサセテ行クヲ我業トスルナリ。コレ、ワタクシノ所為ニ非ズ」ト云ツテイル時ニ、チヨウド僕ト向イ合ツタ壁面ニ、青ク光ツタ巨キナ顔ガ現ワレテ、蜻蛉ノ目玉ノ様ニ飛ビ出シタ目デ此方ヲ睨ミ、薄レタリ濃クナツタリシテイタ。山ン本五郎左衛門ハアトヲ続ケテ、「余ハ御身ニ比熊山ニテ行キ合イタレド、追付ケ御身ガ難ニ逢ウ時節ヲ待ツテ驚カサント思イ、ソノ期日ニ驚カセタレド、恐レザル故、思ワズ長逗留、却ツテ当方ノ業ノ妨ゲトナレリ。但シ他ヨリ聞キ求メ来ル者アレド、コハソノ難ノ来レル人ニ非ザレバ打チ棄テ置ク也。サリ乍ラ強イテ求メテ余ニ逢ウハ難ヲ招ク道理ナリ。コレラハ余ガ為ス所ニ非ズシテ、自ラ難ヲ求ムト云ウベキナリ。余ハコレヨリ九州ニ下リ、島々ヘ渡ル故、今直チニ出立スレバ、以後何ノ怪異モアルマジ。御身ノ難モ既ニ終リタレバ、神野悪五郎モ来ルマジ」ソウ云イ乍ラ一挺ノ手槌ヲ取出シ、「サレバコノ槌ヲ其許ニ譲ルアイダ、若シ怪事アラバ北ニ向イテ、山ン本五郎左衛門来レト申シテ、コノ槌ニテ柱ヲ強ク叩クベシ。余ハ速ヤカニ来リテ御身ヲ助ケン。サテモ思ワザル永逗留ノ段、平ラニ忝ケナシ」トオ辞儀ヲシタカラ、僕モ会釈ヲ返シタ。此時僕ノ傍ヘ冠装束ヲ付ケタ人物ノ、腰カラ上ダケガ浮ンデ、五郎左衛門ノ言葉ニ応エテイタ様ナ覚エガアル。コレハ多分産土神デ、今迄ハ手ノ打チ様モナク、後レ馳セノ仁義ダッタノデアロウカ？　サテ山ン本ハ、「余ノ帰ルノヲ見送リ給エ」ト云ッテ座ヲ立ッタカラ、僕モドンナニシテ立退クノダロウト、アトニ従イテ縁マデ出ルト、彼ハ庭ヘ下リテ再ビ会釈シタ。僕モ応ジテ身ヲ屈メタガ、討トウト云ウ気持ト内心デ争ッテイタ。所デ後者ガ勝ッタトシテモ、大ノ手デ押エラレタ様ニナッテイタカラ、動ケナイ。脇差ヘ手ヲ掛ケヨウト思ウガ、ソノ手ガ縁ヘ突キ付ケラレタ様デ、其儘ニ押エラレテイタガ、漸ク目ニ見エヌ手ガ緩ンダ様ニ覚エタノデ起キ上ッテミルト、室ノ内ニ駕ト槍、長刀、挟箱、長柄傘、駕脇ノ侍徒士、ソノ他小者ニ至ルマデ、大勢ノ供廻リガ庭ニ満々テ居並ンデイタ。駕ナドハ普通ノ物ダガ、供廻リハミンナ異形デ、裃、袴ナド夫々ノ服装デ、奇怪ノ容貌不思議ノ風体デ控エテイル。コノ駕ニアノ大男ガ乗レルノカト思ッテイタガ、山ン本氏ハ片足ヲ駕ニ掛ケタト思ウト、畳ミ込ム様ニ何ノ苦モナク内部ヘハイッテシマッタ。サテ先供、ソノ他行列ハ行進ヲ開始シタガ、彼ラノ左ノ足ハ庭ニアリ乍ラ、右足ハ練塀上ニ懸ッテイル。宛ラ鳥羽絵ノ様ニ、細長クナルノモアリ、又、片身下シノ様ニ半分ニナッテ行クノモアッテ、色々サマザマ廻リ灯籠ノ影法師ノ様ニナッテ空ニ上リ、星影ノ中ニ暫クハ黒々ト見エテイタガ、雲ニ入ツタト見エタノガ、風ノ吹ク様ナ音ト共ニ消エ失セテシマツタ。コレコソ夢デナイカト思ワレタ。僕ハボンヤリ佇ンデイタガ、ヤガテソノママ障子ヲ明ケテ置キ、敷居ノ溝ニ扇子ヲ入レテ印(シルシ)トシ、部屋ニハイツテ心ヲ静メテ蚊帳ヲ吊リ、寝具ヲ伸ベテ寝ンダガ、直グ前後モ知ラズ眠入ツテシマツタ。明クナルノヲ待ツテ起キテミルト、敷居ノ樋ニ入レテ置イタ扇子ハ其儘ニアル。庭先ニ注意スルト、縦ニ横ニ隙間モナイホド爪デ掻イタ跡ガ付イテイル。内ヘハイツテ隅々ヲ見廻シテ居タ所、前夜五郎左衛門ト対座シタ場所ニ、正シク槌ガアツタ。其槌ハ凡ソ六寸、柄ノ長サハ一尺余、両ノ木口ハ削リ切ラレ、殺イダママ付ケテアリ、中高デ木質ハ不明。丸木ノ皮ヲ取ツタ儘デ、黒ク塗ラレテイル。柄ハ元ノ方ガ太ク、先モ太イ。

　僕ハ槌ヲ携エテ、八月ツイタチノ早朝、兄ノ新八方ヘ赴キ、前夜ノ事共ヲ詳シク語ツタ所、「物怪ガ立去ツタ上ニ槌ヲ呉レタノハ、オ前ノ勇名ガ顕ワレルノミカ、大イナル仕合セダ。大切ニ所持スルノガ良イ」ト云ツタ。其後ハ家鳴震動ハ勿論、鼠ノ音モシナイ。七月ノ終リノ日、オ昼頃ノ嫌ナ風ヲ云ウノデナイ。アノアトデ星ノ光ノ様ナモノガヤガテ螢ガ乱レ飛ブ様ニ見エテ物哀レヲ唆ツタ……アノ心細サガ、今デハ何カ悲シイ澄ンダ気持ニ変ツテイル。秋ノセイダロウカ? 然シ、コンナ何事カガ一段落付イタ様ナ、ソレトモコレカラ新生活ガ始マルカノ様ナ気持ハ、僕ハ今迄何処ニモ覚エタコトガ無イ。ミンナハ、オ呪(マジナイ)デモ妙薬デモ尋ネタナラバキツト教エテクレタデアロウ、ソレヲ聞イテサエ置ケバ人ノ益ニモ立ツ筈デアツタト云ウ。然シアノ際ハ其ニ気付カナカツタノダカラ致シ方ガ無イ。只神野悪五郎ノ名ト槌トガ残サレタニ過ギヌ事ハ、僕ニモ甚ダ名残惜シク思ワレル。デモソノ槌デ柱ヲ叩クニハ及ブマイ。アンナ事ハ一度切リデヨイデナイカ。山ン本五郎左衛門ノ顔ヲ僕ハ生涯忘レルコトハナイデアロウ。殊ニ「只今退散仕ル」ノ尻上リノ一言ハ、何時々々迄モ忘レハシナイ。槌ヲ打ツ心算ハナイガ、僕ノ心ノ奥ニハ次ノ様ニ呼ビ掛ケタイ気持ガアル。山ン本サン、気ガ向イタラ又オ出デ！

＊

客　三次(ミヨシ)とは何処なんだね。

主　地図を見ると、広島県も島根県寄りの所にある。西城川、馬洗川、可愛川(エノカワ)が合流して、江ノ川(ゴウ)となって日本海に向っている。この合流点が巴なので、「巴峡」とも云い、巴は三次市のマークになっている。山も広く空も広く、未だ観光のゴミが立っていないらしい。夏はバカに大陸的な気候になるとか。松江へはバスで五時間、広島までは三時間半。僕がなつかしの七月をフィルム化するとすれば、まず三次から裏日本を抜ける道を紹介するね。峠を越す度に谷が豁けて、それが又幾つも分れて更に奥へ入り込んで果もない処を見せる。山々に繁茂した木々と入れ代って、早朝の山嶺から眺めた一面の霧の海、山々の頂だけが覗いている。次に丘陵の間の美しい池々、古墳群、その発掘現場……アグファー調のセピアか紫を使う。何千噸の材木の山が、八十本つかみのフォークリフトで貨車へ積み込まれている所、アベマキが輪切にされて、コルク板に変り、それが小円に打抜かれ、王冠となり、この王冠の山に世界じゅうの珍らしい栓抜きがぶつかって乱舞となり、ここに初めて、タイトルが現われる。――三次――浅野家支藩五万石城下――寛延二年――打ち続くさみだれの頃。

客　映画にするのならば、女気が必要だろう。平太郎に可憐な許婚の少女を配するか何かして……。

主　許婚があるような平凡少年の所へ、何で山ッ本五郎左衛門がやって来るものか?

客　少年に於ける可能性が減殺されるというわけだね。そうと決ったら、思い切ったシュールレアリズムで行くさ。

主　一つの純粋変化、絶対運動を狙って、観衆一同を「卍」の中に引き入れてしまう。ハローウィンにそなえて西洋人にも見せたいと思う。それも主として英国と独逸で喜ばれるようなものに仕上げたい。僕がこの化物噺を知ったのは四十年も前で、僕の父が、明石の女子師範学校の先生の許から借りてきてくれたのだったが、それは何かホコラの見取図がついた写本で、僕にはくずし字がまるで読めなかった。其後ラジオで解説があったが、聴き逃した。二十年ほど前に、戸塚の宿屋住いをしていた頃、隣家の床ノ間に、お客の子供が残して行ったらしい巌谷小波の童話集があって、これを披いてみたら「平太郎化物日記」というのがあった。井上円了博士も、妖怪講義の中でこれを取上げていると云うが、未だ読む機会がない。今日やっと見付けたテキストでは、「羽州秋田藩平田内蔵助校正」とあって、備後地方の方言、例えば大手(練塀)花香(茶ノ煮花)やかましい(面倒臭い)など註が付いていた。只かっぽ虫だけが不明だ。甲虫の小さい奴でぱち〳〵翔を鳴らせるのがいる。あれのことかも知れない。数年前、神戸の旧友本多季麿君からの来信に、明治十三年七月十九日、山ッ本が日本上空を通過した云々とあったので、問い合わして次のような回答を得た。

——山本五良左ェ門、神野長連らが日本本土上空を通過したのがはっきりと見えた云々は、明治末に活字になった「異郷備忘録」が出典で、著者は、宮内省の掌典長で、星学研究所の所員であった宮地水位。この人には、川典とかいう朝鮮の仙人から常にその種の報告が来るのだそうである。同仙人は神武帝に逢ったことがあるとか、少彦名になって土佐へやって来たこともあるとか。

——山本五良左ェ門百合の相棒は、神野悪五郎月影で、これは前の神野長連の兄弟か親戚らしい。他に焰野与左ェ門とか飯綱智羅天とか云うのがいる。又、山ン本とか白鷺城の天守閣で宮本武蔵を悩ました小坂部姫とか、会津猪苗村の亀姫とかが、岡山県和気郡クマ山の奥で会合すると云う話が伝わっている。

客　平太郎少年は其後どうなったのかね。

主　彼は稲生武太夫と云うサムライになったとあるだけだ。

西江寺の護符の梵字は、お化けの手蹟だとあって見にくる人もあったが次第に薄らぎ、それでも二、三年は形をとめていたが、とうとう何も彼も一緒に煤けてしまった。記念の槌は今も広島の国前寺にあるそうだ。それは三次の妙栄寺に納めてあった所、同寺は国前寺の末寺なので、享和二年六月八日、転任の和尚さんが国前寺へ持参したことに依っている。

一体、愛の経験は、あとではそれがなくては堪えられなくなるという欠点を持っている。だから主人公たちは大抵身を持ち崩してしまう。若し稲生武太夫が至極平穏な生涯を送ったのだったら、それは又それでよいではないか。

遊就館

内田百閒

午過ぎから降りつづけてゐた雨が、急に止んだ。

しかし辺りは、さつきよりも暗くなつて、重苦しい雲が、廂の上まで降りてゐるらしかつた。

いきなり玄関で大きな声がするから出て見たら、土間の黒い土の上に、変な砲兵大尉が起つてゐた。

「野田先生でいらつしやいますか」

大尉はさう云つて頭を下げた。

さうして、長靴を脱いで、私の部屋に上がつて来た。

「どう云ふ御用なんでせう」

と私がきいて見た。大尉の顔は黄色くて、蒼味を帯び、頰の辺りが濡れたやうに光つてゐた。

「今般東京へ転任になりましたので、伺ひました」

しかし私はこの大尉に見覚えがなかつた。

「東京も変りましたですな。この辺りもすつかり様子が違つて居りますので。先生はいつもお達者ですか」

「はあ有り難う」

私は曖昧に答へた。大尉は黄色い手を頻りに動かして、そこいらを撫で廻すやうな風をした。

「今後とも御指導を願ひます。実は昨日九段坂でお見受け致したものですから」

私は驚いて、大尉の顔を見た。私は昨日一日何処にも出なかつた。しかし、九段坂と云はれて、何だかひやりとする様な、いやな気持がした。

大尉は冷たい目をして、何時までも私を見つめてゐた。私は次第に、からだが竦んで来て、無気味な胸騒ぎがした。

その内に、何処か遠くの方で、歌を歌ふ声が聞こえ出した。しかし、それは男の声とも女の声とも解らなかつた。或は、歌ではなくて、泣いてゐるのかも知れなかつた。

すると、大尉の表情が段段に変つて来るらしかつた。狭い額が青褪めて、頬の光沢も拭き取つた様に消えてしまつた。

私は急に恐ろしくなつて、声をたてようと思つたけれども、咽喉がかすれて、口が利けなかつた。

物凄い雨の音に驚いて気がついて見ると、私は顔から襟にかけて、洗つたやうに汗をかいてゐた。何処かで、ぽたぽたと天井に雨の洩る音がしてゐた。さつきの大尉はゐなかつた。しかし、誰かがゐたらしい気配は残つてゐた。大尉がいきなり起ち上がりさうにした恐ろしい姿が、いまだに私の目の先にちらつく様に思はれた。

私は大風の中を歩いて、遊就館を見に行つた。

九段坂は風の為に曲がつてゐた。又あんまり吹き揉まれた為に、いやに平らに、のめのめとして、何処が坂だか解らない様だつた。

さうして遊就館に行つて見ると、入口の前は大砲の弾と馬の脚とで、一ぱいだつた。

私はその上を踏んで、入口の方へ急いだ。ところどころに上を向いた馬の脚頸が、ひくひくと跳ねてゐた。さうして私の踏んで行く足許は、妙に柔らかかつた。柔らかいのは、馬の股だらうと思ふと、さうではなくて、大砲の弾の上を踏んでも、矢つ張りふにやふにやだつた。

遊就館の門番には耳がなかつた。

その傍をすり抜けて中に這入つて見たけれど、刀や鎧は一つもなくて、天井まで届くやうな大きな硝子戸棚の中に、軍服を著た死骸が横ならべにして、幾段にも積み重ねてあつた。私は、あんまり臭いので、急いで引き返さうと思ふと、入口には耳のない番人が二人起つてゐて、頻りに両手で耳のない辺りを掻いてゐた。

どうして出たか解らないけれども、やつと外に逃げ出して、後を振り返つて見たら、電信柱を十本位つないだ程の長さで、幅は九段坂位もある大きな大砲が、西の空に向かつて砲口から薄煙を吐いてゐた。

木村新一君が、田舎の女学校に赴任すると云ふから、別盃を汲む事にした。

木村が案内すると云ふので、ついて行つたら、九段坂下の、今までそんな横町がある事も知らなかつた様な小路の奥の料理店に這入つて行つた。

私は忽ち酔つてしまつた。

木村も真赤な顔をして、眼鏡を外した。

「Ich ging einmal spazieren, 少少上ずつてもいいでせう。ふん、ふんか。Mit einemschönen Jungen,」

彼は変な足つきをして、起ち上がりさうにした。「あつと、しまつた。ふん、ふんを忘れてゐたよ」

「ええと、それでと」私は確かな様なつもりで問ひかけた。「いつ立つのです」

「二十九日ですよ。今日は七日だから、間を一日おいて、つまり明後日さ」

「早いねえ」

「早くないねえ」

「早いよ」

「早くないよ」

「遅くはなからう」

「遅いよ」

彼は急に血相を変へて、私に立ち向かはうとした。

すると、いきなり襖が開いて、砲兵大尉が這入つて来た。つかつかと私の前を通り過ぎて、上座の方に坐つた。さうして、私に向かつて挨拶をした。

「一つ頂きませうか」

大尉は私に盃の催促をしながら、ぢつと木村の顔を見つめてゐた。

て続けに飲んだ。

「如何です」と、いきなり木村が盃をさした。さうして、暫らくは二人で献酬を続けながら、立

私もまた、それを見ながら、一人で飲み続けた。

「おい木村君」と私が言つた。自分でびつくりする様な大きな声が出た。「この大尉君は変だぜ」

「野田先生」と大尉が穏やかな調子で呼びかけた。「そんな事を云はるるものぢやありません。今日始めてお目にかかつたつもりで、一つ如何です」

さうして、私に盃をさした後の手を、変な風に振り廻した。その手の色は、真黄色だつた。

「野田さん」と、今度は木村が怒鳴つた。「愉快だねえ、僕はもう東京とお別れなんだ。しかし愉快だねえ」

「やりませう。大いに飲みませう」と大尉が腰を浮かして言つた。「お別れに一つ今晩は私が持ちませうよ」

さう云つたらしかつた。

さうして、三人とも起ち上がつてしまつた。

大尉の自動車に乗つて、私共は薄明りの町を何処までも馳りつづけた様だつた。そのうちに窓に射すいろいろの物の影が、次第に曖昧になつて来たと思つたら、急に明かるい玄関の前に止まつた。

何時の間にか、私共の前に御馳走がならんで、綺麗な芸妓がお酌をした。

大尉はじろじろと人の顔を見ながら起ち上がつた。さうして妙な足拍子を取り、時時ぱちぱち

と手をたたいて歌を歌つた。

私は、何か思ひ出しさうな気持になつて、辺りを見廻した。開けひろげた縁側の向うは、真暗だつた。

大尉の歌は、雨のざあざあ降つた日に、どこかで聞こえた歌の様に思はれ出した。

すると、大尉は急に踊を止めて、私の前に坐つた。さうして、黄色い手を伸ばして、私の頸を抱くやうにした。

「あら、あら」と云つて、芸妓がその手を払ひのけた。「こんりりゆうに木くらげ、聯隊旗は梯子段、およしなさいよ」

さう云つて見えを切つたけれども、私には何の事だか解らなかつた。

それから、どの位酒を飲んだか、もう覚えなかつた。暗い庭の奥が、あちらこちらで、ぴかりぴかりと光つた。

芸妓が段段美しくなるらしかつた。しかし、どうかして起ち上がつた時に見ると、無暗に脊が高くて、頭の髪が天井につかへさうだつた。

木村はもうさつきから、坐つた儘、首を垂れて、寝込んでゐた。

「おい、おい」と、大尉が急に恐ろしい声で呼んだ。木村は肩の辺りをひくひく慄はせた。

「おい」と、もう一声大尉が云つた。

木村は棒立ちになる様な恰好をした。その顔は真蒼だつた。

大尉は急に私の方を振り返つた。

「野田先生」と云つた。「お迎へが来て居ります」

すると芸妓が、慌てた様に起ち上がつた。さうして、私の肩を摑んで座敷の外に連れ出した。

自動車は、私を乗せて、真暗な川の上ばかりを馳つた。黒い水が、前後左右でぴかりぴかりと光つては消えた。

夜通し風が吹きすさんで、窓の戸を人の敲くやうな音が止まなかつた。

私は、頻りにその音に脅やかされながら、それでも、うつらうつらと眠りつづけた。

不意に、獣のなくやうな声が、妻の口から洩れるのを聞いて、私は目を醒ました。

妻は、瞼をぴりぴりと震はせながら、少し開いた唇の間から、無気味な声を切れ切れに出してゐる。

私は、あわてて妻を起こさうとした。

二声三声「おい、おい」と呼んで見た。

妻は、その獣のやうな声で、私に応へるらしかつた。

私は益あわてて、妻を呼び醒まさうとした。片手を伸ばして、肩の辺りをゆすぶつた。

その途端に、「ぎやつ」と云ふ、得体の知れない叫び声をあげて、妻は目を開けた。

「ああ怖かつた」

妻はさう云ふと同時に、大きな溜息をついた。寝たなりで、手足をがたがたと震はしてゐた。

「どうしたんだい」と私が聞いた。私も恐ろしさに、身内がふるへる様だつた。

「あんまり怖い夢だから、もう一度云ふのいやだわ」

「いやな夢は話してしまつた方が、いいんだよ」

「でもねえ、あんまり変な夢だから。あたしの傍に死骸が寝かしてあつたのよ」

「だれの死骸だい」

「それは解らないの。顔なんか、はつきり解らないけれど、何でも大きな死骸よ」

「それで魘されてゐたのかい」

「いいえ、さうぢやないの、暫らくすると、おお厭だ」

妻は平手で顔を撫でた。

「暫らくすると、その死骸が少し動いたらしいの。あたしの方に向くらしいの。それから見てゐると段段に動き出して、あたしの方に手を伸ばすから、あたし怖くつて、胸苦しくて、その時きつと声を出したんでせう」

「それから、どうした」

私は、聞いてゐる内に、次第に不安になつて来た。

「それで、あたし逃げようと思つて、身もだえするんですけれど、からだが動かないから、一生懸命に叫んでゐましたの。すると、その死骸が段段に起き上がつて来て、あたしの方にのしかかる様になつて、次第に手を伸ばして、おお厭だ」

「どうしたんだ」

「あたしの肩のところを押へたと思つたら、一時に大きな声が出て、それで目がさめたんですわ」

　妻は、ほつとしたやうな様子で、少しからだを起こしかけた。その拍子に、私の顔を見て、ぎよつとした様に云つた。

「まあ、真蒼よ。どうかなすつたの」

　目が醒めても、まだ夜だつた。

　私は又眠つた。

　風の音は段段に静まる様だつた。

　不意に辺りが森閑として、水の底に沈んだやうな気持がした。さうして目がさめたら、漸く窓に薄明りがあつた。

　しかし私は、まだ眠つた。

　さうして眠りながら考へた。

　大尉も、死骸も夢だつたに違ひない。死骸は妻の夢で、大尉は私の夢なのだらう。

　しかし、木村新一君はどうしたか知ら。

　あの庭の暗い料理屋の座敷で、大尉と芸妓と三人で、何をしたらう。

　それで、私が考へて見ると、木村君はきつと大尉に殺されたに違ひない。

　それとも、それも矢つ張り、何人かの夢の続きなのか知ら。

　さうすると、事によつたら、自分が先に、何人かの夢の中で、殺されたのではないだらうか。

しかし、他人の夢で殺されたとすると。

でも、そんな事は解らない。

妻は臭いとは云はなかつた。

それで私が考へて見ると、この手がいけないのだ。どつちの手だつたか知ら。

右だ、右だ。右手ばつかり、ずらずらと、九段坂の柵の上に立てて見たら、素敵だな。

みんな手頸から先が動いてゐる。

動いては困る。無気味でいけない。

しかし兵隊が敬礼してゐる。

そんなら構はないのだ。

さうして私は考へる事を中止した。安心して、ぐつすり寝込んだ。

木村君は、東京駅から、朝の急行でたつと云つた様だつたから、私はその時刻に、見送りに行つた。

晩春の空が晴れて、時計台の塔の廻りに鳩が飛んでゐた。

時間の前になつても、木村君は来なかつた。

私の外に、見送りの人もあるのだらうと思つたけれども、どの人がさうなのだか、見分けがつかなかつた。

事によると、省線電車に乗つて来て、すぐにプラットフォームに出るかも知れなかつた。私はあわてて改札を通つて、汽車の止まつてゐる所に行つて見た。

しかし、そこにも木村君はゐなかつた。

大勢の見送りの人人の中に、私の知つた顔は一つもなかつた。

私は二三度、その人ごみの中を縫つて、汽車の端から端まで歩いて見た。

花束を持つて、窓の前に起つてゐる人があつた。その花束の中に混じつてゐる、二三輪の真赤な花が、小さな燄のやうに、少しづつ伸びたり縮んだりする様に思はれた。

急に汽車が動き出して、忽ち前が明かるくなつた。私は汽車のゐなくなつた線路の上にのめりさうになつて、やつと踏み堪へた。

終点で電車を降りて、少し行つた道の突き当りに、支那料理屋があつて、恐ろしく大きな支那人が、入口に突起つてゐた。

私はその中に這入つて行つた。

すると、黒いじめじめした土の、だだつ広い土間の奥に、今私が入口で見たのと、同じやうな支那人が、黙つて突起つてゐた。顔も大きさも、ちつとも違ふところはない様だつた。だから同一人かと思つた。しかし、そんな筈はなかつた。

その支那人が、不意に、にこにこと笑つて、私の傍に来た。さうして註文をきいた。

私は汚い椅子に腰をかけて、考へ込んだ。

折角さつぱりした気持になつたと思つてゐたのに、矢つ張りさうは行かないらしい。

木村はどうして立たなかつたのだらう。又この家の支那人の事も気にかかる。

私の誂へた料理を一つ宛持つて来出した。私は、それをみんな、おいしく食べた。私は朝から食事をしないので、腹がへつてゐる。

私は、支那の酒が飲んで見たくなつた。

向うの棚の、赤い紙を貼つた罎に、五加皮酒と書いてある。それをくれと云つたら、支那人が「ない」と云つた。その隣りに、青紙を貼つて牛荘高粱酒と書いてある。それでもいいと云つたら、又、「ない」と答へた。さうして、

「兄さん、朝から腹へらして帰つて来た。別嬪さんにもてたらう」と云つた。

私は黙つてゐた。

「でも、兄さん、心配事ある。その相あらはれてゐる。お友達死んだらう。お気の毒した」

私は支那人の顔を見た。支那人は、にこにこして、私を見下ろしてゐた。

九段坂を上がつて行くと、大鳥居に仕切られた中の空が、海の色のやうに美しかつた。両側に並んだ桜の葉にも、幹にも光があつた。

私は、綺麗に掃き清めた石畳の上を踏んで、遊就館の入口に起つた。

「こつちへ来たまへ」と云ふ低い声が聞こえた。

驚いて辺りを見たら、石畳の向うに、一人の憲兵が起つてゐた。私がその方を見た時に、もう一度同じ調子で「こつちへ来たまへ」と云つた。

しかし、憲兵はさう云ひながら、顔の筋一つ動かさなかつた。左足を心持ち前に出して、さつ

きから同じ姿勢のまま、立像のやうに突起つてゐた。

私の横をすり抜ける様にして、鳥打帽を手に持つた一人の小僧が、自転車を引張りながら、ひしやげた様になつて、憲兵の前に近づいて行つた。

憲兵は、くるりと向きをかへた。さうして、小僧を引き立てるやうにして、向うの方へ行つてしまつた。

私は、入口でどうしようかと考へてゐた。

一度この中を通り抜けたら、さつぱりするに違ひないと思つた。そんなに恐ろしいものが有る筈のない事は解つてゐた。

しかし、又その為に、理由もないこだはりを増す様にも思はれて、気が進まなかつた。

しかし、到頭私は這入つた。

中は思つたより狭く、さうして明かるかつた。

弓矢や旗や鎧などの列んでゐる間を、馳け抜ける様にして通つた。

大きな硝子戸棚ばつかりだつた。

人間と同じ大きさの人形が、昔の武装をしてゐた。

抜き身を何百も列べた前を通る時は、顔や手先がぴりぴりする様だつた。

私は殆ど馳け出す様な勢で、陳列戸棚の間を抜けた。

雨外套のやうな上張りを著て、板草履を穿いた番人が、胡散臭さうな目で、私を睨んだ。

鉄砲の間を抜けて、模様入りの大砲の前を通つて、もう出口になる所で、私はちらりといやなものを見た。

丁度物蔭になつて、明かりのよく射さないところに、図抜けて大きな硝子戸棚があつた。その中に、軍服を著た人形が、五六人起つてゐた。しかし、大きさから云つても、様子を見ても、どうしても人形とは思はれなかつた。ただ外に出てゐる顔や手の色が、妙に黄色かつた。

私は、急に嘔きさうな気持がした。

急いで外に出る時、出口の番人が、あわてた様な目をして、私の顔を見た。

その翌くる日、私は郊外の木村君の家へ行つて見た。

門の扉は貸家札が貼つてあつた。

私は隣りの玄関に起つて、きいて見た。

長い顎鬚を垂らした老人が出て来て、云つた。

「木村さんは、さやう、もう十日余りも前にお引払ひになりましたよ」

「それから直ぐに田舎へたたれたのでせうか」

「さやうです。私共でも倅が御世話になつて居りましたので、お見送り致しました」

「十日も前ですか」

「さやうです。彼れ此れもう二週間にもなりますかな、ええと」

さう云つて、老人は顎の鬚を引張りながら、考へ込んだ。

貉（むじな）

小泉八雲（ラフカディオ・ハーン）
平川祐弘　訳

東京の赤坂には紀伊国坂という坂がある。その坂道がなぜこう呼ばれるのかそのわけは知らない。坂の片側は古いお濠で、深くて幅もなかなか広く、緑の土手がどこぞのお邸のお庭らしい場所まで高くもりあがっている。他の側は御所の高い壁で、石垣が長く長く続いている。街燈や人力車が世に現われる以前、この界隈は日が暮れた後は人気が絶えてたいへん物淋しかった。それで家路に遅れた徒歩の人は、日没後ひとりで紀伊国坂をのぼって帰るよりは、何町遠回りしてもよいからよその道をまわって帰ったものである。

というのもみなそのあたりに出没する一匹の貉のゆえであった。

その貉を最後に見かけた人は京橋に住んでいた年老いた商人で、もう三十年前くらいに亡くなった。以下はその老人が物語ったままの話である。――

ある晩、かなり夜も更けた時刻、その男が紀伊国坂をすたすたと急ぎ足でのぼって行くと、お濠端に女がうつむけにかがんでいるのに気がついた。ひとりきりで、ひどくしゃくりあげて泣いていた。さてはお濠に身を投げて死ぬつもりか、と察した男は、なにか助けてやれぬものか、なにか自分のできることで慰めてやれぬものか、と思って立ちどまった。ほっそりとした上品な女で、身なりもいやしからず、髪は良家の子女のように高島田に結ってある。

「お女中」

と男は大声で呼びかけながら近づいた（そのころは身分のある見知らぬ若い女には「お女中」と呼びかけるのが礼儀だった）。

「お女中、そうお泣きなさるな。なにか困り事でもあるなら言うてください。もしお助けできることがあるなら、喜んでお助けいたしましょう」

（商人がそう言ったのは心底からそのつもりだった。商人は本当に親切心に富んでいたのである。）しかし女は泣き続けた、――そして長い袖の片方で泣顔を男から隠していた。

「お女中」

と男はできるだけやさしい口調でまた声をかけた。

「まあ、どうか、私の言うことをお聞きなさい。……この辺はどう見ても若い女が夜分に出歩くような場所ではない。お願いだから、お泣きなさるな。さ、どうすれば私がなにかお役に立つか、それを言うてください」

ゆっくりと女は腰をあげて立ちあがったが、しかし背を男の方に向けたまま、顔を長袖に隠して泣きじゃくった。男はそっと女の肩に手をやって、言い聞かせた、

「お女中、お女中、お女中……まあ私の言うことをお聞きなさい、ほんのちょっとの間でいいから。……お女中、お女中」

……するとその時、女はこちらを振向いて長袖を落すと、自分の顔をその手でつるりと撫でた。

――と見れば女の顔には眼もなければ、鼻もない、口もない、――アッと男は悲鳴をあげて逃げ

出した。

紀伊国坂を上の方へ、上の方へ無我夢中で逃げ出した。あたりは一面の真暗闇、前方は空無でなに一つ見えない。怖さのあまりよう後を振向くこともできず男はひた走りに走った。するとやっとのことで提灯の火が見えたが、遠くの方で辛うじて螢の火ぐらいの大きさに見えた。男が一目散でそれに向かって駈寄ると、道端で屋台を開いた夜鷹蕎麦の提灯とわかった。しかしああした目にあった後では、どんな光であれ、どんな人であれ、とにかくそこに口の利ける人がいるというだけでそれで良かった。男は駈込みざま蕎麦屋の足もとに身を投げるように倒れると、ただもう「ああ、ああ、ああ」と声にならぬ叫び声で呻いた。

「これ、これ」

と蕎麦屋は突慳貪に言った、

「これ、いったいどうしました？　誰かあなたに怪我でも負わせましたか？」

「いや、誰も私に怪我をさせたのじゃない」

と男は、はあ、はあ、あえぎながら言った、

「ただ……」

「ただあなたをおどしただけですか？」

と屋台曳きの蕎麦屋はいたって冷淡にたずねた、「それでは追剝ぎですか？」

「いや追剝ぎじゃない、追剝ぎじゃない」

と恐怖におびえた男はあえいだ、

「出たんだよ……出たんだよ女が、——お濠端で。——そしてあの女が見せたもの……ああ、あの女が私に見せたものをおまえさんに口で言ったって話にはならない！」

「へえ！ もしひょいとして女があなたに見せたものはこんなのではございませんでしたか？」

と一声言うと蕎麦屋は、その自分の顔を手でつるりと撫でた、——と途端に蕎麦屋の顔は大きな卵のようにのっぺらぼうとなった。……そして、それと同時に、屋台の火も消えた。

鼠坂

森鷗外

小日向から音羽へ降りる鼠坂と云ふ坂がある。鼠でなくては上がり降りが出来ないと云ふ意味で附けた名ださうだ。台町の方から坂の上までは人力車が通ふが、左側に近頃刈り込んだことのなささうな生垣を見て右側に広い邸跡を大きい松が一本我物顔に占めてゐる赤土の地盤を見ながら、ここからが坂だと思ふ辺まで来ると、突然勾配の強い、狭い、曲りくねつた小道になる。人力車に乗つて降りられないのは勿論、空車にして挽かせて降りることも出来ない。車を降りて徒歩で降りることさへ、雨上がりなんぞにはむづかしい。鼠坂の名、真に虚しからずである。

その松の木の生えてゐる明屋敷が久しく子供の遊場になつてゐたところが、去年の暮からそこへ大きい材木や、御藤石を運びはじめた。音羽の通まで牛車で運んで来て、鼠坂の傍へ足場を掛けたり、汽船に荷物を載せる crane と云ふものに似た器械を据ゑ附けたりして、吊り上げるのである。職人が大勢這入る。大工は木を削る。石屋は石を切る。二箇月立つか立たないうちに、和洋折衷とか云ふやうな、二階家が建築せられる。黒塗の高塀が繞らされる。とうとう立派な邸宅が出来上がつた。

近所の人は驚いてゐる。材木が運び始められる頃から、誰が建築をするのだらうと云つて、ひどく気にして問ひ合せると、深淵さんだと云ふ。深淵と云ふ人は大きい官員にはない。実業家にもまだ聞かない。どんな身の上の人だらうと疑つてゐる。そのうち誰やらがどこからか聞き出して来て、あれは戦争の時満洲で金を儲けた人ださうだと云ふ。それで物珍らしがる人達が安心した。

建築の出来上がつた時、高塀と同じ黒塗にした門を見ると、なる程深淵と云ふ、俗な隷書で書いた陶器の札が、電話番号の札と並べて掛けてある。いかにも立派な邸ではあるが、なんとなく様式離れのした、趣味の無い、そして陰気な構造のやうに感ぜられる。番町の阿久沢とか云ふ家に似てゐる。一歩を進めて言へば、古風な人には、西遊記の怪物の住みさうな家とも見え、現代的な人には、マアテルリンクの戯曲にありさうな家とも思はれるだらう。

二月十七日の晩であつた。奥の八畳の座敷に、二人の客があつて、酒酣(たけなは)になつてゐる。座敷は極めて殺風景に出来てゐて、床の間にはいかがはしい文晁の大幅が掛けてある。肥満した、赤ら顔の、八字髭の濃い主人を始として、客の傍にも一々毒々しい緑色の切れを張つた脇息が置いてある。杯盤の世話を焼いてゐるのは、色の蒼い、髪の薄い、目が好く働いて、しかも不愛相(ぶあいさう)な年増で、これが主人の女房らしい。座敷から人物まで、総て新開地の料理店で見るやうな光景を呈してゐる。

「なんにしろ、大勢行つてゐたのだが、本当に財産を拵へた人は、晨星寥々(しんせいりようりよう)さ。戦争が始まつてからは丸一年になる、旅順は落ちると云ふ時期に、身上の有る丈を酒にして、漁師仲間を大連へ送る舟の底積にして乗り出すと云ふのは、着眼が好かつたよ。肝心の漁師の宰領は、為事(しごと)は当つたが、金は大して儲けなかつたのに、内では酒なら幾らでも売れると云ふ所へ持ち込んだのだから、旨く行つたのだ。」かう云つた一人の客は大ぶ酒が利いて、話の途中で、折々舌の運転が悪くなつてゐる。渋紙のやうな顔に、胡麻塩鬚が中伸びに伸びてゐる。支那語の通訳をしてゐた男である。

「度胸だね」と今一人の客が合槌を打つた。「鞍山站まで酒を運んだちやん車の主を縛り上げて、道で拾つた針金を懐に捩ぢ込んで、軍用電信を切つた嫌疑者にして、正直な憲兵を騙して引き渡してしまふなんと云ふ為組は、外のものには出来ないよ。」かう云つたのは濃紺のジヤケツの下にはでなチヨツキを着た、色の白い新聞記者である。

この時小綺麗な顔をした、田舎出らしい女中が、燗を附けた銚子を持つて来て、障子を開けて出すと主人が女房に目食はせをした。女房は銚子を忙しげに受け取つて、女中に「用があればベルを鳴らすよ、ちりんちりんを鳴らすよ、あつちへ行つてお出」と云つて、障子を締めた。

新聞記者は詞を続いだ。「それは好いが、先生自分で鞭を持つて、ひゆあひゆあしよあしよあとかなんとか云つて、ぬかるみ道を前進しようとしたところが、騾馬やら、驢馬やら、ちつぽけな牛やらが、ちつとも言ふことを聞かないで、綱がこんがらかつて、高粱の切株だらけの畑中に立往生をしたのは、滑稽だつたね。」記者は主人の顔をじろりと見た。

主人は苦笑をして、酒をちびりちびり飲んでゐる。

通訳あがりの男は、何か思ひ出して舌舐ずりをした。「お蔭で我々が久し振に大牢の味ひに有り附いたのだ。酒は幾らでも飲ませてくれたし、あの時位僕は愉快だつた事は無いよ。なんにしろ、兵站にはあんまり御馳走のあつたことはないからなあ。」

主人は短い笑声を漏らした。「君は酒と肉さへあれば満足してゐるのだから、風流だね。」

「無論さ。大杯の酒に大塊の肉があれば、能事畢るね。これから又遼陽へ帰つて、会社のお役人を遣らなくてはならない。実はそんな事はよして南清の方へ行きたいのだが、人生意の如くならずだ。」

「君は無邪気だよ。あの驢馬を貰つた時の、君の喜びやうと云つたらなかつたね。僕はさう思つたよ。君だの、あの騾馬を手に入れて喜んだ司令官の爺いさんなんぞは、仙人だと思つたよ。己は騎兵科で、こんな服を着て徒歩をするのはつらかつたが、これがあれば、もうてくてく歩きはしなくつても好いと云つて、ころころしてゐた司令官も、随分好人物だつたね。あれから君は驢馬をどうしたね。」記者が通訳あがりに問うたのである。

「なに。十里河まで行くと、兵站部で取り上げられてしまつた。」

記者は主人の顔をちよいと見て、狡猾げに笑つた。

主人は記者の顔を、同じやうな目附で見返した。「そこへ行くと、君は罪が深い。酒と肉では満足しないのだから。」

「うん。大した違ひはないが、僕は今一つの肉を要求する。金も悪くはないが、その今一つの肉を得る手段に過ぎない。金その物に興味を持つてゐる君とは違ふ。併し友達には、君のやうな人があるのが好い。」

主人は持前の苦笑をした。「今一つの肉は好いが、営口に来て酔つた晩に話した、あの事件は凄いぜ。」かう云つて、女房の方をちよいと見た。

上さんは薄い唇の間から、黄ばんだ歯を出して微笑んだ。「本当に小川さんは、優しい顔はしてゐても悪党だわねえ。」小川と云ふのは記者の名である。

小川は急所を突かれたとでも云ふやうな様子で、今まで元気の好かつたのに似ず、しよげ返つて、饌の上の杯を手に取つたのさへ、てれ隠しではないかと思はれた。

「あら。それはもう冷えてゐるわ。熱いのになさいよ。」上さんは横から小川の顔を覗くやうにしてから云つて、女中の置いて行つた銚子を取り上げた。

小川は冷えた酒を汁椀の中へ明けて、上さんの注ぐ酒を受けた。

酒を注ぎながら、上さんは甘つたるい調子で云つた。「でも宵口で内に置いてゐた、あの子には、小川さんも恆はなかつたわね。」

「名古屋ものには小川君にも負けない奴がゐるよ。」主人が傍から口を挟んだ。

矢張小川の顔を横から覗くやうにして、上さんが云つた。「なかなか別品だつたわねえ。それに肌が好くつて。」

此時通訳あがりが突然大声をして云つた。「その凄い話と云ふのを、僕は聞きたいなあ。」

「よせ」と、小川は鋭く通訳あがりを睨んだ。主人はどつしりした体で、胡坐を搔いて、ちびりちびり酒を飲みながら、小川の表情を、睫毛の動くのをも見遁がさないやうに見てゐる。その顔は通訳あがりの方へ向けてゐて、笑談らしい、軽い調子で話し出した。「平山君はあの話をまだしらないのかい。まあどうせ泊ると極めてゐる以上は、ゆつくり話すとしよう。なんでも黒溝台の戦争の済んだ跡で、奉天攻撃はまだ始まらなかつた頃だつたさうだ。なんとか窩棚と云ふ村に、小川君は宿舎を割り当てられてゐたのだ。小さい村で、人民は大抵避難してしまつて、明家の沢山出来てゐる所なのだね。小川君は隣の家も明家だと思つてゐたところが、或る晩便所に行つて用を足してゐる時、その明家の中で何か物音がすると云ふのだ。」通訳あがりは平山と云ふ男である。

小川は迷惑だが、もうかうなれば為方がないので、諦めて話させると云ふ様子で、上さんの注ぐ酒を飲んでゐる。

主人は話し続けた。「便所は例の通り氷つてゐる土を少しばかり掘り上げて、板が渡してあるのだね。そいつに跨がつて、尻の寒いのを我慢して、用を足しながら、小川君が耳を澄まして聞いてゐると、その物音が色々に変化して聞える。どうも鼠やなんぞではないらしい。狗でもないらしい。小川君は好奇心が起つて溜らなくなつた。その家は表からは開けひろげたやうになつて見えてゐる。坑の縁にしてある材木はどこかへ無くなつて、築き上げた土が暴露してゐる。その奥は土地で磚と云つてゐる煉瓦のやうなものが一ぱい積み上げてある。どうしても奥の壁に沿うて積み上げてあるとしか思はれない。小川君は物音の性質を聞き定めようとすると同時に、その場所を聞き定めようとして努力したさうだ。自分の跨がつてゐる坑の直前は背丈位の石垣になつてゐて、隣の家の横側がその石垣と密接してゐる。物音はその一番奥の所でしてゐる。表から磚の積んだのが見えてゐる辺である。これ丈の事を考へて、小川君はとうとう探検に出掛ける決心をしたさうだ。無論便所に行くにだつて、毛皮の大外套を着た儘で行く。まくつた尻を卸してしまへば、寒くはない。丁度便所の坑の傍に、実をむしり残した向日葵の茎を二三本縛り寄せたのを、一本の棒に結び附けてある。その棒が石垣に倒れ掛かつてゐる。それに手を掛けて、小川君は重い外套を着た儘で、造做もなく石垣の上に乗つて、向側を見卸したさうだ。空は青く澄んで、星がきらきらしてゐる。そこら一面に雪が積つて氷つてゐる。夜の二時頃でもあらうが、明るい事は明るいのだね。」

小川はつぶやくやうに口を挟んだ。「人の出たらめを饒舌つたのを、好くそんなに覚えてゐるものだ。」「好いから黙つて聞いてゐ給へ。石垣の向側は矢張磚が積んであつて降りるには足場が好い。降りて家の背後へ廻つて見ると、そこは当り前の壁ではない。窓を締めて、外から磚で塞いだものと見える。暫くその外に立つて聞いてゐると、物音はぢき窓の内でしてゐる。家の構造から考へて見ると、どうしても炕の上なのだ。表から見える、土の暴露してゐる炕は、鉤なりに曲つた炕の半分で、跡の半分は積み上げた磚で隠れてゐるものと思はれる。物音のするのは、どうしてもその跡の半分の炕の上なのだ。かうなると、小川君はどうも此窓の内を見なくては気が済まない。そこで磚を除けて、突き上げになつてゐる障子を内へ押せば好いわけだ。ところがその磚がひどくぞんざいに、疎に積んであつて、十ばかりも卸してしまへば、窓が開きさうだ。」

小川君は磚を卸し始めた。その時物音がぴつたりと息んださうだ。」

小川は諦念めて飲んでゐる。平山は次第に熱心に傾聴してゐる。上さんは油断なく酒を三人の杯に注いで廻る。

「小川君は磚を一つ一つ卸しながら考へたと云ふのだね。どうもこれは塞ぎ切に塞いだものではない。出入口にしてゐるらしい。併し中に人が這入つてゐるとすると、外から磚が積んであるのが不思議だ。兎に角拳銃が寝床に置いてあつたのを、持つて来れば好かつたと思つたが、好奇心がそれを取りに帰る程の余裕を与へないし、それを取りに帰つたら、一しよにゐる人が目を醒ますだらうと思つて諦念めたさうだ。磚は造做もなく除けてしまつた。窓へ手を掛けて押すとなんの抵抵もなく開く。その時がさがさと云ふ音がしたさうだ。小川君がそつと中を覗いて見ると、粟稈が一ぱい散らばつてゐる。それが窓に障つて、がさがさ云つたのだね。それは好いが、そこらに瓶のやうな物やら、籠のやうな物やら置いてあつて、その奥に粟稈に半分埋まつて、人がゐる。慥かに人だ。土人の着る浅葱色の外套のやうな服で、裾の所がひつくり返つてゐるのを見ると、羊の毛皮が裏に附けてある。窓の方へ背中を向けて頭を粟稈に埋めるやうにしてゐるが、その背中はぶるぶる慄えてゐると云ふのだね。」

小川は杯を取り上げたり、置いたりして不安らしい様子をしてゐる。平山はますます熱心に聞いてゐる。

主人はわざと間を置いて、二人を等分に見て話し続けた。「ところがその人間の頭が辮子でない。女なのだ。それが分かつた時、小川君はそれ迄交つてゐた危険と云ふ念が全く無くなつて、好奇心が純粋の好奇心になつたさうだ。これはさもありさうな事だね。爾と声に力を入れて呼んで見たが、只慄えてゐるばかりだ。小川君は炕の上へ飛び上がつた。女の肩に手を掛けて、引き起して、窓の方へ向けて見ると、まだ二十にならない位な、すばらしい別品だつたと云ふのだ。」

主人は又間を置いて二人を見較べた。そしてゆつくり酒を一杯飲んだ。「これから先は端折つて話すよ。これまでのやうな珍らしい話とは違つて、いつ誰がどこで遣つても同じ事だからね。一体支那人はいざとなると、覚悟が好い。首を斬られる時なぞも、尋常に斬られる。女は尋常に服従したさうだ。無論小川君の好嫖致な所も、女の諦念めを容易ならしめたには相違ないさ。そこで女の服従したのは好いが、小川君は自分の顔を見覚えられたのがこはくなつたのだね。」ここまで話して、主人は小川の顔をちよつと見た。赤かつた顔が蒼くなつてゐる。

「もうよし給へ」と云つた小川の声は、小さく、異様に空洞に響いた。

「うん。よすよすよ。もうおしまひになつたぢやないか。なんでもその女には折々土人が食物をこつそり窓から運んでゐたのだ。女はそれを夜なかに食つたり、甑の中へ便を足したりすることになつてゐたのを、小川君が聞き附けたのだね。顔が綺麗だから、兵隊に見せまいと思つて、隠して置いたのだらう。羊の毛皮を二枚着てゐたさうだが、それで粟稈の中に潜つてゐたにしても、炕は焚かれないから、随分寒かつただらうね。支那人は辛抱強いことは無類だよ。兎に角その女はそれ切り粟稈の中から起きずにしまつたさうだ。」主人は最後の一句を、特別にゆつくり言つた。

違棚の上でしつつこい金の装飾をした置時計がちいんと一つ鳴つた。

「もう一時だ。寝ようかな。」かう云つたのは、平山であつた。

主客は暫くぐずぐずしてゐたが、それからはどうした事か、話が栄えない。とうとう一同寝ると云ふことになつて、客を二階へ案内させるために、上さんが女中を呼んだ。

一同が立ち上がる時、小川の足元は大ぶ怪しかつた。

主人が小川に言つた。「さつきの話は旧暦の除夜だつたと君は云つたから、丁度今日が七回忌だ。」

小川は黙つて主人の顔を見た。そして女中の跡に附いて、平山と並んで梯子を登つた。二階は西洋まがひの構造になつてゐて、小さい部屋が幾つも並んでゐる。大勢の客を留める計画をして建てた家と見える。廊下には暗い電燈が附いてゐる。女中が平山に、「あなたはこちらで」と一つの戸を指さした。

女中はずんずん先へ立つて行く。戸の撮みに手を掛けて、「さやうなら」と云つた平山の声が小川にはひどく不愛相に聞えた。

「まだ先かい」と小川が云つた。

「ええ。あちらの方に煖炉が焚いてございます。」かう云つて、女中は廊下の行き留まりの戸まで連れて行つた。

小川は戸を開けて這入つた。瓦斯煖炉が焚いて、電燈が附けてある。本当の西洋間ではない。小川は国で這入つてゐた中学の寄宿舎のやうだと思つた。壁に沿うて棚を吊つたやうに寝床が出来てゐる。その下は押入れになつてゐる。煖炉があるのに、枕元に真鍮の火鉢を置いて、湯沸かしが掛けてある。その傍に九谷焼の煎茶道具が置いてある。小川は吭が乾くので、急須に一ぱい湯をさして、茶は出ても出なくても好いと思つて、直ぐに茶碗に注いで、一口にぐつと呑んだ。そして着てゐたジヤケツも脱がずに、行きなり布団の中に這入つた。

横になつてから、頭の心が痛むのに気が附いた。「ああ、酒が変に利いた。誰だつたか、丸く酔はないで三角に酔ふと云つたが、己は三角に酔つたやうだ。それに深淵奴があんな話をしやがるものだから、不愉快になつてしまつた。あいつ奴、妙な客間を拵へやがつたなあ。あいつの事だから、賭場でも始めるのぢやあるまいか。畜生。布団は軟かで好いが、厭な寝床だなあ。炕のやうだ。さうだ。丸で炕だ。ああ。厭だ。」こんな事を思つてゐるうちに、酔と疲れとが次第に意識を昏ましてしまつた。

小川はふいと目を醒ました。電燈が消えてゐる。併し部屋の中は薄明りがさしてゐる。窓からさしてゐるかと思つて、窓を見れば、窓は真つ暗だ。「瓦斯煖炉の明りかな」と思つて見ると、なる程、礬土の管が五本並んで、下の端だけ樺色に燃えてゐる。併しその火の光は煖炉の前の半畳敷程の床を黄いろに照してゐるだけである。それと室内の青白いやうな薄明りとは違ふらしい。小川は兎に角電燈を附けようと思つて、体を半分起した。その時正面の壁に意外な物がはつきり見えた。それはこはい物でもなんでもないが、それが見えると同時に、小川は全身に水を浴せられたやうに、ぞつとした。見えたのは紅唐紙で、それに「立春大吉」と書いてある。その吉の字が半分裂けて、ぶらりと下がつてゐる。それを見てからは、小川は暗示を受けたやうに目をその壁から放すことが出来ない。「や。あの裂けた紅唐紙の切れのぶら下つてゐる下は、一面の粟稈だ。その上に長い髪をうねらせて、浅葱色の着物の前が開いて、鼠色によごれた肌着が皺くちやになつて、あいつが仰向けに寝てゐやがる。顋だけ見えて顔は見えない。どうかして顔が見たいものだ。あ。下唇が見える。右の口角から血が糸のやうに一筋流れてゐる。」

小川はきやつと声を立てて、半分起した体を背後へ倒した。

翌朝深淵の家へは医者が来たり、警部や巡査が来たりして、非常に雑遝した。夕方になつて、布団を被せた吊台が舁き出された。

近所の人がどうしたのだらうと噂き合つたが、吊台の中の人は誰だか分からなかつた。「いづれ号外が出ませう」などと云ふものもあつたが、号外は出なかつた。

その次の日の新聞を、近所の人は待ち兼ねて見た。記事は同じ文章で諸新聞に出てゐた。多分どの通信社かの手で廻したのだらう。併し平凡極まる記事なので、読んで失望しないものはなかつた。

「小石川区小日向台町何丁目何番地に新築落成して横浜市より引き移りし株式業深淵某氏宅にては、二月十七日の晩に新宅祝として、友人を招き、宴会を催し、深更に及びし為め、一二名宿泊することとなりたるに、其一名にて主人の親友なる、芝区南佐久間町何丁目何番地住何新聞記者小川某氏其夜脳溢血症にて死亡せりと云ふ。新宅祝の宴会に死亡者を出したるは、深淵氏の為め、気の毒なりしと、近所にて噂し合へり。」

車坂

大岡昇平

上野に実在する車坂ではない。場所はこの話では大事でない。東京の山手のどこか、まずは車が上下出来るほどの、ゆるやかな坂と思って貰えればよい。

上野の車坂は、現在の駅の裏側から、山上へ車を上すための坂だったようである。一説に樹木鬱蒼としていたため、「くらがり坂」の転とあるが、取り難い。参道はやがて広小路となる御成道だが、別に荷車専用の道が、筋違橋から平行していた。その先に続いた、山上への補給路だったわけである。

地勢から見て、かなりけわしかったろうと想像されるが、車坂は元来交通路であるから、ゆるやかであるのを常態とする。いや、現在東京中の鋪装した坂は、みな車坂だといってもよい。いずれも充分に掘り下げて勾配をやわらげ、自動車が上り易いようにしてある。従って坂の上の方は、左右は崖になる。崖の下までは大抵商店街、上は住宅地である。

敗戦後間もないある年の暮、そういう車坂の崖上の家で、三人の男が酒盛をしていた。一人はこの家の主人で、天野という名の雑誌記者である。終戦後間もなく復員した彼が、焼跡へバラックみたいなものでも、とにかく家を建てることが出来たのは、仕事の片手間に書いた戦争体験談が意外に売れて、印税が入ったためである。

客の大屋は、まだ三十前で、区役所の庶務課に勤めている。もう一人の客本多だけ三十代で、その頃多かった闇屋である。常に大阪との間を往復して、多量の品物を動かしている。

彼等はみな戦争中同じ部隊に属し、昭和十八年の南寧作戦に参加したことがあった。終戦後上海の収容所を出る時、散り散りになったきりだったが、最近本多が仕事の関係で、偶然大屋と邂逅したことから、今夜の酒盛になったわけである。

天野と本多が下士官、大屋だけ一等兵だったが、三人のもとの兵隊が会えば、話の種はきまっている。牛鍋に本多が持って来た安ブランデーの盃を重ねながら、軍隊時代の思い出話に花が咲いた。

「なんっていったって、あの頃はよかったなあ。地方人みたいに食糧を工面して廻る必要はない。口はお上にあずけておけばいいんで、あとは戦争するだけだったんだから」

天野の新しい細君の久美に酌をして貰いながら、本多が言った。

「命を取られる心配があるのがまずいとこだったが……秋田少尉なんて、全然満足していたな。当番兵がつくる豚の煮つけを、うまいうまいと喜んでたもの。こんなうまいものは、内地じゃとても口に入らない、そんなことばかりいっていた」と天野。

「まったく程度の悪い応召将校だった」と大屋が受けた。「不寝番に立ってた時、将校室のそばの廊下に変な奴が立ってるので、近寄ってみると、秋田少尉さ。そこから庭へ立小便してやがるんだ。あの黒眼鏡はスガ目をかくすためだったんです。夜はてんで見えないんで、外庭の便所まで行けねえんだ。小便は急にはとまらないし、工合悪そうに横を向いてるから、黙って廻れ右して来ちゃったが、いつも敬礼の煩い秋田少尉が、あの時はなんにもいわなかった」

「並んでぶっぱなしてやったら、面白かったろう。しかし本多班長も小便が近かったな」と天野がいった。どこかからかうような調子だったから、大屋は本多にもなにか失敗談があるのかと思った。本多は中隊の給与係で、住民とのかけ合いがうまかった。その頃から要領がよかったので、だからいま闇屋で成功しているのだ、と大屋は思っていた。

「それは初耳ですね。本多さんも廊下から立小便したことがあるんですか」とけしかけた。

「立小便じゃないが、夜中に便所へ起きて行くのをおれが見つけたことがあるんだ」

「へえ、誰だって、時には便所へ起きることはあるでしょう」

三人の中で大屋だけ補充兵だったので、いまだに言葉遣いが、少し丁寧である。

「行先が便所じゃなかったから、まずかったな」と天野は調子に乗る。それだけ本多はしょげて来る。

「その話はよそうよ」

「いいじゃないか。別に珍しいことじゃないから、おれも戦記物には書かなかったくらいだ」

「まったく天野は、すぐ書くからかなわない」

「それが書かなかったんだから、おごってもいいところだ。せめて話ぐらいさせてくれ。ねえ、大屋君、きみは隊へ来る前だったから知らないが、まだ部隊が漢口に駐屯していた頃の話だ。或る秋、南の方の山の中へ討伐に行ったことがある」

とブランデーの盃を下におき、天野は本腰を入れて語り出した。

「二十里ばかり追いかけたんだが、とうとう接触出来ず、帰る途中だった。例によって宿営した部落の豚と鶏は全部徴発して、酒盛を開いた」

「まったくおれ達はよく鶏を殺したなあ」と本多が口を挟んだ。「いつでも部落中の鶏はみんなしめてしまった。中国兵の退却したあとなら、鶏も豚もそっくりあったが、仲間が先に行ったあとは、根こそぎないんだからなあ。あれじゃ民心を収攬することは出来ない」

「話をそらそうったって、そうは行かないよ」と天野はきめつけて、話を続けた。「酒を飲んでしまったら、行軍の疲れがどっと出て、みんなそれぞれ土間の隅へごろごろ寝てしまったが、あとから考えると、班長は最初からもじもじしていたようだった」

軍隊の話になると、昔呼び合ったまま、「班長」になるのである。

「夜中にふと目をさますと、入口がぼっと明るい。星明りの空が見え、戸が開いているのがわかる。おやと思って身を起すと、班長が出て行く影が見えた。また例の小便に行ったんだろうと思って、気にもとめなかったんだが、なかなか帰って来ない。なんでもないことなんだが、気にし出すと、変に眼がさえてしまって、寝つかれなかったんだ。仕方がない、俺も小便して来ようと思って、外へ出たが、そこらには、班長の影も形も見えない」

「あの時、きみに目を覚まされたのが、運の尽きだった」

「裏へ廻ると納屋があるだけで、戸は締ってるし、異状はない。そっちにも班長はいない。入れ違いに帰ったのかと思って、家の中へ入ったが、班長の寝ていたところはやはり空だ。さては、とこんな時、兵隊がなにを考えるものか、大屋君だってわかるだろうな」

「夜這いでしょう」

「ぴたり御名答。部落へ着いて、一番先に調べるのは、部落に若い女がいるかどうかということだ。ところが不思議にその部落には、娘っ子一人もいなかったんだ。その頃は日本兵が来ると聞くと、若い娘はよそへやっちまう部落が多かった。まあそういう敵性を持った部落の一つ、と気にも留めなかったんだが、さては班長、どこかの家の納屋にでも隠れているのを、こっそり目をつけておいたかな、と思った」

「みんなにいえば、女はそれだけ大勢の人間に犯されなければならない。気の毒だから知らせなかったのだ」

本多の声は弱々しかった。

「最初はそのつもりで隠しといたのだが、あとになると、みすみす自由になる女がいるのに、見逃すのは惜しくなって来たんだと、翌日その村を離れてから、班長はいったよ。しかしそれはいい訳だ。どんなに大勢に犯されても、殺されるよりはましだ」

「えっ」

大屋は驚いて、本多の顔を顧みた。こんな話になるとは思っていなかった。

本多は酔いが一度でさめたような蒼い顔をして、下を向いている。

「最初は殺すつもりじゃなかったんだ」と彼は弱くいった。

「無論最初はそうだったろうよ。しかしことが終ってみると、翌朝小隊長に訴えられるのが、こわくなった。無論その頃はわが軍も憲兵なんて問題じゃなかったし、あのすがめの小隊長が握りつぶしたにちがいなかったんだ。いつも号令を間違えやしないかと、びくびくものの小隊長だもの。第一、いくら娘や親が訴えても、知らないと頑張ればそれまでのものだ。誰も見ていたわけじゃない。ああいうことは当人しか知らないことなんだ。知らないって、頑張ってしまえばすむことだったんだ。ただ娘にこの人ですなんていわれちゃ、おれ達の手前工合が悪かったんだろう」

「よしてくれ。いまでも夢に見ることがある」

「眼を見開いて、舌を出した顔を、だろう」

本多は飛び上った。

「舌を出してたなんて、誰が言った。君にはあの時随分根掘り葉掘り聞かれたが、舌のことを言ったおぼえはない」

「聞かなくったって、わかるさ。この頃は法医学の本が安く買えるからね。絞殺体が舌を出してることぐらい、誰でも知っている」

「そうだ。あの顔だ」と本多は叫んで、目の前のブランデーのグラスを、ひと息に飲み干した。

「あんな顔をするとは思わなかった」

「それだけのお話でしたら、よく分りましたから、あんまり気になさることはないんじゃないですか」

と大屋がおずおずと言った。彼は今夜、天野の家へ来たことを後悔しはじめていたのである。売り出しの戦記物の作者の家なら、話がはずむだろうと思って、本多をさそったのだが、こんないやな話が出るのだったら、来るのじゃなかった、と思った。天野が冗談めかした口振りで、話を引き出したことも気に入らなかった。本多がそんなことをしていたのは、知らない方がよかったと思った。

「なにしろあの頃は僕達は気が立っていましたからね。戦闘には勝っても、敵地に駐屯してるんですからね。住民はみんな便衣隊に見えて来る。僕はほんとはこわかったですよ。今から思うと、気持もすさんでいましたもの、僕だってそんな機会があったら、なにをしたか、わからないと思います」と慰めた。

　しかしこんどは本多が中断しなかった。

「自分がほんとにやっていたら、とてもそんな暢気なことはいっていられないだろうよ。人を殺した経験を持つってことが、どういうことか、君は知ってるのか」

「でも、ずいぶん敵を殺しましたけど」

「それとこれとは別だ」

「そうだ。これは戦争とは関係はないことなんだ」と戦記物の作者は、説教するような調子で続けた。「だからおれはこの話は戦記物の中へ入れなかった。女の話を入れるのは、戦記物を売る秘訣なんだけどね――なぜかっていうとね、本多班長はほんとは外聞をはばかって殺したんじゃないからさ」

「殺すつもりはなかったって、おれはなんども言った。なぜしめたのか、いまでもわからない」といって、本多は頭を抱える。

「そうさ、わからないさ。誰にもわからない。しかし実際はあんな時は、腕に力が入ってしまうんだ。そんなものなのだ。後悔は後になってするのだ」

「見ていたようなことをいうな」

「見なくったってわかる。おれはあの晩、帰って来た時の、班長の態度をおぼえてる。暗くて顔は見えなかったが、足取りはたしかだった。『どこへ行ってたんだ、おそいぞ』って、声をかけたら、『糞だ』って答えた。『お楽しみじゃなかったのか』『馬鹿』この声色のまんまの軽い調子だったんだ」

「ごまかしてたんだ」

「そうはいわせない。どんなことをしても、人間は平気でいられる。冷血無慚なる犯人なんて珍しそうにいうが、犯罪はいつも満足感を伴う。男はそんなものなのだ。ほんとは女の千人も犯してから、しめ殺したいんだ」

天野は昂然といい放った。本多は黙ってしまい、座は白けた。

もう十二時に近く、国電がなくなるのを口実に、大屋は本多をうながして、座を立った。

「愉快だった。しかしその話は忘れようよ」主人の天野は最後に言った。

六畳と二畳の狭い家に、天野は細君の久美と二人になった。テーブルを片づけ、まだ酒と肉のにおいが残っている室に、寝床を敷き、横になった。その晩天野の愛撫は荒かった。

「しめちゃいやよ」と久美は最後にいった。

天野の手は細君の喉に延びた。やわらかい皮膚の下に、骨の感触があった。

「よして、よして」と女は叫んだ。天野は目が醒めた。

遠い車坂の表通りから上って来る外燈の光が、窓硝子を透して天井を明るくしていた。静かに寝息を立てる久美の顔が近かった。彼女が叫んだはずはない。喉へ手をかけてからは夢であった。胸が苦しく、汗が出ていた。本多はこんな工合だったろう、と想像したことがないじゃなかったが、夢に見たのははじめてであった。

「つまらない話を人にするんじゃなかった」

天野は再び眼を閉じて、眠ろうと努めた。

女はもう死んでいた。汚れた肌着がはだけて、固い乳房が、窓から差す星明りにぼんやり照らされている。仰向いた額は積み上げた殻稈に埋まって見えないが、顎は見える。舌が出ている。天野はこれもまた夢であるのを知っていた。醒めなければならないと思う。隣にいるはずの久美の体を感じなければならない、そうすればこの夢から解放される。

この夢は苦しすぎる。やったのは自分ではない。舌を出したなんていったのは、法医学の本から教わった知識にすぎない。おれは想像しただけで、実行したわけではない。誰にも出来るといったのはうそだった。小説を書くために、少し考えすぎた。許してくれ。

腕が自由になったような気がする、やれやれ、もうすぐだ。

「久美、久美」

と呼びながら、腕を延ばした。たしかに並んで寝ている久美の体に届くくらい、充分延ばしたが、何の感覚もない。ぼんやり明るいベニヤの天井は、たしかにいつものわが家である。もう半分、目は醒ましているのだ。もう少しで、久美の喉に手がとどく。それでこの苦しみからのがれられる。

昨夜は少し飲みすぎた。久美と寝たのがいけなかった。もう少しの辛抱だ、肩をつねっても、腿をつねっても、感覚がない。しまった。苦しい。苦しい。助けてくれ。

天野は遂に目を醒ますことが出来なかった。

翌朝早く呼ばれた医師は、心臓麻痺と診断した。悪いアルコール飲料が出廻っていた頃であった。前夜三人が飲んだブランデーが分析され、メチルが抽出された。

しかし一番多量に飲んだのは本多だったのに、彼にはなんの異常もなかったのだから、天野はもともと心臓が悪かったのだ、ということになった。

沼のほとり――近代説話――

豊島与志雄

佐伯八重子は、戦争中、息子の梧郎が動員されましてから、その兵営に、二回ほど、面会に行きました。

二回目の時は、面会許可の通知が、さし迫って前日に届きましたため、充分の用意もなく、一人であわてて駆けつけました。そして、長く待たされた後、ゆっくり面会が出来ました。

帰りは夕方になりました。兵営から鉄道の駅まで、一里ばかり、歩きなれない足を運びました。畑中の街道で、トラックが通ると濛々たる埃をまきあげました。西空は薄曇り、陽光が淡くなってゆきました。面会帰りの人々の姿が、ちらりほらり見えますのが、時にとっての心頼りでした。小さな店家を交えた町筋をぬけると、突き当りが停車場です。その狭い構内に、大勢の人がせきとめられていました。

――東京方面への切符は売りきれてしまった。

そういう声が、人込みの中に立ち迷っていました。

切符売場の窓口に顔をさしつけて、しきりに何か談じこんでいた人も、諦めたようにそこを立ち去りました。見知らぬ人同士、話しかけて智恵を借り合うのもありました。――わりに大きな次の駅まで、二里あまり歩いて行けば、東京方面への切符があるかも知れませんでしたし、あるいは、そこで交叉してる他の鉄道線から迂回して、東京方面へ行けるかも知れませんでした。

駅内の人々は、次第に散ってゆきました。けれどまだ、多くの者が、立ち話をしたり、腰掛にもたれたりしていました。

上り列車が来ました。超満員の客車は、切符を持ってる少数の人々を更に吸収して、夕闇の中に去ってゆきました。

佐伯八重子は、置きざりにされた人々の中に交って、ぼんやり佇んでいました。慌しく出て来たために、往復切符の手配は出来ていませんでしたし、今や、帰りの切符は買えず、途方にくれました。和服に草履の身扮で、しかも疲れきったか弱い足で、次の駅まで歩くことは到底望めませんでした。たとい歩いて行ったとて、それから先がまたどうなるものやら、それも分りませんでした。

当もなく、八重子は、町筋の方へ行ってみました。急に暮れてきて、どの家にも電灯がついていました。

薄汚れた暖簾のさがってる蕎麦屋がありました。黒ずんだ卓子が土間に並んでいて、やはり兵営での面会帰りと見える人たちが、代用食らしい丼物を食べていました。

八重子もそこにはいってゆき、お茶を飲みました。そしてお上さんにいろいろ尋ねてみて、この辺には宿屋もなく、乗り物もなく、泊めてくれる家も恐らくないことを、知りました。

八重子は駅に戻りました。上り列車はまだ八時すぎのが一つありました。けれど本日分の切符は全く売り切れだということが、切符売場で確かめられました。

駅内の腰掛には、多くの男女が、何を待つのか、ぼんやり坐っていました。子供連れの者もありました。腰掛の上に寝そべってる者もありました。その片端に、八重子は腰を下しました。――一枚の乗車券を手に入れるために、徹夜して長い行列をつくる、そういう時代だったのであります。

八重子は眼をつぶりました。何よりもまず梧郎のことが、瞼のなかに浮んできました。軍服がだいぶ身についてきたきりっとした態度、陽やけした顔にのぼる男性的な微笑、それでもやはり、お母さまという幼な時代通りの甘えた語調……。

食物は禁ぜられてるという面会所の隅で、袖屏風をつくって、重箱の中のおはぎをそっと示すと、梧郎は声を立てて喜びました。そして戦友というのを二人連れてきました。砂糖壺の底をはたいて拵えたおはぎの甘さに、三人が舌つづみを打つのは、涙ぐましい光景でありました。

その三人の話では、部隊はまもなく何処か遠くへ移動するらしいとのことでした。戦線は次第に日本周辺へ押し戻されかかっていましたし、九州地方はもう空襲を受けていました。だが、梧郎は母に向って、戦争のことなどは殆んど語りませんでした。笑ったり、眉をしかめたり、甘えたりして、日常事のことだけを話しました。然し三人の戦友の間では、戦争に関する事柄も少しく話題に上りました。そしてそこでだけ、八重子は、梧郎の、いや彼等の、雄々しい決心らしいものに触れました。その触れた感じは、なにか眩いに似たものがありました。

その眩いに似たものを、また、駅の木の腰掛の上で、八重子は感じました……。

腰掛にいる人々は、もうまばらで、誰も口を利きませんでした。うとうと居眠ってる者もありました。ただ眼を宙に見開いてるだけの者もありました。地下足袋の男が、ちょっと駅にはいって来て、すぐに出て行きました。そのあと一層ひっそりとしました。秋の夜風が軽く然し冷かに、駅内を通りぬけてゆきました。

時間が、一分一秒はひどく緩かに、全体としては思いのほか速く、過ぎてゆきました。八時すぎの上り列車はもう通過してしまいました。

明朝……ということが、たいへん遠い夢のようでありました。

八重子は腰掛の上に身動きもせず、繻子のコートにくるまって、眼をつぶり、眩いに似た感じに浸りました。

下りの列車が通りました。八重子はただ薄眼をあけてみただけでした。数名の人が降りていったようでした。

八重子はまた眼をつぶりました。

軽く、桐の吾妻下駄らしい音が、八重子の前に止りました。

「あの……失礼ではございますが……」

まっ黒な七分身のコートに、細そりと背高い体をつつんで、肩から垂らした臙脂色のショールの端にハンドバッグを持ち添えた、丸顔の若い女が、小首を傾げていました。

「部隊から、面会のお帰りではございませんでしょうか。」

あたりを憚るような低い声でした。

八重子は顔を挙げました。ひたと見つめてる大きな眼付にぶつかりました。その大きな眼付の無表情とも言えるぶしつけな平静さが、八重子を夢の中のような気持にさせました。八重子も低い声で答えました。

「はあ、左様でございますが……。」

「もしも、宿にお困りのようでございましたら、お粗末なところではありますけれど、どうにかお休みにだけはなれますから、おいで下さいませんか。」

八重子はなんとなしに立ち上って、お辞儀をしました。

「ほんとに困りぬいていたところでございます。帰りの汽車の切符が買えなかったものですから。」

「いつも、朝のうちに売りきれてしまうんでございますよ。」八重子もそれについて行きました。

七分コートの女は、ゆっくりと駅を出てゆきました。

町筋を通りぬけ、街道から細道へ折れこみました。いつのまに取り出されたのか懐中電灯の光りが、ちらちらと、足許をてらしました。相手の女の足袋の白さが、八重子には、眼にしみるように思われました。

「道がわるうございますよ。」

ゆるい下り坂になって、女はふり返りましたが、にこりともしない無表情でした。小石交りの道なのに、その吾妻下駄の音も殆んどしませんでした。ただ、冷たい夜風に乗って漂う仄かな香水の香りだけが、八重子には、人間らしい頼りでした。

生垣があり、大きな木立があり、灌木の茂みがあり、野原には薄の穂が出ていました。

「あ。」

八重子は思わず声に出して、足をとめました。ゆるい傾斜地のかなた低く、星明りにぼーと、広い水面がありました。

いっしょに足をとめてふり向いた女へ、八重子は言いました。

「河でしょうか、海でしょうか……。」

「ご存じありませんの。沼……というより、湖水でございますよ。」

この沼の広々とした水面が、生き物のように息づいてるらしく思えて、八重子は連れの女へ身を寄せました。

静まり返ってる大きな家のまわりを、二曲りして、小さな平家の前に出ました。

低い生垣のなかの砂道を、女は小刻みに歩いて、戸を叩きました。暫く待って、また戸を叩きました。

「みさちゃん、あたしよ。」

戸に格子、狭い三和土、障子、そのとっつきの三畳を通ると、調度の類がきりっと整ってる茶の間でした。

「こんなところで、失礼でございますけれど、どうぞ、御自由になすって下さいませ。」

女は立膝で、長火鉢の中の火をかきたてました。それからコートをぬぎ、小揺ぎもなさそうな姿勢に坐り、器用な手付で巻煙草に火をつけました。

八重子の夢心地は、深まるばかりでした。それを、ほっとくつろいだ吐息にはきだしますと、眼の前のことだけがまざまざと、恰も鏡に映ったようにはっきりと見えました。

長火鉢の磨きすました銅壺、黒塗りの餉台、茶箪笥の桑の木目、鏡懸けの友禅模様、違い棚の真中にある大きな振袖人形、縁起棚の真鍮の器具……そうした室の中に、みさちゃんと呼ばれた小女は、行儀よくまめまめしく立働きました。脱ぎ捨てられたコートをたたみ、茶をいれ、丸い餅を焼きました。

女主人は、小揺ぎもなくぴたりと坐って、冷淡かと思えるほど表情少く、口数もごく少く、ただその身ごなしに情味をたたえていました。背の高い細そりした体に、頰の豊かな丸顔なのが、人形めいたやさしさを感じさせました。そして彼女は妙に、八重子の方へ真正面に向かず、ただ大きな眼付だけをひたと向けました。

金糸の通った縞御召の肩に、紋付の羽織をずらせ、軽くパーマをかけた髪を、真中から分けてふっくらと結えてる、この女主人は、幾歳ぐらいだろうかと、八重子は迷いました。三十歳ほどにも思えますし、二十歳ほどにも思えました。

海苔巻きの丸餅に熱い茶を、つつましやかに味いながら、話はとぎれがちに、目前のこととは縁遠い事柄へとばかり走りました。沼で取れる魚類のこと、野菜や果物のこと、芝居や映画のこと、菓子のこと、草花のことなど……。そしてこの女主人は、あらゆることを知ってはいるが、肝腎な何かを知らず、つまりは何にも知っていないように、八重子には感ぜられました。

「お疲れでございましょうから……。」

言われてみると、もう十時を過ぎていました。

室を一つ距てた奥に寝床がのべてありました。八重子は長襦袢のまま、八端の柔い夜具にもぐりこみました。

夜の静寂の音とも細雨の音とも知れないものが、耳について、なかなか眠れませんでした。

――いったい、ここはどういう所なのであろうか。

枕頭の二燭光の雪洞が、へんに異境的な情緒をそそりました。八重子は幾度も、眼を開けたり閉じたりしました。東京の家のこと、兵営の梧郎のこと、夜の停車場のことなどが、すぐそこに宙に浮き出して、背景は遠くぼやけ、そのぼやけた中に彼女自身もありました。

長い間眠られず、そしてうとうとしたと思うと、また眼がさめました。それを幾度か繰り返したようでした。

なにかはっきりした物音がしました。人声も聞えました。八重子はへんにびっくりして、起き上りました。

茶の間へ出て行くと、女主人はもう起きていて、身扮もととのえていました。八時になっていました。

外は深い霧でありました。ただ仄白いものが濛々と天地を蔽うて、何の見分けもつきませんでした。

「昨晩は、お眠りになりましたかしら。」

女主人は首を傾げて、昨夜とちがい、顔に笑みを漂わせていました。

洗面からすべて、気を配った待遇でした。辞し去る合間もなく、食卓がととのえられて、梅干にお茶、味噌椀からワカサギに海苔と、気持よい朝食でありました。

女主人もいっしょに食卓につきました。

「秋になりましてからの、こんな霧は珍らしゅうございますよ。」

彼女は箸を休めて、硝子戸越しに外を見やりました。

ふだん着の、どことなく淋しげな、彼女の姿を見ていますうち、八重子は、昨夜からまだ一言も、お互いの身の上については触れていないのを、胸に浮べました。そして、そちらへ話を向けますと、相手は、巧みに外らしてしまいました。それでも彼女がもとは芸妓だったこと、今では歌沢の師匠をしていて、僅かな弟子があるので、三日に一度は東京に出ていること、などを八重子は知りました。

ただ、彼女はしんみりと、こんなことを言いました。

「あたくし、過去に、いろいろと、人様に御迷惑をかけたこともございます。それから、自分で、胸の晴れないこともございます。そういうことのために……いいえ、ただ退屈すぎるのでございましょうか、部隊に面会に来られました方で、お困りなさっている方を見受けますと、時たま、泊めてあげたくなりますの。」

そして彼女は暫く口を噤みましたが、俄に、頰をちょっと赤らめました。

「ほんとに、こんなところへ御案内しまして、却って、御迷惑でございましたでしょう。許して頂けますでしょうか。」

彼女は微笑しました。八重子は、感謝の言葉を洩らしかけて、涙ぐみました。

なにか、垣根が取れた気持で、八重子は彼女の名前を尋ねましたが、彼女は笑って、教えませんでした。八重子は自分の小さな名刺を差出しました。

佐伯八重子……その名前と処番地とを、女主人は、ふしぎなほど注意深く眺めていました。それからまたふしぎに、前よりは一層言葉少なになりました。

八重子はなにがしかの金を紙に包みかけましたが、さもしい気がしてやめました。そして、少女が朝早く買ってきてくれた切符の代と、少女への謝礼包みだけにとどめました。

「こんどまた、御礼に伺わせて頂きます。」

お辞儀をしながら、なぜともなく八重子は涙ぐみました。

女主人は門口まで見送りました。小川という表札だけを八重子は頭に留めました。少女が街道まで見送ってくれました。

霧はまだ深く、沼も見えなければ、あたりの様子もよく分りませんでした。それでも、中空は晴れてゆき、朝日の光が乳色に流れていました。

佐伯八重子は、沼のほとりの女を訪れるつもりで、進物などのことも内々考えていましたが、主人の亡い身にはいろいろ用事も多く、時局も激しく動いて、なかなかその意を果せませんでした。

梧郎の部隊は果して、まもなく他方へ出動することになりました。内地か外地かも分らず、通信は途絶えてしまいました。

やがて、東京も空襲に曝されるようになりました。戦災は次第に広い範囲に亘り、至る所に焼跡が見られました。東京に踏み留まってるだけでも、容易なことではありませんでした。

だいぶ年下で従弟に当る深見高次が、南方で戦死したとの公報も、空襲中に到着しました。

それからあの八月十五日、日本の降伏に次ぐ新回転の日が来ました。一ヶ月して梧郎は復員になり、九州から戻って来ました。

慌しい月日が過ぎて、七五三の祝い日に、今年七歳の末娘を持ってる山田清子のところへ、佐伯八重子は顔を出しました。清子は深見高次の実の姉で、深見高次の戦死のこともありますし、子供も数人あることですし、時勢をも考えまして、七歳の娘に御宮詣りはさせませんでしたが、家庭内で、ささやかな祝いを催しておりました。

その午後の一刻、佐伯八重子は、山田清子の私室で、久しぶりに二人きりで語らう隙を得ました。

室内には、さまざまなものが雑然と取り散らされていました。その中に、写真帳が数冊ありました。八重子は機械的にそれをめくっていました。話の方に気を取られていました。それでも、あるところで、突然、手をとどめ話をやめて見つめました。

島田髷に結った若い女の半身、洋髪に結った二人の女の舞台に坐ってる姿、二葉の写真が、そこにありました。それが、紛うかたなく、沼のほとりのあの女でした。殊に、舞台の方、金屏風をうしろにして、三味線をかかえた年増の人をそばに総のさがった見台に向って、ぴたりと、小揺ぎもなく坐っていますのが、あの女でした。

八重子はその写真を指し示しました。

「これ、誰ですの。」

清子は、写真の方ではなく、八重子の顔を眺めました。

「あら、御存じありませんの。寅香さん……それ、高次さんのあのひと……。」

「これが……。」

歌沢寅香、本名は小川加代子、かつて親戚や友人間に問題となった柳橋の芸妓で、深見高次の愛人でありました。

彼女と高次との間がどういうものであったかは、本人たち以外には分りません。表立った事柄としては、高次が周囲の反対を押し切って、彼女と結婚すると宣言したことでした。それから、周囲の反対が高まるにつれて、高次の意志もますます強固になり、一時、彼女に御座敷を休ませて、二人で旅に出たりしたこともありました。それから、花柳界の閉鎖や、高次の召集など、戦争の渦中に彼等も巻きこまれました。高次は出発に際して、かねてから二人の間のひそかな同情者たる姉の清子に、二葉の写真を預けましたきりで、彼女の生活や居所については何にも明かしませんでした。——それらの事件の間中、彼女の名前は、歌沢の方の名取たる寅香とばかり呼ばれる習わしになっておりました。

八重子は長く写真を見つめておりましたが、溜息のように言いました。

「このひとが、あの、沼のほとりのひとですよ。」

「まあ……夢の中のようなお話の、あのひと……。」

二人は顔を見合せました。

「高次さんの戦死のこと、知ってますかしら。」と清子は言いました。

「訪ねてみましょう。」と八重子は言いました。

そして数日後、二人はひそかに打ち合せて、二人だけの秘密を胸に懐いてる思いに軽く昂奮して、出かけました。

秋晴れのよいお天気で、冷かな微風も却って快く思われました。

八重子はわざわざ、あの時と同じ服装をしていました。清子はなるべく目立たぬ服装をしていました。

駅から街道沿いの町筋、そこまではよく分りましたが、その先が、八重子の記憶にはすっかりぼやけていました。往きは暗い夜の中をあの女に導かれ、帰りは霧の中を少女に導かれて、まるで夢の中のようだったのです。

同じような小道が幾つもあり、同じような生垣や家が幾つもありました。

傾斜面のつきるところ、びっくりするほどの近くに、広々とした沼があって、日の光に輝いていました。そこから、冷たい風が吹きあげてきました。藪の茂みがそよぎ、中空高い落葉樹の小枝が震えました。薄の穂がまばらに突き立ってる野原が、あちこちにありました。

肌寒い思いで、草履の足を引きずって、尋ねあるきましたが、それらしい家は見当りませんでした。

「たしかにこの辺でしたの。」

「そう思いますけど……。」

心許ない短い問答きりで、二人はあまり口を利きませんでした。

人の住んでいそうもない、静まり返った家ばかりで、通りがかりの人影も見えませんでした。

二人は町筋に引き返しました。荒物屋、煙草屋、それから蕎麦屋と、三軒に尋ねてみました――。小川加代子というひと、歌沢の師匠をしている寅香というひと、少女を使って静かに住んでいる若い女のひと……。

それを、どこでも、誰も、一向に知りませんでした。こんな田舎では、どんな些細なことでも皆に知れ渡ってる筈なのに、彼女のことについては、何の手懸りもありませんでした。

「おかしいわね。」

「ほんとに……。」

二人はまた、ぼんやり沼の方へ行ってみました。そして水際まで降りてゆきました。冷たい風が、間をおいて、水面を渡ってきますきりで、人影も物音もなく、小鳥の声さえ聞えませんでした。

「どうしたんでしょうね。」

と八重子は呟きました。

「なんだか寒けがしますわ。」

と清子は呟きました。

じっと見ていますと、平らな水面が、真中から徐ろに膨らんでくるようでした。眩いに似た感じでありました。

幻談

幸田露伴

斯う暑くなつては皆さん方が或は高い山に行かれたり、或は涼しい海辺に行かれたりしまして、さうしてこの悩ましい日を充実した生活の一部分として送らうとなさるのも御尤もです。が、もう老い朽ちてしまへば山へも行かれず、海へも出られないでゐますが、その代り小庭の朝露、縁側の夕風ぐらゐに満足して、無難に平和な日を過して行けるといふもので、まあ年寄はそこいらで落着いて行かなければならないのが自然なのです。山へ登るのも極くいゝことであります。深山に入り、高山、嶮山なんぞへ登るといふことになると、一種の神秘的な興味も多いことです。その代り又危険も生じます訳で、怖しい話が伝へられてをります。海もまた同じことです。今お話し致さうといふのは海の話ですが、先に山の話を一度申して置きます。

それは西暦千八百六十五年の七月の十三日の午前五時半にツェルマットといふ処から出発して、名高いアルプスのマッターホルンを世界始まつて以来最初に征服致しませうと心ざし、その翌十四日の夜明前から骨を折つて、さうして午後一時四十分に頂上へ着きましたのが、あの名高いアルプス登攀記の著者のウィンパー一行でありました。その一行八人がアルプスのマッターホルンを初めて征服したので、それから段〻とアルプスも開けたやうな訳です。

それは皆様がマッターホルンの征服の紀行によつて御承知の通りでありますから、今私が申さなくても夙に御合点のことですが、さてその時に、その前から他の一行即ち伊太利のカレルといふ人の一群がやはりそこを征服しようとして、両者は自然と競争の形になつてゐたのであります。併しカレルの方は不幸にして道のとり方が違つてゐた為に、ウィンパーの一行には負けてしまつたのであります。ウィンパーの一行は登る時には、クロス、それから次に年を取つた方のペーテル、それからその悴が二人、それからフランシス・ダグラス卿といふこれは身分のある人です。それからハドウ、それからハドス、それからウィンパーといふのが一番終ひで、つまり八人がその順序で登りました。

十四日の一時四十分に到頭さしもの恐しいマッターホルンの頂上、天にもとゞくやうな頂上へ登り得て大に喜んで、それから下山にかゝりました。下山にかゝる時には、一番先へクロス、その次がハドウ、その次がハドス、それからフランシス・ダグラス卿、それから年を取つたところのペーテル、一番終ひがウィンパー、それで段〻降りて来たのでありますが、それだけの前古未曾有の大成功を収め得た八人は、上りにくらべては猶一倍おそろしい氷雪の危険の路を用心深く辿りましたのです。ところが、第二番目のハドウ、それは少し山の経験が足りなかつたせゐもありませうし、又疲労したせゐもありましたらうし、イヤ、むしろ運命のせゐと申したいことで、誤つて滑つて、一番先にゐたクロスへぶつかりました。さうすると、雪や氷の蔽つてゐる足がゝりもないやうな険峻の処で、さういふことが起つたので、忽ちクロスは身をさらはれ、二人は一つになつて落ちて行きました訳。あらかじめロープをもつて銘〻の身をつないで、一人が落ちても他が踏止まり、そして個々の危険を救ふやうにしてあつたのでありますけれども、何せ絶壁の処で落ちかゝつたのですから堪りません。二人に負けて第三番目も落ちて行く。それからフランシス・ダグラス卿は四番目にゐたのですが、三人の下へ落ちて行く勢で、この人も下へ連れて行かれました。ダグラス卿とあとの四人との間でロープはピンと張られました。四人はウンと踏堪へました。落ちる四人と堪へる四人との間で、ロープは力足らずしてプツリと切れて終ひました。丁度午後三時のことでありましたが、前の四人は四千尺ばかりの氷雪の処を逆おとしに落下したのです。後の人は其処へ残つたけれども、見る／＼自分達の一行の半分は逆落しになつて深い／＼谷底へ落ちて行くのを目にした其心持はどんなでしたらう。それで上に残つた者は狂人の如く興奮し、死人の如く絶望し、手足も動かせぬやうになつたけれども、さてあるべきではありませぬから、自分達も今度は滑つて死ぬばかりか、不測の運命に臨んでゐる身と思ひながら段段下りてまゐりまして、さうして漸く午後の六時頃に幾何か危険の少いところまで下りて来ました。

　下りては来ましたが、つい先刻まで一緒にゐた人々がもう訳も分らぬ山の魔の手にさらはれて終つたと思ふと、不思議な心理状態になつてゐたに相違ありません。で、我々はさういふ場合へ行つたことがなくて、たゞ話のみを聞いただけでは、それらの人の心の中がどんなものであつたらうかといふことは、先づ殆ど想像出来ぬのでありまするが、そのウィンパーの記したものによりまするると、その時夕方六時頃です、ペーテル一族の者は山登りに馴れてゐる人ですが、その一人がふと見るといふと、リスカンといふ方に、ぼうつとしたアーチのやうなものが見えましたので、はてナと目を留めてをりまするど、外の者もその見てゐる方を見ました。すると軈てそのアーチの処へ西洋諸国の人にとつては東洋の我〻が思ふのとは違つた感情を持つところの十字架の形が、それも小さいのではない、大きな十字架の形が二つ、あり〳〵空中に見えました。それで皆もなにかこの世の感じでない感じを以てそれを見ました、と記してありまする。それが一人見たのではありませぬ、残つてゐた人にみな見えたと申すのです。十字架は我〻の五輪の塔同様なものです。それは時に山の気象で以て何かの形が見えることもあるものでありますが、兎に角今のさきまで生きて居つた一行の者が亡くなつて、さうしてその後へ持つて来て四人が皆さういふ十字架を見た、それも一人二人に見えたのでなく、四人に見えたのでした。山にはよく自分の身体の影が光線の投げられる状態によつて、向う側へ現はれることがありまする。四人の中にはさういふ幻影かと思つた者もあつたでせう、そこで自分達が手を動かしたり身体を動かして見たところが、それには何等の関係がなかつたと申します。

これで此話はお終ひに致します。古い経文の言葉に、心は巧みなる絵師の如し、とございます。何となく思浮めらるゝ言葉ではございませぬか。

さてお話し致しますのは、自分が魚釣を楽んで居りました頃、或先輩から承りました御話です。徳川期もまだひどく末にならない時分の事でございます。江戸は本所の方に住んで居られました人で——本所といふ処は余り位置の高くない武士どもが多くゐた処で、よく本所の小ッ旗本などと江戸の諺で申した位で、千石とまではならないやうな何百石といふやうな小さな身分の人達が住んで居りました。これもやはりさういふ身分の人で、物事がよく出来るので以て、一時は役づいて居りました。役づいてをりますれば、つまり出世の道も開けて、宜しい訳でしたが、どうも世の中といふものはむづかしいもので、その人が良いから出世するといふ風には決つてゐないもので、却つて外の者の嫉みや憎みも受けまして、さうして役を取上げられまする、さうすると大概小普請といふのに入る。出る杭が打たれて済んで御小普請、などと申しまして、小普請入りといふのは、つまり非役になつたといふほどの意味になります。この人も良い人であつたけれども小普請入になつて、小普請になつてみれば閑なものですから、御用は殆ど無いので、釣を楽みにしてをりました。別に活計に困る訳ぢやなし、奢りも致さず、偏屈でもなく、ものはよく分る、男も好し、誰が目にも良い人。さういふ人でしたから、他の人に面倒な関係なんかを及ぼさない釣を楽んでゐたのは極く結構な御話でした。

そこでこの人、暇具合さへ良ければ釣に出て居りました。神田川の方に船宿があつて、日取り即ち約束の日には船頭が本所側の方に舟を持つて来てゐるから、其処からその舟に乗つて、さうして釣に出て行く。帰る時も舟から直に本所側に上つて、自分の屋敷へ行く、まことに都合好くなつてをりました。そして潮の好い時には毎日のやうにケイヅを釣つてをりました。ケイヅと申しますと、私が江戸訛りを言ふものとお思ひになる方もありませうが、今は皆様カイヅ〳〵とおつしやいますが、カイヅは訛りで、ケイヅが本当です。系図を言へば鯛の中、といふので、系図鯛を略してケイヅといふ黒い鯛で、あの恵比寿様が抱いて居らつしやるものです。イヤ、斯様に申しますと、ゑびす様の抱いてゐらつしやるのは赤い鯛ではないか、変なことばかり言ふ人だと、また叱られますか知れませんが、これは野必大と申す博物の先生が申されたことです。第一ゑびす様が持つて居られるやうなあゝいふ竿では赤い鯛は釣りませぬものです。黒鯛ならあゝいふ竿で丁度釣れますのです。釣竿の談になりますので、よけいなことですが一寸申し添へます。

或日のこと、この人が例の如く舟に乗つて出ました。船頭の吉といふのはもう五十過ぎて、船頭の年寄なぞといふものは客が喜ばないもんでありますが、この人は何もさう焦つて魚を無暗に獲らうといふのではなし、吉といふのは年は取つてゐるけれども、まだそれでもそんなにぼけてゐるほど年を取つてゐるのぢやなし、ものはいろ〳〵よく知つてゐるし、此人は吉を好い船頭として始終使つてゐたのです。釣船頭といふものは魚釣の指南番か案内人のやうに思ふ方もあるかも知れませぬけれども、元来さういふものぢやないので、たゞ魚釣をして遊ぶ人の相手になるまでで、つまり客を扱ふものなんですから、長く船頭をしてゐた者なんぞといふものはよく人を呑込み、さうして人が愉快と思ふこと、不愉快と思ふことを呑込んで、愉快と思ふやうに時間を送らせることが出来れば、それが好い船頭です。網船頭なぞといふものは尚のことさうです。網は御客自身打つ人もあるけれども先づは網打が打つて魚を獲るのです。といつて魚を獲つて活計(くらし)を立てる漁師とは異(ちが)ふ。客に魚を与へることを多くするより、客に網漁に出たといふ興味を与へるのが主です。ですから網打だの釣船頭だのといふものは、洒落が分らないやうな者ぢやそれになつてゐない。遊客も芸者の顔を見れば三絃(しゃみ)を弾き歌を唄はせ、お酌には扇子を取つて立つて舞はせる、むやみに多く歌舞を提供させるのが好いと思つてゐるやうな人は、まだまるで遊びを知らないのと同じく、魚にばかりこだはつてゐるのは、所謂二才客です。といつて釣に出て釣らなくても可いといふ理屈はありませんが、アコギに船頭を使つて無理にでも魚を獲らうといふやうなところは通り越してゐる人ですから、老船頭の吉でも、却つてそれを好いとしてゐるのでした。

ケイヅ釣といふのは釣の中でも又他の釣と様子が違ふ。なぜかと言ひますと、他の、例へばキス釣なんぞといふのは立込みといつて水の中へ入つてゐたり、或は脚榻釣といつて高い脚榻を海の中へ立て、その上に上つて釣るので、魚のお通りを待つてゐるのですから、これを悪く言ふ者は乞食釣なんぞと言ふ位で、魚が通つてくれなければ仕様が無い、みじめな態だからです。それから又ボラ釣なんぞといふものは、ボラといふ魚が余り上等の魚でない、群れ魚ですから獲れる時は重たくて仕方が無い、担はなくては持てない程獲れたりなんぞする上に、これを釣る時には舟の艫の方へ出まして、さうして大きな長い板子や楫なんぞを舟の小縁から小縁へ渡して、それに腰を掛けて、風の吹きさらしにヤタ一の客よりわるいかつかうをして釣るのでありますから、もう遊びではありません、本職の漁師みたいな姿になつてしまつて、まことに哀れなものでありますす。が、それは又それで丁度さういふ調子合のことの好きな磊落な人が、ボラ釣は豪爽で好いなどと賞美する釣であります。が、話中の人はそんな釣はしませぬ。ケイヅ釣といふのはさういふのと違ひまして、その時分、江戸の前の魚はずつと大川へ奥深く入りましたものでありまして、永代橋新大橋より上流の方でも釣つたものです。それですから善女が功徳の為に地蔵尊の御影を刷つた小紙片を両国橋の上からハラ〳〵と流す、それがケイヅの眼球へかぶさるなどといふ今からは想像も出来ないやうな穿ちさへありました位です。

で、川のケイヅ釣は川の深い処で釣る場合は手釣を引いたもので、竿などを振廻して使はずとも済むやうな訳でした。長い釣綸を篗輪から出して、さうして二本指で中りを考へて釣る。疲れた時には舟の小縁へ持つて行つて錐を立てゝ、その錐の上に鯨の鬚を据ゑて、その鬚に持たせた岐に綸をくひこませて休む。これを「いとかけ」と申しました。後には進歩して、その鯨の鬚の上へ鈴なんぞ附けるやうになり、脈鈴と申すやうになりました。脈鈴は今も用ゐられてゐます。併し今では川の様子が全く異ひまして、大川の釣は全部なくなり、ケイヅの脈釣なんぞといふものは何方も御承知ないやうになりました。たゞしその時分でも脈釣ぢやさう釣れない。さうして毎日出て本所から直ぐ鼻の先の大川の永代の上あたりで以て釣つてゐては興も尽きるわけですから、話中の人は、川の脈釣でなく海の竿釣をたのしみました。竿釣にも色〻ありまして、明治の末頃はハタキなんぞいふ釣もありました。これは舟の上に立つてゐて、御台場に打付ける波の荒れ狂ふやうな処へ鉤を抛つて入れて釣るのです。強い南風に吹かれながら、乱石にあたる浪の白泡立つ中へ竿を振つて餌を打込むのですから、釣れることは釣れても随分労働的の釣であります。そんな釣はその時分には無かつた、御台場も無かつたのである。それから又今は導流柵なんぞで流して釣る流し釣もありますが、これもなか〳〵草臥れる釣であります。釣はどうも魚を獲らうとする三昧になりますと、上品でもなく、遊びも苦しくなるやうでございます。

そんな釣は古い時分にはなくて、澪の中だとか澪がらみで釣るのを澪釣と申しました。これは海の中に自から水の流れる筋がありますから、その筋をたよつて舟を潮なりにちやんと止めまして、お客は将監——つまり舟の頭の方から第一の室——に向うを向いてしやんと坐つて、さうして釣竿を右と左とへ八の字のやうに振込んで、舟首近く、甲板のさきの方に亙つてゐる簪の右の方へ右の竿、左の方へ左の竿をもたせ、その竿尻を一寸何とかした銘〻の随意の趣向でちよいと軽く止めて置くのであります。さうして客は端然として竿先を見てゐるのです。船頭は客よりも後ろの次の間にゐまして、丁度お供のやうな形に、先づは少し右舷によつて扣へて居ります。それは日がさす、雨がふる、いづれにも無論のこと苫といふものを葺きます。それはおもての舟梁と其次の舟梁とにあいてゐる孔に、「たてぢ」を立て、二のたてぢに棟を渡し、肘木を左右にはね出させて、肘木と肘木とを木竿で連ねて苫を受けさせます。苫一枚といふのは凡そ畳一枚より少し大きいもの、贅沢にしますと尺長の苫は畳一枚のより余程長いのです。それを四枚、舟の表の間の屋根のやうに葺くのでありますから、まことに具合好く、長四畳の室の天井のやうに引いてしまへば、苫は十分に日も雨も防ぎますから、ちやんと座敷のやうになるので、それでその苫の下即ち表の間——釣舟は多く網舟と違つて表の間が深いのでありますから、まことに調子が宜しい。そこへ真蓙なんぞ敷きまして、其上に敷物を置き、胡坐なんぞ掻かないで正しく坐つてゐるのが式です。故人成田屋が今の幸四郎、当時の染五郎を連れて釣に出た時、芸道舞台上では指図を仰いでも、勝手にしなせいと突放して教へて呉れなかつたくせに、舟では染五郎の座りやうを咎めて、そんな馬鹿な坐りやうがあるかと厳しく叱つたといふことを、幸四郎さんから直接に聞きましたが、メナダ釣、ケイヅ釣、すゞき釣、下品でない釣はすべてそんなものです。

それで魚が来ましても、又、鯛の類といふものは、まことにさういふ釣をする人〻に具合の好く出来てゐるもので、鯛の二段引きと申しまして、偶には一度にガブッと食べて釣竿を持つて行くといふやうなこともありますけれども、それは寧ろ稀有の例で、ケイヅは大抵は一度釣竿の先へあたりを見せて、それから一寸して本当に食ふものでありまするから、竿先の動いた時に、来たナと心づきましたら、ゆつくりと手を竿尻にかけて、次のあたりを待つてゐる。次に魚がぎゆつと締める時に、右の竿なら右の手であはせて竿を起し、自分の直と後ろの方へその儘持つて行くので、さうすると後ろに船頭が居ますから、これが攩網をしやんと持つてゐまして掬ひ取ります。大きくない魚を釣つても、そこが遊びですから竿をぐつと上げて廻して、後ろの船頭の方に遣る。船頭は魚を掬つて、鉤を外して、舟の丁度真中の処に活間がありますから魚を其処へ入れる。それから船頭が又餌をつける。「旦那、つきました」と言ふと、竿をまた元へ戻して狙つたところへ振込むといふ訳であります。ですから、客は上布の着物を着てゐても釣ることが出来ます訳で、まことに綺麗事に殿様らしく遣つてゐられる釣です。そこで茶の好きな人は玉露など入れて、茶盆を傍に置いて茶を飲んでゐても、相手が二段引きの鯛ですから、慣れてくればしづかに茶碗を下に置いて、さうして釣つてゐられる。酒の好きな人は潮間などは酒を飲みながらも釣る。多く夏の釣でありますから、泡盛だとか、柳蔭などといふものが喜ばれたもので、置水屋ほど大きいものではありませんが上下箱といふのに茶器酒器、食器も具へられ、一寸した下物、そんなものも仕込まれてあるやうな訳です。万事がさういふ調子なのですから、真に遊びになります。しかも舟は上だな檜で洗い立てゝありますれば、清潔此上無しです。しかも涼しい風のすい／＼流れる海上に、片苫を切つた舟なんぞ、遠くから見ると余所目から見ても如何にも涼しいものです。青い空の中へ浮上つたやうに広〻と潮が張つてゐる其上に、風のつき抜ける日蔭のある一葉の舟が、天から落ちた大鳥の一枚の羽のやうにふわりとしてゐるのですから。

それから又、澪釣でない釣もあるのです。それは澪で以てうまく食はなかつたりなんかした時に、魚といふものは必ず何かの蔭にゐるものですから、それを釣るのです。鳥は木により、さかなはかゝり、人は情の蔭による、なんぞといふ「よしこの」がありますが、かゝりといふのは水の中にもさもさしたものがあつて、其処に網を打つことも困難であり、釣鉤を入れることも困難なやうなひつかゝりがあるから、かゝりと申します。そのかゝりには兎角に魚が寄るものでありますす。そのかゝりの前へ出掛けて行つて、さうしてかゝりと擦れ〳〵に鉤を打込む、それがかかり前の釣といひます。澪だの平場だので釣れない時に、かゝり前に行くといふことは誰もすることと。又わざ〳〵かゝりへ行きたがる人もある位。古い澪杙、ボッカ、われ舟、ヒゞがらみ、シカケを失ふのを覚悟の前にして、大様にそれ〴〵の趣向で遊びます。何れにしても大名釣と云はれるだけに、ケイヅ釣は如何にも贅沢に行はれたものです。

ところで釣の味はそれでいゝのですが、やはり釣は根が魚を獲るといふことにあるものですから、余り釣れないと遊びの世界も狭くなります。或日のこと、ちつとも釣れません。釣れないといふと未熟な客は兎角にぶつ〳〵船頭に向つて愚痴をこぼすものですが、この人はさういふことを言ふ程あさはかではない人でしたから、釣れなくてもいつもの通りの機嫌でその日は帰つた。その翌日も日取りだつたから、翌日もその人は又吉公を連れて出た。ところが魚といふのは、それは魚だから居さへすれば餌があれば食ひさうなものだけれども、さうも行かないもので、時によると何かを嫌つて、例へば水を嫌ふとか風を嫌ふとか、或は何か不明な原因があつてそれを嫌ふといふと、居ても食はないことがあるもんです。仕方がない。二日ともさつぱり釣れない。そこで幾ら何でもちつとも釣れないので、吉公は弱りました。小潮の時なら知らんこと、いゝ潮に出てゐるのに、二日ともちつとも釣れないといふのは、客はそれ程に思はないにしたところで、船頭に取つては面白くない。それも御客が、釣も出来てゐれば人間も出来てゐる人で、ブツリとも言はないでゐてくれるので却つて気がすくみます。どうも仕様がない。が、どうしても今日は土産を持たせて帰さうと思ふものですから、さあいろいろな潮行きと場処とを考へて、あれもやり、これもやつたけれども、何様(どう)しても釣れない。それが又釣れるべき筈の、月のない大潮の日。どうしても釣れないから、吉も到頭へたばつて終つて、

「やあ旦那、どうも二日とも投げられちやつて申訳がございませんなア」と言ふ。客は笑つて、

「なアにお前、申訳がございませんなんて、そんな野暮かたぎのことを言ふ筈の商売ぢやねえぢやねえか。ハ、、。いゝやな。もう帰るより仕方がねえ、そろ〳〵行かうぢやないか。」

「ヘイ、もう一ヶ処やつて見て、さうして帰りませう。」

「もう一ヶ処たつて、もうそろ〳〵真(ま)づみになつて来るぢやねえか。」

　真づみといふのは、朝のを朝まづみ、晩のを夕まづみと申します。段〻と昼になつたり夜になつたりする迫(せ)りつめた時をいふのであつて、兎角に魚は今までちつとも出て来なかつたのが、まづみになつて急に出て来たりなんかするものです。吉の腹の中では、まづみに中(あ)てたいのですが、客はわざと其反対を云つたのでした。

「ケイヅ釣に来て、こんなに晩(おそ)くなつて、お前、もう一ヶ処なんて、そんなぶいきなことを言ひ

出して。もうよさうよ。」

「済みませんが旦那、もう一ヶ処ちよいと当てゝ。」

と、客と船頭と言ふことがあべこべになりまして、吉は自分の思ふ方へ船をやりました。

　吉は全敗に終らせたくない意地から、舟を今日までかゝつたことの無い場処へ持つて行つて、「かし」をきめるのに慎重な態度を取りながら、やがて、

「旦那、竿は一本にして、みよしの真正面へ巧く振込んで下さい」と申しました。客は合点して、これはその壺以外は、左右も前面も、恐ろしいカヽリであることを語つてゐるのです。「あいよ」とその言葉通りに実に巧く振込みましたが、心中では気乗薄であつたことも争へませんでした。すると今手にしてゐた竿を置くか置かぬかに、魚の中りか芥の中りか分らぬ中り、――大魚に大ゴミのやうな中りがあり、大ゴミに大魚のやうな中りが有るもので、然様いふ中りが見えますと同時に、二段引どころではない、糸はピンと張り、竿はズイと引かれて行きさうになりましたから、客は竿尻を取つて一寸当てゝ、直に竿を立てにかゝりました。が、此方の働きは少しも向うへは通じませんで、向うの力ばかりが没義道に強うございました。竿は二本継の、普通の上物でしたが、継手の元際がミチリと小さな音がして、そして糸は敢へなく断れてしまひました。魚が来てカヽリへ啣へ込んだのか、大芥が持つて行つたのか、もとより見ぬ物の正体は分りませんが、吉は又一つ此処で黒星がついて、しかも竿が駄目になつたのを見逃しはしませんで、一層心中は暗くなりました。此様いふことも無い例では有りませんが、飽までも練れた客で、「後追ひ小言」などは何も言はずに吉の方を向いて、

「帰れつていふことだよ」と笑ひましたのは、一切の事を「もう帰れ」といふ自然の命令の意味合だと軽く流して終つたのです。「ヘイ」といふよりほかは無い、吉は素直にカシを抜いて、漕ぎ出しながら、

「あつしの樗蒲一(ちょぼいち)がコケだつたんです」と自語的に言つて、チョイと片手で自分の頭を打つ真似をして笑つた。「ハ、、、」「ハ、、、」と軽い笑で、双方とも役者が悪くないから味な幕切れを見せたのでした。

海には遊船はもとより、何の舟も見渡す限り見え無いやうになつて居ました。吉はぐい／＼と漕いで行く。余り晩くまでやつてゐたから、まづい潮になつて来た。それを江戸の方に向つて漕いで行く。さうして段〻やつて来ると、陸はもう暗くなつて江戸の方遙(はるか)にチラ／＼と燈(ひ)が見えるやうになりました。吉は老いても巧いもんで、頻りと身体に調子をのせて漕ぎます。苫は既に取除けてあるし、舟はずん／＼と出る。客はすることもないから、しやんとして、たゞぽかんと海面を見てゐると、もう海の小波のちらつきも段〻と見えなくなつて、雨ずつた空が初(はじめ)は少し赤味があつたが、ぼうつと薄墨になつてまゐりました。さういふ時は空と水が一緒にはならないけれども、空の明るさが海へ溶込むやうになつて、反射する気味が一つもないやうになつて来るから、水際が蒼茫と薄暗くて、たゞ水際だといふことが分る位の話、それでも水の上は明るいものです。客はなんにも所在がないから江戸の彼の燈は何処の燈だらうなどと、江戸が近くなるにつけて江戸の方を見、それからずいと東の方を見ますと、――今漕いでゐるのは少しでも潮が上から押すのですから、澪を外れた、つまり水の抵抗の少い処を漕いでゐるのでしたが、澪の方を

ヒョイッと見るといふと、暗いといふ程ぢやないが、余程濃い鼠色に暮れて来た、その水の中からふつと何か出ました。はてナと思つて、其儘見てゐると又何かがヒョイッと出て、今度は少し時間があつて又引込んでしまひました。葭か蘆のやうな類のものに見えたが、そんなものなら平らに水に浮いて流れる筈だし、どうしても細い棒のやうなものが、妙な調子でもつて、ツイと出ては又引込みます。何の必要があるではないが、合点が行きませぬから、

「吉や、どうもあすこの処に変なものが見えるな」と一寸声をかけました。客がヂッと見てゐるその眼の行方を見ますと、丁度その時又ヒョイッと細いものが出ました。そして又引込みました。客はもう幾度も見ましたので、

「どうも釣竿が海の中から出たやうに思へるが、何だらう。」

「さうでござんすね、どうも釣竿のやうに見えましたね。」

「併し釣竿が海の中から出る訳はねえぢやねえか。」

「だが旦那、たゞの竹竿が潮の中をころがつて行くのとは違つた調子があるので、釣竿のやうに思へるのですネ。」

吉は客の心に幾らでも何かの興味を与へたいと思つてゐた時ですから、舟を動かしてその変なものが出た方に向ける。

「ナニ、そんなものを、お前、見たからつて仕様がねえぢやねえか。」

「だつて、あつしにも分らねえをかしなもんだから一寸後学の為に。」

「ハヽヽ、後学の為には宜かつたナ、ハヽヽ。」

吉は客にかまはず、舟をそつちへ持つて行くと、丁度途端にその細長いものが勢よく大きく出て、吉の真向を打たんばかりに現はれた。吉はチャッと片手に受留めたが、シブキがサッと顔へかゝつた。見るとたしかにそれは釣竿で、下に何かゐてグイと持つて行かうとするやうなので、なやすやうにして手をはなさずに、それをすかして見ながら、

「旦那これは釣竿です、野布袋です、良いもんのやうです。」

「フム、然様かい」と云ひながら、其竿の根の方を見て、

「ヤ、お客さんぢやねえか。」

お客さんといふのは溺死者のことを申しますので、それは漁やなんかに出る者は時〻はさういふ訪問者に出会ひますから申出した言葉です。今の場合、それと見定めましたから、何も嬉しくもないことゆゑ、「お客さんぢやねえか」と、「放してしまへ」と言はぬばかりに申しましたのです。ところが吉は、

「エヽ、ですが、良い竿ですぜ」と、足らぬ明るさの中でためつすかしつ見てゐて、

「野布袋の丸でさア」と付足した。丸といふのはつなぎ竿になつてゐない物のこと。野布袋竹といふのは申すまでもなく釣竿用の良いもので、大概の釣竿は野布袋の具合のいゝのを他の竹の先につないで穂竹として使ひます。丸といふと、一竿全部がそれなのです。丸が良い訳はないのですが、丸でゐて調子の良い、使へるやうなものは、稀物で、つまり良いものといふわけになるのです。

「そんなこと言つたつて欲しかあねえ」と取合ひませんでした。

が、吉には先刻客の竿をラリにさせたことも含んでゐるからでせうか、竿を取らうと思ひまして、折らぬやうに加減をしながらグイと引きました。すると中浮になつてゐた御客様は出て来ない訳には行きませんでした。中浮と申しますのは、水死者に三態あります、水面に浮ぶのが一ッ、水底に沈むのが一ッ、両者の間が即ち中浮です。引かれて死体は丁度客の坐の直ぐ前に出て来ました。

「詰らねえことをするなよ、お返し申せと言つたのに」と言ひながら、傍に来たものですから、其竿を見ますると いふと、如何にも具合の好さゝうなものです。竿といふものは、節と節とが具合よく順々に、いゝ割合を以て伸びて行つたのがつまり良い竿の一条件です。今手元からずつと現はれた竿を見ますと、一目にもわかる実に良いものでしたから、その武士も、思はず竿を握りました。吉は客が竿へ手をかけたのを見ますと、自分の方では持切れませんので、

「放しますよ」と云つて手を放して終つた。竿尻より上の一尺ばかりのところを持つと、竿は水の上に全身を凜とあらはして、恰も名刀の鞘を払つたやうに美しい姿を見せた。

持たない中こそ何でも無かつたが、手にして見ると其竿に対して油然として愛念が起つた。とにかく竿を放さうとして二三度こづいたが、水中の人が堅く握つてゐて離れない。もう一寸一寸に暗くなつて行く時、よくは分らないが、お客さんといふのはでつぷり肥つた、眉の細くて長いきれいなのが僅に見える、耳朶が甚だ大きい、頭は余程禿げてゐる、まあ六十近い男。着てゐる物は浅葱の無紋の木綿縮と思はれる、それに細い麻の襟のついた汗取りを下につけ、帯は何だかよく分らないけれども、ぐるりと身体が動いた時に白い足袋を穿いてゐたのが目に浸みて見えた。

様子を見ると、例へば木刀にせよ一本差して、印籠の一つも腰にしてゐる人の様子でした。

「どうしような」と思はず小声で言つた時、夕風が一ト筋さつと流れて、客は身体の何処かが寒いやうな気がした。捨てゝしまつても勿体ない、取らうかとすれば水中の主が生命がけで執念深く握つてゐるのでした。躊躇のさまを見て吉は又声をかけました。

「それは旦那、お客さんが持つて行つたつて三途川で釣をする訳でもありますまいし、お取りなすつたらどんなものでせう。」

そこで又こづいて見たけれども、どうしてなか〳〵しつかり摑んでゐて放しません。死んでも放さないくらゐなのですから、とてもしつかり握つてゐて取れない。といつて刃物を取出して取る訳にも行かない。小指でしつかり竿尻を摑んで、丁度それも布袋竹の節の処を握つてゐるからなか〳〵取れません。仕方がないから渋川流といふ訳でもないが、吾が拇指をかけて、ぎくりとやつてしまつた。指が離れる、途端に先主人は潮下に流れて行つてしまひ、竿はこちらに残りました。かりそめながら戦つた吾が掌を十分に洗つて、ふところ紙三四枚でそれを拭ひ、そのまゝ海へ捨てますと、白い紙玉は魂でゞもあるやうにふわ〳〵と夕闇の中を流れ去りまして、やがて見えなくなりました。吉は帰りをいそぎました。

「南無阿弥陀仏、南無阿弥陀仏、ナア、一体どういふのだらう。なんにしても岡釣の人には違ひねえな。」

「えゝ、さうです、どうも見たこともねえ人だ。岡釣でも本所、深川、真鍋河岸や万年のあたりでまごまごした人とも思はれねえ、あれは上の方の向島か、もつと上の方の岡釣師ですな。」

「成程勘が好い、どうもお前うまいことを言ふ、そして。」

「なアに、あれは何でもございませんよ、中気に決まつてゐますよ。岡釣をしてゐて、変な処にしやがみ込んで釣つてゐて、でかい魚を引かけた途端に中気が出る、転げ込んでしまへばそれまででせうネ。だから中気の出さうな人には平場でない処の岡釣はいけねえと昔から言ひますさあ。勿論どんなところだつて中気にいゝことはありませんがネ、ハ、、。」

「さうかなア。」

それでその日は帰りました。

いつもの河岸に着いて、客は竿だけ持つて家に帰らうとする。吉が
「旦那は明日は？」

「明日も出る筈になつてるんだが、休ませてもいゝや。」

「イヤ馬鹿雨でさへなければあつしやあ迎へに参りますから。」

「さうかい」と言つて別れた。

あくる朝起きてみると雨がしよ〳〵と降つてゐる。

「あゝこの雨を孕んでやがつたんで二三日漁がまづかつたんだな。それとも赤潮でもさしてゐたのかナ。」

約束はしたが、こんなに雨が降つちや奴も出て来ないだらうと、その人は家にゐて、せうこと無しの書見などしてゐると、昼近くなつた時分に吉はやつて来た。庭口からまはらせる。

「どうも旦那、お出になるかならないかあやふやだつたけれども、あつしやあ舟を持つて来て居

りました。この雨はもう直あがるに違へねえのですから参りました。御伴をしたいとも云出せねえやうな、まづい後ですが。」

「ア、さうか、よく来てくれた。いや、二三日お前にムダ骨を折らしたが、おしまひに竿が手に入るなんてまあ変なことだなア。」

「竿が手に入るてえのは釣師にや吉兆でさア。」

「ハ、、、だがまあ雨が降つてゐる中あ出たくねえ、雨を止ませる間遊んでゐねえ。」

「ヘイ。時に旦那、あれは？」

「あれかい。見なさい、外鴨居の上に置いてある。」

吉は勝手の方へ行つて、雑巾盥に水を持つて来る。すつかり竿をそれで洗つてから、見るといふと如何にも良い竿。ぢつと二人は検め気味に詳しく見ます。第一あんなに濡れてゐたので、重くなつてゐるべき筈だが、それがちつとも水が浸みていないやうにその時も思つたが、今も同じく軽い。だからこれは全く水が浸みないやうに工夫がしてあるとしか思はれない。それから節廻りの良いことは無類。さうして蛇口の処を見るといふと、素人細工に違ひないが、まあ上手に出来てゐる。それから一番太い手元の処を見ると一寸細工がある。細工といつたつて何でもないが、一寸した穴を明けて、その中に何か入れでもしたのか又塞いである。尻手縄が付いてゐた跡でもない。何か解らない。そのほかには何の異つたこともない。

「随分稀らしい良い竿だな、そしてこんな具合の好い軽い野布袋は見たことが無い。」

「さうですな、野布袋といふ奴は元来重いんでございます、そいつを重くちやいやだから、それで工夫をして、竹がまだ野に生きてゐる中に少し切目なんか入れましたり、痛めたりしまして、十分に育たないやうに片つ方をさういふやうに痛める、右なら右、左なら左の片方をさうしたのを片うきす、両方から攻めるやつを諸うきすといひます。さうして拵へると竹が熟した時に養ひが十分でないから軽い竹になるのです。」

「それはお前俺も知つてゐるが、うきすの竹はそれだから萎びたやうになつて面白くない顔つきをしてゐるぢやないか。これはさうぢやない。どういふことをして出来たのだらう、自然にかういふ竹が有つたのかなア。」

竿といふものの良いのを欲しいと思ふと、釣師は竹の生えてゐる藪に行つて自分で以てさがしたり撰んだりして、買約束をして、自分の心の儘に育てたりしますものです。さういふ竹を誰でも探しに行く。少し釣が劫を経て来るとさういふことにもなりまする。唐の時に温庭筠といふ詩人、これがどうも道楽者で高慢で、品行が悪くて仕様がない人でしたが、釣にかけては小児同様、自分で以て釣竿を得ようと思つて裴氏といふ人の林に這入り込んで良い竹を探した詩がありまする。一径互に紆直し、茅棘亦已に繁し、といふ句がありまするから、曲りくねつた細径の茅や棘を分けて、むぐり込むのです。歴尋す嬋娟の節、翦破す蒼莨根、とありまするから、一〻此竹、彼竹と調べまはつた訳です。唐の時は釣が非常に行はれて、薛氏の池といふ今日まで名の残る位の釣堀さへ有つた位ですから、竿屋だとて沢山有りましたらうに、当時持囃された詩人の身で、自分で藪くゞりなんぞをしてまでも気に入つた竿を得たがつたのも、好の道なら身をやつす道理でございます。半井卜養といふ狂歌師の狂歌に、浦島が釣の竿とて呉竹の節はろく〳〵伸びず縮まず、といふのがありまするが、呉竹の竿など余り感心出来ぬものですが、三十六節あつたとかで大に節のことを褒めてゐまする、そんなやうなものです。それで趣味が高じて来るといふと、良いのを探すのに浮身をやつすのも自然の勢です。

二人はだん〳〵と竿を見入つてゐる中に、あの老人が死んでも放さずにゐた心持が次第に分つて来ました。

「どうもこんな竹は此処らに見かけねえですから、よその国の物かも知れませんネ。それにしろ二間の余もあるものを持つて来るのも大変な話だし、浪人の楽な人だか何だか知らないけれども、勝手なことをやつて遊んでゐる中に中気が起つたのでせうが、何にしろ良い竿だ」と吉は云ひました。

「時にお前、蛇口を見てゐた時に、なんぢやないか、先についてゐた糸をくる〳〵つと捲いて腹掛のどんぶりに入れちやつたぢやねえか。」

「エ、邪魔つけでしたから。それに、今朝それを見まして、それでわつちがこつちの人ぢやねえだらうと思つたんです。」

「どうして。」

「どうしてつたつて、段〻細につないでありました。段〻細につなぐといふのは、はじまりの処が太い、それから次第に細いの又それより細いのと段〻細くして行く。この面倒な法は加州やなんぞのやうな国に行くと、鮎を釣るのに蚊鉤など使つて釣る、その時蚊鉤がうまく水の上に落ちなければまづいんで、糸が先に落ちて後から蚊鉤が落ちてはいけない、それぢや魚が寄らない、そこで段〻細の糸を拵へるんです。どうして拵へますかといふと、鋏を持つて行つて良い白馬の尾の具合のいゝ、古馬にならないやつのを頂戴して来る。さうしてそれを豆腐の粕で以て上からぎゆう〳〵と次第〻〻にこく。さうすると透き通るやうにきれいになる。それを十六本、右撚りなら右撚りに、最初は出来ないけれども少し慣れると訳無く出来ますことで、片撚りに撚る。さうして一つに拵へる。その次に今度は本数を減らして、前に右撚りなら今度は左撚りに片撚りに撚ります。順〻に本数をへらして、右左をちがへて、一番終ひには一本になるやうにつなぎます。あつしあ加州の御客に聞いておぼえましたがネ、西の人は考がこまかい。それが定跡です。此竿は鮎をねらふのではない、テグスでやつてあるけれども、うまくこきがついて順減らしに細くなつて行くやうにしてあります。この人も相当に釣に苦労してゐますね、切れる処を決めて置きたいからさういふことをするので、岡釣りぢや尚のことです、何処でも構はないでぶつ込むのですから、ぶち込んだ処にかゝりがあれば引かゝつてしまふ。そこで竿をいたはつて、しかも早く埒の明くやうにするには、竿の折れさうになる前に切れ処から糸のきれるやうにして置くのです。一番先の細い処から切れる訳だからそれを竿の力で割出して行けば、竿に取つては怖いことも何もない。どんな処へでもぶち込んで、引かゝつていけなくなつたら竿は折れずに糸が切れてしまふ。あとは又直ぐ鉤をくつつければそれでいゝのです。この人が竿を大事にしたことは、上手に段〻細にしたところを見ても〻ハッキリ読めましたよ。どうも小指であんなに力を入れて放さないで、まあ竿と心中したやうなもんだが、それだけ大事にしてゐたのだから、無理もねえでさあ。」

などと言つてゐる中に雨がきれかゝりになりました。主人は座敷、吉は台所へ下つて昼の食事を済ませ、遅いけれども「お出なさい」「出よう」といふので以て、二人は出ました。無論その竿を持つて、そして場処に行くまでに主人は新しく上手に自分でシカケを段〻細に拵へました。さあ出て釣り始めると、時〻雨が来ましたが、前の時と違つて釣れるは、釣れるは、むやみに調子の好い釣になりました。到頭あまり釣れる為に晩くなつて終ひまして、昨日と同じやうな暮方になりました。それで、もう釣もお終ひにしようなあといふので、蛇口から糸を外して、さうしてそれを蔵つて、竿は苫裏に上げました。だん〳〵と帰つて来るといふと、又江戸の方に燈がチョイ〳〵見えるやうになりました。客は昨日からの事を思つて、此竿を指を折つて取つたから「指折ッ」と名づけようかなどと考へてゐました。吉はぐい〳〵漕いで来ましたが、せつせと漕いだので、艪臍が乾いて来ました。乾くと漕ぎづらいから、自分の前の処にある柄杓を取つて潮を汲んで、身を妙にねぢつて、ぱつさりと艪の臍の処に掛けました。こいつが江戸前の船頭は必ずさういふやうにするので、田舎船頭のせぬことです。身をねぢつて高い処から其処を狙つてシャッと水を掛ける、丁度その時には臍が上を向いてゐます。うまくやるもので、浮世絵好みの意気な姿です。それで吉が今身体を妙にひねつてシャッとかける、身のむきを元に返して、ヒョッと見るといふと、丁度昨日と同じ位の暗さになつてゐる時、東の方に昨日と同じやうに葭のやうなものがヒョイ〳〵と見える。オヤ、と言つて船頭がそつちの方をヂッと見る、表の間に坐つてゐたお客も、船頭がオヤと言つて彼方の方を見るので、その方を見ると、薄暗くなつてゐる水の中からヒョイ〳〵と、昨日と同じやうに竹が出たり引込んだりしまする。ハテ、これはと思つて、合点しかねてゐるといふと、船頭も驚きながら、旦那は気が附いたかと思つて見ると、旦那も船頭を見る。お互に何だか訳の分らない気持がしてゐるところへ、今日は少し生暖かい海の夕風が東から吹いて来ました。が、吉は忽ち強がつて、

「なんでえ、この前の通りのものがそこに出て来る訳はありあしねえ、竿はこつちにあるんだから。ネエ旦那、竿はこつちにあるんぢやありませんか。」

怪を見て怪とせざる勇気で、変なものが見えても「こつちに竿があるんだからね、何でもない」といふ意味を言つたのであつたが、船頭も一寸身を屈めて、竿の方を覗く。客も頭の上の闇を覗く。と、もう暗くなつて苫裏の処だから竿があるかないか殆ど分らない。却つて客は船頭のをかしな顔を見る、船頭は客のをかしな顔を見る。客も船頭も此世でない世界を相手の眼の中から見出したいやうな眼つきに相互に見えた。

竿はもとよりそこにあつたが、客は竿を取出して、南無阿弥陀仏、南無阿弥陀仏と言つて海へかへしてしまつた。

紅皿

火野葦平

ト書きのない一幕物

登場人物

青河童

赤河童

「君はおれをこんなさびしい処につれだして、いつたいどうするつもりなのか」

「いや、さうむきになられると困るのだ。別におびきだしたわけでもなんでもない。木瓜（ぼけ）の花がこんなに美しく咲いてゐるところはほかにはないし、すこし猿酒（さるざけ）も手にはいつたので、君をさそつたまでなのだ。この節、猿酒もさうたやすくは手にはいらぬし、いつかずつと昔に、君と飲みながら、木瓜と猿酒との伝説について語りあつたことを思ひだしたので、つい、君をさそふ気になつたまでだよ」

「さうか」

「よい気候になつたな。春になつた」

「うん、春になつた」

「君はどうしてさうむつつりしてゐるのかい。そんな、屁つぴり腰でおどおどしなくたつていいぢやないか。うちとけてもらひたいのだ。笑顔を見せてくれ。昔は昔、いまはいま、昔は仲たがひしたこともあつたが、あんなつまらぬことをさういつまでも根に持たなくともよいではないか」

「君は河童の皿がどんなに大切なものか、知らんわけでもあるまい」

「それはよく知つてゐるよ。しかし、あのときは、あやまちだつたのだから……」

「あやまち？　ふん、おれはあやまちとは思つてゐないのだ。命びろひをしたからよかつたものの、あのときの怪我がもうすこし大きかつたならば、お陀仏で、おれはもういまごろはこの世にゐなかつたらうぜ」

「それで、まだおれを怨んでゐるといふのだな。執念ぶかい男だ」

「君は忘れられても、おれがどうして忘れることができるか。君はあやまちといふが、おれは君が故意にやつたとしたか考へられん。君はおれが石馬(せきば)の淵から拾つて来た尻子玉(しりこだま)を横取りしたかつたにちがひない。それでおれを殺さうと、……」

「おいおい、君はおそろしいことをいふ。おれが君を殺さうなんて、……きいただけで身の水穴(みずあな)がちぢまるやうだ。そんな風にいはんでくれ。なるほど、あのとき、おれは君に怪我をさせた。それは重々相すまんと思つてゐる。しかし、何度もいふが、それはまつたくおれの心にもない過失なんだ。たしかにおれは君の拾つて来た尻子玉が羨望に耐へなかつた。当節は人間が注意ぶかくなつて、われわれ河童もめつたに尻子玉にありつくことはなくなつてゐたんだし、君の話は耳よりだつた。しかも、その尻子玉が金色に光つてゐるなどときいては、じつとしては居れんではないか。そこでおれはただ見せて貰ひに行つただけなんだ。君も君ぢやないか。見せるくらゐ見せたつてよささうなものを、あんまり頑固に拒むもんだから、おれもつい意地になつたのだ。それで、君の家に無理やりに押しいらうとした。尻子玉のあり場所はちやんとわかつてゐた。蓮の葉でかぶせた滑石(なめいし)の下がぼうと金色に光つてゐたからだ。ところが君はあくまでもおれを拒(こば)んだ。あのとき、おとなしく見せて居ればなにごともなかつたのに、たうとう、組みうちみたやうなことになつて、君に怪我をさせてしまつた。そんな気はすこしもなかつたのに、……」

「なにをいつてるか。君は石をふりあげて、おれの頭の皿を叩きわらうとしたではないか。そんなあやまちがどこにあるか」

「そんなことをした覚えはない。それは君の錯覚だ。誹謗(ひばう)だ。おれはただ立ちはだかる君を押しのけようとしただけだ。おれたちは重なりあつてたふれた。そしたら、どこかで打つたとみえて、君の頭の皿のこはれた音がしたのだ。おれはびつくりして逃げたのだ。おれがはじめから君をころして尻子玉をとるつもりだつたら、君がたふれて、頭の皿が割れ、水がこぼれてぐにやりとへたばつたとき、尻子玉をとつて逃げるのがほんたうぢやないか。おれはそれをしなかつた。尻子玉には指ひとつ触れなかつた。尻子玉はそのままに残つてゐたらう?」

「うん、それは残つてゐた」

「そんなら、なにもいふところはないではないか」

「……さういへば、さうだが……」

「そんなことで、おれに冤罪を着せて、いつまでも根に持つてゐるなんて、おれには君の了見が知れないのだ。……さあ、そんな仏頂面をせずに、一杯、飲みたまへ。この猿酒はもう百年以上も経つてゐるといつてゐた。木瓜もこんなに美しいぢやないか。木瓜の木の下で猿酒を飲んだ先輩が、自由に思ふものの姿に化ける忍術を会得したといふ話がほんたうかどうか、ためしてみようぢやないか。さあ、盃をとらないか」

「う、ううん」

「さ、一杯いかう。そら」

「君と酒を飲むときには、いつも、なにか騙されるやうな気がする。尻子玉をとりに、……見に来たのかも知れんが、……来たときにも、君は酒を持つて来た」

「君の疑ひぶかいのにはあきれるな。大切なものを見せて貰はうといふのに、土産くらゐは持つてゆくのが礼儀だらうぢやないか」

「さういへば、さうだが……」

「さあ、つがう。ああ、いい香ひだな。百年以上経つてゐるといふのは、おそらく嘘ではあるまい。……やあ、機嫌をなほしてくれたな。おびきだしたなんて、二度といつてくれるなよ」

「うん、なるほど、これはいい酒だ。このとろりとした舌ざはりはどうだ。ずつと昔にこんな酒を飲んだことがある。このごろの酒はなつてゐなかつた」

「腹の底にしみわたるやうだ。この酔ひ心地はなんともいへん。ひよつとしたら、先輩のいふのがほんたうかも知れないな。忍術を覚えたら、仲間の奴等をおどろかしてやるぞ」

「駄目だよ。酒の年が足りないよ。たしか、おれが死んだ親父からきいたのでは、三百年以上の猿酒でないと駄目だといふことだつた」

「さうかなあ。そんなら、忍術も覚えられんか」

「だが、これはいい酒だ。百年も長生するやうな気がする。五臓六腑が浮かれだすやうだ。こんな酒が手に入る君が羨しいよ。どこで、どうして手に入れたか、おれに教へてくれんかね」

「はつはつはつは、さうたやすくは教へられんな」

「さう、もつたいぶらなくてもよいぢやないか」

「もつたいぶるよ。君の得手勝手にはおどろいてゐるところだ。おれが尻子玉を見せてくれといつたときには、君はもつたいぶらなかつたかい。あんなに、もつたいぶつた癖に、いまごろになつて、そんなことをいふ資格はないよ」

「それは、さうだが……」

「冗談だよ。おれはそんなにもつたいぶることは嫌ひだ。そんなことはおれの趣味にあはん。ちやんと教へるよ」

「さうか、それはありがたい。どこでだ？　どうしてだ？」

「おつと、さうあわてるな。君はせつかちだな。なんぼ、おれが人がよくてもさう簡単にはいかんよ。……まあ、今日は飲むだけにしとかうぢやないか。久しぶりに大いに飲んで、河童音頭でも唄はう」

「うん、飲むのは飲むが、……駄目かなあ。そんな薄情なことをいはんで、いま教へてくれよ」

「はつはつはつは、いやにせつかちだが、まあ、酒好きの君としたら無理もあるまい。それではかうしよう。君の希望どほり、いまここで教へるが、そのかはり、おれも聞きたいことがあるのだ。それを君が聞かせてくれたなら、猿酒のことを君に教へよう」

「交換条件といふわけかね。仕方がない。君の聞きたいといふのはどんなことだね。……尻子玉のことかね」

「いや、あれはもうよい。また喧嘩になつてはいかんから」

「今なら見せてもいいよ」

「もういいよ。そんなことぢやないのだ。もつと手近なことだよ」

「早くいひたまへ」

「君の頭の皿だ」

「おれの頭の皿?」

「さうだ」

「ふうん、これか」

「それだよ。その頭の皿の話を聞かせてくれ。おれは君の頭の皿が羨しくてたまらんのだ。君のやうな立派な皿を持つたものは、仲間にはゐない。おれたちの頭の皿は、たいてい褐色(かつしよく)か、草色か、青みどろ色だ。それは生まれつきで、なにもそれが特別にいやと思つたことはなかつたのだが、君の皿を見てからはどうにも自分の皿がたまらなく憂鬱になつて来た。こんな汚ならしい皿は早くすててしまひたくなつた。君の、君のその皿の色の美しさはいつたいどうしたのだ？」

「君のおかげだよ」

「皮肉をいはないでくれ。おりや真面目なんだ。あのときのことは、あらためてあやまる。あのとき、君の皿を割つたと思つて、おれは恐しくなつて逃げだした。そのために、君が死ぬのではないかと思ふと、おれはおそろしさで、あのころ、おちおちと夜も眠れなかつた。あやまちであつたとしても、おれの罪はまぬがれぬことになる。ところが、君が死んだといふことを誰もいふものがなかつた。君の怪我がわづかですんだと思つて、おれはほつとした。さうして、その次に、……さうだ、二箇月ほど経つてからだつたと思ふが、……君に会つた時、おれはおどろきで、心臓が破裂しさうだった。足がすくんでしまひ、瞠つた眼が吊りあがりさうになるのが自分でもわかつた。君は憎悪の眼でおれをちらと見ただけで、おれに背をむけて行つてしまつたが、おれは君の姿から、いや、君の、その頭の皿から、眼をはなすことができなかつた。いつたい、なにごとが起つたのだ？　君の頭の皿はもとはおれたちとすこしもちがはなかつたのに、いや、率直にいふと、おれたちのよりは薄ぎたないくらゐだつたのに、いま見ると、まるで牡丹の花のやうに美しい。さうだ、頭の上に、一輪、まつ赤な牡丹の花びらを乗せたと同じだ。どうしてそんなすばらしいことになつたのか。おれにはわけがわからない。そのときのおどろきは、今もつづいてゐる。一層ふかくなる。……おお、君の頭の皿はだんだん紅くなる。紅くなるやうにみえる。おれの錯覚か。酒のせゐか。ここに来たときの三倍も紅くなつた。燃えるやうだ。……どうして、おそんなすばらしい皿になつたのか。話してくれ」

「君のおかげだといつたではないか。君がおれの皿を割つたので、修繕をしただけだ。それだけだよ」

「そんな無愛想な返事をしないでくれ、修繕しただけで、そんなことになるわけがない。仲間で、怪我して修繕したものもたくさんあるが、誰ひとりだつてそんな美しい皿になつたものはない。もとのまま褐色の、草色の、青みどろの皿だ。なにか、特別な方法でやつたにちがひない。な、頼む。教へてくれ。教へてくれ」

「うるさいな。別に特別な方法なんてないよ」

「さう、もつたいぶらんでくれ。その紅(くれない)のいろはどうしたのだ? 人間の世界にある紅屋(べにや)から、紅でもとつて来てつけたのか。それとも、昔、先輩のやつたやうに、夕焼の色を湖の上からすくつて来たのか。ああ、さうぢやない。もつとちがつた方法だ。それとも、新しい紅の皿ととりかへたのか。とりかへられるのか」

「そんなにおれの皿をのぞかんでくれ。君がそばに来ると気味が悪い。君は興奮してゐるな。酔つたのかい。もうすこし落ちついたらどうだ?」

「うん、落ちつかう。なるほど、すこし興奮をしてゐた。あんまり、知りたかつたもんだから、……」

「まあ、一杯、飲みたまへ、そんなに興奮したんでは話がされない」

「そのとほりだ。飲まう。ついでくれ」

「飲めば飲むほどいい酒だな。親父が酒ずきだつたが、生きてゐたら飲ませてやりたいな。どんなに喜ぶだらう。この酒のためなら、命もいらんくらゐだ。身体中がぬくもつて来た。こなひだからの肩の凝りもすつかりとれた。夢を見てゐるやうな心地だ。……ああ、話さう、話さう。おれはもつたいぶるのはきらひだからな。いま、話すよ」

「さうか、ありがたい。早く話してくれ」

「なんでもないことなんだよ。しかし、知らなければできることぢやない。君の皿だつて、いつでも、……今でも、おれと同じになることができるんだ」

「なんだつて？　いつでも、今でもだつて？」

「さうだよ。おれはあのとき、皿を割つて昏倒したが、さいはひに命に別条はなかつた。息を吹きかへしたときには、君はゐなかつた。尻子玉は君のいふとほり、もとのところにあつた。しかし、しらべてみると、それは贋物（にせもの）であることがわかつた。色や形はよく似てゐたが、まつたく贋（がん）造物（ぞうぶつ）であることは疑ふ余地がなかつた。つまり、すりかへられてゐた」

「そんな馬鹿なことが、……もし、すりかへられたとしても、おれの知つたことぢやない」

「なにも、君がすりかへたといふわけぢやない。ほかの仲間のやつたことだらう。だが、そんなことは、もうどうでもよいのだ。……おれは息を吹きかへした。さうして生きてゐたことを知つたが、皿の傷がひどくて、ずきずきと痛み、放（ほ）つておいたらあと一時間も命の保たんことを悟つた。おれはあわてた。死の恐怖のために、身体中の甲羅や蝶番がはづれるくらゐ、がちがちふるへだした。どうしたらいいか、しばらく思案もうかばず、ただ死を待つばかりかと、戦慄のために青い油汗が身体中をべとべとにした。むろん、君に対する怨みの念は頂点に達し、死んだら化けてとりころしてやるぞとまで思つた。その混乱と絶望のなかに、とつぜん救ひの霊感がわいた。死んだ親父の残してある秘伝の書のことが、稲妻のやうに、頭に閃いたのだ。それにはあらゆる病気や怪我に対する治療の方法が書いてあつた。それに思ひいたると、おれは歓喜のためにとびあがつた。助かつた、助かつた、と思はず声が出た。その本はすぐ見つかつた。さうして、その本に書いてあつたとほりにした。そしたら、助かつたばかりぢやない。このとほりの紅皿になつたのだ」

「どうしたのだ?」

「きはめて簡単だ。傷口に、木瓜の花の汁をすりこめばよい」

「え? 木瓜の花の汁を? この木瓜のか」

「さうだ、君の見あげてゐるその木瓜の花だ。おれが本のとほりにすると、十分も経たぬうちに、傷はなほるし、元気は出るし、皿は美しくなつた」

「わかつた、わかつた。ああ、いいことを聞いた。さうだつたのか。おまけに、ここに木瓜の花があるといふのは、なんといふ奇縁だ。おれは運がいい。……すぐに、それをやらう。君、君、すぐにできるのだね?」

「できるとも」

「手伝つてくれるか」

「手伝つてもよい」

「たのむ。……まづ、どうしたらよいか」

「君も性急だなあ。そんなに君が望むのなら、おれがすつかり手筈を運んでやらう。まづ、君の皿にすこし傷をつける。それから、木瓜の花汁をすりこむ。はじめはすこし痛いかも知れぬが、……」

「痛いくらゐ、なんでもない」

「よろしい。では、盃をおきたまへ。なにか傷をつける手頃なものはないか。……うん、この花崗岩の欠片がいい。さあ、眼をつぶりたまへ」

「これでいいか」

「それでよい。……痛いか？」

「ううん、……痛くない」

「まだ、傷が浅い」

「あいた。……まだか？」

「もうすこしだ」

「う、……う」

「我慢するんだ」

「痛い、痛い、……ああ、そんなに、……うむ、ちよつと待て。待つてくれ。……ああ、ああ、……ううむ、……」

「たうとう、のびてしまつたな。ざまあみやがれ。お前のやうな悪党には、天罰覿面だ。ぶざまな恰好でくたばつてゐやがる。……まあまあ、お慰みに、木瓜の花汁をすりこんどいてやらう。それでおれの役割はすむ。約束したことはちやんと果すのが、おれは好きだ。……花はきれいだが、どうも汁はすこし臭いな。……これで、よし。……ああ、せいせいした。お前などに、ほんたうのことなど教へてやれるかつてんだ。お前がおれを殺して尻子玉をとるつもりだつたことは、ちやんとはじめから見ぬいてゐたんだ。尻子玉をすりかへたのもお前だといふことくらゐ、気づかぬおれと思つてゐるか。おれの大事な皿に傷をつけやがつて、よつぽどでお陀仏になるところだつた。いつか、復讐の機会を狙つてゐたんだ。そしたら、ちやうどお誂へむきになつて来た。うまいことをいつて、おびきだしに来やがつた。……だが、猿酒はおれも意外だつた。こんなすてきな酒を、こいつが持つてゐようとは思はなかつた。こんな猿酒は何百年もの間、仲間のたれもが飲んだことがない。まつたくすばらしい。おれは猿酒が欲しくてたまらなくなつたのだ。うまく計略にかけてやつた。木瓜の花汁なんぞで、傷がなほつたり、紅皿になつたりなんかするものか。みんな出まかせの作りごとだ。おれはなかなか頭がいいぞ。ここに木瓜の花が咲いてゐたんで、思いつきでうまく話を仕組んだら、あいつあつさり本当にしやがつた。この紅皿だつて種をあかせばお笑ひ草だ。業つくばかりで見栄坊のあいつの気をひくために、ただ赤の絵具を塗つただけだ。死なんだのは、傷が浅かつたからだ。ふん、あいつうまうまと、おれの罠にかかりやがつた。万事はおれの思ふとほりにいつた。おれを陥れようと考へたあいつが、かへつて罠に落ちた。あいつ、まことしやかに、木瓜と猿酒と忍術の伝説などをもちだしておれを誘ひに来たが、こんなさびしいところにつれだして、おれから紅皿の秘密をきいてしまつたら、おれを殺すつもりだつたのは見えすいてゐる。馬鹿にするな。おれをそんな甘い男と思ふか。……しめたぞ。猿酒が手に入つた。すこしは飲んだが、まだしばらくはたのしめる。いい香ひだ。いい色だ。いい音だ。……ぶざまな恰好で死んでゐるぞ。……あ、おや？……こりや、いつたい、どうしたんだ？　なにごとが起つたんだ？　あいつの頭が紅い。あいつの皿が紅い。すばらしい真紅だ。……どうしたといふのか？……わからない。わからない。……あ、しまつた。びつくりした拍子に猿酒を落した。みんな溢した。ちえつ、なんといふことだ。……それにしても、それにしても、……あいつの皿が紅いのは？……だんだん紅くなる。だんだん濃くなる。牡丹の花のやうだ。……ああ、あいつ、動きだした。……生きて来る。生きて、来る……また、生きて、来る。……どうしたのだ？　どうしたのだ？」

鯉の巴

小田仁二郎

漁師の内助は、沼の堤の上に、家をたてて住んでいる。家といっても、まったく、貧しげな小屋だ。屋根がついているので、外よりましだと、いうくらいなもの。柱に網やびくがかかり、居間には、かけたお椀が、二つ三つと、すみのほうに、ぼろきれが、敷放しになっている。ようやく食べて、生きている活らしである。嫁をもらおうにも、誰も、来てくれてがないだろう。内助は、あきらめているのかもしれない。たった一人で、沼で漁をしていた。

舟からあがると、えものの魚を、生簀に放しておく。よいほどに溜ったところで、町に売りにいく。一匹だけは、売らない、魚があった。女鯉である。内助には、生簀に放した時から、この女鯉が、ほかの魚とちがうのが、わかった。泳ぎぶり、尾のふりかたが、りりしく、たしかに眼についた。

「かわいい奴だ。おまえは、売らないで、そだててやろう」

女鯉は、いつも、生簀にのこっていた。

女鯉を馴らすのが、内助には、楽しみになった。池のふちにしやがみ、呼びながら、えさをやる。鯉がよってくると、指さきにつまんだまま、えさを吸わせる。指さきがくすぐったい。内助はにやにや笑った。女鯉はよくなついた。水からあげても、手のうえで、えさを食べるようになった。女鯉には、いつのまにできたのか、左の鱗に、巴の模様が、かつきり浮きでていた。女らしい、可憐な模様であつた。

独りものの内助には、たまらなくかわいいのだ。巴の模様を、そのまま名前にして、女鯉を「ともえ」と呼ぶことにした。

沼からかえる内助は、池の水がみえるあたりで

「ともえ、ともえ」

と、奇妙にかん高い声で、呼びたてる。

静まりかえる、沼のうえに、内助の声がすわれていく。池の水が、みだれ、きらめき、鯉の背がひかつた。内助の呼び声に、巴は、いく度も、水のうえに跳ねあがるのだ。

内助は、顔いちめんに、にやにや笑いをうかべ、なおも呼びつづける。はねかえす水音が、はげしくなる。この水音が、内助には、唯一の生きがいになつていた。

巴を水からあげ、手のひらのうえで、えさをやつた。えさを食べながら、巴の口が、内助の手のひらに吸いつくのが、言葉のない、ないしよごとに思える。巴の背なかをなでてやる。ぬれている鱗がすべすべする。いつだつたかの針売の女より、このほうがなめらかである。内助の手が冷たいので、巴の鱗の冷たさは、感じられず、しばらくすると、二つの肌は、おなじほどの暖かさになる。巴がしきりに尾をふるのだ。

えさを食べおわり、水に放してやつても、巴は、池のふちを、離れようとしなかつた。内助を見あげては、跳ね、尾を水面にたたきつける。ひれで、なにかを、つかまえる恰好をする。内助には、巴のやつてもらいたいことが、よくわかつた。

「ともえ——」

　内助はまた水に手をいれる。巴は、内助の声をききわけ、手のひらに、よじのぼつてくる。このまま、わかれているのは、つらかつた。内助は巴をだきかかえ、家のなかに入つた。

　巴をつれて入つても、どこに置いてよいのか、迷つてしまうのだ。ほかにしかたがない。ぼろきれのうえに、置いてやる。はじめ、巴はじつとしていた。やがて、ぼろきれのにおいを、吸うように、しきりに、頭をかしげた。尾をまつすぐにし、ひれをひろげ、あとじさりに、ぼろの中にくぐつていくのだ。内助のにおいを、かぎあてたのかもしれない。えらが、大きくひらいては、とじる。内助はあわてて、巴を抱きあげ、池に放しにいつた。

　巴は、家のなかにいるのに、だんだん、なれてきた。三年、四年とたつうちには、一晩中、内助の側に、いられるようになつた。

　晩のごはんは、内助とおなじに、かけたお椀でたべる。お椀をひつくり返し、ごはんをばらまいたりすると、巴のまつ黒い瞳には、なにか、羞しげな色がみえる。頭をかしげ、尾を二三度ふつては、ひれで、ごはんをかきあつめようとする。内助は巴の背なかをなでてやる。

　晩ごはんがすみ、内助は、着物のつぎをしながら、巴に話しかけた。

「おまえが、一番いいよ。針売の女なんかは、ずるくつて、しようがないわ。ちよつとしたことでも、すぐ金をとる。この間は、大損したのさ。おかげで、おまえに、ご馳走もやれなかつたしまつだ。おまえは、何をしても怒りはしない。そのうち、針仕事でもおぼえて、つぎでもしてくれれば、助かるんだがなあ。おまえには無理だろうよ。そろそろ、向うにいつて寝るか——」

巴は、またたきもせず、内助をみつめていた。内助の言葉が、すつかりわかる、顔つきである。話しかけるふうに、口を、うごかした。

「そう心配するんじやない。おまえ一人ぐらいは、たべさしていけるよ。さあ、寝るとしよう」

内助は、針仕事をかたづけ、巴を、池につれていこうと、だきあげる。巴は、からだをくねらし、内助の手のなかで、あばれまわるのだ。内助は、「おう、おう」とか、「わかつた、わかつた」などと、なだめすかしながら、巴をつれて外にでる。外は曇り月夜だ。池の水が、にび色に静まつている。内助は、空中に、巴を放してやる。巴は、からだを廻転させ、一瞬、内助の顔をちらとみた。音をたてて水におち、水底の暗やみに姿をけす。

内助はがつかり気落ちがした。うちにはいり、ぼろをかぶつて寝ても、独りでいるのが、ひどく物足りなかつた。はやく巴が大きくなつて、いつしよに寝るようになつたら、こんな気持はなくなるだろう。巴も眠つたのか、池の水音もしない。あたりの深い静寂が、内助のもの悲しさを、重苦しくした。独り寝の重さであつた。

こうして、内助と巴の生活が、十八年もつづいた。

巴は大きくなつた。尾のさきから、頭まで、十四五の女くらいの背丈がある。内助のいうことは、なんでもききわける。内助が、漁から帰つてくると、巴は付きつきりだ。夜はいつしよに寝る。夏は、巴のからだが、冷たいので、気持がよい。喉や鱗が、かわくのか、巴は、時々這いだして、水をのみ、背なかをぬらした。冬は、二つのからだが、ぼろにくるまつている。巴はぼろの中で、じつと動きもしない。内助は哀れになつた。もつと、かわいがるには、どうしたらよいのだろう。巴の大きな胴を、だいてみる。いつまでも、暖まらないのが、ふびんであつた。春になり、巴の尾のふり方も、元気づき、胴をくねらすそぶりなど、内助には色気にみえてきた。一夜、まつ暗ななかで、内助は巴をおかした。巴は声もださなかつた。巴が、内助の胸に、すり寄つてきた。

十八年も、いつしよに活らしていながら、内部の冷たさを知つたのは、はじめてである。内助は、しんから、なじむことができなかつた。やめる気もなかつた。独り身の内助は、その場その場で、巴との関係をつづけていつた。

夜あけに、眼をさます。内助は、そばの巴の顔をみる。やはり満たされない気持だ。こちらが云うのを、よくききわけても、巴は口をきけない。泳ぐことができても、地面を走れはしない。それより、内部の冷たさが、内助のからだの中に、つき透るようなのだ。

内助は、女の暖かさが、ほしくなつた。

内助の活らしは、まえより、いくらかましになつていた。おなじ里の女との間に、縁談がおき、内助は、待つてたように、その女を嫁にもらつた。

人間の女は、よいものだ。女房は口をきく。女房は暖かい。内助には、思わぬ、もうけもののような気がする。巴をのぞいて見ようともしなくなつた。巴は池の底にかくれ、ちらりとも顔をのぞけない。もう巴は、内助の家族ではなくなつた。内助に棄てられた女である。

夕方、内助は、女房を一人おいて、漁にでていつた。

後片づけをしていると、ぞくぞく寒気がした。我慢ができない。沼のほとりのせいばかりで、冷えるのではないらしい。氷の壁でもあるように、からだのしんまで、しみてくる。寒気はやまなかつた。

夜になつていた。

人のかけてくる足音もきかなかつた。女房の寒気が、とつさに烈しくなり、ふるえがとまらない。裏口から、一人の女が、かけこんできた。女房はふるえながら、女から、眼をはなすことができないのだ。水色の着物をき、うえに、小波模様のものを、ひつかけている。このへんでは、見られない、美しい顔である。まつ黒い眼を、またたきもしないで、ひくい声で云つた。

「わたしという者のいるのを、おまえは知らないのか。わたしは、ずつと前から、内助どのとは深い馴染だよ。腹にはもう子までいるのだ。それを知りながら、またおまえを引きいれた。この恨はきつとはらしてみせる」

水色の女は、女房を、にらみつける。女房は声もでず、気が遠くなりそうだ。またたかない黒い眼が、氷のような冷たい光で、女房の眼をつらぬくのだ。

「おまえは、すぐに、親里へ帰るがよい。もしも——もしもこの家をでなかつたら、三日のうちに、大波をおこし、家ぐるみ、沼の底に沈めてやるぞ。よいか——」

いい終ると、水色の女は、足音もなく、裏口から消えていつた。どこかで、水を流すような、かすかな音がする。女房の背なかが、ぞつと冷たくなつた。

内助がかえるまで、何をしていたのか、覚えがない。さつきのままで、つつ立つていたのかもしれない。親の家にいきたいが、夜の道のどこかに、あの女が待ち伏せしているにちがいない。

動けなかつた。

　鼻唄をうたいながら、内助が、裏口から入つてきた。

「いまかえつたよ。おまえ、何んだつて、そんなとこに、立つてるんだ。狐つきみたいだぞ。えぇい」

　内助の声で、女房は力がぬけたように、くずれ折れ、泣きだした。

「あんな綺麗なひとを、かくしていたのですか。どうして、あたしみたいなもの、貰つたのです。あたしは、明日かえります」

　内助には、なんのことか、さつぱり見当がつかないのだ。女房を、なだめすかした。背中をさすつてやる。胸をなでてやる。ようやく女房も泣きやみ、さつきの水色の着物の女の話をした。

　くわしくきいても、覚えのない女は、思いだすことができない。

「なんだ、夢みたいな話じやないか。この家のなかを見たら、わかりそうなものだ。そんな綺麗な女が、おれのところにくるものか。ほんとに夢でもみたんだろう」

「いいえ、はつきりこの眼で見て、声をききました」

「紅売りや針売りの女とでも、間違えたんじやないかね。針売りの女は、知つているよ。汚ないかかあだ。あのかかあが来る筈はない。ちやんと、その時その時で、すましてあるんだからな。大方、まぼろしだろうよ」

　内助は、覚えがないから、しごくのんきである。女房が、顔かたちや、着物の模様を、こまかに語ると、かえつて嘘みたいに思えた。そんな女がいたらと、女房の顔をみつめるだけであつた。

あくる日の夕方、内助は、いつものように、沼に出かけていく。小舟をこいで、沖にでようとする。にわかに、沖から波がわきたち、小舟をめがけて、おし寄せてきた。その波のしたを、大きな生きものが、走つてくるようだ。もの凄く早い波が、いまにも小舟におそいかかり、内助もろとも、呑みこもうとする。浮き藻のなかから頭をだしたと思うと、一匹の大鯉が、内助の小舟にとび乗つてきた。まつ黒い眼で、内助をみつめ、くびをかしげ、尾をふるのだ。

「おまえは、ともえじやないか」

内助の声で、巴は、うれしげに胴をくねらせ、口をあいた。巴の口から、子どものようなものが、舟板のうえにおちる。巴は尾で立ちあがり、舟べりを越し、沼の底に消えていつた。

おそろしくなつた内助は、そうそうに舟をこぎかえつた。巴の子をすてて置くわけにはいかない。頭はいくらか人のかたちに似ているが、くびから下は、鯉であつた。巴の子を、両手でにぎり、大急ぎで家にかえると、生簀をのぞいた。池には一匹の魚の影もない。内助は、大きなため息をつき、手をふつた。内助の手のなかの、巴の子が、手をすべり、生簀の水におちる。水のなかで、ふしぎな形の魚が、ひらひらと泳ぎはじめた。

家のなかには、女房の姿がなかつた。

（「からかさ神」より）

老人の予言

笹沢左保

一

長野県のY温泉へは、一年に一、二度、必らず行くことになっている。書き下ろしの長篇といった大仕事を持ち込んで、一ヵ月近く滞在するのであった。定宿は『金仙閣』で、二階の『望雲の間』と部屋も決まっていた。

金仙閣の経営者はまだ若く、ぼくと同年輩であった。彼の代になっているのに、未だに若主人と呼ばれていた。旅館の経営などよりも、小説家になりたかったという男で、ぼくとは友達付き合いであった。

三月の末から滞在を始めて、一週間ほどたったその夜は、団体客がつめかけて金仙閣は満員となった。本館の二階にある望雲の間は、近くがご同伴用の部屋ばかりで、いつもなら咳ばらいするのも気がひけるほど静かであった。

ところが、この夜ばかりはそうもいかなかった。別館と本館の三階を埋めた団体客が、日暮れと同時に宴会を始めたのである。その手拍子が遠く稜線を描いている山々に谺して返って来そうな騒ぎで、下手な民謡をマイクで歌わせるという無神経さだった。

とても、仕事どころではなかった。テレビには興味ないし、話をする相手もいない。仕方なく寒いのを我慢して出窓にすわり、春の夜の何となく甘い香を嗅ぐことにした。中天に、月がかかっていた。

正面に重なり合う山々の姿があり、見ることはできないがその手前を千曲川が流れているはずだった。あちこちに黒々とした林があり、月光の下に道が白い帯のようにのびている。

視界全体に、水色の靄がかかっているようであった。長野県より信州と呼ぶほうが相応しい夜景で、道中合羽に三度笠の旅人さんが白い道の上に姿を現わしそうな気がした。

団体客のお祭騒ぎが終ったのは、八時すぎであった。団体客の宴会は他愛ないもので、終ったとたんまるで嘘みたいに静かになる。義理で調子を合わせている者がいかに多いかを、如実に物語っているわけだった。

さて、そろそろ仕事にとりかかろうかと立ち上がったとき、部屋の外からごめん下さいと声がかかった。金仙閣の若主人の声であった。次の間の襖があいて、メガネをかけた若主人の顔が覗いた。

「お願いがあるんですがね」

若主人は最初から、哀願するような顔つきだった。

「何ですか」

ぼくは、若主人の背後の暗闇で揺いだ小さな人影に気づいた。

「実は、この次の間を貸して頂けないかと思って……」

「つまり、合い部屋ですか」

「見た通りの込みようで、布団部屋もあいてないんですよ。ところが、どうしても泊めて欲しいというお客さまが見えてね。金仙閣へ泊るのが目的で、遠くからわざわざいらしたそうなんで……」

「いいですよ」

ぼくは、軽い気持で引き受けた。どうせ今夜は明け方まで仕事を続けるつもりだし、次の間で人が寝ていても邪魔になるとは思えなかったのである。

「恐れ入ります。ただ寝るだけで、ご迷惑はおかけしないそうですから……」

と、若主人は、背後の人影を振り返った。

「こちらの、お年寄りなんです」

若主人にそう促されて、小さな人影が暗闇の中から浮き上がるように次の間へ姿を現わした。小柄な、老人であった。六十七、八だろうか。色が青白く、銀髪を短く刈り込んでいた。

ネクタイはしてなかったが、古ぼけていてヨレヨレになった背広を着込んでいた。荷物は、小さな風呂敷包みだけであった。老人は次の間に正座すると、額が畳に触れんばかりに深く頭を下げた。

「どうも、無理なことをお願いして、申し訳ありません。一つ、よろしくお願い致しますです」

老人は、少年のように甲高い声で、そう挨拶した。客同士なのだからそこまで礼を尽くさなくてもと、ぼくのほうがすっかり恐縮したくらいだった。昔気質で律気な老人なのに違いなかった。

「こちらこそ、よろしく……」

ぼくも、慌てて頭を下げた。

若主人が去ると間もなく、女中が次の間に床をとりに来た。ぼくがいる部屋と、次の間との境の襖が閉された。それっきり、次の間ではコソッという物音一つせず、静かになった。老人は、すぐに床にはいったのだろう。

仕事にとりかかると、ぼくはもう隣室の老人の存在すら忘れてしまっていた。高原の温泉郷は、すでに眠りの中にあった。この世そのものが、静寂のように思われた。

ただ風が強くなったらしく、地鳴りに似た唸り声と女の悲鳴のような叫び声が窓の外で聞えた。この世に、ひとりとり残されたような気分だった。同じ建物の中に数百人の人間がいるとは、とても信じられなかった。

今夜に限って、ひどく静かだとぼくは思った。いつもは例え真夜中でも、犬が吠えたり水洗の水が流れる音がしたり、男と睦み合う女の呻き声が聞えたりするのだった。だが、今夜は風の音しか耳にはいらない。

ぼくは、休憩することにした。ペンを置いて、仰向けに寝転んだ。時計を見ると、二時ちょっと前であった。ぼくは、タバコに手をのばした。と、その手が縮んだ。妙な声に、驚かされて、ぼくは身体を固くしたのである。

苦悶する声であった。低く、あるいは高く呻いている。気味の悪い声だった。この世のものとは思われない。姿なき人間がすぐそばにいて、いや怨霊の声ではないかと、ぼくは全身が鳥肌立つのを覚えた。背筋を悪寒が走り、頭の中までジーンと痺れた。

しかし、次の瞬間、声は次の間から聞えて来ることに気づき、そこに見知らぬ老人がいることを思い出した。ぼくは立って行って、襖に耳を寄せた。次の間の声はますます凄じくなり、まさに断末魔のそれであった。

次の間の様子を見るのが、恐ろしかった。だが、このままにもしておけない。ぼくは思いきって、襖をガラリと開けた。六畳間の中央に夜具がのべてあり、その上で老人が苦悶していた。目は閉じているが、凄い形相をしていた。両手をのばして、何かを締め上げるように必死になって力んでいる。呻き声を洩らし、老人の顔や浴衣の衿を開いた胸のあたりが水を浴びたように汗で濡れている。

悪い夢を見て、うなされている。一目で、そうとわかった。このままにしておいては可哀想だし、それを聞いているぼくのほうも気味が悪い。老人の目を覚まさせるほかはなかった。

「おじいさん」

ぼくは老人の肩に手をかけて、揺り起した。呻き声がやみ、同時に老人は目を開いた。老人は恐怖の眼差しで、弾かれたように飛び起きた。

「ひどく、うなされていましたよ」

ぼくは強いて、笑顔を作った。

「そうですか」

焦点の定まらない目で、老人は薄い肩をホッとしたように落した。

「何か、夢を見ていたんですね」

「はい。恐ろしい夢を……」

深々と吐息してから、老人は目を細めて笑った。恐ろしい夢など見るとは思えないような、好々爺の顔になった。

「どんな夢だったんですか」

余計なこととは思ったが、夜具の上にチンマリすわっている老人を見ているうちに、ぼくは好奇心に駆られたのであった。枯れた木のような老人が、どんな生臭い夢を見るものか興味を覚えたのである。

「人を殺している夢でした」

老人は、自嘲的な苦笑を浮かべた。

「人を殺している夢……」

予想外の老人の言葉に、ぼくは戸惑っていた。

「実際にも、経験しているんでございます」

「人殺しを、ですか？」

「はい、もう、二十年にもなりますか。無期懲役というお仕置を受けたんですが。年もとり模範囚ということで二日ほど前にご赦免になりまして……」

老人は、ぼくに向かって一礼した。お仕置とかご赦免とか古風な言葉を使うところが、いかにも老いたる囚人という感じであった。

「いったい、誰を殺したんですか」

ぼくは、何となく圧倒されながら訊いた。

「女ですよ。初音という田舎芸者でした。その頃はまだ二十三、四で、小粋な女でしたがね」

老人は、遠くを見やるような回想する目になった。

「実は、女の初音と初めて遠出してやって来たのがこの温泉で、金仙閣に泊ったんでございますよ。それで、ご赦免になるとどうしてもここへ来て金仙閣に泊りたくなり、あなたさまにもご迷惑をかけたというわけでして……。まあ、笑ってやって下さい。身寄りもない老人の、昔を思い出しての愚痴なんでございますが……」

老人は、左腕の浴衣の袖をまくって見せた。左の二の腕に小皺で薄れてはいるが、勇太郎と初音の名前を並べた刺青がしてあった。

二

尾瀬勇太郎の四十七歳までの人生は、まあ順調なほうであった。南信州の小都市に、彼の四十七年の生活はあった。家業は大工で、勇太郎の父親は大勢の職人を使っている棟梁だった。

勇太郎は、父親の跡を継いだ。戦時中は若い者を何人も使うことはできなかったし、仕事もそう派手ではなかった。しかし、別に生活に苦労することもなく、恋女房の八重子と平穏な日々を過ごしていた。

年齢的に徴兵もいちばんあと回しになり、赤紙を受け取ったのは終戦になる数日前で、結局は郷里を離れずにすんだのだった。戦後は仕事がグンと多くなり、若い者も次々に引き揚げて来て景気がよくなった。

景気がよくなると、遊ぶ機会も多くなる。勇太郎は商談や付き合いに、近くの温泉を利用するようになった。石部金吉と言われていた堅物の勇太郎は、このときになって酒の味を覚え芸者遊びを知ったのである。

四十すぎてからの道楽は、身を滅す。まさに、その通りであった。これまで知っている女といえば、恋女房の八重子だけ。しかも、夫婦の間には子どもがなかった。ほかの女と交渉を持つと、そんなことまでが妻に対する不満となる。

そんなとき、勇太郎の目の前に現われたのが芸者初音であった。名古屋出身というだけあって、山間の温泉場ではアカ抜けている点でひどく目立った。ほっそりした身体つきで、もちろん美人である。

と言っても、所詮は特定の旦那を持たない枕芸者であった。適当に男を誘って、金を絞り取ることを日々の目的にしている女だった。しかし、そうとわかったのはあとのことで、純情な四十男の勇太郎は初音に心を奪われてしまったのだ。

一晩、初音を買ってみて、勇太郎は驚いた。彼にとっては、想像もつかなかった未知の世界へと、導かれたのであった。それほど、初音の夜の技巧が優れていたのである。初音に較べたら、妻の八重子など人形にも等しかった。

勇太郎はもう、夢中であった。初音が身体があいている限り、家へは戻らなかった。もちろん、要求されるだけの金は初音に渡していた。

「結婚してくれ」

初音とY温泉まで遠出して金仙閣に泊った夜、勇太郎は彼女にそう迫った。

「嬉しいことを、言って下さるのね」

初音は、感激した面持ちだった。しかし、心の中はその逆であった。彼女にとって、勇太郎はいい客である。それだけのことであった。今更、二十五も年上の大工の女房になっても仕方がなかった。

それに妻となったら、金を絞りとるわけにはいかないのだ。亭主が死ぬのを待って遺産をもらうなどと、気の長いことは言っていられなかった。

だいたい初音という女は、妻の座に魅力を感じる性質ではなかった。生まれながらの淫婦で、いろいろな男に抱かれることを趣味としていた。勇太郎の妻になる気持など、毛頭なかったのである。

「承知してくれるだろうな」

「でも、奥さんが……」

「女房とは、別れる」

「じゃあ、そうなってから考えさせて頂きます」

そんなことが簡単にできるはずはないと考えて、初音は曖昧にその場を胡魔化しておいた。ところが、勇太郎のほうは、鬼の首でもとったみたいな喜びようで、左腕に自分と初音の名前の刺青を彫ったのもその直後のことだった。

彼はすぐ、八重子に別れ話を持ち出した。子どもができないというのが、表向きの理由であった。八重子はすでに、そうなることを予期していた。初音とのことも、とっくに噂で耳にはいっていたのである。

勇太郎に対する世間の評判は、すこぶる悪かった。いい年をして娘のような芸者にうつつを抜かし、家業を疎かにしている。妻を泣かせ、周囲の者の忠告も耳に入れようとしない。

最近、仕事の量も少なくなったし、心ある若い者は見切りをつけて去って行く。八重子は実家へ帰った。実家の両親も、勇太郎の悪い評判を知っていた。あの男にはもう望みがないと両親に言われ、八重子もその気になった。

間もなく、正式に離婚した。勇太郎はそのことを初音に報告し、改めて結婚してくれと迫った。慌てたのは、初音である。その日から、勇太郎に対する彼女の態度は冷やかになった。

冷たくされれば、追いかけたくなる。勇太郎は必死になって、初音を追いかけ回した。そうしたある夜、初音が近くの温泉場に来ていると聞き込んだ勇太郎は、その旅館の離れ座敷に忍んでいった。

そこで彼が見たのは、情交を了えたあとの気息奄々たる半裸の初音の姿であった。男は用便にでも立ったらしく、そこには見当たらなかった。枕が二つ、畳の上に転がり出ていた。

勇太郎は逆上した。憎悪の炎が、彼を焼いた。落ちていた水色の腰ヒモを拾うと、胸を波打たせてまだ陶酔の余韻の中に沈んでいる初音のところに駆け寄った。

目をあけた初音の顔に、驚きと恐怖の表情が広がった。しかし、勇太郎は容赦なく彼女の首に腰ヒモを巻きつけて、激しい力で締め上げた。汗に濡れている初音の顔が、紫色に染まった。

背後でトイレから戻って来た男が悲鳴を上げたとき、初音はすでに死んでいた。勇太郎はその場で、駆けつけて来た連中にとり押さえられて駐在所の警官に引き渡された。

単純な痴情怨恨による殺人に、無期懲役という刑罰は重すぎた。だが、それにはいろいろな事情があった。勇太郎は狂ったように荒れて、警察や検事の取調べに終始反抗したのだ。

警官に飛びかかり押し倒したりして、暴行罪が加えられた。裁判のときも荒れ狂い、裁判官を怒鳴りつけて法廷侮辱罪にも問われた。そうした罪も加算され、反省や改悛（かいしゅん）の情がまったく見られないということで無期懲役の判決となったのである。

「まったく、お粗末でお恥ずかしい話でございます」

老人は、照れ臭そうに笑った。しかし、話の中の勇太郎と目の前の老人が同一人物であることが、ぼくには信じられなかった。それほど、枯れきったという感じの、老人らしい老人だったのである。

「それで、いま夢の中で殺そうとしたのも、その初音という人だったんですか」

ぼくは、訊いた。

「はい。初音との思い出がある金仙閣に泊ったというだけで、こんな年寄りでも興奮していたのでしょうか」

老人は、深く項垂（うなだ）れた。

「いまでもやっぱり、おじいさんは初音という芸者を憎んでいるのじゃないですか」

「いや、もうそんなことは、ないはずでございますが」

「しかし、夢の中でまた初音という芸者を、殺そうとしたくらいなんだから……」

「刑務所にいる二十年間、そんな夢は見たことがなかったんですよ」

「自由になったいま、改めて初音が憎らしくなったんでしょうね」

「初音は殺されても、心根を改めるような女ではないということを、あの世から知らせて来たのかもしれません。それで、わたしも夢の中でまたカッとなって、初音の首を締めたのでしょうか。いずれにしても、何もかも遠い昔にすんでしまったことなんでございますよ」

「今後は、どちらへ?」

「さあ……。わたしには今更、今後とか明日とかいうものはありません。明るくなったら、どこへ行くやら……」

老人は寂しそうに笑った。

ぼくは、仕事に戻った。老人も再び、横になったようである。軽い鼾が聞えて来た。明け方の五時に、ぼくも原稿用紙の上に顔を伏せたまま眠ってしまった。やがて寒さと騒がしさに目を覚ましたときは、すっかり朝になっていた。

窓をあけると、パトカーのサイレンが聞えた。何かあったらしい。小走りに廊下を、足音が通りすぎていく。ぼくも、部屋を出てみた。事件というのは、金仙閣の中で起ったようである。若主人が、ジャンパー姿で走って来た。

「すみませんね。騒々しくて……」

ぼくの前を通りながら、若主人は言った。

「何があったんです」

ぼくは、若主人の背中に声をかけた。若主人は立ちどまって、ゆっくりと振り返った。

「夜中に、客と泊っていた初音という若い芸者が殺されましてね」

「初音！」

「客のほうは用をすませてから、ほかの部屋へマージャンをやりに行っていて、今朝戻って来て死体を見つけたんです。初音という芸者は、水色の腰ヒモで締め殺されていたんですよ」

水色の腰ヒモ――ぼくは自分の顔から血の気が引いていくのが、はっきりとわかった。そっと振り向いたが次の間に老人の姿はなく、部屋の隅に無器用にたたまれた夜具がひっそりと積んであるだけだった。

怪談作法

都筑道夫

　ふたりの男が、幽霊は存在するかしないかで、激しくいいあらそっている。存在しないという男は、理づめに攻めたてて、存在するという男を、しどろもどろにさせた。

「わかった。わかった。理屈じゃあ、あんたにかなわない。幽霊は存在しない、ということにしてもいいよ。でも、それは間違っている。この通り」

　くやしげにいうと同時に、男のすがたは、煙のように消えた。以上が、怪談の原型、といわれている。私は怪談を聞くのも、見るのも、読むのも好きだ。書くのは、いちばん好きだけれど、この原型から、新しいヴァリエーションを、つくろうと思ったことはない。私はいま、タクシーの怪談に興味を持っているので、それに原型をあてはめてみようか。当然、タクシーの運転手と客が、幽霊は存在する、しないの議論をすることになるだろう。その場合、いいまかされた客が怒って、

「でも、幽霊はいるんだ」

　といって、消えてしまう、という当てはめかたをする人は、失礼ながら、小説家の才能はない。

「このあいだ、幽霊をのせたタクシーの話を、テレビで見たんだけど、あんなこと、実際にあるのかなあ」

「わたしには、経験はありませんけどね、お客さん。仲間にはいますよ、幽霊をのせたのが」

「ほんとかねえ。なにかの錯覚じゃないのかな」

といったぐあいに、議論になるのが、自然だからだ。怪談といえども、リアリティをもってはじまり、論理をもって展開しなければいけない。そうなると、消えるのは運転手であるわけだが、車はどうなるか、という問題がある。運転手といっしょに、車も消えてしまって、客は道路に倒れていた、というのでは、滑稽でしかないだろう。運転手のいなくなった車は、街路樹に激突、炎上して、客も死んでしまうことにすれば、かなり派手にはなるが、やはり古めかしい。運転手が消えたので、客はあわててバックシートから乗りだして、ハンドルに手をかける。ハンドルは大きくまわって、歩道にのりあげた車は、正面の店舗に突入する。それが、映画の二重写しのように、すうっと店舗に吸いこまれて、気がつくと、客は歩道に立っている。わけがわからないながらも、空車のタクシーが近づくのを見て、客は手をあげる、という結末にすれば、いくらか増しか。

機械文明が発達しすぎた反動で、超自然の現象を信じるひとは、かなり増えている。けれど、それは現実の幽霊を信じるひとで、そのまま怪談の読者にはならない。引きつづき、タクシーの怪談を例にとれば、現実に語られるパターンは、およそきまっている。タクシーが夜ふけに、淋しい道で男、あるいは女の客をのせる。行きさきだけを告げて、客は黙りこむ。目的地について、運転手がふりかえってみると、客はいない。客のすわっていたところが、ぐっしょり濡れていたりする。いまごろ、そんな怪奇小説を読まされて、怖がる読者はいないだろう。だが、霊を肯定するひとは、それが同じパターンであるがゆえに、信じるのだ。やはり小説としての怪談は、積極的には信じないが、読むのは好きだというひとから、霊を否定するひとまでを、対象にしなければならない。そこで、こんなのは、どうだろう。

夕立の坂をあえぎながら、タクシーはのぼっていた。ワイパーで、はじくそばから、フロントグラスは、雨の縞でおおわれて、すぐ前の車も、はっきりは見えない。左の窓のそとには、滝があった。狭い石段の坂を、泡立つような勢いで、雨水が流れおちているのだ。それほど、すさまじい夕立だった。屋根をうつ雨音のなかで、タクシーは匍うようにすすむしかない。いらいらしながら、私はポケットのなかで、つぶれかけたタバコのパックを、手さぐりしていた。一本吸ったら、多少は気が休まるだろう、と思うのだが、目の前のフロントシートの背なかには、

「この車の中では、まだ一本の煙草も吸われておりません。煙草は吸う人にとって、健康の大敵であるばかりでなく、吸わない人にまで、迷惑をおよぼします。きれいな環境で、お客さまを目的地へおとどけするために、禁煙に御協力ください」

と、いやみな文章を書きならべたボール紙が、大きく貼りつけてある。左右のドアの窓ガラスに近いあたりにも、禁煙、と彫りつけたプラスティック板が、貼ってあった。そのくせ、車体の外がわには、どこにも禁煙車の表示はない。このタクシーをとめて、乗りこんだとき、

「これじゃあ、詐欺も同然だ」

と、思ったものだが、私は急いでいた。ぽつりぽつり、雨もふりだしていた。だから、我慢して、バックシートに腰を落着けたのだけれども、天の底がぬけたような夕立になって、いっこう

に車が走らなくなると、苦痛は増した。個人タクシーだって、これじゃあ、勝手すぎる。夕立による車の渋滞は、運転手の責任ではないが、

「お急ぎのところ、すいませんね。これじゃあ、どうしようもなくて」

というぐらいのお愛想は、あってもいいだろう。行きさきを告げたときにも、返事もしなかった。私が背なかを睨みつけていると、運転手はグラヴボックスに手をつっこんで、なにかごそごそやっている。細長いものを口にくわえたと思うと、かちりという音が、雨音にまじって聞えた。ライターの音だった。私は腹が立って、

「ひどいじゃないか、きみ。こっちだって、この雨で、いらいらしているんだぜ。客にはこんなに大げさに、禁煙を強制しておいて、自分が吸うってことが、あるもんか」

「タバコなんか、吸っていませんよ」

ふりかえりもせずに、運転手はいって、薄むらさきの煙を吐きだした。私はフロントシートに身をのりだして、

「吸っているじゃないか、その通り」

「吸っていません。この車は禁煙なんだ」

にべもなくいって、運転手はくちびるから離したタバコを、くわえなおした。煙がこちらへ流れてきて、私をいよいよ苛立たせた。

「ばかにしていやがる。その口にくわえているものは、なんなのだよ、それじゃあ」

肩に手をかけて、強くゆすぶると、運転手はふりかえった。

「あぶないじゃないですか、お客さん」

　くちびるに、タバコはなかった。私は運転手の首をつかんで、

「どこへ隠した。たしかに、見たんだ」

と、いっそう身をのりだした。運転手の首をつかんで、力をこめようとする私の手を、だれかが押えた。

「すぐかっとするんだから、きみは——それが、きみのいちばんいけないところだよ」

口論のあげくに、私が殺してきた男が、いつの間にか隣にすわって、私の手をつかんでいた。

　短いからこそ、成立する怪談で、結末をいきなり意外な方向へ、ふりむけたところが、みそといえるだろう。もうひとつ、ご覧に入れる。あまり怪談らしくなく、不気味さを出そうという試みで、おちはなくても、いいのかも知れない。そうすると、よほどの怪談マニアでなければ、わかってくれない、と思って、おちをふたつ考えた。

　低い崖の下には、大きな寺の墓地があって、大小の石塔が、濃淡の影をつくっている。闇のもっとも濃いところが、ねっとり煮つめた黒餡（くろあん）のように見えるほど、蒸暑い晩だった。やっと空車の赤い灯をつけてきた個人タクシーに、私がのりこむと、

「ひどい暑さですねえ、お客さん。どちらまで」

　頑健そうな肩幅と、白髪をきれいになでつけた血色のいい横顔を見せて、運転手が元気よく声

をかけてきた。クーラーの冷気に、ほっとしながら、「私が行きさきを告げると、遠いネオンサインにむかって、車を走りださせながら、

「夕方の空もようだと、ひと夕立きて、ちっとは涼しくなってくれるだろう、と思ったんですがね。これじゃあ、夜なかすぎまで、蒸すでしょう」

「そうだろうね」

「クーラー、もっと強くしましょうか」

「いや、この程度で、じゅうぶんだ。冷房はあんまり、好きじゃなくてね。それより、すこし窓をあけて、タバコを吸っても、いいかしら」

「どうぞ、お吸いください。実をいうと、わたしもクーラーは、好きじゃないんですよ。まあ、つけないわけにも行かないから、つけていますけど」

しゃんと背すじをのばして、ハンドルを握ったところは、大企業の会長の運転手でも、長くつとめたような感じだった。そのマナーのよさのせいで、歯切れのいいお喋り(しゃべ)も、ただ調子がいいだけには、聞えなかった。私もつい口がほぐれて、

「そういえば、タクシーにクーラーがついてから、まだ十年かそこらでしょう」

「そのころは、大した車の渋滞も、ありませんでしたからね。風を窓から入れながら、すいすい走れたんです。つっかえ、つっかえ、のろのろ運転じゃあ、クーラーがなかったら、ゆだってしまいますよ。もっとも、今年は世界じゅう、ひどい暑さなんだそうですな」

「そうらしいね。六月の半ばころ、ちょっと用があって、ぼく、一週間ばかりニューヨークにい

たんだけど、そういえば、もう真夏の暑さだったな」

「はあ、ニューヨークにね。そんなに、暑かったですか」

「暑かった。若いつもりで、Tシャツ一枚で歩いていたんだけど、それでも汗だくだったね。曇った日がつづいて、毎朝のように雨もふったのに、日ちゅうは暑いんだ。デイライト・セイヴィング・タイム——夏時間ってやつがはじまっていたから、午後の九時をすぎないと、暗くならないし、涼しくならないんだよ」

「夏時間ね。時計を一時間、すすめるんでしょう。日本でも、終戦直後にやったのを、おぼえていますよ。サマー・タイムって、いいましたな。夜の十一時になっても、ほんとはまだ十時だなんて、つい夜ふかしをして、寝不足になったもんですよ」

「日本じゃあ、評判が悪かったんだね。しかし、軽く飲みながら、晩めしを食って、外に出ると、まだ明るいってのは、悪くなかったよ。風も出てくるし……日ちゅうだって、風はあるんだが、肌にあたると、焼けつくようでね。熱気のこもった風なんだ。それでいながら、さっと吹いてくると、やっぱり気持がいい。熱風がさわやかだってのが、おもしろかったな」

「わかりますよ。わたし、戦争ちゅうに下士官で、南方にいたんです。司令官の車を運転していたから、楽だったんですがね。まあ、息苦しいくらい、蒸暑い日が多いんですが、ときたま、からっと暑い日があって、そういう風が吹きましたよ」

「ハーレムの黒人街なんかは、冷房のないアパートばかりだから、昼間は男も女も、子どもも年よりも、みんな外へ出ていてね。海鳴りという言葉があるんだから、人鳴りといっても、いいんじゃないかな。街ぜんたいが、わーんと唸っているみたいだった。黒人街のさかい目あたりは、白人の住んでいるアパートも古いから、窓のところに、クーラーの箱が出っぱっているんです。おなじような茶褐色のビルが、通りをはさんで建っていて、あっちを見ると、どの窓にもクーラーがついている。こっちを見ると、なんにもついていないんだから、不平不満が渦巻くのも、わかるような気がするな。新しいガラス張のビルなら、あきらめもつくだろうけど」

「そんな物騒なところまで、行ってごらんになったんですか」

「車で、ぐるっとまわっただけさ。ついこのあいだ、ニューヨークで世話になったひとから、手紙がきてね。いよいよ、猛暑らしい。連日、百度を越えているんだって――華氏の百度ってのは、摂氏のなん度だったっけ」

「さあて、なん度でしょう。昔の寒暖計には、両方、書いてありましたね。わたしは年よりだから、書いてあったのはおぼえているが、違いのほうはわすれましたな」

見たところ五十五、六の顔つき、からだつきだが、戦争ちゅうに下士官だったというのだから、六十を越えているのかも知れない。あざやかにハンドルをさばきながら、ときどきバック・ミラーで私の顔を見て、

「しかし、聞いただけでも、連日百度というのは、すごいですね」

「西海岸のほうは、それほどでもないらしいよ。昼間、ロスからハワイへ寄って、帰ってきた友だちに、あったんだけどね。ロスでは朝晩すずしくて、昼間もそれほどでは、なかったそうだ。かえってハワイが、朝晩はしのぎやすいんだけど、日ちゅう温度が急上昇して、バスの停留所な

んかで、卒倒するひとが多かったって」

「やっぱり、赤道に近いせいでしょうかね」

タクシーは、繁華街を走っていた。ネオンサインのまばゆい建物のあいだに、車が集ってきていて、だんだん自由に走れなくなった。それでも、なんとかすりぬけて、私をのせたタクシーは、すすんで行った。さすがに運転に集中して、運転手はものをいわなくなった。私も新しいタバコに火をつけて、窓のそとに目をやった。すぐわきに、橙いろに塗ったタクシーがとまっていて、若い運転手がくちびるを噛みながら、フロントグラスをにらみつけている。車と車のあいだに、左がわの小さな店が、豆電球を明滅させているのが見えた。舶来雑貨屋、といった店なのだろう。ソフト・アイスクリームのかたちをした電球が、ピンクやオレンジのいろに明滅している下に、ワゴンが出してあって、ショートパンツの娘がひとり、立っている。ワゴンをのぞきこんで、お尻をつきだした両足が、はっとするほど長い。私はつかの間、渋滞のいらいらをわすれて、しなやかな太腿を見つめていた。だが、それはたちまち、車のかげに隠れて、私のタクシーも動きだしていた。

「ねえ、お客さん、夜になっても、暑いですねえ」

運転手の声に、私は目をひらいた。タバコを灰皿に投げこんで、シートによりかかった私は、うとうとしてしまったらしい。いつの間にか、渋滞をぬけだして、車は軽快に走っていた。私は目をしばたたきながら、

「うん、いっこうに涼しくならないねえ」

「クーラー、もっと強くしましょうか」

「いや、けっこうだ。とめたら、我慢できないだろうが、ほんとに好きじゃないんで」

「実をいうと、わたしも好きじゃないんです。この暑さじゃ、窓をあけたぐらいじゃあ、おさまりはつかないから、つけていますがね。もっとも、今年は世界じゅう、ひどい暑さなんだそうですな」

「うん」

「さっきのお客さんに聞いたんですが、六月の半ばに一週間ばかり、ニューヨークへ行ってらしたんだそうです。もう真夏の暑さだった、といいますよ。曇った日がつづいて、毎朝、雨がふるのに、日ちゅうは、ひどい暑さで」

馴れたハンドルさばきで、車をすすめながら、運転手の声は、歯ぎれがいい。しゃんと背すじをのばして、ときおりバック・ミラーに目をあげる。

「ニューヨークは、サマー・タイムというのを、やっていますでしょう。日本でも終戦直後にやって、評判が悪かったから、すぐやめてしまいましたけれど、時計を一時間、すすめるんですよ。だから、午後の九時ごろになって、ようやく暗くなる。それまで暑さがつづく、というんだから、かないませんね」

「それは、さっき――」

ぼくがいったことだよ、と私はいおうとしたのだが、運転手の言葉にさえぎられた。

「ええ、さっきのお客さんの話でね。日ちゅう、風がないわけじゃないらしいが、肌にあたると、焼けつくようだ、というんです。熱気がこもった風なんですね。それでいながら、さっと吹いてくると、やっぱり気持がいい。熱風がさわやかだってのは、妙に思われるかも知れませんがね、お客さん。そういうことも、あるんですよ。わたし、戦争ちゅうに下士官で、南方にいましたんで、知っているんですが……」

「うん」

「そのお客さんが、ニューヨークで世話になったおひとから、最近、手紙がきたそうなんですが、それによるとね、いよいよ猛暑で、連日、百度を越えているそうですよ。華氏の百度ですな。摂氏にすると、なん度ぐらいになるんでしょうね」

私は返事ができなかった。なんともいえない奇妙なこころもちで、がっしりした肩幅を見つめていると、

「昔の寒暖計には、摂氏と華氏と両方、書いてありましたよ。わたしは年よりだから、それはおぼえているんだが、違いのほうはわすれましたな。お友だちがロスから、そのお客さんの話なんですが、西海岸のほうは、それほど暑くないそうですよ。やっぱり、ハワイへ寄って、帰ってきたばかりなんだそうですが、朝晩はすずしくて、昼間も大したことはないらしい。ああ、それはロスの話なんですがね。かえってハワイが、朝晩はしのぎやすいのに、日ちゅう温度が急上昇するんだそうです。バスの停留所なんかで、卒倒するひとが多かったっていいますから、やっぱり赤道に近いせいでしょうかねえ」

私はもう、我慢ができなくなった。年のせいで、ぼけているだけのことかも知れない。だが、

それにしては、私のいったことを、明晰におぼえていすぎる。私はフロントシートの背に手をかけて、

「運転手さん、申しわけないが、とめてくれないか」

「どうなさいました。ご気分でも……」

「そうじゃないんだ。大事な用で、電話をかける約束をしていたのに、すっかりわすれていた。悪いけれど、ここでおろしてくれないか」

「どうぞ、かまいません。こう暑いと、大事なことも、わすれがちです」

私は料金を払って、むっとするような歩道におりた。

「ありがとうございました。お気をつけて」

ていねいにいって、運転手はドアをしめると、走りさった。テイルライトを見おくりながら、私はポケットに手をつっこんで、タバコをとりだした。おかしな運転手だったな、と思いながら、私はからだのむきを変えて、ライターの火をつけた。目の前に、もう閉店した洋服屋のショーウインドウがあった。その暗い窓ガラスにうつって、ジッポの炎に下から照されている男の顔は、私の見たこともないものだった。


もうひとつのエンディング。どちらが怖いか、あなたが判断してください。

私はからだのむきを変えて、ライターの火をつけた。目の前は鏡屋で、ショーウインドウに大きな鏡が、五つならんでいた。その鏡のなかで、タバコに火をつけている五人の男は、どれも私

とおなじ服を着ていた。だが、顔は五人とも別べつで、どれも私の知らない男たちだった。

怖いこと

武田百合子

二学期の始業式の訓話の終りには、いまから十数年前に起った関東大震災の怖ろしさについて、校長先生は必ずつけ加えられた。そして、その日だったか、次の日だったかに、全校生徒が隊伍をととのえて、震災記念館へ見学に出かけた。毎年の行事であった。大きな葉のついた街路樹がある歩道のひなたを長々と、市電の停留所をいくつも越して歩いて行った。

午前十一時何分か（地震の起った時間）を指して止まっている大時計や、電気仕掛で火を噴き上げたり、家がくずれたり、海や山が動いたりするパノラマがあった。背景の炎と煙に追われて、こちらへ向って逃げてきた日本髪の女や番頭さん風の男や詰襟の白服の男が、大きく口をあけ手をさしのべながら、ぱっくり口をあけた道路の割れめへ落ちて行く細密画があった。唇は赤く大きく、あけた口の中には歯や舌まで描いてあった。震災と関係がないと思われるのだけれど、第一次世界大戦の毒ガス弾に関する陳列室もあって、そこも見学した。もし毒ガスにやられると人間の体はどうなるか、——眼や耳や皮膚の蠟細工の模型と絵と写真があった。イペリットという毒ガスにやられたときの模型や写真が、なかでも一番気持わるく汚らしかった。全体ほの暗い湿気臭い、この建物の中にいると、途方もなく巨きな真黒い手をした震災と戦争が、必ずいつかやってきて、そのとき自分たちは死んでしまう気がした。震災で死ななくてはならないのなら、どうか地割れに落ちる死に方でないほかの死に方を、戦争で毒ガスにあたって死ななければならないのなら、イペリットでない毒ガス弾にあたりたい、——記念館を出て帰ってくる途中は、だらだらした弱々しい気持になって、そう思った。それからあとの一週間ほどは、地割れとイペリットが、じきに頭に浮んできて、遊んでいても墨を呑んだような気分になった。墨を呑んだような気分になることが、このほかにも今はある。二学期のはじめには、理科でマッチを使うから、マッチのすれない生徒は夏休みのうちにすれるようになっておくこと、と先生からいわれているのだ。私はまだマッチが怖くてすれない。——

墨を呑んだような気分のまま、坂を下りて川べりの納豆工場の裏の青木さんを訪ねて行く。四年生になってから仲よくなって遊ぶようになった青木さんは、学校の勉強は出来ない。でも妙なことを沢山知っている。「こうやってごらん」眼と鼻の間にイーッと皺を作らせてから「ここに海老が出来る人は美人で運がいいんだってよ」などと言う。青木さんは、もうマッチがすれるかもしれない。

陽が照りわたる表を歩いてきて、青木さんのところの板戸を押して入ると真暗で、眼の中から緑や赤の燐光の粉が湧いた。足もとから土間が長細く奥まで通っていて、土間の両側に敷居を高くして障子をはめた（六畳ぐらいの）部屋が五つずつ並んでいた。眼が慣れてきても、それ以上明るくならない暗がりの土間は、履物のあとが凸凹と一面についたまま踏みかたまっている。高足駄（たかあしだ）や杖、わら草履、ゴム靴、下駄などが、間隔をおいて（部屋の上り口に）揃え直してあったり、転がったりしていた。ねずみとりの針金カゴや七輪も転がっている。せかせか女の人がやってきて障子を乱暴に開け、歩いてきた格好に下駄をあと先へ脱ぎ放して、つんのめるように這いずり上り、ぴしゃりと閉める。

便所の匂いと泥の匂いと足の匂いと食物の煮たきの匂いなどが混り合って、いろいろなものが腐っていく途中の匂いになって、湿っぽく澱んでいる。

障子が閉めきってある部屋の前を通るときは、中が見たい。少し開いている部屋の前を通るときは、す早く見てしまう。汚れた壁に茶だんすがある。茶だんすの上に富山の薬袋がななめに吊してある。神棚があって、金色の模様の白い小さな徳利が光っている。火鉢のかげに、向うむきに固くねころんでいるシャツと股引き姿の男の人。

すっかり開けひろげの部屋の前を通るときは、見てはわるいような気がするが、見たいから矢張り見る。一番奥の右側の部屋では、緑色のセルロイドの前庇のついた（かぶれば気がしっかりしてエジソンのような頭脳になる）エジソンバンドという名前の流行の室内帽をかぶった男の人が、菊の花の絵を薄墨でいつも練習していた。舌のような、指のような、髪の毛のような、いろいろな種類の大輪の花びらが、めくれたり、もつれたり、縮れたり、垂れ下ったり、いろいろな咲き方をしている有様を、頸や胸をさすったり、ひっ掻いたりしながら、半紙に一輪ずつ描いては、畳に散らして乾かしていた。窓ガラスにも菊の花の半紙が貼りつけてあった。

青木さんの住居は奥のつき当りで、そこだけ別格に玄関風の沓ぬぎ場がついていて、部屋も三つくらいあるらしかった。はじめて板戸を入って土間を通りぬけてきたとき「全部、青木さんちの人？　親類？」と、どきどきして訊いたら「苗字がみんなちがうよ。商売も。うちは大家で、みんなから家賃とってる」と青木さんは言った。ちんどん屋の人も煮豆屋の人もいて、菊の花を描いている隣りの人は、工芸学校の夜学生で、うちのおかあさんは、夕方になると近所でおでん屋をしているのだ、と言った。青木さんのおかあさんは、体の大きな人で、黄ばんだ平たい顔と縮れ毛の髪が、青木さんと似ていた。部屋のまん中で、もろ肌ぬぎの立膝となり、タバコをふかしていたことがあった。

マッチがすれるかどうか、訪ねて行ったあの日は、青木さんもおかあさんもいなかったので、玄関の前に立って私は少しの間ぼんやりしていたように思う。それから隣りの部屋の前へ行って、菊の花を描いているのも、しばらく見ていたように思う。そうしたら、夜学生が紙袋のお菓子を、食べてみるか、とすすめてくれたので、土間に立ったまま食べたのだ。カステラの間に羊かんをはさんで三角に切った形のお菓子だった。この菓子の名前知ってるか、と訊くから、知らない、と答えると、シベリヤ、と言った。

坂の上のほうから遊びにきたのだ、と言うと、軍艦山のそばか、と訊くから、そうだ、と答えると、夜学生は何も言わなくなって、シベリヤというお菓子を、あちこちの角度から眺めながら、もくもくもくもく食べていた。

軍艦山というのは、正面から見た形が軍艦の横腹に似ていて、上も甲板に似た平らな草原になっているかららしかった。上ると港が見えて、ほんものの軍艦がきているのも見えた。握ると手を深く切って血の止まらない草が、上る径に生えているので、私たちは軍艦山にはあまり行かないのだ。

シベリヤを食べるのを急にやめ、夜学生は光る奥眼で私の方を見た。「昨日、軍艦山で怖いもんを見たぞ……ありゃあ、怖いもんだ。見たいか。見たらおしまいだぞ。気持わるいぞ」まじめな顔でうわごとのように言うと、仰向けに寝ころび、何も言わなくなってしまった。

おでん屋の店に中から錠をおろして、洗濯屋の若い衆と青木さんのおかあさんが、丸裸で取っ組み合ったまんま昼寝していたそうだ、その二人が軍艦山でも取っ組み合って昼寝していたそうだ、と学校に噂がひろがったとき、青木さんは何とはなしに元気がなくなったように見えたけれど、運動会ではリレー選手となって紫色のたすきをかけ、先頭をきって走った。

わたしの赤マント

小沢信男

拝啓　貴家益々御清栄のこととお慶び申上げます。

さて、小誌「お尋ねします」欄は、創刊以来、各界諸士のご利用をえて、幸いご好評をいただいております。

お仕事のうえで、あるいはご趣味の面などで、お調べになりたいこと、お探しの資料等がございましたら、その旨を、この際ぜひご寄稿ねがいたく存じます。

また、同窓、同郷の、旧友、知人の消息や、尋ね人など、伝言板代りに小欄をご活用くださることを歓迎します。

お原稿は、二百字から四百字程度にお願い致します。なお稿料は、恐縮ながら図書券で代えさせていただきます。

右、要用のみ。よろしくお願い申上げます。

昭和五十七年×月×日

週刊アダルト自身編集部

牧野次郎様

牧野次郎　日中戦争の最中のころ、東京の町々に夜な夜な赤マントを着た怪人が現れて、女こどもを襲うという事件、いや、噂がありました。たぶん昭和十三、四年。私が小学五、六年生の時分です。先年、口裂け女の噂が小学生たちの間に伝播した事件があって、それで改めて思い出したのですが、赤マントは、まさに口裂け女の先輩にあたります。但し、口裂け女は道端で子供を呼びとめて「私きれい」と尋ね、さらに「これでもきれい」とマスクをとると、口が耳まで裂けている、というのだから、いうなら容貌ばかり気にしているナルシストのお化けでしょう。その点、赤マントは、どうやら問答無用で襲いかかるのだから、恐ろしさも強烈だし、凄みのあるデマだったと思います。だが、それにしては、赤マントに関する記録は殆どないようなのです。そこで、当時の小学生諸君にお願い。赤マントにまつわるご記憶を、なんなりとお聞かせください。いつ、どこで、なにをしたか。体験的にナマナマしいほうが有難くはあります。それから、お気づきの資料をご教示ください。恩に着ます。（東京　写真家）

牧野次郎様へ　赤マントは東京にだけ現れたのではございません。私が大阪市南区の高津小学校の三年生ぐらいの頃、たしかにそういう噂がありました。よほど大層な騒ぎでした。道頓堀の橋の袂の公衆便所に赤マントが出たというので、近所の男の子たちが隊を組んで、怖いもの見たさの見物に駆けていったものでした。トイレで用を足していると、赤マントがふいに現れてお尻をなでるのだそうで、そのため私ども女子組は、学校のトイレにも団体で参りました。夜などは自宅でも小用に立つのが怖くて困りました。あの妙な噂の元は、紙芝居ではなかったでしょうか。なにかそんなふうに伺った気がします。今となれば懐かしく、大阪の町々にも夜な夜な現れた、

ということが申しあげたくて一筆いたしました。（大阪　紀田福子）

牧野次郎様へ　赤マントは、すばらしい疾走力の持主であることが、大きな特徴だったと僕は記憶します。この怪人は赤マントをひるがえしながら、オリンピックの選手よりも早く走る、神出鬼没に人をさらってゆく、というのが僕らの間の噂でした。昭和十一年のベルリン・オリンピックの次は、昭和十五年に東京で開催と一旦は決まりながら、日中戦争の拡大のために返上したのだが、それでも五輪ムードは残っていて、それがこんな噂にも反映したのだと思います。僕は横浜の山手小学校の二年生ぐらいでしたろう。学校の裏の竹藪に出るというので、一同で手をつないで探険にいったのを思い出します。なお、口裂け女の場合も、百メートルを七・五秒で走ると言われました。快速力は、子供たちの怪人伝説の一属性かと思われます。（葉山　鷹司由紀夫）

牧野次郎様へ　赤マント事件に関しては、加太こうじ著『紙芝居昭和史』中に記述があります。立風書房版で一五一～一五二頁です。要約すれば、このデマの流布は昭和十五年一月から初夏にかけて。谷中墓地附近で実際におきた少女暴行殺人事件の噂と、たまたまその辺りでやっていた紙芝居とが結びついて、デマの大発生となった由です。昭和十三、四年というご記憶は、ご訂正の要がありましょう。さて、その紙芝居は、赤マントを着てシルクハットをかぶった魔法使いが、街の貧しい靴磨きの少年をさらっていって弟子にする、という物語りで、作者は加太こうじ。芥川龍之介の『杜子春』にヒントをえた、むしろまじめな教育的な内容だったといいます。その紙芝居の絵が、業者の手から手へ渡って、東京から順に東海道をくだって大阪へ移動してゆくのと、子供の口から口へデマが流れてゆくのとが、うまく一致したもので、大阪の警察署は、この紙芝居がデマの原因とみなして、押収し焼却処分にしました。作者の加太氏は、今後はデマの種になるようなものを作るなと、お灸をすえられた由。これは全くのいいがかりだと、加太氏は書いています。

なお、昭和十五年当時、小生は芝浦の商業学校生徒でしたが、ごく漠然としか、この件の記憶がありません。もう小学生ではなかったからでしょう。ともあれ、これにて一件ほぼ落着と存じますが、如何。（東京　遠山金次郎）

牧野次郎　さきに本欄を借りて、赤マントについての「お尋ね」をしたところ、早速に種々ご回答をお寄せいただき、有難うございます。みな切抜いてファイルに大切に保存します。図書館に行って『紙芝居昭和史』を読み、コピーもとってきました。少女暴行と、人さらいの、二つのイメージが混在する所以もわかって、いろいろと納得。とりわけ次のくだりなどは、溜飲のさがる思いがしました。「赤マントのデマは、いつ終るかわからない日中戦争のために子どもの世界にすら不安感が生じたことと、何かといえば忠君愛国をいわれるので、子どもたちがエロ・グロなどの強い刺激に、抑圧された気持のはけぐちを見いだしたために流布されたとも思われる。」

じっさい、赤マントは強烈なエロ・グロなのでした。加太氏もそこらは筆を控えておられるけれども、なにをかくそう赤マントは、女の人を襲ってお尻から血を吸うのでありました。つまり経水を飲むのです。ですから、女性ならいつでも誰でも間に合うというものではなくて、やむなく彼は夜ごとに赤マントをひるがえしつつ、あちこちの公衆便所を覗いて廻らねばならなかったらしいのです。しかし、この変態的イメージが、まさか小学生の発想でしょうか。私のいた小学校は東京の銀座にあって、場所柄マセた下町っ子が多かったのですが、それでも右の機微など判らずに、なにか吸血鬼に化けた河童のように思えたりして怖がっていたのでした。

このデマには、やはり大人も加担していたのではないでしょうか。戦争に狩りだされる若者たちこそ不安を抱き、最も抑圧されていたでしょうし、加太氏の紙芝居は、作者の知らぬまにデマの伝播役を担ったようですが、ほかにも同様な加担者が、けっこうそこらにいたのではないでしょうか。当時の若者諸氏に伺います。あなたにとって赤マントは何んであったか。とくにデマの末路について、知らるるところをご教示ください。(東京　写真家)

もしもし牧野君？　川端です。泰明小学校のときの川端よ。そう。ずいぶん暫く。おたくの電話番号がわからなくてさ。クラス会の名簿つくる時も知らせてこないんだから。電話の欄が空いてるのは、おたくぐらいね。週刊アダルト自身に電話して聞いたのよ。うん、読んだんだ。菊岡医院の待合室で。偶然みつけた。あなたも生きてる証拠で結構だけれど、隅っこで、また妙なことをほじくってるんですね。

だからさ、順に話すけど、いま、いいの。そう。こっちもいいんだ。事務所で、社長兼ビル管理人のおれ一人っきりだもんね。そこでだ、こういう事件は、やっぱりまずわれわれに訊ねてくるのがスジじゃないの。小学校のときの事でしょう。菊岡君もそう言ってた。いえね、肝臓がくたびれてるもんで、同級生のよしみで、ちょいちょいお世話になってるんです。

その赤マントだけれど、僕は知らないんだなぁ。うん、全く覚えがない。菊岡君は知ってましたよ。あんなに騒いだじゃないかと言うから、そりゃ、あずき婆ァのことだろうと言ったら、菊岡君はそれを知らなくてさ。うん、あずき婆ァ。……やっぱり知りませんか、おたくも。奇妙だよなぁ。それでね、菊岡君も乗ってきちゃって、お昼の休診時間ぶっ潰してアダルト自身のバックナンバーひっくり返して、はじめの「お尋ね」から通して読みましたよ。それから二人で手分けして、ゆき屋の米本君や、伊勢好の千谷君や、版画荘の中沢君や、コシノヤの矢代君やに片っぱしから電話してね、聞いてみたんだ。これみんな肝臓仲間で、待合室がときどきクラス会になるんです。ほんと。戦後のカストリからはじめて、スコッチたまにはナポレオンまで、ずいぶん飲んだものねえ。勤め人だったら、もう定年だよ、お互いに。

それでさ、するとどう、あずき婆ァ派と、赤マント派に分かれちゃったのよ。米本君と僕が、あずき婆ァで、中沢君と千谷君と菊岡君が赤マントで。矢代君は、そりゃ黄金バットのことかいなんちゃって、両方ともご存じなかった。あの人は大人になってからはワルだけれど、子供の時は優等生で、こういうくだらない事からは超越してたんです。おたくはもちろん赤マント派か。おなじ教室で勉強して、おなじ町で遊んでて、どうしてこう、ばらばらな記憶になるんだろうね。人間の記憶っておもしろいね。

あずき婆ァというのはだねえ、こんな大きな声で言うのは憚るけれども、女の子が便所でオシッコしている隙に、どこかから忽然と現れて、お尻から血を吸いとるんだそうです。……だから、それはあずき婆ァの仕業なんだよ。学校の二階の、校長室と貴賓室が並んでる、昼なお暗い廊下があるでしょう。あの向かいの女子便所に出たんですよ、あずき婆ァが。たしか二組の、そう、男女組のほうから伝わってきたんだ。それで一組の男の僕らもふるえあがって、いよいよ校長室界隈には寄りつかなくなっちゃった。三組の女連中は、なおさらそうだったんじゃないかな。

やだねえ。ほんとに覚えがないの？　たしかにあった事実ですよ。……事実ではないよ、噂があったのはほんとだということよ。こんな事もあったんで僕は忘れないんだが、あるとき講堂で在郷軍人会かなにかの集りがあった時間に、その真下の雨天体操場で、僕と、あと二、三人でドタバタキャアキャア遊んでたら、それが翌日に問題になった。担任の高野先生が、まさかうちのクラスの子ではなかろうと言うから、つい生まれつきの軽率で、僕ですと言ったら、ひどく怒られてさ、雨天体操場に放課後まで立たされちゃった。しいんと人気のない所に一人でいると、暗がりからあずき婆ァが出てきそうでさぁ。例の便所は校舎の南端で、雨天体操場は北の端だから、だいぶ離れちゃいるんだが、なにしろ今や噂のあずき婆ァでしょう。子供が一人っきりでいるのを嗅ぎつけて来るんじゃないかと思えてさ。僕は男の子ではあるけれど、あの頃は今ほど男と女の構造的本質的相違を知らなかったし、いや、今だって判っちゃいないかな。まあいいや。とにかく、そのあずき婆ァがおっかなくて泣きだしちゃったのよ。そのうち高野先生がやってきて、おや、お前までいたのか、なんてノンキなことを言いやがって、やっと帰してもらえた。そんな事があったもんで、骨身にしみて忘れませんよ。

うん。いま考えれば、この騒ぎの所以は見当がつくねえ。当節じゃ、小学生で初潮をみるのは当り前というか、早いのは三年生ぐらいでもう始まるんだってねえ。だけどあの頃は、小学生ではまだよほど珍らしかったんだよ。その驚きが、こんな噂を生んだ元でしょうね。女の元服だといって、昔から赤飯を炊く習わしがあるでしょう。そこであずき婆ァのご登場となるんだね。菊岡君も言ってたよ。初潮に肝をつぶした子供が、友達にかこまれて泣いているのを、誰か大人が、なだめるためか、ごまかすつもりか、あずき婆ァが来たのねえ、てなことを言ったんじゃないか。それがなおさら、大勢の子供たちの肝をつぶしたんだから、性教育欠如の弊害、なんてドクター菊岡はおっしゃってた。

でもさ、お赤飯ものだからあずき婆ァだなんて、素朴に童話風というか、民話的じゃないですか。田舎の竈の匂いがするようだ。婆ァは婆ァでも、ほんらい祝福の天使でしょうが。うん、成育と繁殖のよろこび。そうそう。あのころの銀座には、こんな民話が、まだ実際に生きていたんだねえ。日本一の盛り場とか、モダンの尖端とか言ってもさ、草深きふるさとから案外はなれちゃいなかったんだ。そう思えば、ひとり立たされて泣いていたわが川端少年の悲しみも、いまは遠い懐かしさですよ。ただその民話が、鉄筋ビルの中の水洗便所に出たもんで、不釣合いに気味悪くなっちまったのかもしれないけれどね。

赤マントというのは、このあずき婆ァのイメージを、どこかで横取りしてますね。中沢君は、貴賓室の前の便所に出たのが赤マントで、学校中がひっくり返る騒ぎだったじゃないかと言ってきかないんだけれど、ここらでもう混線してるんだ。千谷君が言うのには、赤マントは公衆便所が専門だったそうだ。学習塾が京橋のむこうにあって、だから行き帰りに、あの橋の袂の便所の前をキャアと叫んで走りぬけたではないかと。……思い出したかい。

そうそう、あの塾は仕舞屋の二階で、六畳と四畳半ぐらいをぶち抜いた部屋で、境いの敷居のところに坐っちゃうと痛いんだ。僕はいちど、後の押入れの襖にぶつかったらハズれちゃってさ、中から布団と洗濯物がはみ出して。大体あのころは行く先き先きで叱られる運命にあったんだが。夜はあの部屋で、先生たちの一家が寝てたんだよね。あの先生は、なんて名前だったっけ。うん、内田だ。おたくはよく覚えてるな。元はどこかの学校の先生していて、退職して塾をやってたんだが、あそこに通うと進学率がいいというんで、評判が高かったんだ。だいぶ後年に、たまたま聞いた話なんだが、あの内田先生が、なぜ学校をやめたのだったか、ご存知？　じつはねえ、彼は〝赤い訓導〟で、そう、アカ、キョーサン主義者で、それでクビになったんだそうですよ。そんなこと夢にも知らなかったよね。やたら地味な先生で、赤どころか、灰色って感じだったもの。

僕はちょっと通ってすぐやめたから、よくは知らないけれどね。おたくはずっと通った口ですか。よく通えたもんだよなぁ。僕なんか、学校から帰るとランドセルと弁当袋を家の中へほうりこんで、もう通りで遊んでたもの。その代り、紙芝居は皆勤でしたよ。まず一年三百六十五日のうち、夏休みは避暑に行っちゃうから別として、あとは欠かさず見てたからね。八官神社にくるのを見てたんだ。おたくは板新道のほうのでしょう。ふうん。八官神社にも来てましたか。

赤マントの紙芝居？　それがねえ、そんなに年中見てたわりには、中身は殆ど覚えてないんだ。だから見たのか見ないのかも、なんともいえないけれどもねえ。おたくは？　覚えがないか。そうだな、塾にいく連中は、時間がくるとそわそわと消えたからね。そして手提げ……そう、学校へはランドセルで行くのに、塾へは手提げ鞄で行ったんだ。あれはどういうのかな。やはり学校に遠慮したのかな。

日が暮れてからのランドセルは、似合いませんか。小学生の夜逃げみたいに見えますか。そうか。それで手提げで通った連中が、公衆便所を遠巻きにして、キャアなんて言ってたわけだ。つまり塾に行ってた連中が、赤マント派か。というと、あながちそうでもないんですな。米本君は、千谷君と家も近いし、塾も、風呂屋も、みんな一緒だったのに、あずき婆ァ派なんだからね。米ちゃんは子供のときから落着いていて、根が大まじめだし、誰からも信用のある人だから、信用がおけますよ。

そこで僕が思うには、つまり、建物の中に現れるのがあずき婆ァで、戸外に出没するのが赤マントだ。ところが、菊岡君のお診立てでは、この二つは質的に違うというんだよ。第一に、あずき婆ァに吸われると、女の子はメンスになるのでしょう。しかるに赤マントときたら、メンスの女をみつけて吸うんだね。……うん、なるほど、だ。ドクターだけのことはあらぁ。

赤マントは、結局ただ女のケツを追いまわしただけでしょう。怪人のくせに、人間に及ぼすなんの神通力もないんだからね。民話的世界の風上にも置けねえ。こんなのは変なカイジンというんだ。

おたくがエロ・グロだの変態だのと、やたら強調するみたいなのも、だから、気にいりませんねえ。いくら怖いといっても、こいつは本質的にはマゾヒズムじゃないですか。……吸血鬼がマゾヒズムというのは新説ですか。そうかな。僕はその赤マント騒ぎを知らないもんだから、同情が持てない、ということはあるんだ。でもどうしてこんなエゲツないものに、今さら興味をもつのですか。なにかやっぱりお仕事の関係？　でも、ありもしなかった昔のデマが、どう写真に撮れるのかな。近年は、おたくの作品にもさっぱりお目にかからないけれど、どこかでお仕事してるんでしょうね。

ハンセン？　……ああ、戦争反対か。え、赤マントが？　ちょっと待てよ。そう飛躍しないでよ。びっくりして、また肝臓にひびいちゃうよ。

いや伺いますよ。オカしいとは言わないよ。ちょっと笑っただけですよ。言わないの。そう。じゃ、それはまた何時かゆっくり伺うとして。いったいおたくのほうから、僕らに何かご質問はないの？

あずき婆ァが出た時期ねえ。四年生のような気もするし、六年生だったかもしれないし、意外にはっきりしないんです。四十ナン年も前のことだもの、一年や二年のズレぐらいカタいこと言うなと、記憶の奴がヒラキなおっちゃってるのよ。雨天体操場の一件がありながら。

昭和十五年ということはない。それはありませんよ。だってこの年の三月に、僕らは卒業してるもの。四月からは上の学校に進んで、みんなばらばらになっちゃった。あの前後は、受験だの、卒業写真だの、螢の光だのと気忙しいことがたてこんでいたはずだもの。だから赤マント騒ぎがこの時分なら、僕に覚えがないのもふしぎじゃない。おたくらが覚えているのがふしぎなくらいだ。

でも、推定で言うならあずき婆ァは、やはり六年生の頃だろうね。いま思い出したけれど、おたくと風呂屋がおなじだったねえ。電車通りの松の湯で、番台越しに女湯のぞくと、三組の子でオッパイが垂れるほどふくらんだのがいたじゃない。……そうそう、僕ん家と背中あわせの小間物屋の子でさ。だけどあの時代は、女と仲よくするのは沽券にかかわる気がしてたからね、番台越しに冷やかすくらいで、ふだんは口も利かなかったんだ。向う気のつよい娘でさ、ドスケベエ！　なんて番台のむこうから怒鳴り返してきたものなぁ。……へえ、そこまで見ちゃったの、ウヒ。おたくはねぼけたような顔しながら、あんがい目が早かったのね。さては言われた通りのドスケベエだったな。でもねえ、彼女は娘盛りの敗戦まぎわに、結核でふいに死んじゃったんだ。うん。だからね、彼女のヌードを僕らが拝んでおいたのは、せめての功徳になっとるのですよ。そんなわけで、三組には、あの頃もう、あずき婆ァの三人や五人は来てたかもしれないんだ。その点、二組はせっかく男女組なのに、なぜだかオクテの連中が多かったから、あそこらが震源地になったんだな。

赤マントは、たぶん、あずき婆ァの騒ぎのあとに、続いて来たんでしょう。だから中沢君のように一緒くたに記憶している人もいるんだ。なにしろこれは冬場の話ですよ。だって夏の盛りに、赤いマントで出てくるなんて許せない。昭和十四年冬のご登場だな。

推定の根拠はまだありますよ。僕らの時から進学試験に筆記がなくなって、内申書と面接だけになったでしょう。時局柄、受験地獄の弊害をなくす改革だと言って。それが決まったのが昭和十四年の秋で、その時から放課後の補講がパッタリ無くなったから、まったく地獄に仏のような気がして、よく覚えてる。それきり僕は塾もやめちゃったんだ。あれからもおたく等は未練がましく通ってたんだよね。千谷君の話で気がついたんだが、寒い冬の夜にも塾に通わにゃならなかった連中の、ウサばらしだったんじゃないの、赤マントは。……これ、わりと確度が高いと思いますよ。自分の知らないことだから却って気になって、推理が働くんだ。

デマの末路？　判るわけないでしょう。誰からもべつにそのへんの話は出ませんでしたな。あずき婆ァは、どんな末路だったかな。まるで覚えがないなぁ。消える時には、あっというまに消えちゃうんじゃないの。

それは叱られたかもしれない。便所にまつわることは、やたら叱られたもの。便器の上の平らな埃のたまったところに、誰かが指で相合傘を書いておいたら、高野先生が目を三角にして怒ったでしょう。たかが相合傘でさ。それとも傘の下に先生の名前でも書いてあったのかな。そんな風だから、デマを口にするなと頭ごなしに弾圧された、ということはありうるね。……でもやはり、卒業シーズンで、それどころでなくなったんと違うかな。

卒業の時には、これでもう人生行路が、みんなばらばらに離れていく気がしましたよ。地球上の五大州に散らばるみたいに、それぞれまるで違う世界に進んでいくんだと思った。それほど未来というやつは、たまらなく広大に思えたなぁ。

あのときは、戦争をどう受けとめてたのかな。まず関心がなかったんじゃないかな。蘆溝橋と真珠湾の谷間みたいな時分で、第一、戦局がどうなってたのかも、覚えがないもの。おたくはどうなの。……でしょう。武漢三鎮も、広東（カントン）もとっくに陥（お）ちて、長沙はとうとう陥ちずじまいで、それきり旗行列もないまんまで僕らは卒業したんだよ。

シナ事変は焦げついて、物資ばかりがだんだん欠乏しやがって。でも、あの年まではまだよかったんだ。中学に入ったら、学校の近くの有名なパン屋が、毎朝弁当の注文をとりにきて、昼になると小僧さんが、カツパンやカレーパンを木箱に入れて配達してるんだ。ほんとですよ。さすが中学校は洒落たもんだと感激したねえ。でもこれも半年かそこらでじきに止めになっちゃった。それから、はじめて買った夏の制服がペラペラのスフでさ。上級生の霜降り小倉とは雲泥の差で情なかった。赤マントも、出てくるのがもう一年遅れたら、配給切符が必要なスフの国防色マントになるところでしたな。純毛の派手なマントなんぞをいつまでもひらひらさせてたら、逆に襲われて、剝がされちゃったかもしれないよ。

とにかく、あれからいろいろなことがありまして、四十年の星霜がたってみると、だ。いまやあなた、地球をぐるりと廻った船乗り連が、元の港で、あいや菊岡医院の待合室で、元の木阿弥の鉢合せ、という感じなんだなぁ。お互い、くたびれた肝臓ぶらさげて、白髪まじりの、てっぺん禿げたか連が、見れば見るほどに小学校の教室に戻っちゃうということは、当惑でありますね。

僕などは、おやじの遺した店のあとにビルぶっ建てて、大家になって、この土地に居つきの人間ではあるけれど。子供の時分には学校までの道がずっと二階屋の並びで、高いのは電通ビルとマツダビルぐらいで、電車道には馬糞や牛の糞が転がってたでしょう。そこへ空襲がきて、敗戦がきて、デモ隊がきて、機動隊がきて、高度成長がきて、いまや銀座八丁ビルだらけ。街がニョキニョキ背のびして、居ながらにして外国になったようなものでござんしてね。この長き浪路を、越えては越えて来つるものかなと、しみじみ密かな感慨ではあるんです。

　でもさ、傍（はた）からみれば、そこそこに世間を渡って四十年、なんとなく此処に舫（もや）ったきりに、例えばおたくの目からは見えるでしょう。そうなんだよ。じつはおれ自身の目にも、そう見えるのよ。おれだけじゃなくて、見渡せば、とどのつまりはみんなそこそこ。……あのね、世界の果てまで飛んだつもりで、じつはお釈迦様の掌の上をはねてただけの、あのサル……ほら……うん、孫悟空。ちえっ、このごろ固有名詞の出方が悪いんだ。お釈迦様の掌の上だということに気がついた孫悟空というのは、五十男のことじゃないかしら。……ものの譬えですよ。あんな神通力の問屋みたいなスーパー・ヒーローに、露の命の人間を較べちゃ失礼かもしれないけどさ。

　肝臓というやつは、癒（なお）るということはないんだそうですよ。人によってみんな姿かたちが違っていて、そのイタみ工合に、それぞれの取り返しのつかない人生がある。とすると、肝臓におれの個性があるのかねえ。

　とにかく、おたくの「お尋ね」は、はからずも、われらの肝臓のキズの探りあいになったのですよ。稚（おさな）い人生の船出にあたって、まず肝をつぶしたのは、あずき婆ァか、赤マントか。これはあなた、あんがい大事な既往症かもしれないなぁ。

　そういうわけだから、そのうち一度、あずき婆ァと赤マントをさかなにして、ゆっくり飲みましょうや。


私は本欄に二度、赤マントに関する「お尋ね」をのせて戴いた者ですが、もう一度発言させてください。今度こそ三度目の正直です。昭和十五年当時の一つの小さな新聞記事についてのお願いです。

じつは先日、広尾の都立中央図書館にゆき、同年度の朝日新聞縮刷版一年分を、半日かけて調べました。赤マントの記事は一つも見当りませんでした。こんなデマのニュースなど、やはり時局柄のせなかったのでしょう。と一応得心しつつ、一方で甚だ腑に落ちないでいるのです。当時、少年の私が、たしかに新聞で読んだ覚えがあるので。

その記事が、すくなくも一つはあるはずです。それさえ無いのならば、無い記事をどうして私は読んだつもりになったのか、という問題が発生しますが。おそらく探し方が下手なために見つからないのでしょう。当時私の家でとっていたのは朝日新聞でなかったのかもしれず。または翌十六年の記事だったのかもしれず。とすると調査対象がどんどん拡がり、不馴れな者には更に絶望的となります。そこで江湖にお伺いをたてる次第です。

その記事は、一人の男が流言蜚語をながしたカドにより警視庁に逮捕された、というニュースで、その流言というのが赤マントの一件なのでした。二段組のその小記事が、紙面の下方に四角く収っている様子さえ、漠と覚えている感覚があります。その記事の中身を言うと、更に信じてもらえないかもしれないが、男は年齢が三十歳ぐらいで、ナントカ勧業銀行の行員でした。この者は社会主義思想の持主で、銃後の人心を動揺させ、厭戦的気分をひろめるために流言をはなった、という要旨でした。

そこだけスポットが当ったようにハッキリ覚えすぎているのが、われながら奇妙ですが。記憶は再構成されるものだとしても、ずいぶん以前から長年、私の記憶のファイルにこのように保存されているのです。じつを言えば、この元の記事を探し当てて、記憶とどれほどの異同があるかないかを確かめるのが、今回の「お尋ね」の当初からの目的の一つでした。

昭和十五年、私は中学一年生の時に、この記事を読んだことになります。こんど調べて気づいたが、この年の新聞には、銃後思想の取締りとか、スパイを警戒せよとかいう記事が、くりかえし現れています。そして秋には大政翼賛会が発足し、紀元二千六百年式典がひらかれます。新体制の世の中です。喫茶店でとぐろを巻く程度の不良学生狩りの記事なども、再三あります。この時に、反体制の人物がいて、厭戦的言動で捕えられる、という小事件が小記事になることは、わりとありえたのではないか。たまたまその一つを少年の私が読んだ時に、なぜかその厭戦的言動とは赤マントのデマだと思い込んだとする。ここから、無い記事を読んだ記憶がはじまった、と考えることもできましょう。

しかし、これも一推察にすぎません。記憶のファイルに忠実になれば、赤マントの張本人逮捕の記事を読んだ時の、暗い感動さえ思い出せるような気がします。軍国主義へ一億一心の時代に、一人一心でそっぽを向いた者がいることの愕き。それも樺太の国境をこえた岡田嘉子とか、議会で反軍演説をした斎藤隆夫とかの有名人ではなくて、そこらの銀行でソロバンはじいている男がそうだということの、ふしぎな感銘。

アカい思想の男が、密かに世に送り出した赤マント。恐ろしき吸血鬼。とはいえ当時、日本の若者たちは赤紙の召集令状一枚で戦場に狩りだされて血を流し、日中の双方の民衆が膏血をしぼられていたのだから、国家権力こそはつねに最大の吸血鬼でしょう。この時に、赤マント一枚でうら若い娘たちを片っ端からさらってみせることは、国家権力の仕業を、そっくりナゾることになります。そして子供たちに一斉に「赤マントこわい、こわい」と合唱させるのは、そのまま、声なき民の大声にほかならなかったでしょう。

とまで少年の私が、当時考えられたはずはありません。しかし考えられる要素はいくらもあって、新聞記事は、その意識化をあわや促がしたのではないでしょうか。だから記憶に深く残ったのではないでしょうか。

国家権力は、自分を戯画化する赤マントを容赦しませんでした。大阪の警察は、加太こうじ氏作る紙芝居を〝焚書の刑〟に付しました。そして東京では、一銀行員の逮捕。この三十歳の銀行員氏が、はたして本当に赤マントの仕掛人だったかどうか。加太氏とおなじく濡れ衣だったかもしれません。

赤マントの怖さは、それが実在するかしないかではなくて、そのイメージが頭に入ってくるだけでもジンと痺れるようなものでした。小学六年生のあのころ、江戸川乱歩の『パノラマ島綺談』を、級友たちの間でこっそり廻し読みをして、借りたはいいが金色の表紙の分厚い本で、ランドセルに押しこむと教科書や筆箱がはみ出してしまったり、だいぶ苦労して読んだのですが。赤マントは、あたかもその一節が現実世界に転げ出て、路上を徘徊しているような、ふしぎな興奮でありました。つまり、虚構だということを、半ば承知していたような気がするのです。流言蜚語は、読み人知らずの民衆的共同制作であってこそ、正統なる流言蜚語でありましょう。

その赤マントが退場する。加太氏がはからずも流布の一役を担ったように、はからずも幕引きの役を担ったのが、その銀行員氏だったのでしょう。

ご存命ならば七十余歳。加太氏が六十四歳で現にご活躍であるように、元銀行員氏もどこかでご健在なのではないでしょうか。あいにく姓名も履歴も不詳ながら、どなたか、この人物にお心当りはございませんか。どこにおいででしょう。ご本人にお名乗りいただくのが手っ取り早いので、おられましたらどうかご連絡を願います。写真をとらしてください。（牧野次郎）

前略　小誌「お尋ねします」欄に再三ご寄稿いただき、ありがとうございます。

前二回ともやや長文ではありましたが、折角のことゆえ、誌面を工夫して敢えて掲載致しました。しかしながら三度目の今回は、あまりに長文で小欄になじみません。恐縮ながらお手許にご返送させていただきます。諸般の事情をお汲取りください。

因みに小欄は、二百字〜四百字見当でご執筆を各位にお願い致しております。貴稿は二千三百十八字です。

右、要用のみにて失礼致します。

草々

昭和五十七年×月××日

週刊アダルト自身編集部

牧野次郎様

終の岩屋

半村 良

「はいはい、ようおいでなさいました。諾、この家が岩屋いう宿ながやて。泊まりなさるのやろ、あんたさんも。そらそやわなあ、日も暮れかけてもうたさかい、ここへ泊まらなどもならんがや。この先きは道も行きどまりでな、なんもないとこやがいね。部屋やったらまだいくらもあいとるさかい、ま、あがってのんびり体やすめたらいいわいね。小いがやけど裏に温泉も出とるしな。……これ、お客さまやがい、案内して供せま。

「失礼いたします。ようお越しなさいました。さっそくで申しわけありませんが、ひとつこの宿帳をお願いします。いえ、お一人のお客さまかて珍らしことはないがです。二人づれ、親子づれ、いろいろなかたに泊まっていただいとりますがや。みなさんそれぞれ事情がおありやさかいねえ。あ、こら駄目ないね。生年月日、現住所、本籍、くわしゅうにほんまのことを書いていただかんことには、あとで警察がうるそうてかなわんのですわ。この岩屋まで来たったんやさかい、もう隠したり見栄はったりすることはないがやないですか。そうそう、ここへ来たらのんびりするこっちゃわいね。そいで、ここのことはどこのどなたに聞きなさったがや、一番下に紹介者いう欄があっさかい、その人の名をそこへ書いとってくだし。……ほう、東京の鈴木豊一さんかいね。おいね、憶えとるわいね。ここへ来なすったのはおととしやったわい。たしかまだ暑いころやったなあ。今日行くか、明日行くか、言うて一週間も迷うたったさかい、よう憶えとるがや。いえ、そないな人も珍らしいことはないがやて。人間誰しも一生に二度や三度は……いや、人によったら十遍も二十遍も、もうこの世におるのは嫌や、消えてのうなってしまいたい思うことはあるもんにゃわいね。そやけどなかなかふんぎりがつかん。未練もあるし、消えてまうことにこわさもある。でもな、あんたさん。死ぬのは駄目（だっちゃかん）ぜ。死んだらあとの者（もん）に迷惑かかるがよ。首吊ったり毒服んだりしたかさいにゃ、警察の世話にならんやないですか。おらとこへ来なさる人にはみなそれを言うて聞かしますのや。おらとこは自殺の手伝いしとるのとは違うんや。その証拠にこの岩屋いう宿に泊まったかて、長いあいだ一遍たりと死んだ者はおらんがや。ま、のんびりして行かし。酒も極上、料理かて極上。欲しいもんあったらなんでも遠慮のう言うてくだし。近ごろのお客さんはハイカラになってもうて、なんにゃら面倒な名のワインを注文する者（もん）もおってやけど、それかてたいがいのことなら都合つけて供（た）するわいね。ま、おらとこへわざわざ来なさる人たちやから、代金のことは多少高（たこ）うついても文句言う者（もん）はおらずやわいね。おかげでわしらも幾分楽な商売さしてもろとるけど、まあ、持ちつ持たれつ言うとこやがいね。そんなら風呂でも行って来なさるかね。ゆかたはそこに出とっさかい、のんびり入ってらし。そのあいさに晩の仕度しとくさかい。

「おらとこの料理、どんながやった。結構うまいやろが。建物はもうだいぶ古しいがやけど、料理だけは自慢ながや。そうか、うまかったかいね。そらよかった。料理褒められるがが一番うれしいがやて。おら長男（あんか）は大阪で十年の余も料理を修業して来たがや。この岩屋みたいしな宿は、何というたかて料理が命やさかいな。結局人間、最後は食う楽しみや。風呂は小（ちょんこ）いがやったろ。

でも、あれかて温泉やがいね。ここらは温泉のよう出ん土地やさかい、珍らしいがや。おらとこだけや。

「若いアベックがいた……おいね、二日前から泊まっとってや。そら仲のいい二人や。気が向いたら昼間からでも部屋へこもって抱き合うとるようや。いいもんや、おらたちはこうして毎日、人間の一番いいとこ見とるのかも知れん。あしたがないときめた人間は、みな正直なもんや。嘘もつかん、見栄も張らん。時計の針のひときざみひときざみを、大事に大事に生きとってや。死ぬんやったらこうは行かんやろなあ。そいで、あんたさんはどないするつもりなんや。着いたばかりやさかい、急かせるつもりはないけど、だいたいの予定は最初に聞かせてもらうきまりになっとるんや。え……あすにでもてかね。そらまた気の早いことやないか。今ちっとゆっくりしたらどうやね。面倒臭い……ほう、そらまたよほど辛い目におうて来なさったがやなあ。あんたさんにここのことを教えなさった東京の鈴木豊一さんやったら、一週間の余も迷うたすえ、とうとうやめて帰ってもうたがやけど、きっとあんたさんはそんな風に迷うのが嫌なんやろなあ。ま、人それぞれや。いちいち、ああしたほうがいい、こうしたらつまらんと、わてらがお客さんに説教みたいしなことしとったさかいにゃ、商売にならながになってまうがや。ほんまはもっと派手に宣伝でもしたら、この岩屋も毎日満員で客を断わらないけん程になるのは判っとるがやけど、売りもんが売りもんやさかい、宣伝するわけにも行かんしな。そんなら気が向いたとき、いつでも帳場に言うてくだし。すぐ案内して供するさかい。ごゆっくりおやすみ。

「ああ、お客さん、はようから散歩かいね。よう眠れなんだ……そら気の毒ななあ。決心がつかんがかいね。決心はついとる……そやったらぐっすり眠れるはずやけどな。子供らちのことが気になるて……いかんいかん。わてら宿の者に消えてまう事情を聞かせんといてくだし。聞いてどうなるもんでもなし、わてらも聞くのは好かんがや。あ、ちょっと待っとってくだし。あの二人、今から出かけるそうながや。

「どないです。あのアベック、これから終の岩屋へ行くところやがいね。この坂を谷川のほうへ半丁ほどさがったところに終の岩屋の入口があるがや。いったんあっこへ入った者は二度と出て来ん。別に深い穴やない。どこまでも奥深く続いとって、入りこんだら中で迷ってもうて二度と出られんという洞窟なら、あちこちにようあるわいね。でも終の岩屋はそんながやない。奥行きは二間かそこらで、すぐ行きどまりなのは外から見てもはっきりしとる。そやけど人が入ったらもうおらんがになってまうがや。着るもん持ちもん、いっさいがっさい消えてあとかたものうなるんよ。昔は神かくしの穴言うて、誰も近寄らなんだがや。ところが口づてにあの穴のことを知った者が、ときどきあの穴へかけこんで姿を消してまうことが多うなったんや。それがおらとこの地所のうちでな。先々代がここにこげな宿屋みたいしな家を建ててな、穴へ入る者が最後の幾日かをのんびり過ごせるようにして供したというわけや。そしたらあの穴へ入りに来る者によろこばれてな。なにしろあの終の岩屋へ入ったさかいにゃ、この世から跡かたものう消えてまうんやさかい、ようしてもろた礼にあり金残らず置いて行くわ、身につけとった宝石もなんもかもくれて行くわで、来る者はぽつりぽつりながやけど、これで結構いい商売になるがや。死んだらあとが面倒やけど、ただ消えてまうんやったらさっぱりしたもんや。そやけど、この岩屋いう宿を出た者は、行方不明になるにきまっとるさかい、そいで宿帳だけはしっかり書いてもらうことにしとるんや。警察……そんなもんこわいことなんもあるかいね。わてらただの宿屋や。終の岩屋へ入ろうが入るまいが、そんなもんわてらよう知らんこっちゃ。それに、終の岩屋へ入って姿が見えんようになるてなこと、どんなえらい学者かて説明しきらんやろが。わてらちいとも悪いことしとらん。それよりもよう考えてほしいんは、この世の中に誰にも知られんと消えてしまいたい思うとる人間が仰山おることや。せっかく生まれて来たがに、なんで消えてしまいたがるんや。そんな人間をなんで世の中がこしらえてまうんや。そやろ。あの終の岩屋の仕掛けなどよう判らんけど、なんもかも嫌になって消えてしまいとうなる人間の気持やったらよう判るわ。坊さんやったら、死んだらつまらん言うてうじうじと寿命が来るまで生かしてまうやろが、終の岩屋はそれにくらべたらなんぼかすっきりしとる。ただこの世からおらんがにしてまうだけや。苦しみもせんしあとくされもない。あんたさんかて、何も無理してあの終の岩屋へ入ることはないがやぞ。もっと生きていたいんやったら、すぐ帰ることっちゃ。わてらちいともすすめとりはせん。

「え、やっぱり行って見るてか。そんなら行かし。とめはせんさかい。ほんま言うたらそのほうが楽かも知れん。いったん帰ったかて、また訪ねて来ることになりかねんのやさかいな。終の岩屋はこの坂をおりたら突き当りや。消えたあとどうなるかやて……知るかいな、そんなこと。

雪霊続記

泉　鏡花

一

機会がおのづから来ました。

今度の旅は、一体はじめは、仲仙道線で故郷へ着いて、其処で、一事(あるよう)を済したあとを、姫路行の汽車で東京へ帰らうとしたのでありました。――此列車は、米原で一体分身して、分れて東西へ馳(はし)ります。

其が大雪のために進行が続けられなくなつて、晩方武生駅（越前）へ留つたのです。強ひて一町場ぐらゐは前進出来ない事はない。が、然うすると、深山の小駅ですから、旅舎にも食料にも、乗客に対する設備が不足で、危険であるからとの事でありました。

元来――帰途に此の線をたよつて東海道へ大廻りをしようとしたのは、……実は途中で決心が出来たら、武生へ降りて許されない事ながら、そこから虎杖(いたどり)の里に、もとの蔦屋（旅館）のお米(よね)さんを訪ねようと言ふ……見る／＼積る雪の中に、淡雪の消えるやうな、あだなのぞみがあつたのです。で其の望を煽るために、最(も)う福井あたりから酒さへ飲んだのでありますが、酔ひもしなければ、心も定らないのでありました。

唯一夜、徒らに、思出の武生の町に宿つても構はない。が、宿りつゝ、其処に虎杖の里を彼方に視て、心も足も運べない時の僥さには尚ほ堪へられまい、と思ひなやんで居ますうちに——

汽車は着きました。

目をつむつて、耳を圧へて、発車を待つのが、三分、五分、十分十五分——やゝ三十分過ぎて、やがて、駅員に其の不通の通達を聞いた時は！

雪が其まゝの待女郎に成つて、手を取つて導くやうで、まんじ巴の中空を渡る橋は、宛然に玉の桟橋かと思はれました。

人間は増長します。——積雪のために汽車が留つて難儀をすると言へば——旅籠は取らないで、すぐにお米さんの許へ、然うだ、行つて行けなさうな事はない、が、しかし……と、そんな事を思つて、早や壁も天井も雪の空のやうに成つた停車場に、しばらく考へて居ましたが、余り不躾だと己を制して、矢張り一旦は宿に着く事にしましたのです。ですから、同列車の乗客の中で、停車場を離れましたのは、多分私が一番あとだつたらうと思ひます。

大雪です。

「雪やこんこ、
霰やこんこ。」

大雪です——が、停車場前の茶店では、まだ小児たちの、そんな声が聞えて居ました。其の時分は、山の根笹を吹くやうに、風もさら〳〵と鳴りましたつけ。町へ入るまでに日もとつぷりと暮果てますと、

「爺さイのウ婆さイのウ、

　綿雪小雪が降るわいのウ、
　　雨戸も小窓もしめさつし。」

　と寂しい侘しい唄の声——雪も、小児が爺婆に化けました。——風も次第に、ぐわう〳〵と樹ながら山を揺りました。

　店屋さへ最う戸が閉る。……旅籠屋も門を閉しました。

　家名も何も構はず、いま其家も閉めようとする一軒の旅籠屋へ駈込みましたのですから、場所は町の目貫の向へは遠いけれど、鎮守の方へは近かつたのです。

　座敷は二階で、だゞつ広い、人気の少ないさみしい家で、夕餉もさびしうございました。若狭鰈——大すきですが、其が附木のやうに凍って居ます——白子魚乾、切干大根の酢、椀はまた白子魚乾に、とろゝ昆布の吸もの——しかし、何となく可懐くつて涙ぐまるゝやうでした、何故ですか。……

　酒も呼んだが酔ひません。むかしの事を考へると、病苦を救はれたお米さんに対して、生意気らしく恥かしい。

　両手を炬燵にさして、俯向いて居ました、濡れるやうに涙が出ます。

　さつと言ふ吹雪であります。さつと吹くあとを、ぐわうーと鳴る。……次第に家ごと揺るほどに成りましたのに、何と言ふ寂寞だか、あの、ひつそりと障子の鳴る音。カタ〳〵カタ、白い魔が忍んで来る、雪入道が透見する。カタ〳〵〳〵カタ、さーッ、さーッ、ぐわう〳〵と吹くなかに——見る〳〵うちに障子の桟がパッ〳〵と白く成ります、雨戸の隙へ鳥の嘴程吹込む雪です。

「大雪の降る夜など、町の路が絶えますと、三日も四日も私一人――」

三年以前に逢つた時、……お米さんが言つたのです。

………………

「路の絶える。大雪の夜。」

お米さんが、あの虎杖の里の、此の吹雪に……

「……唯一人。」――

私は決然として、身ごしらへをしたのであります。

「電報を――」

と言つて、旅宿を出ました。

実はなくなりました父が、其の危篤の時、東京から帰りますのに、(タダイマココマデキマシタ)と此の町から発信した……偶とそれを口実に――時間は遅くはありませんが、目口もあかない、此の吹雪に、何と言つて外へ出ようと、放火か強盗、人殺に疑はれはしまいかと危むまでに、さんざん思ひ惑つたあとです。

ころ柿のやうな髪を結つた霜げた女中が、雑炊でもするのでせう――土間で大釜の下を焚いて居ました。番頭は帳場に青い顔をして居ました。が、無論、自分たちが其の使に出ようとは怪我にも言はないのでありました。

二

「何う成るのだらう……とにかくこれは尋常事ぢやない。」

私は幾度となく雪に転び、風に倒れながら思つたのであります。

「天狗の為す業だ、――魔の業だ。」

何しろ可恐い大な手が、白い指紋の大渦を巻いて居るのだと思ひました。

いのちとりの吹雪の中に――

最後に倒れたのは一つの雪の丘です。――然うは言つても、小高い場所に雪が積つたのではありません。粉雪の吹溜りがこんもりと積つたのを、哄と吹く風が根こそぎに其の吹く方へ吹飛ばして運ぶのであります。一つ二つの数ではない。波の重るやうな、幾つも幾つも、颯と吹いて、むら／＼と位置を乱して、八方へ高く成ります。

私は最う、それまでに、幾度も其の渦にくる／＼と巻かれて、大な水の輪に、孑孑虫が引くりかへるやうな形で、取つては投げられ、摑んでは倒され、捲き上げては倒されました。

私は――白昼、北海の荒波の上で起る処の此の吹雪の渦を見た事があります。――一度は、たとへば、敦賀湾でありました――絵にかいた雨龍のぐる／＼と輪を巻いて、一条、ゆつたりと尾を下に垂れたやうな形のものが、降りしきり、吹煽つて空中に薄黒い列を造ります。

見て居るうちに、其の一つが、ぱつと消えるかと思ふと、忽ち、ぽつと、続いて同じ形が顕れます。消えるのではない、幽に見える若狭の岬へ矢の如く白く成つて飛ぶのです。一つ一つが皆な然うでした。――吹雪の渦は湧いては飛び、湧いては飛びます。

私の耳を打ち、鼻を捩ぢつゝ、いま、其の渦が乗つては飛び、掠めては走るんです。

大波に漂ふ小舟は、宙天に揺上らるゝ時は、唯波ばかり、白き黒き雲の一片をも見ず、奈落に揉落さるゝ時は、海底の巌の根なる藻の、紅き碧きをさへ見ると言ひます。

風の一息死ぬ、真空の一瞬時には、町も、屋根も、軒下の流も、其の屋根を圧して果しなく十重二十重に高く聳ち、遙に連る雪の山脈も、旅籠の炬燵も、釜も、釜の下なる火も、果は虎杖の家、お米さんの薄色の袖、紫陽花、紫の花も……お米さんの素足さへ、きつぱりと見えました。が、脈を打つて吹雪が来ると、呼吸は咽んで、目は盲のやうに成るのでありました。

最早、最後かと思ふ時に、鎮守の社が目の前にあることに心着いたのであります。同時に峰の尖つたやうな真白な杉の大木を見ました。

雪難之碑のある処――

天狗――魔の手など意識しましたのは、其の樹のせゐかも知れません。たゞし此に目標が出来たためか、背に根が生えたやうに成つて、倒れて居る雪の丘の飛移るやうな思ひはなくなりました。

洵は、両側にまだ家のありました頃は、――中に旅籠も交つて居ます――一面識はなくつても、同じ汽車に乗つた人たちが、疎にも、それ〴〵の二階に籠つて居るらしい、其れこそ親友が附添つて居るやうに、気丈夫に頼母しかつたのであります。尤も其を心あてに、頼む。――助けて――助けて――と幾度か呼びました。けれども、窓一つ、ちらりと燈火の影の漏れて答ふる光もありませんでした。聞える筈もありますまい。

いまは、唯お米さんと、間に千尺の雪を隔つるのみで、一人死を待つ、……寧ろ目を瞑るばかりに成りました。

時に不思議なものを見ました――底なき雪の大空の、尚ほ其の上を、プスリと鑿で穿つて其の穴から落ちこぼれる……大きさは然うです……蠟燭の灯の少し大いほどな真蒼な光が、ちら〳〵と雪を染め、染めて、ちら〳〵と染めながら、ツッと輝いて、其の古杉の梢に来て留りました。

其の青い火は、しかし私の魂が最う藻脱けて、虚空へ飛んで、倒に下の亡骸を覗いたのかも知れません。

が、其の影が映すと、半ば埋れた私の身体は、ぱつと紫陽花に包まれたやうに、青く、藍に、群青に成りました。

此の山の上なる峠の茶屋を思ひ出す――極暑、病気のため、俥で越えて、故郷へ帰る道すがら、其の茶屋で休んだ時の事です。門も背戸も紫陽花で包まれて居ました。――私の顔の色も同じだつたらうと思ふ、手も青い。

何より、嫌な、可恐い雷が鳴つたのです。たゞさへ破れようとする心臓に、動悸は、破障子の煽るやうで、震へる手に飲む水の、水より前に無数の蚊が、目、口、鼻へ飛込んだのであります。

其の時の苦しさ。――今も。

三

白い梢の青い火は、また中空の渦を映し出す——とぐろを巻き、尾を垂れて、海原のそれと同じです。いや、それよりも、峠で屋根に近かつた、あの可恐い雲の峰に宛然であります。

此の上、雷。

大雷は雪国の、こんな時に起ります。

死力を籠めて、起上らうとすると、其の渦が、風で、ぐわうと巻いて、捲きながら乱るゝと見れば、計知られぬ高さから颯と大滝を揺落すやうに、泡沫とも、しぶきとも、粉とも、灰とも、針とも分かず、降埋める。

「あつ。」

私は又倒れました。

怪火に映る、其の大滝の雪は、目の前なる、ヅツンと重い、大な山の頂から一雪崩れに落ちて来るやうにも見えました。

引挫がれた。

苦痛の顔の、醜さを隠さうと、裏も表も同じ雪の、厚く、重い、外套の袖を被ると、また青い火の影に、紫陽花の花に包まれますやうで、且つ白羽二重の裏に薄萌黄がすツと透るやうでした。

ウオ、、、、！

俄然として耳を噛んだのは、凄く可恐い、且つ力ある犬の声でありました。

ウオ、、、！

虎の嘯(うそぶ)くとよりは、龍の吟ずるが如き、凄烈悲壮な声であります。

ウオ、、、！

三声を続けて鳴いたと思ふと……雪をかついだ、太く逞しい、しかし痩せた、一頭の和犬、むく犬の、耳の青竹をそいだやうに立つたのが、吹雪の滝を、上の峰から、一直線に飛下りた如く思はれます。忽ち私の傍を近々と横ぎつて、左右に雪の白泡を、ざつと蹴立てて、恰も水雷艇の荒浪を切るが如く猛然として進みます。

あと、ものの一町ばかりは、真白な一条の路が開けました。――雪の渦が十(と)ヲばかりぐる〳〵と続いて行く。……

此を反対にすると、虎杖の方へ行くのであります。

犬の其の進む方は、まるで違つた道でありました。が、私は夢中で、其のあとに続いたのであります。

路は一面、渺々と白い野原に成りました。――勿論、行くあとに〳〵道が開けます。渦が続いて行く……が、大犬の勢は衰へません。

野の中空を、雪の翼を縫つて、あの青い火が、蜿々(うねうね)と蛍のやうに飛んで来ました。

真正面に、凹字形の大な建(たて)ものが、真白な大軍艦のやうに朦朧として顕れました。と見ると、怪し火は、何と、ツツと尾を曳きつゝ、先へ斜に飛んで、其の大屋根の高い棟なる避雷針の尖端に、ぱつと留つて、ちら〳〵と青く輝きます。

ウオ、、、

鉄づくりの門の柱の、やがて平地と同じに埋まつた真中を、犬は山を乗るやうに入ります。私は坂を越すやうに続きました。

ドンと鳴つて、犬の頭突きに、扉が開いた。

余りの嬉しさに、雪に一度手を支へて、鎮守の方を遙拝しつゝ、建ものの、戸を入りました。

学校――中学校です。

唯、犬は廊下を、何処へ行つたか分りません。

途端に……

ざつ〳〵と、あの続いた渦が、一ツづゝ数万の蛾の群つたやうな、一人の人の形になつて、縦隊一列に入つて来ました。雪で束ねたやうですが、いづれも演習行軍の装(よそおい)して、真先なのは刀を取つて、ぴたりと胸にあてて居る。それが長靴を高く踏んでづかりと入る。あとから、背嚢、荷(にない)銃(づつ)したのを、一隊十七人まで数へました。

うろつく者には、傍目(わきめ)も触(ふ)らず、粛然として廊下を長く打つて、通つて、広い講堂が、青白く映つて開く、其処へ堂々と入つたのです。

「休め――」

……と声する。

私は雪籠りの許(ゆるし)を受けようとして、たど〳〵と近づきましたが、扉のしまつた中の様子を、硝子窓越しに、ふと見て茫然と立ちました。

真中の卓子(テーブル)を囲んで、入乱れつゝ椅子に掛けて、背嚢も解かず、銃を引つけたまゝ、大皿に装つた、握飯、赤飯、煮染をてん／＼に取つて居ます。

頭を振り、足ぶみをするのなぞ見えますけれども、声は籠つて聞えません。

――わあ――

と罵るか、笑ふか、一つ大声が響いたと思ふと、あの長靴なのが、つか／＼と進んで、半月形の講壇に上つて、ツと身を一方に開くと、一人、真すぐに進んで、正面の黒板へ白墨を手にして、何事をか記すのです、――勿論、武装のまゝでありました。

何にも、黒板へ顕れません。

続いて一人、また同じ事をしました。

が、何にも黒板へ顕れません。

十六人が十六人、同じやうなことをした。最後に、肩と頭と一団に成つたと思ふと――其の隊長と思ふのが、衝(つッ)と面を背けました時――苛(いら)つやうに、自棄(やけ)のやうに、てん／＼に、一斉に白墨を投げました。雪が群つて散るやうです。

「気をつけ。」

つゝと鷲が片翼を長く開いたやうに、壇をかけて列が整ふ。

「右向け、右――前へ！」

入口が背後にあるか、……吸はるゝやうに消えました。

と思ふと、忽然として、顕れて、むくと躍つて、卓子(テーブル)の真中へ高く乗つた。雪を払へば咽喉白くして、茶の斑なる、畑将軍の宛然犬獅子……

ウオ、、、！

肩を聳て、前脚をスクと立てゝ、耳が其の円天井へ届くかとして、嚇と大口を開けて、まがみは遠く黒板に呼吸を吐いた――

黒板は一面真白な雪に変りました。

此の猛犬は、――土地ではまだ、深山にかくれて活きて居る事を信ぜられて居ます――雪中行軍に擬して、中の河内を柳ヶ瀬へ抜けようとした冒険に、教授が二人、某中学生が十五人、無慙にも凍死をしたのでした。――七年前――

雪難之碑は其の記念ださうであります。

――其の時、予て校庭に養はれて、嚮導に立つた犬の、恥ぢて自ら殺したとも言ひ、然らずと言ふのが――こゝに顕れたのでありました。

一行が遭難の日は、学校に例として、食饌を備へるさうです。丁度其の夜に当つたのです。が、同じ月、同じ夜の其の命日は、月が晴れても、附近の町は、宵から戸を閉ぢるさうです、真白な十七人が縦横に町を通るからだと言ひます――後で此を聞きました。

私は眠るやうに、学校の廊下に倒れて居ました。

翌早朝、小使部屋の炉の焚火に救はれて蘇生つたのであります。が、いづれにも、然も、中にも恐縮をしましたのは、汽車の厄に逢つた一人として、駅員、殊に駅長さんの御立会に成つた事でありました。

髑髏盃

澁澤龍彥

徂徠門の詩人として服部南郭と名をひとしくし、書もまた一家の風をなし、兼ねて俳諧をも能くした高蘭亭こと高野蘭亭であったが、一つだけ、この男にはわるい癖があった。すなわち天性酒を好み、酔えば毒舌を弄し、相手かまわずばか呼ばわりする。それだけなら聞きながしておけばすむことだからまだよいが、身辺に酒盃をあつめることを好んで、得意になってこれを見せびらかす。相手がいちいち感心してやらないと機嫌がわるい。鎌倉は円覚寺のほとりの瑞鹿山の下にいとなんだ草堂には、いつも紫檀の小机の上に、織部盃やら小原盃やら熊谷盃やらのような見なれたものからはじまって、こうろぎの盃やら可盃やら貝盃やら武蔵野盃やら、さては馬上盃から瑪瑙盃やら犀角盃やらビードロ盃やらのごとき珍なるものにいたるまで、大小とりどりのさかづきがごたごたと無造作にならべてある。中でも蘭亭自慢の品は内も外も黒漆に塗った平皿ほどの浅い木盃で、本人のいうところによれば、かつて寿永のころ、中将重衡卿が千寿の前とともに鎌倉で遊宴したときの酒盃がそれだという。

「寿永といえば六百年近くも前の世だ。そんな御大層なものをどこで手に入れたのかね。」

古くからの飲み友だちで、たまたま招かれて鎌倉の草堂に草鞋をぬいでいた、これも当代きっての詩人として知られる秋玉山こと秋山玉山が、疑わしげにことばをはさむと、蘭亭、待ってましたとばかり、

「鎌倉の米町というところに、宝海山教恩寺という寺がある。重衡卿と縁故のある寺でね、これは長いこと教恩寺の什宝だったものさ。」

すずしい顔で答えるのに、玉山、ますます疑わしげに、

「だからさ、きみはそれをどうして手に入れたのかと聞いているんだよ。まさか盗んだのではあるまい。」

「どうして手に入れたのか、それはいわぬが花というものさ。」

玉山がまじめに相手になってくれるので、悦に入って、にやにやしながらそういうと、蘭亭はその黒光りのする薄い木盃に、とくとくと酒をついで、つと相手にさし出すなり、

「さかづきの底をのぞいてごらん。こがねの水を透かして、梅の花の蒔絵が浮かびあがって見えるだろう。」

玉山は思わず、だまって相手の顔を見かえした。相手の目は乾いた貝のように、かたく閉じられたままである。蘭亭は十七歳のとき明を失い、徂徠のすすめで詩に打ちこむようになって以来、もっぱら盲目の詩人としての名をほしいままにしている人物である。盲目なればこそ、人一倍の記憶力をもって、漢魏六朝から唐明までの詩をよくそらんじもする。梅の花の蒔絵だなどとそらうそぶいているが、いったい蘭亭の目にはそれが見えるのだろうか。いや、もとより見えるはずはないが、それならなにがおもしろくて、こんな酒盃なんぞをたくさん身辺にあつめて賞玩しているのだろうか。見えもしないものをあつめて、そもそも賞玩するということが可能だろうか。ふっと、玉山にはそんな気がしたのだった。つまり蘭亭の心事をはかりかねたのである。

玉山でなくて蘭亭自身にも、そのことはかならずしもよく分っていなかった。なるほど自分は目が見えない。ただし触覚は発達している。だから手にもって、さまざまな材質から成るさかづきを愛撫し愛玩して、その感覚をみずからたのしむことはできる。しかし、だからといって、それだけのたのしみのために、さかづきであれ何であれ、物をあつめようという気をおこすひとがいるだろうか。いるとは思えない。それなら自分はなんのためにコレクションをしているのか。

しかし、そう思いながらも、その一方で蘭亭には確固たる自信がないわけでもなかった。なるほど自分は目が見えない。ただし自分の見えない目のまぶたの裏には、あらゆる物の本当のかたち、本当の色がまざまざと映って見える。それは現実の物のかたち、物の色とは大いにちがうかもしれない。もしかしたら自分の内部から出てきたものかもしれない。それだって一向にかまわない。少なくとも自分にとっては、自分の内部から出てきた物のかたち、物の色こそ本当の現実なので、その現実から自分なりのコレクションをつくり出していればよいからだ。いつから自分のまぶたの裏には、こんなふうに物のかたちや色がまざまざと映って見えるようになったのか。それはもちろん。自分が十七歳で失明したときからにきまっている。いわば失明することによって、自分は自分の内部に無限のコレクションの対象を発見することができるようになった。自分の内部が現実とひとしいコレクションのための宝庫になった。これを幸運といわずして何といおうか。さかづきのコレクションなんぞはほんの小手しらべにすぎない。かように蘭亭の自負心にはかぎりがなかったから、かえって目あきをして鼻白ませることになりがちであった。

蘭亭の父は江戸日本橋の小田原町で家業の魚問屋をいとなみつつ、芭蕉や嵐雪にまなんで俳諧をひねくったひとである。百里居士と号して、芭蕉以下のシラミの句をあつめたアンソロジー『銭龍賦』を編んだ。銭龍とは、おどろおどろしいが要するにシラミのことである。世に奇想の俳諧アンソロジーも少なくないが、江戸期を通じて、これほど奇なるものはめずらしいだろう。もしかしたら、この奇を好む性癖が父から子へと遺伝して、蘭亭の酒盃コレクションというかたちに結晶したのではなかったろうか。蘭亭自身はどう考えていたにせよ、この『銭龍賦』の一件は、この父にしてこの子ありといった感慨をいだかしめるに十分なものだった。少なくとも玉山は蘭亭の父について聞き知ったとき、それまでどうもよく分らなかった蘭亭の性癖を、いくらか納得したような気になったものである。

妻子を江戸の本宅にのこしたまま、この数年、蘭亭は好んで鎌倉の草堂に足をはこんでは、のびのびと風雅一筋の生活をたのしんでいた。といっても、盲目だから自分で本を読むことはできない。本を読んでもらうという名目で、蘭亭はいつも女弟子のひとりを江戸から同道してきた。なんのことはない、おしのびで別宅へしけこむようなものである。女弟子の名は栄女といった。三十すぎの大年増で、蘭亭に接するまで生むすめだったという。声が透きとおってめっぽう美しく、声だけ聞いていたのでは、どんな可憐な娘かと思われるばかりである。この栄女の声をこよなく愛して、蘭亭はくさぐさの書物を栄女に読ませては、瑞鹿山の松風の軒近く聞える草堂の夜を気ままにすごしていた。そのくさぐさの書物の中に、寛文のころ板行されたとおぼしい小瀬甫庵の『信長記』があった。

『信長記』の巻第七に「元日酒宴の事」という一筋がある。酒盃を手にしながら、栄女が読むのを蘭亭はじっと聞いている。

「さるほどに天正元年十二月下旬のころより、遠近となく大名小名、ひとりも残らず参りあつまり、在岐阜せられしかば、正月元日に出仕の粧いをかいつくろい、儀式厳重なり。信長公も打ち祝い、酒出したまいて、すでに三献におよびけるとき、めずらしき肴あり、いま一献あるべきとて、黒漆の箱出できたる。何ならんとあやしみ見るところに、柴田修理亮勝家が呑みけるとき、みずから蓋をあけさせたもうに箔にて濃たる首三あり。おのおの札をつけられたり。朝倉左京大夫義景、浅井下野守、子息備前守長政、彼ら三人が首なりけり。満座のひとびとこれを見て、この御肴にては、下戸も上戸もおしなべて只給べよと伝うままに、おのおの歌い舞い酒宴しばしはやまざりけり。」

文中の「箔にて濃たる首」とは、漆を塗り金泥をかけた髑髏盃のことである。天正二年正月元日、信長は北国の戦いで討ちとった浅倉、浅井父子の首三つを漆で塗り固めた髑髏盃にして、諸将とともに宴席でこれを用いて喜んだという。いまでは有名なはなしだが、蘭亭の生きていた宝暦のころ、かならずしもそれは有名なはなしではなかった。このはなしに蘭亭がふかくこころをうごかされたとしても、それはそれとしてふしぎはなかったはずである。なにしろ蘭亭は野心勃々たる酒盃のコレクターであり、世にめずらしき種類のさかづきならば、いかなる代価をはらってもこれを手に入れたいと執念を燃やすていの男だったからだ。

「髑髏盃か。うむ、これこそ酒盃の中の酒盃だな。これまで不明にして気がつかなかったが、そうと気がついた以上、どうしても手に入れてやるぞ。」

思わずひとりごちたのを聞きとがめて、栄女が書物から顔をあげると、

「え、なんとおっしゃいました、先生。」

「いや、なんでもない。こっちのはなしだ。ときに、もう『信長記』はやめよう。そろそろ退屈になってきた。あすからは別の本を読むことにしよう。」

すでに三更をすぎて、しんしんたる夜気が草堂に迫り、近隣の山々では雌雄のトラツグミがしきりに鳴きかわしていた。


それから一月ばかりたったころ、そのときも草堂には秋山玉山が弟子とともに泊りがけであそびにきていたが、例のごとく酩酊していた蘭亭がいきなりふらふらと立ちあがって、ただ一声「行こう」といい出したのには、みなみな、あっけにとられた。

「行こうたって、もうまっくらな夜だぜ。どこへ行くつもりだい。」

蘭亭、さわがず答えるには、

「じつは夜になるのを待っていたのさ。きみたち、だまっておれについてきてくれないか。鎌倉はおれの縄張りだから。わるいようにはしない。」

何のことやらさっぱり分らなかったが、先に立って外へ飛び出してゆく盲目の蘭亭をほっておくわけにもいかず、玉山と若い弟子はあわてて蘭亭のあとを追った。ふだんからわがままな振舞

い の多い蘭亭だったから、友人たる玉山にとっては、またかという思いである。栄女が殊勝にもひとり留守番をすることになった。ちなみにいえば、この宝暦のころ、蘭亭も玉山も四十代のぎりぎりで、もはや義理にも若いとはいえない年齢にさしかかっているふたりだった。

なまあたたかい風の吹いてくる、月も出ていない春の夜だったが、盲目の蘭亭には月が出ていようと出ていまいと関係はなかったにちがいない。まるで目が見えるように先に立ってどんどんあるいてゆく蘭亭の足のはやさに、玉山はひそかに舌をまいた。あいつ、ふだんから鎌倉をよっぽどあるきまわっていると見える。おれとほぼ同じ年ごろだというのに、足の鍛え方がだいぶちがうぞ。そう思うと、玉山も負けん気になって、すたすた足をはやめて友人におくれまいとした。

巨福呂坂を越えて鶴ヶ岡八幡宮の前に出、さらに若宮大路からまっすぐ由比ヶ浜の方角をめざしたが、三人はそのあいだ無言のままだった。蘭亭がひたすら黙々と足をはこぶので、玉山も意地になって口をきかなかった。深夜のこととて、もとより行き会うひとはだれもいない。下馬橋から右に折れて長谷小路にはいったが、その長い小路がつきるまで、だまったままであるいているのは玉山にとってかなり苦痛だった。やがて、つい向うに海の見える極楽寺の切通しにさしかかったとき、さすがに我慢できなくなって、

「おい、冗談じゃないぜ。どこまであるかせる気だい。」

蘭亭はぼつりと一言、ぶっきらぼうに、

「極楽寺までさ。」

「極楽寺。」

思わず声をつよめて反復したが、玉山はもうばかばかしくなって、それ以上くわしく問おうという気にはならなかった。若ものもあからさまに不服そうな顔をして、終始だんまりをつづけていた。

応永以来のたびかさなる天災によって衰微して、昔日のおもかげを完全に失っていた極楽寺は、見るかげもなく荒れはて、そこに住むひとのありともおぼえず、ただ茅ぶき屋根の山門が夜の底にくろぐろと立っていた。その山門の前までくると、ついに玉山は音をあげて、

「あるきづめでは、かなわない。ここらで少し休もうじゃないか。」

思いがけなく蘭亭が素直に同意を示したのは、もしかしたら自分もいいかげんくたびれていたためかもしれなかった。三人は山門の屋根の下の蹴はなしに腰をおろして、ほっと息をついた。すでに半時以上もあるきづめにあるいていたので、膝ががくがくするほどである。しずもった夜気の中を、どこからともなく沈丁花の香りがただよってくるのも春らしかった。耳をすませると、瑞鹿山の草堂に毎夜のごとく聞えてくる、あのトラツグミの怪奇な声がここにも聞えてくる。とすると、時刻はとうに三更をすぎているにちがいない。しずかだ。こんな時刻に起きている人間はこの三人だけではないかと思われるほど、おそろしくしずかだ。ときに、ふっと玉山は思い出して、

「それはそうと、きみは極楽寺に何の用があるのかね。」

遠慮がちに小声で質問すると、あたりの物しずかさのせいか、このたびは蘭亭もかたくなな態度をやわらげて、

「うむ。ほかでもないが、じつは大館次郎宗氏の墓を見つけ出したいと思ってね。」

「大館次郎宗氏。あの『太平記』に出てくる新田義貞一門の部将のことか。」

「その通り。」

「おれのうろおぼえの記憶によれば、たしか大館次郎は元弘三年のいくさのとき、義貞よりも一足はやく極楽寺坂から鎌倉へ攻め入ろうとして、迎え撃つ北条方の兵とはげしく戦った末、武運つたなく討死したのではなかったかな。」

「その通り。うろおぼえどころか、よくおぼえているじゃないか。」

「稲村ヶ崎の浜の近くに、このあたりで十一人塚と呼ばれている古い石塔が立っている。伝説によれば、これが大館次郎主従十一人を葬った墓だといわれているがね。」

「いや、それはちがうな。十一人塚はおそらく無名の兵の墓だろう。おれがしらべたところでは、大館次郎の墓はかならずや極楽寺の裏山にある。極楽寺には、大館次郎が討死のみぎり所持していたという、鞍やら鐙やらのごとき遺品ものこっているそうだ。」

「ほう。」

そこで会話がとぎれて、一瞬、ふたりのあいだに沈黙がひろがった。なにか無気味な沈黙で、ほっておけば、この沈黙はいよいよ無気味にふかまるのではないかという気がして、玉山はふたたび会話の糸口を見つけ出そうと、われにもなくあせった。そのあげく、口ごもりながら、さらに声を低めて、

「大館次郎の墓を見つけて、きみはどうするつもりなのだ。まさか墓を……」

みなまでいわずに口をつぐんだのは、自分のあたまにふっと浮かんだ不吉な考えを、みずから打ち消したい気持があったからだった。ふれたくない話題に、ついふれてしまったことを悔む気持があったからだった。しかるに、蘭亭は平然たるもので、かえって玉山の小心ぶりをあわれむかのように、皮肉な笑みさえ口もとに浮かべて、

「きみがこころに思っているのに口に出せないでいることは、たぶん、あたっているよ。おれはいろいろ思案をめぐらした末に、どうしても元弘の戦乱のころに討死した、名のある南朝の忠臣の髑髏を一つ手に入れたいと思うようになった。この条件にぴったりのものは、戦乱の舞台になった鎌倉にも、意外に少ないのだな。大館次郎におれが白羽の矢を立てたのは、ざっと以上のごとき理由からさ。同じ髑髏盃をつくるにしても、名もなき雑兵のものではつまらないからね。そう、おれはきみの御推察の通り、これから大館次郎の墓をあばいて、その髑髏をぜひとも手に入れたいと念願しているのさ。夜があけぬうちに、はやく仕事にとりかからなければならぬ。」

蘭亭のことばが終ったか終らないうちに、突然、どこからか大小の石がばらばらと飛んできて、頭上の屋根をゆるがすばかりに落ちかかったのには、一同、はっとして息をのんだ。玉山も若ものも、思わず腰を浮かせたほどだった。しばらくすると、石はまたふってくる。山門には屋根があるからいいようなものの、もし屋根がなければ頭上にもろに落ちかかって、三人とも大けがをしていたところであろう。屋根がみしみしゆらぐほど、ときには大きな石もふってくる。

「なんだ、これは。どうしたのだ。」

「夜中に印地(いんち)を打つやつがあるものか。だれのしわざだ。」

若ものはひどくおびえて、うろたえたあまり、夢中で外へ駆け出そうとするのを、あやうく玉山に引きとめられた。

「外はあぶない。ここにいたほうがいい。石はどこから飛んでくるか分らないからな。案ずるに、これは天狗つぶてという現象だろう。」

「天狗つぶて。」

「うむ。おれもぶつかったのは今度が初めてだが、山ではむかしからよく知られた現象らしい。おれの郷里の熊本でも、そんなはなしはよく聞いた。もし石にあたれば、かならず病むともいう。天狗がおれたちのやって来るのを好まず、警告をあたえる意味で石を投げるのだともいう。」

玉山、ここで蘭亭のほうへきっと向き直って、

「おい、蘭亭。わるいことはいわないから、墓あばきだけはやめたほうがいい。おれとても迷信を信じているわけじゃないが、げんに天狗つぶてにも見舞われたことだ。この山門から先へはめったに足を踏み出さず、おとなしく帰ったほうが身のためだろう。そう思わないか。」

蘭亭、せせら笑っていうには、

「ばかな。きみまでそんな小ざかしいことをいい出すとは思わなかった。いやさ、そんな迷妄にとらわれているとは思わなかったよ。苦心して古文書あれこれを読みあさって、ようやく大館次郎の墓のありかをつきとめたおれだ。ここでやめては千載一遇の悔いをのこすだろう。天狗つぶて、なにほどのものか。大館次郎となんの関係がある。古今に徴しても、天狗つぶてにあたって病みほうけたという迂闊者のはなしはついぞ聞かない。第一、おれは目しいているから、石つぶ

てなんぞは見えやしない。おれの目に見えないものは、おれにとっては存在しないも同然だ。かえって目あきこそ、つまらぬものを見るがゆえに、怪異にまどわされもする。天狗つぶて、ばかばかしい、とんだあやかしよ。」

とたんに、またしても石がばらばらとふってきて、はげしい音を立てて山門の屋根にぶちあった。まるで蘭亭の暴言を聞きとがめたかのようである。若ものは悲鳴をあげて、地にひれふした。

ひとしきり天狗つぶてがおさまってから、玉山はふたたび蘭亭に向って、このたびはきっぱりと引導をわたすように、

「それでは仕方がない。ここできみと別れて、おれは帰るとしよう。きみをひとりにしておくのは気がかりだが、どう考えても、きみの墓あばきの手つだいをする気にはなれそうもないからな。わるく思わないでくれ。」

そういって、玉山は若ものをうながして、足音もあらあらしく、いったん踵をかえしたが、それでも盲目の友人をそこにのこして帰ってしまう気にはなれなかったので、物かげにかくれて、ひそかに友人の動静をうかがっていた。おそい月がようやくのぼって、いくらか遠くまで物のかたちが見分けられるようになっていた。

玉山があえて冷たい態度に出たのは、一つには、それによって蘭亭の気が変るのではないかと期待したためでもあった。あんなに強がりをいってはいても、頼りにしている友人に去られてしまえば、急に気が弱くなって、墓あばきはおろか、墓の探索もそこそこに引きかえしてくるので

はないか。しかし、その期待はうらぎられた。蘭亭の決意はあくまで固かった。

　玉山と若ものがこっそり見ているのも知らぬげに、蘭亭はふらふらと極楽寺の境内にはいりこむと、朽ちくずれた堂宇のわきを通り、まっすぐ境内を横ぎって、さながら勝手知ったるもののごとく、寺の裏山のほうをめざしてあるき出した。かつては七堂伽藍をそなえた大寺だったと伝えられるだけに、この寺の寺域は途方もなくひろく、ひとのめったに足を踏み入れない裏山にはいくつとなく墓がある。墓といっても、当時のそれは鎌倉石の山腹にうがった横穴式の谷倉であるから、長い年月のあいだに草木にうずもれ、苔むした五輪塔のころがる茂みのかげに、わずかに入口をのぞかせているだけというものも多い。むろん、だれの墓かを特定するのは極度にむずかしい。

　玉山も若ものもじっと目をこらしていたが、あるいてゆく蘭亭のすがたは闇にまぎれて、すぐに見失われてしまった。ややあってから、所在なげに玉山がいった。

「とうとう行ってしまった。しかし、うまく大館次郎の墓が見つかるかどうか、これは何ともいえないな。おおかた、あきらめてもどってくるだろう。」

　若ものも声をひそめて、

「わたくし、蘭亭先生からいっしょに来いといわれやしないかと、じつは内心ひやひやしていたのですが、いわれないでしあわせでした。ほっとしました。だれの墓であれ、墓をあばくなんて、わたくしにはとてもとても。」

　こうしてふたりは半時あまり、山門のかたわらの物かげにじっと身をひそめて、蘭亭がもどってくるのを今やおそしと待っていた。もう夜あけが近いらしく、谷になった寺域をぐるりと取りかこむ山々で、雌雄のトラツグミがひときわ物さびしい笛のような声で、ヒョー、ヒーとたがいに鳴きかわしていた。

そのとき、にわかに天の一角で雷鳴がとどろき、青い稲光りが一すじ闇をつんざいて、まっすぐ寺の裏山のあたりに落ちかかるのを見て、玉山はぞっと総身に水を浴びせられたような気がした。瞑目しつつ、玉山は悲しげにつぶやいた。

「ああ、蘭亭のやつ、たったいま髑髏を手にしたところだな。ついに見つかったか。さてもぜひないことだ。」

それから一年後の同月同日、すなわち春もようやく闌けた日ぐれどき、蘭亭は相変らず鎌倉の草堂で、栄女を相手に酒を酌んでいた。

その日、蘭亭はやや機嫌がわるく、むしゃくしゃする思いをみずから扱いかねていた。二三日前から、栄女につわりの徴候があらわれていたからである。

懇意にしている鎌倉彫の職人の手をわずらわせて、すでに蘭亭宿願の髑髏盃は漆の色もつやつやした、鼈甲のさかづきのごときみごとな出来に仕あげられて、蘭亭のつい目の前に置かれていた。きょうもまた、このさかづきを賞玩しながら蘭亭は酒をたのしむつもりでいた。ただ、職人のもとから返されてきて以来、栄女はこれをひどく気味わるがって、いかに蘭亭がすすめても、この髑髏盃からはけっして酒をのもうとはしなかった。そして、それもまた蘭亭を不機嫌にしている遠い原因の一つであった。

きょうこそは髑髏盃から酒をのませてやろうと、蘭亭はなかば意地になって、その機会をねらっていた。たまたま栄女が膳をはこんできたとき、

「おれの鍾愛のさかづきから、酒がのめぬという法があるものか。ここへ来て、のめったらのめ、お栄。この髑髏を首尾よくおのれのものとしてから、きょうは満一年の記念日じゃないか。色気がないのは生れつきだから仕方がないとしても、ちっとはおまえも羽目をはずしたらどうだ。」

酔いにまかせて無理強いされて、栄女はついに悲壮な決意のもとに、顔をこわばらせて髑髏盃を両手に受けると、仰向いてぐっと一気にのみほした。のみほしたとたん、ショックのあまり脳貧血でもおこしたのか、まっさおな顔になって、手足をぶるぶるふるわせながら、その場にうしろ向きにひっくりかえった。

すると、栄女のみだれた裾の中から、小さな異様なものが這って出てきた。古くから縫いぐるみの這子（ほうこ）という人形が巷間に行われているが、それに似たかたちのものである。しかし動いているのだから、それはあきらかに人形ではなく、しかも栄女の裾の中から這い出したのだから、あるいは栄女の体内から出てきたのではないかという疑いをいだかしめるに十分だった。

そいつは意外なはやさで畳の上を這って行って、あぐらをかいて坐っている蘭亭の膝もとに近づくと、いきなり蘭亭の右足の親指にがぶりと嚙みついた。

「痛い。や、なんだ、こいつは。」

蘭亭、あわてて手ではらったが、そのときすでにそいつは畳の上を非常なはやさで前進して、ひょいと縁から庭へ跳んだかと思うと、夕闇のせまった外へすがたを消していた。あっというまの出来事だった。

「お栄、お栄、どうした。」

蘭亭に呼ばれて、それまで畳の上にひっくりかえって気を失っていた栄女はむっくり起きあがったが、顔をしかめて痛さをこらえている蘭亭のすがたを目にしても、いったい何がおこったのか、とんと理解におよばなかった。自分の体内からあやしいものが出てきて、蘭亭の足を嚙んだと思うと、たちまち消えたことをまったく知らないらしく、きょとんとしているばかりだった。

それにしても、蘭亭の嚙まれた足の傷はただごとではなかった。最初は歯の跡にぽっちり赤い血がにじんでいるだけだったが、みるみる傷は熱をもち、大きくはれあがって、親指ばかりか足ぜんたいにおよび、ときどき激痛がふくらはぎにまで電光のごとくはしるようになった。てっきり毒がまわっているという感じである。蘭亭は着物の裾をぴりりと引き裂いて、とりあえず足首のあたりをきつく縛ったが、そんなことではとても毒のまわりを防ぐことはできそうもなかった。

やがて足はヤツガシラのごとくぶざまにふくれあがって、それとともに激痛は太腿にまで、あるいは鼠蹊部にまではしるようになり、堪えがたいのどの渇きがじわじわと襲ってきた。蘭亭、すでに半狂乱になって、手さぐりしながら、

「のどが渇く、お栄、酒をついでくれ。」

「いったいどうなさったのです、先生。」

「どうしたもこうしたもない。へんなものに嚙みつかれた。ことによると蛇かもしれない。しかしまあ、そんなことはどうでもいい。のどが渇いてたまらない。酒をくれ。」

「でも、お酒は傷によくないんじゃございませんか。」

蘭亭、激昂して、

「よけいなことをいうな。だまって酒をつげばいいんだ。」

栄女がおろおろしながら酒をつぐと、蘭亭、一息にあおりつけて、ペッと吐き出し、

「これが酒か。ふざけた真似をするな。水じゃないか。」

すでに舌が麻痺していて、酒と水との区別もつかないらしい。さすがに栄女もたまりかねて、

「水ではございません。お酒ですよ。先生、どうかしていらっしゃる。」

栄女、また酒をつぐが、何度やっても同じことで、蘭亭の舌はいっかな満足しない。

「おまえまでが目しいをばかにするか。目は見えなくても、舌はたしかだぞ。」

「でも、さっきからおのみになっていらっしゃるお酒と同じお酒でございます。」

「ふむ。いつのまにか、酒がすえたと見える。こんなものはだめだ。新しい酒を買ってこい。」

栄女がためらっていると、追討ちをかけるように、なおもいきなり立って、

「聞えないのか。酒を買ってこい。酒を買ってこいといってるんだ。」

こうなると、もう栄女がなにをいっても無駄で、手がつけられなかった。栄女は立って、酒を買いに外へ出て行った。

栄女が出て行くと、蘭亭は座敷にごろりと横になった。依然としてのどは焼けるように渇き、足から腿にかけて、鉛色に変色した壊疽がてらてらと光り、思い出したように痛みが骨の髄に襲ってくることはくるが、前よりはずいぶんしのぎやすく楽になって、すでに峠を越したという気がしないこともなかった。毒は散っているのにちがいない。あたまがいやに重くなって、鬱陶しく睡気がさしてくるのも、むしろ心地よいほどである。

ついうとうとしていると、蘭亭の目の前に天狗があらわれた。ふしぎなことに、十七歳より以前の蘭亭にもどったかのように、その天狗のすがたはおのれの目にはっきり見えた。はっとして、蘭亭は横になっていた身をおこしかけた。

「お迎えにきたぜ。さあ、おれがおぶってやるから、いっしょに行こう。」

蘭亭は身をふるわせた。「どこへ」ときく勇気もなく、さし出された天狗のがっしりした大きな背中に、両手両足で取りすがったが、いまや手足もからだも毒のためにふくれあがり、赤児の手足のようにくびれていたので、あたかも蘭亭自身が縫いぐるみの這子にでも化したかのごとくであった。

天狗は草堂を出ると、蘭亭を赤児のように背中におぶったまま、飛ぶように宙を駆けて、いずことも知れぬところへきた。と、そこに井戸があった。天狗のいうには、

「この井戸をおぼえているか。」

蘭亭はふたたび身をふるわせて、

「おぼえている。どうか許してくれ。」

「なに、許すも許さないもないさ。」

それはまぎれもなく、小田原町で魚問屋をいとなんでいた父の邸の庭にあった井戸にほかならなかった。

はなしはほぼ三十年前、すなわち蘭亭がまだ明を失っていなかったころにさかのぼる。

父は富裕は商人だったから、その邸に出入りするものおびただしく、居候や食客のような身分のものも多く養っていた。その中に、蘭亭と同じ十六七歳の、なにがしの小座頭があり、あたまもよく気だてもよいので家内の気に入り、いずれは世話をして身を固めさせてやろうと両親とも考えていたのに、どうしたわけか、蘭亭とだけは反りが合わなかった。というよりも、蘭亭のほうが一方的にきらっていたようなふしがある。虫が好かなかったのであろう。あるとき、母の針箱に金子三両あるのを見つけると、蘭亭、ふといたずらごころをおこして、これを小座頭の道具の中に入れておいた。

いかに富家とて三両も紛失すれば問題にならざるをえない。使用人の道具を検分しようということになったが、小座頭には何の疾ましいところもなかったから、平然たるものだった。しかるに、あらためてみると、思いがけなく小座頭の道具の中から三両が出てきた。うらぎられた両親の怒りは一通りでなく、以後はさっそく小座頭の出入りを差しとめた。小座頭は鬱憤して、主家の庭の井戸に身を投げて死んだ。蘭亭が目を病み出したのは、この日からだという。

「さあ、おまえといっしょに、この井戸の底へ降りて行こう。なあに、こわいことは少しもない。みんな一度はここへ降りるのだからね。」

まるで赤児にかえったかのように、天狗の背中にしがみつきながら、蘭亭は少しずつ井戸の底へ沈んでいった。そこはあたたかくて、存外心地よいところのような気がしないでもなかった。

ちょうどそのとき、瑞鹿山のこんもりした杉林の中から、ときならずトラツグミの物さびしげな声が聞えてきたので、酒を買って帰る途中、まっくらな夜道をあるいていた栄女は、なにやら胸さわぎをおぼえた。おかしいな。トラツグミがこんなにはやく鳴くなんて。あれはもっと夜もふけてから鳴く鳥のはずなのに。

柴折戸をあけて、あたふたと草堂に駆けこむと、座敷のまんなかに大の字になって、ひとり蘭亭がひっくりかえっていた。手も足もまるまると、はちきれるほどふくれあがって、土左衛門が水から引きあげられたさまに見えないこともない。それがあかりに照らされて、皮膚の色てらてらと光っているのはいっそ無気味でさえある。

「先生、先生、お酒を買ってまいりました。先生、どうなさいましたの。」

むろん答はなく、蘭亭の口はぽかりとあいたままで、そこから息がもれているようには見えなかった。

こうして髑髏を手に入れた日からぴったり一年目、同月同日に奇しくも高野蘭亭は死んだのだった。墓をあばかれた大館次郎のたたりか、それとも若き日の因縁じみた小座頭の怨念のしからしむるところか、それはなんともいえない。

解説

種村季弘

　むかしは町内にお化け屋敷があった。小学校がひけると悪童たちがそれを探検する。お化け屋敷というくらいだから、長屋や貸家の類とはちがう。石造りの門に赤さびた鉄格子の門扉。いちめんに背丈ほどのびた草の茂る廃庭園。廊下に落ち葉がたまり、床の根太は落ち、雨戸も障子もやぶれ放題。ガサリと音がしたのでふりむくと、なんだのら猫か。お化けなんかでるわけはないさ。ヒャヒャヒャ。咽喉にからまるような笑い声をたてようとするのにそれが声にならない。とたんに、どこか奥まった部屋のあたりでなにかどさりと畳に転がる音。ヒャ、ヒャッ、で、でたあ。

　そんなお化け屋敷はもとより、廃園とか古屋敷というものもみかけなくなった。地価がべらぼうに高くなったせいだろう。家が古びるとたちまちこわして、まっさらのハイテク住宅が建つ。家が化けているひまがない。戦前まではざらにあった、肺病やスペイン風邪で一家絶滅というような話もきかなくなった。

むろんディズニーランドみたいなハイテク住宅の正体が、真新しいお化け屋敷だったということもある。キッチン・ドリンカーの主婦や帰宅恐怖症になった夫がピカピカに新しい4LDKのなかを徘徊し、それを金属バットや登山ナイフで始末する子どもが目を光らせて窺っているかもしれない。しかしこれは、怪談というよりはアメリカ亜流のスプラッタ・ホラーだ。

怪談の属する場所では、ポオの「アッシャー家」やホフマンの「廃屋」におけるように、家自体が住む人より長生きしている。そこでは当然何代もの代替わりがあったか、持ち主が次々に変わるかして、げんに住んでいる人間よりは家のほうが主(ぬし)然としている、というのでなくてはならない。一族の資産をつたえるために近親相姦まがいの婚姻や母親固着が生じる。そのうすくなった人間の血のすきをついて、もとからそこにいたものがぶきみに頭をもたげてくる。

地霊、土地の守護神、ゲニウス・ロキ、なんといってもよい。とぶ鳥落とす精力旺盛な新来者の初代のコントロールが利いている間は影をひそめていても、新来者の力が弱まると、壜のなかに閉じこめられていた精霊さながらにやおらむくむくと壜口から這いだし巨大化し、はては人間どもをむしゃむしゃ頭からむさぼり喰ってしまうのである。

土地の精霊(ゲニウス・ロキ)の多くは地母神である。現実にも女を媒体にして呪力をおよぼしてくる。鷗外「百物語」の芸者太郎から佐藤春夫「化物屋敷」の同宿の不具者の母子、吉行淳之介「出口」の姿をみせない鰻屋の妹、筒井康隆「母子像」の首なし母子、とみてくると、場所の怪異を先導するのはやはり女だという気がする。あるいは女を一人おくと、当の場所の地誌の細部が怖いほど粒立ってくる。たとえば折口信夫「生き口を問ふ女」(下巻収録)は、おちかという女を大阪の町中におくことで、織田作之助の大阪物をはるかにしのいで、霊界との紙一重の接触のなかでピリピリふるえおののきながら、大阪という町をほとんどその恥部まで鮮明にさらけだしてしまっている。

例外はある。男の幽霊である。幸田露伴「幻談」、稲垣足穂「山ン本五郎左衛門只今退散仕る」、三島由紀夫「仲間」(下巻収録)や吉田健一「化けもの屋敷」には、男の幽霊が(も)出る。男の幽霊というのは大抵は当事者の分身である。それも異人としてどこか外からやってくる分身だ。稲垣足穂の山ン本五郎左衛門は出雲からやってくるし、露伴の土左衛門は大川のずっと上流の向島辺から流れてきた。三島由紀夫のバイロン卿を思わせる謎の人物はロンドンを留守にしてたえずどこかをさまよっている。内田百閒の手の黄色い大尉(「遊就館」)も、さまよえるオランダ人さながら、風のようにたえずさすらっているらしく、出没がきまって意表をついている。

しかしこの場合にも、女は表立たないだけなのかもしれない。女性的なものが、裏に回って男(の幽霊)をあやつっている形跡もある。稲垣足穂と同じ原話に取材した泉鏡花「草迷宮」では、山ン本五郎左衛門に相当する幽霊秋谷悪左衛門は、さらに背後にいる美しい女怪にあやつられているのである。一方、露伴「幻談」や稲垣足穂「山ン本五郎左衛門」には人格としての女は登場しない。しかし江戸前の海なり、芸州三次の巴形に三本の川が合流する地形なり、水の近みの土地という舞台そのものがすでに女性なのだ。

吉田健一「化けもの屋敷」や泉鏡花「雪霊続記」でも、幽霊そのものは男性にしても、どこかに女の姿がみえかくれしている。しかし経験ゆたかな老人が女の呪力をほどよくコントロールしていたり、悲哀をさそう可憐な中学生が女性的なものにとってもっぱら愛の対象であったりするために、ヒステリックな激情が生じにくい。こういう幽霊は怖いというよりはなつかしい。周知のように、鏡花はとりわけ晩年、怖くない幽霊を書くことを信条とした作家であった。吉田健一のほうの怖くない幽霊は、ヘンリー・ジェイムズ「ねじの回転」のように白昼堂々とまかり出るという状況が性格造型に関係しているだろう。作家の祖父牧野伸顕を思わせる老人は、女たちを手なずけて、さながら白昼夢か中国の神仙譚のなかの仙人のような風格をおびている。

沼や池、これも女のお化けの出やすい古典的な場所だ。四谷怪談の砂村隠亡堀の場がいい例だろうし、番町皿屋敷でお菊が皿をかぞえるのも井戸端である。水の近くにはなにかと、うらめしやと女の幽霊が立ちやすい。洞窟(半村良「終の岩屋」)も、その女性性器を思わせる形からして、いかにも男たちをたらしこみ呑みこみそうだ。それはいいとして、さて、宿屋の座敷にまつわる怪談がすくなくないのはどういうわけだろう。半村良「終の岩屋」にしても、洞窟そのものの話というより、その一歩手前の温泉旅館の話である。

旅館、ホテルの部屋は、無差別的に人を受けいれ送りだす。個人に専有されている私室の安定性がない。だれにでも身を貸し、いわば身を売る。女ならさしずめ娼婦。身におぼえのある人もあろう。つきあいこんだ旅館、ホテルで、なにかの拍子に掌を返すようにつめたくあしらわれる。それが大概、こちらの落ち目のときときている。カッと頭にきて、これが女だったらしめ殺してやりたいところだ。笹沢左保**「老人の予言」**が、不見転(みずてん)芸者殺しと宿屋の部屋のアナロジーからこの間の機微を書いた。といってむろん、つめたくされて逆上するほうが野暮にきまっている。神聖娼婦は無差別的であるがゆえに神聖なのであり、神聖なるがゆえに相手のえり好みをしないのだから。

もう一つ、女の幽霊の立ちやすい場所は、坂、橋、川。いずれもこちらとあちらの境界である。江戸・東京の民俗的怪異も、本所七不思議や麻布七不思議のように、橋や坂の多い区域に多発した。九段坂、きのくに坂、鼠坂、車坂。ざっと見回して、かならずといっていいほど古い坂には怪談がつきものだ。その坂の下のほうにも女の怨念がうずくまっていて、ときあって噴出する。それも、永遠回帰的に同じパターンをくり返しさえする。鷗外**「鼠坂」**と大岡昇平**「車坂」**では、戦時（あるいは戦後）利得者の家で戦中の強犯の怨念に取り憑かれた男が、経過をたどって因果の応報をうけるのである。

坂、橋、川、それに街頭、旅館とみてくると、いずれもだれにでも通過できる場所とわかる。家のように、一族や一個人に私有されている場所ではない。共同幻想の成立する空間である。家族神話に拘束された前者では、日常みなれた何の変哲もないものが化け、共同幻想の支配する後者では、みなれない異人にぶつかる。むかしの旅籠に相当するものは現代では動く密室のタクシー、電車などがそれだろう。都筑道夫の**「怪談作法」**が無差別的に客を受けいれるタクシー空間の神性顕現現象(エピファニー)をたくみにこなしている。そういえば石川淳「灰色のマント」も、電車のなかに傷痍軍人の分身がやにわに出現して戦場女犯の罪をあばく**「鼠坂」**風の物語だった。総じて家のなかには女の、風吹きすさぶ街頭には（たぶん女怪に糸を引かれている）男の幽霊があらわれるようだ。

出典一覧

「ひこばえ」　日影丈吉著『夢の播種』早川書房　一九八六年
「母子像」　筒井康隆著『母子像』講談社　一九七〇年
「化物屋敷」　『佐藤春夫全集』第七巻　講談社　一九六八年
「化けもの屋敷」　『吉田健一著作集』補巻2　集英社　一九八〇年
「出口」　吉行淳之介著『出口・廃墟の眺め』講談社文庫　一九七三年
「百物語」　『森鷗外全集』第二巻　筑摩書房　一九七一年
「山ン本五郎左衛門只今退散仕る」　『稲垣足穂大全Ⅵ』（現代思潮社　一九六九年）に著者が加筆訂正されたものを定本としました。
「遊就館」　『新輯　内田百閒全集』第一巻　福武書店　一九八六年

「貉」　『小泉八雲作品集』第三巻　河出書房新社　一九七七年
「鼠坂」　『森鷗外全集』第二巻　筑摩書房　一九七一年
「車坂」　『大岡昇平全集』第四巻　中央公論社　一九七四年
「沼のほとり」　『豊島与志雄著作集』第四巻　未来社　一九六五年
「幻談」　『露伴全集』第六巻　岩波書店　一九五三年
「紅皿」　火野葦平著『河童曼陀羅』国書刊行会　一九八四年
「鯉の巴」　『触手』（小田仁二郎作品集）深夜叢書社　一九七九年
「老人の予言」　『ショート・ミステリー傑作選』講談社　一九七八年
「怪談作法」　都筑道夫著『びっくり博覧会』集英社文庫　一九八二年
「怖いこと」　武田百合子著『ことばの食卓』作品社　一九八四年
「わたしの赤マント」　小沢信男著『東京百景』河出書房新社　一九八九年

「終の岩屋」　半村良著『能登怪異譚』集英社　一九八七年

「雪霊続記」『鏡花全集』第廿一　岩波書店　一九四一年

「髑髏盃」　澁澤龍彦著『うつろ舟』福武書店　一九八六年

◉**笹沢左保**(ささざわ・さほ)……一九三〇年生まれ。
著書に『人喰い』「木枯し紋次郎」シリーズ他多数。
二〇〇二年没。

◉**都筑道夫**(つづき・みちお)……一九二九年生まれ。
『推理作家の出来るまで』『やぶにらみの時計』他多数。
二〇〇三年没。

◉**武田百合子**(たけだ・ゆりこ)……一九二五年生まれ。
著書に『富士日記』『ことばの食卓』他多数。一九九三年没。

◉**小沢信男**(おざわ・のぶお)……一九二七年生まれ。
著書に『裸の大将一代記』『わが忘れなば』他多数。

◉**半村　良**(はんむら・りょう)……一九三三年生まれ。
著書に『雨やどり』『かかし長屋』他多数。二〇〇二年没。

◉**泉　鏡花**(いずみ・きょうか)……一八七三年生まれ。
著書に『照葉狂言』『高野聖』他多数。一九三九年没。

◉**澁澤龍彦**(しぶさわ・たつひこ)……一九二八年生まれ。
著書に『高丘親王航海記』『唐草物語』他多数。一九八七年没。

◉内田百閒(うちだ・ひゃっけん)……一八八九年生まれ。
著書に『冥途』『阿房列車』他多数。一九七一年没。

◉小泉八雲(ラフカディオ・ハーン)(こいずみ・やくも)……一八五〇年生まれ。著書に『心』『怪談』他多数。一九〇四年没。

◉平川祐弘(ひらかわ・すけひろ)……一九三一年生まれ。
著書に『和魂洋才の系譜』他多数、訳書に小泉八雲『骨董・怪談』他多数。

◉大岡昇平(おおおか・しょうへい)……一九〇九年生まれ。
著書に『武蔵野夫人』『野火』他多数。一九八八年没。

◉豊島与志雄(とよしま・よしお)……一八九〇年生まれ。
著書に『野ざらし』『白い朝』他多数。一九五五年没。

◉幸田露伴(こうだ・ろはん)……一八六七年生まれ。
著書に『風流仏』『五重塔』他多数。一九四七年没。

◉火野葦平(ひの・あしへい)……一九〇七年生まれ。
著書に『糞尿譚』『麦と兵隊』他多数。一九六〇年没。

◉小田仁二郎(おだ・じんじろう)……一九一〇年生まれ。
著書に『触手』『背中と腹』他多数。一九七九年没。

著者・訳者略歴

◉日影丈吉（ひかげ・じょうきち）……一九〇八年生まれ。
著書に『女の家』『内部の真実』他多数。一九九一年没。

◉筒井康隆（つつい・やすたか）……一九三四年生まれ。
近著に『不良老人の文学論』『モナドの領域』『筒井康隆、自作を語る』他多数。

◉佐藤春夫（さとう・はるお）……一八九二年生まれ。
著書に『晶子曼陀羅』『田園の憂鬱』他多数。一九六四年没。

◉吉田健一（よしだ・けんいち）……一九一二年生まれ。
著書に『文学の楽しみ』『ヨオロッパの世紀末』『金沢』など。一九七七年没。

◉吉行淳之介（よしゆき・じゅんのすけ）……一九二四年生まれ。
著書に『驟雨』『闇のなかの祝祭』『砂の上の植物群』など。一九九四年没。

◉森　鷗外（もり・おうがい）……一八六二年生まれ。
著書に『舞姫』『山椒大夫』『高瀬舟』他多数。一九二二年没。

◉稲垣足穂（いながき・たるほ）……一九〇〇年生まれ。
著書に『一千一秒物語』『A感覚とV感覚』他多数。
一九七七年没。

＊本書は一九八九年八月に小社より刊行された文庫『日本怪談集』(上) を改題したものです。
＊今日では配慮すべき必要のある表現を含む作品もございますが、作品発表時の状況に鑑み、原文通りとしております。

新装版
日本怪談集　奇妙な場所

一九八九年　八月　四日　初版発行
二〇一九年　三月二〇日　新装版初版発行
二〇一九年一一月三〇日　新装版2刷発行

編　者　種村季弘
発行者　小野寺優
発行所　株式会社河出書房新社
〒一五一－〇〇五一
東京都渋谷区千駄ヶ谷二－三二－二
電話〇三－三四〇四－八六一一（編集）
〇三－三四〇四－一二〇一（営業）
http://www.kawade.co.jp/

ロゴ・表紙デザイン　粟津潔
本文フォーマット　佐々木暁
印刷・製本　中央精版印刷株式会社

Printed in Japan　ISBN978-4-309-41674-8

江戸の都市伝説　怪談奇談集

志村有弘〔編〕　41015-9

あ、あのこわい話はこれだったのか、という発見に満ちた、江戸の不思議な都市伝説を収集した決定版。ハーンの題材になった「茶碗の中の顔」、各地に分布する飴買い女の幽霊、「池袋の女」など。

陰陽師とはなにか

沖浦和光　41512-3

陰陽師は平安貴族の安倍晴明のような存在ばかりではなかった。各地に、差別され、占いや呪術、放浪芸に従事した賤民がいた。彼らの実態を明らかにする。

見た人の怪談集

岡本綺堂 他　41450-8

もっとも怖い話を収集。綺堂「停車場の少女」、八雲「日本海に沿うて」、橘外男「蒲団」、池田彌三郎「異説田中河内介」など全十五話。

空飛ぶ円盤が墜落した町へ

佐藤健寿　41362-4

北米に「エリア51」「ロズウェルＵＦＯ墜落事件」の真実を、南米へナチスＵＦＯ秘密基地「エスタンジア」の存在を求める旅の果てに見つけたのは……。『奇界遺産』の著者による“奇”行文学の傑作！

ヒマラヤに雪男を探す

佐藤健寿　41363-1

『奇界遺産』の写真家による“行くまでに死ぬ”アジアの絶景の数々！
世界で最も奇妙なトラベラーがヒマラヤの雪男、チベットの地下王国、中国の謎の生命体を追う。それは、幻ではなかった——。

自殺サークル　完全版

園子温　41242-9

女子高生五十四人が新宿駅で集団飛び込み自殺！　自殺の連鎖が全国に広がるなか、やがて“自殺クラブ”の存在が浮上して……少女たちの革命を描く、世界的映画監督による傑作小説。吉高由里子さん推薦！

著訳者名の後の数字はISBNコードです。頭に「978-4-309」を付け、お近くの書店にてご注文下さい。